Broken Life

Jahyana & Isaac

*Être brisée ne signifie
pas que l'on doit arrêter de vivre...*

Cet ouvrage est une fiction. Toute référence à des événements ou des lieux réels ne sont utilisés que pour servir cette histoire. Tous les noms, personnages et événements sont le produit de mon imagination. Toute ressemblance avec des personnes et des événements serait totalement fortuite.

Le piratage prive l'auteur et les personnes ayant travaillé sur ce livre de leur droit.

Design de couverture – Moonlight SXM

Dépôt légal : Octobre 2022
Publication : Novembre 2022

⸆Cela va te paraitre étrange de trouver cela en début de livre, mais je tente une expérience ; j'espère que cela ne coupera pas d'office dans ta lecture !

Je profite donc de ce petit moment où tu n'es pas encore dans ce monde magique ou les hommes tel que Isaac existe, pour te demander de prendre deux petites minutes à la fin de ta lecture pour me donner ton avis.

Tu n'as pas à me faire une chronique détaillée, mais ne serait-ce qu'une note, cela serait d'une grande d'aide pour la petite auteur auto-éditée que je suis.

Voilà, j'ai assez abusé de ton temps et je te souhaite une bonne lecture !

⸆

Plonge sans attendre dans une histoire qui t'emmènera à la rencontre d'une femme, dont le cœur a été noirci par les épreuves de la vie et d'un homme qui doit se battre pour garder la tête hors de l'eau...

Découvre comment la détermination de cet homme lui permettra de faire rebattre le cœur de cette femme, qui s'était interdit d'éprouver de nouveau quelconques sentiments...

▲*Triggers Warning* ▲
ଚ *Deuil*
ଚ *Tentative suicide/ Dépression*
ଚ *Kidnapping/ Meurtre*
ଚ *Trouble stress post-traumatique*
ଚ *Maltraitance enfantine*

Prologue

« Girls, we run this world yeah ! GIRLS !
Les filles ! On dirige cette terre, ouais ! LES FILLES !

Who run the world ? Girls!
Qui dirige le monde ? Les filles !
Who run this motha f'world ? Girls !
Qui dirige le monde ? Les filles !
Who run the world ? Girls !
Qui dirige le monde ? Les filles !

Some of them men think they freak this like we do
Quelques hommes pensent qu'ils peuvent faire ce qu'on fait
But no they don't
Mais ils ne peuvent pas » [1]

Lorsque la sonnerie attribuée à ma sœur finit par me faire sortir de mon sommeil, j'entrouvre un œil, afin de voir l'heure qu'il est. Quand je constate qu'il est deux heures et demie du matin, je me dis qu'elle a intérêt à avoir une bonne raison pour me réveiller à cette heure-ci !

---

[1] Beyonce- « Run the World »

– Si tu n'as pas une excuse du tonnerre, je vais te raccrocher au nez ! lancé-je endormi alors que je décroche finalement.

– Jahyana… il faut que tu viennes… au hangar… dit Aneya d'une petite voix tout en toussant.

– Qu'est-ce qu'il se passe ? Tu vas bien ? lui demandé-je tandis que je me redresse, tout à coup bien réveillée.

– Les… les portes sont bloquées… je ne peux pas sortir et… et il y a de la fumée partout… j'ai du mal à respirer Jahyana. J'ai appelé les pompiers… mais ils ne sont pas encore arrivés, m'indique-t-elle d'une voix de plus en plus faible.

– J'arrive tout de suite ! Mets un tissu sur ton visage, couche-toi au sol et ne t'inquiète surtout pas, je suis là dans pas longtemps ! hurlé-je déjà hors du lit. Rodrigue ! Réveille-toi ! Vite, il faut qu'on y aille ! crié-je ensuite à l'attention de mon mari qui ronflait encore dans le lit malgré mon agitation.

– Hein ? De quoi ? Mais quelle heure…

– Ce n'est pas important ! Dépêche ! Lève-toi, Aneya a des problèmes ! Il faut qu'on aille au hangar le plus vite possible ! le coupé-je tout en le secouant.

Cette fois, il est aussi réveillé que moi et s'active sans plus de sommation. Pendant qu'il enfile le short et le tee-shirt qui traînaient au bas du lit, j'attrape le premier bas dans ma commode et le mets. Nous sommes dans la voiture même pas une minute après en train de foncer vers le hangar.

– Aneya, tu es toujours là ? On est en chemin, on arrive ! annoncé-je alors que je remets le téléphone à mon oreille.

– J'ai chaud… très chaud… et j'ai… j'ai de plus en plus de mal à respirer, me répond-elle d'une voix extrêmement faible.

– Il faut que tu tiennes bon, j'arrive et je vais te sortir de là ! Il n'est pas question que tu te débarrasses de moi aussi facilement ! dis-je alors que je contiens au mieux la panique qui monte en moi…

– Très drôle, murmure-t-elle en commençant rigoler avant d'être prise d'une nouvelle quinte de toux, plus forte que la précédente.

En entendant cela, je lance un coup d'œil à Rodrigue afin de lui faire comprendre de pousser la voiture à son maximum, car nous n'avons plus beaucoup de temps. Et il n'est pas question qu'il arrive quoi que ce soit à Aneya. C'est ma sœur jumelle, elle est ma moitié, ma vie…

Lorsque nous arrivons enfin au hangar après dix minutes de trajet, dont cinq sous haute tension, étant donné qu'Aneya ne me répond plus depuis ce laps de temps… La scène qui se déroule sous mes yeux me met dans un état de panique incontrôlable. Notre hangar est presque totalement en feu et le bois fait des bruits que l'on ne croirait entendre que dans des films, tant ceux-ci sont effrayants…

En dépit des hurlements de Rodrigue, je m'élance sans plus attendre vers le hangar et ne réfléchis même pas quand j'arrive au niveau de la porte et essaye d'enfoncer celle-ci. Je me fais plus mal qu'autre chose et j'entends de nouveaux craquements dans le bois qui ne présage rien de bon. En même temps, les deux côtés du bâtiment sont entièrement en feu et les flammes se rapprochent dangereusement du centre de celui-ci.

Mais je m'en contrefous ! Il n'est pas question que je la laisse là-dedans ! Il n'y a aucune chance que je la perde ! Je réitère, pas une, mais bien trois fois ma tentative d'ouvrir cette porte, en vain. Et, alors que je m'apprête à recommencer, j'entends tout à coup un immense craquement et les cris de Rodrigue se font plus intenses.

Puis, sans que je ne comprenne ce qui se passe, je me fais écraser au sol par quelque chose de brulant. Et, avant que je n'arrive à voir ce qu'il en est, la douleur qui m'envahit au même moment me fait perdre connaissance…

Quand je reprends finalement conscience, tout mon corps est engourdi et j'ai beaucoup de mal à mettre mes pensées en place… La lumière me brûle aussi les yeux comme si j'avais pris une énorme cuite et malgré le fait que j'ai les yeux grands ouverts, je peine à distinguer ce qui m'entoure.

– Merci Seigneur ! Tu es réveillée ! Comment te sens-tu ? Est-ce que tu as mal ? entendis-je tout à coup à ma droite et je reconnais immédiatement la voix de Rodrigue.

 Je tourne donc le regard dans sa direction et alors que sa silhouette devient de plus en plus nette, je prends conscience d'où je me trouve. Je suis à l'hôpital, cependant je n'arrive pas à comprendre pourquoi.

– Je euh… ça va… mais euh… qu'est-ce… qu'il s'est passé ? arrivé-je à formuler tant bien que mal.

– Un morceau de poutre en feu t'est tombé dessus… Tu as été brûlée au troisième degré de la base de ton cou jusqu'à ton épaule. Ta clavicule a été fracturée à deux endroits et tu as aussi eu deux côtes fêlées, m'explique-t-il avec un regard triste.

– Ah d'accord, murmuré-je tout en me creusant le cerveau afin de me rappeler ce qu'il m'est arrivé.

– Les médecins disent que ton opération s'est bien passée. Tu devrais retrouver toutes tes capacités au niveau de ton bras, par contre, tu vas avoir une grosse cicatrice. Les soins vont être longs et ça va être dur, mais je serais là pour t'aider à surmonter tout ça, déclare-t-il ensuite en m'attrapant la main.

Et, lorsque je distingue correctement ses yeux remplis de larmes, c'est comme si tous mes souvenirs me revenaient en mémoire d'un seul coup.

– Où est-ce qu'elle est ?! hurlé-je immédiatement tout en scrutant le reste de la pièce du regard.

– Je… je suis désolé Jahyana… quand les pompiers sont arrivés… il… il était trop tard, m'annonce-t-il d'une voix grave les yeux rivés vers le sol.

– Non ! Non ! Ce n'est pas possible ! Elle ne peut pas être … Non ! Je refuse de l'accepter ! Fais-moi sortir d'ici tout de suite ! crié-je alors que je tente de me redresser, mais Rodrigue m'en empêche.

– Tu ne peux pas te lever, tu dois te reposer ! lance-t-il d'un ton sec. Je suis vraiment désolé, mais il n'y a plus rien à faire, ajoute-t-il en me regardant droit dans les yeux.

La tristesse qui monte en moi tout à coup surpasse toutes les douleurs physiques ou émotionnelles que j'ai connues jusque-là... Je ne peux retenir les gémissements de douleur qui s'échappent de ma bouche, alors que je me replie sur moi-même. J'ai l'impression que mon cœur est en train de s'arrêter de battre tant celui-ci me fait souffrir. Ma vue commence à devenir floue et un sifflement retenti tout à coup à mes oreilles. Cela ne peut pas être vrai... C'est ma sœur, j'ai besoin d'elle... Plus les larmes coulent sur mon visage, plus j'ai la sensation d'avoir du mal à respirer.

Pourquoi ?! Pourquoi est-ce qu'il me l'on prit ?! Je ne peux pas vivre sans elle !

Je cri de toutes mes forces sans pouvoir me contenir. Puis mes hurlements continuent et se mêlent à mes sanglots et alors que j'ai la sensation que je vais mourir sous le coup de la douleur... Je sens tout à coup une piqûre dans mon bras gauche et quelques secondes après je sombre dans le sommeil...

Les fois précédentes où j'ai repris connaissance, à l'instant même où mes esprits me revenaient, je ne pouvais empêcher la tristesse de prendre le dessus sur moi et de me laisser complètement envahir par la peur de devoir vivre sans elle.

Ainsi à chaque fois, même pas quelques minutes après mon réveil, les infirmières finissaient par devoir m'endormir de nouveau à coup de médocs. Mais, aujourd'hui les choses sont différentes, c'est comme si je ne ressentais absolument plus rien et que plus rien n'avait d'intérêt à mes yeux…

Je scrute la pièce des yeux et pour la première fois depuis que je suis arrivée ici, je suis seule dans ma chambre. J'appuie sur le bouton d'appel, afin que l'on vienne m'aider à me lever, mais après plusieurs minutes d'attente, je n'ai toujours aucune réponse.

Je décide finalement de me lever toute seule et même si les premières secondes debout me semblent être un supplice tant j'ai la tête qui tourne. Je finis par retrouver mon équilibre, en grande partie grâce à ma perfusion sur laquelle je m'appuie. Et j'arrive ensuite à me diriger lentement mais sûrement jusque dans la salle de bain.

Après avoir terminé de pisser, je décide de me rincer le visage afin de m'aider à reprendre un peu plus mes esprits. Sauf qu'à ce moment-là je croise mon reflet dans le miroir, que j'avais soigneusement évité à mon entrée dans la salle de bain. Et je ne peux m'empêcher de bloquer sur celui-ci, ma main se rapproche même instinctivement de celui-ci afin de le frôler des doigts…

Pourtant cela fait bien longtemps que j'ai passé la phase ou le fait d'avoir une sœur jumelle et donc une personne qui a le même visage que moi me pose problème. Mais là, c'est comme si elle était juste face à moi… Et alors que je ne peux empêcher mon cerveau de la voir dans mon reflet, le désespoir refait surface...

« Je ne peux pas vivre sans elle ! Je serais incapable de me regarder en face ! C'est moi qui aurais dû mourir, pas elle ! C'était elle la sœur parfaite qui avait de belles choses à accomplir, pas moi ! Je ne mérite pas de vivre sachant que je n'ai pas réussi à la

sauver ! » me répète, une fois de plus, cette petite voix dans ma tête.

Ainsi, tandis que j'ai encore les yeux rivés sur mon reflet, je lève mon poing et fracasse celui-ci contre le miroir. Puis sans perdre une seconde de plus, j'attrape le plus gros morceau de verre dans le lavabo que j'utilise ensuite pour me taillader les poignets…

Il n'est pas question que je reste ici sans elle… Elle était ma moitié, ma sœur jumelle… Et je ne pourrais jamais me pardonner de ne pas avoir réussi à la sauver… Je ne vois plus aucun intérêt à continuer de vivre…

1

Jahyana

*« La mort n'est pas la pire chose
de la vie. Le pire c'est ce qui meurt
en nous quand on vit. »*[*]

« – J'en ai marre, je préférais mourir que de continuer à jouer les gentils petits soldats ! hurlé-je tout en jetant au sol mon bâton de combat avant de me diriger vers la sortie.

– Jahyana! Si tu sors d'ici, je te garantis que tu vas fortement le regretter ! crache Alexeï avec son regard de tueur.

Je ne prends même pas la peine de lui répondre et claque la porte derrière moi. Je fonce jusqu'à la porte qui permet d'accéder à l'extérieur et une fois dehors, je prends une grande inspiration ce qui soulage aussitôt tous mes muscles endoloris.

– Si tu ne reviens pas dans les cinq minutes, il va en informer père et tu sais que ça peut très mal finir, lance Aneya en arrivant par derrière.

– Je m'en fiche, qu'il se débarrasse de moi si ça lui fait envie, j'en ai marre ! lui répondis-je sans aucune hésitation.

– Quoi ?! Mais comment peux-tu dire une telle chose ?! s'indigne-t-elle les yeux grands ouverts.

– Je n'arrive plus à faire semblant et à jouer au bon petit soldat afin de le satisfaire ! Je n'ai aucune envie de devenir un monstre tel que lui et maman ! Et vu que visiblement il n'est pas prêt de nous laisser vivre notre vie comme bon nous semble, je préfère abandonner, déclaré-je le regard rivé au sol.

– Donc tu vas être lâche et m'abandonner... murmure-t-elle en s'asseyant à même le sol l'air sous le choc.

– Quoi ?! Mais non, jamais de la vie ! lancé-je alors que je prends place à côté d'elle.

– Bien sûr que si ! Même si je n'ai pas envie de finir comme eux, je n'ai pas non plus envie de mourir ! Du coup, j'ai bien l'intention de tenir bon jusqu'au jour où je trouverai le moyen ou que j'aurais l'occasion de me défaire de leur emprise et vivre ma vie comme bon me semble ! commence-t-elle en reportant son regard sur moi. J'ai toujours pensé que toi aussi tu te battrais quoi qu'il arrive, parce que même si l'on est différente sur bien des points, on veut toutes les deux avoir la chance de vivre pour de vrai et non pas comme les futurs dirigeants d'un des plus grands cartels du pays ! continu-t-elle ensuite le regard triste. C'est pourquoi, je n'arrive pas à croire que tu sois prête à les laisser gagner en abandonnant, ce qui fait que je serais seule face à eux pour m'en sortir ! termine-t-elle d'un ton plus dur.

– Je... je suis désolé. Tu as raison, je n'ai pas le droit d'abandonner et je dois me battre autant pour moi que pour toi, soufflé-je tandis que je lui prends la main.

Elle me la serre en retour et je me demande vraiment ce que j'aurais fait si elle n'avait pas été à mes côtés pendant toutes ses années. En fait, si, je sais exactement ce que j'aurais fait : je me serais suicidée ou je serais devenu une copie conforme des monstres sans cœur qui nous servent de parent...

– D'accord... mais je veux qu'on se fasse une promesse ? lance-t-elle en se tournant vers moi.

– Tout ce que tu veux, répondis-je sincèrement.

– Je veux qu'on se promette que quoiqu'il arrive dans le futur, même si l'une de nous n'est plus là, on devra continuer à se battre et à vivre à fond pour l'autre. D'accord ? me demande-t-elle son petit-doigt déjà levé, comme quand nous étions gamines et que l'on se promettait de garder un secret.

– Promis, soufflé-je en attrapant son petit doigt avec le mien sans hésitation tant je lui suis reconnaissante d'être qui elle est, car sans elle, la vie serait un véritable enfer... ».

Lorsque je réalise qu'il ne s'agissait que d'un souvenir, je me remémore les derniers événements que j'ai en tête. Je me revois devant le miroir… Puis je vois du sang… Il y a ensuite des cris et des gens qui s'agitent autour de moi, avant que ce ne soit le trou noir.

Je prends donc conscience de ce que j'ai tenté et de ce que cela signifie concernant la promesse que j'avais faite à ma sœur… Une fois de plus, j'ai abandonné tandis que je lui avais promis le contraire… Et alors que je m'apprêtais à me flageller mentalement, je réalise que cela ne fera qu'aggraver la situation.

Elle est morte et je ne peux rien faire contre cela… Tout ce que je peux faire, c'est tenir ma promesse et continuer de me battre pour elle, malgré le fait que j'ai la sensation d'être brisée en mille morceaux…

Cela fait maintenant un mois qu'Aneya est morte et que je suis à l'hôpital. Je sais dorénavant que j'ai passé les seize premiers jours de mon séjour ici à être assommé de force par les infirmières à cause des crises de panique que je faisais à chaque réveil. Je me rappelle d'ailleurs certains de ces réveils vaseux ou à peine je reprenais mes esprits que la douleur m'envahissait aussitôt. Mais je n'avais pas conscience que cela avait duré si longtemps… Je sais aussi qu'à cause de ma tentative de suicide, ils ont dû me placer dans un coma artificiel pendant une semaine, étant donné que mon corps avait déjà été fortement affaibli par ma blessure à l'épaule…

Une fois sorti du coma, je suis encore resté une semaine au soin intensif afin qu'ils terminent de guérir ma brûlure. Puis j'ai été transféré dans l'aile psychiatrique, ou je vais encore devoir passer les trois prochaines semaines. Étant donné que le médecin a estimé que je représentais probablement un danger pour ma personne et qu'il était donc nécessaire que je reçoive l'aide appropriée avant que je sois libre de retourner à ma vie.

Du coup, depuis une semaine, j'alterne mes journées entre séances avec le psy et groupe de paroles. Ce qui n'est vraiment pas ma tasse de thé, et même si je suis incapable de dire que j'ai fait mon deuil et que je vais bien. Il n'empêche que s'il y a bien une chose que je peux accorder à mes parents, c'est qu'ils nous ont appris à faire face à la douleur, n'importe quelle douleur… Ainsi, même si j'ai l'impression d'être morte de l'intérieur, j'arrive à me convaincre de ne pas abandonner et de me battre pour ma sœur comme je lui ai promis…

Sans compter que j'ai appris récemment que le service d'incendie avait déclaré le feu qui l'a tué comme criminel et intentionnel. Il est donc impossible que je me laisse aller ou que je flanche de nouveau pendant que son meurtrier est dehors et bien vivant, alors qu'elle n'a plus cette chance… Surtout que ce sont mes parents qui sont en contact avec l'inspecteur chargé de l'enquête. Et je n'ai aucune confiance en eux; ainsi il n'est pas question que je les laisse gérer les choses à leur manière…

Mais malheureusement, en dépit de mes requêtes auprès des docteurs, je ne pourrais pas être libéré avant la fin de mon internement d'un mois. Je prends du mieux que je peux mon mal en patience tout en jouant un maximum le jeu auprès des docteurs, afin qu'ils ne décèlent pas la colère et la tristesse qui grandissent en moi chaque jour…

– Comment vous sentez-vous aujourd'hui, Jahyana ? me demande le Dr Brensen avec son sourire bienveillant habituel.

– Sincèrement, vous n'avez pas autre chose comme question à poser à des gens qui sont internés pour des problèmes psychiatriques ? Parce qu'il faut dire que ça coule de source que l'on ne serait pas là si on allait bien ! lui répondis-je tout en ramenant mes jambes à moi afin de m'asseoir en tailleur.

– Vous allez continuer longtemps à éviter les questions de cette manière ? m'interroge-t-il un sourcil haussé, signe d'agacement chez mon gentil docteur. Surtout que je pourrais très bien décider de vous garder plus longtemps que prévu si j'estime que je ne suis pas capable d'évaluer votre état mental actuel malgré toutes les séances que nous avons faites ces dernières semaines, ajoute-t-il un petit sourire joueur au visage.

– Mon but n'est pas d'éviter la question, mais j'ai trouvé cela important que de vous notifier que du point de vue d'un patient, cette question est assez débile, rétorqué-je toutes dents dehors.

– Vous savez cela fait longtemps que je fais ce métier et des personnes comme vous, qui cachent leurs émotions par l'humour ou la nonchalance, j'en ai vu. Et malheureusement, cela ne finit jamais bien pour eux, alors pour une fois arrêtez de jouer la comédie, indique-t-il avec un regard très sérieux.

Sur le coup, je ne dis rien et reste à le regarder quelques instants puis je me penche un peu vers lui comme pour lui confier quelque chose ce qui semble le ravir.

– Je devrais peut-être tenter ma chance à Hollywood alors ? balancé-je avec un clin d'œil.

– Sincèrement, je crois que je n'ai jamais eu une patiente aussi agaçante que vous ! bredouille-t-il dans sa barbe tout en se frottant le front.

– Je vous remercie pour le compliment, il est toujours bon d'être la meilleure dans un domaine, quel qu'il soit ! commencé-je sans pouvoir me retenir de rigoler. Et vu que vous m'avez fait plaisir, je vais être gentille avec vous et répondre à votre question, aussi débile soit-elle, continué-je alors que son regard se pose de nouveau sur moi. Je ne vais pas bien et je ne le serais sûrement plus jamais, ou du moins, réellement. C'était ma sœur jumelle… Elle et moi, nous avons affronté ensemble des choses que peu de gens supporteraient et j'ai aussi passé les plus beaux moments de ma vie à ses côtés. Je l'ai aimé plus que tout… Mais malgré la douleur intense que je ressens à chaque seconde, je ne vais pas abandonner parce que je le lui ai promis. Et contrairement à ce que vous insinuez, je ne cache pas mes émotions par mon attitude, car ce comportement, c'est moi dans toute ma splendeur. Par contre, je suis plus du genre à pleurer dans mon coin, car j'ai toujours été assez solitaire dans le fond. Donc non, je ne vais pas tirer la tronche toute la journée, parce qu'encore une fois, je me le dois, mais je le lui dois aussi à elle, terminé-je en le regardant droit dans les yeux.

– Je dois vous avouer que j'espère que je n'aurais pas un autre patient dans votre genre, car vous n'êtes vraiment pas évident à gérer ! Mais vous êtes aussi la plus forte que j'ai pu croiser, annonce-t-il en fermant son carnet. Sachez cependant qu'être convaincu que vous vous sentirez toujours aussi mal n'est pas une bonne chose. Il faudra à un moment ou un autre que vous lâchiez prise sinon cela va vous revenir en pleine face comme un boomerang, dit-il ensuite son air sérieux de retour. Je vous confirme que vous serez libérée demain et j'espère sincèrement que vous arriverez à trouver quelque chose ou quelqu'un qui vous permettra d'être de nouveau heureuse, ajoute-t-il après quelques secondes de silence, un sourire sincère au visage.

– Merci, murmuré-je absolument pas convaincu que cela ne soit possible…

Lorsque je me retrouve finalement dans l'allée où elle repose, j'ai la respiration coupée pendant quelques secondes, cependant, j'arrive tout de même au niveau de sa tombe. Et alors que je me retrouve devant celle-ci, je sens aussitôt les larmes couler sur mes joues. Je pose le bouquet de tournesols que je lui ai acheté sur sa tombe. Puis je la contourne, m'assois et cale mon dos contre celle-ci. Afin de pouvoir dire tout ce que j'ai à lui dire.

– Je suis tellement désolée de ne pas être venue te voir plus tôt… Mais comme tu t'en doutes peut-être, j'en ai encore une fois fait qu'à ma tête… Et j'en suis sincèrement désolé… Je n'aurais jamais dû oublier la promesse que l'on s'est faite… Mais je te garantis que maintenant je l'ai bien en tête et quoiqu'il arrive je continuerais à me battre et à vivre pour toi… Je te certifie aussi que je vais trouver ceux qui sont responsables de tout ça et leur faire payer… Même si je sais, dans le fond, que tu ne voudrais pas que je fasse quelque chose de mal, il m'est impossible de les laisser s'en sortir indemne… Mais je te promets que malgré cela, je tiendrais ma promesse et vivrais ensuite une belle vie digne de la femme incroyable que tu étais…

Une fois mon sac déballé, je reste encore un moment appuyé contre sa tombe, à me remémorer mes souvenirs d'elle et à pleurer silencieusement…

— Bonjour, je suis Jahyana Estènzia, la sœur d'Aneya. On m'a dit que c'est vous qui avez la charge de l'enquête sur son meurtre, lancé-je alors que j'arrive face à l'homme indiqué par le flic de l'accueil.

— Bonjour. En effet, je suis l'inspecteur Tranel et je vous présente toutes mes condoléances pour votre sœur, me répond-il en m'invitant à m'asseoir d'un signe de la main.

— Je vous remercie, murmuré-je détestant vraiment ce regard que les gens me lancent, il me fait me sentir misérable… J'aimerais savoir où en est l'enquête si cela est possible ? demandé-je ensuite.

— Bien évidemment, mais vous auriez dû demander à vos parents ce qu'il en était, cela vous aurait évité un déplacement inutile, car malheureusement, nous n'avons aucune piste pour le moment, m'indique-t-il le regard dépité.

— Je ne suis pas en bons termes avec mes parents, donc je préfère me renseigner par moi-même, déclaré-je. Pouvez-vous tout de même me dire vers où s'est portée votre enquête jusque-là ? l'interrogé-je afin d'essayer de gratter peut-être quelques informations utiles.

– Nous avons interrogé toutes les personnes qui connaissaient votre sœur et tous nous ont répété que c'était une femme avec un grand cœur et la main verte, mais rien de plus, commence-t-il en épluchant les dossiers posés sur son bureau. Du coup, nous nous sommes tournés vers la société de votre mari, pour laquelle vous travaillez. Et là encore, nous n'avons absolument rien. Tous ses papiers et les contrôles d'hygiène sont en règle pour la vente et la culture de cannabis, continu-t-il l'air encore plus dépité qu'il y a quelques minutes. Sa comptabilité est parfaite et la gestion en bourse de la compagnie est aussi parfaitement gérée grâce à son actionnaire. Donc sincèrement, je suis au regret de vous dire que…

– Attendez ! Vous avez dit un actionnaire ? le coupé-je totalement surprise par cette information.

– Oui, il y a environ quatre ans, votre mari a trouvé un actionnaire. La compagnie « Health & Weed Co », lui a permis de faire rentrer son entreprise en bourse. Depuis, la société détient trente pour cent des actions de celle de votre mari, me répond-il l'air étonné par ma question.

Et alors qu'il attend clairement une réponse de ma part, je suis incapable d'émettre le moindre son. À l'instant même où il a prononcé le nom de cette société, ma respiration s'est coupée et j'ai eu la sensation que l'on mettait un coup de poignard en plein cœur.

– Est-ce que tout va bien ? me demande l'inspecteur après quelques minutes de silence.

– Oui, désolé, c'est juste que c'est encore frais et apprendre que vous n'avez aucune piste ça m'a un peu retournée, mentis-je tandis que je ravale le vomi qui m'est montée à la bouche. Je vous remercie pour les informations que vous m'avez données. Voici mon numéro de téléphone ; si vous trouvez quoi que ce soit ou besoin de renseignements supplémentaires sur ma sœur, appelez-moi, déclaré-je avant de me lever et de poser une de mes cartes sur son bureau.

– Je le ferais sans faute, bonne journée Mademoiselle Estenzia et encore une fois, mes sincères condoléances, me répond-il avec un signe de tête.

Je lui en fais un en retour et je sors le plus rapidement possible du poste de police. Quand j'arrive finalement dans ma voiture, je suis incapable de retenir mes larmes plus longtemps. Mais contrairement à ces derniers temps, il ne s'agit pas de larmes, de tristesse, mais de colère… Une colère si puissante que mon cœur se met à battre tellement fort que j'ai la sensation qu'il va exploser. Une rage si intense que je suis obligé d'entourer le volant de mes mains et de le serrer de toutes mes forces afin de m'empêcher de me mettre à me fracasser les poings sur mon tableau de bord…

Je ne veux pas croire que c'est vrai ! Je ne peux pas croire que c'est vrai ! Ce n'est pas possible ! Parce que si c'est vrai, ça signifie que tout est de ma faute !

11

Jahyana

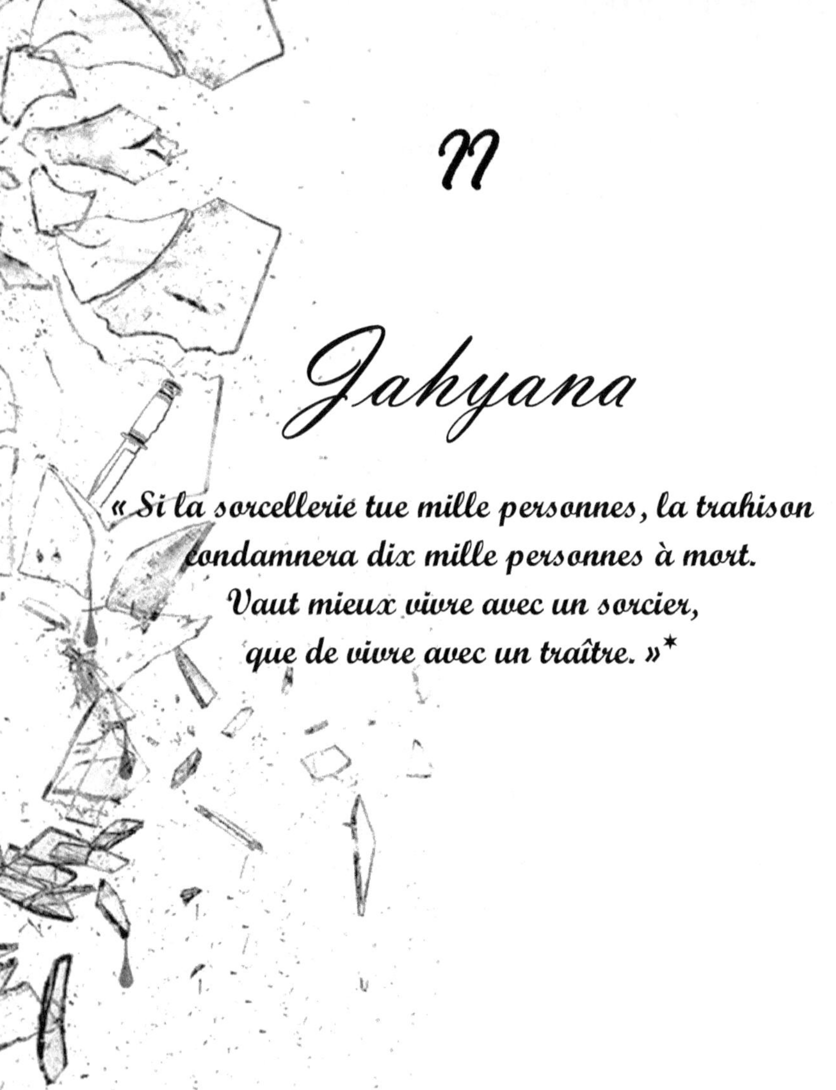

« *Si la sorcellerie tue mille personnes, la trahison condamnera dix mille personnes à mort. Vaut mieux vivre avec un sorcier, que de vivre avec un traître.* »*

Lorsque je me gare enfin devant chez moi, il me faut plusieurs minutes avant de réussir à sortir de ma voiture pour rentrer. J'ai peur de la vérité que j'ai découverte, mais j'ai aussi une rage immense qui grandit en moi… Et malheureusement pour mon cher mari, mes parents m'ont plus appris à laisser parler ma colère que mes peurs…

– Salut, ma chérie. Alors, ils ont des pistes pour l'enquête ? m'interroge Rodrigue qui est visiblement dans la cuisine.
Sauf que je ne lui réponds pas et fonce jusque dans la chambre sans perdre de temps. Lorsque j'arrive dans celle-ci, j'ouvre en grand mon dressing, me mets à genoux et récupère la boîte à chaussure cachée au fond de celui-ci.

– Est-ce que ça va, Jahyana ? demande Rodrigue alors qu'il arrive sur le pas de la porte de la chambre. Hé bein, je ne t'ai jamais vu sortir cette boîte en ma présence, lance-t-il étonné lorsqu'il voit la fameuse boîte.

– C'est normal, je ne pensais pas en avoir besoin contre toi, soufflé-je avant de me relever mon révolver armé et équipé de son silencieux à la main.

– Oh, bé ! À quoi tu joues là ? s'exclame-t-il en faisant un pas en arrière.

– Bouge ne serait-ce que d'un centimètre de plus et tu peux dire adieu à ton genou, indiqué-je l'arme déjà pointée sur lui.

– Sincèrement, je sais que les choses ont été dures pour toi ces derniers temps, mais là tu pètes complètement un câble ! me hurle-t-il dessus. Je vais te laisser te calmer et quand tu seras prête on discutera, ajoute-t-il en commençant à se tourner pour partir.

Ainsi, sans hésitation, je lui tire une balle dans le genou droit. À l'instant où la balle le touche, il s'effondre comme une merde au sol et se met à me beugler dessus tout en tenant son genou.

– Je t'avais prévenu ! notifié-je alors que je m'assois sur le bord du lit face à lui. Du coup, maintenant, tu vas la fermer et m'écouter bien sagement, parce que sinon ça va mal finir pour toi, déclaré-je ensuite l'arme de nouveau en sa direction et j'ai enfin le droit au silence. L'inspecteur Tranel a fait quelques recherches sur ta société afin de savoir qui aurait pu en vouloir à tes biens. Il a donc bien évidemment jeté un œil à tes actionnaires, donateurs et tout le tralala, afin de savoir si cela n'était pas une attaque indirecte, continué-je à lui expliquer, tout en essayant au mieux de contenir la colère que je sens monter en moi. Il s'avère donc qu'il m'a signalé que tu n'avais qu'une seule société en tant qu'actionnaire. Et tu imagines bien, que c'était une vraie surprise pour moi d'apprendre que ladite société appartient à mon enculé de père ! terminé-je sans pouvoir me contenir de crier et un sourire mauvais sur le visage.

– Jahyana je… je suis désolé… j'aurais dû tout te raconter depuis longtemps, mais… je … je suis tombé amoureux de toi et… je ne voulais pas prendre le risque de te perdre ! bredouille-t-il le regard rivés vers le sol.

– Qu'est-ce que tu aurais dû me raconter avant ?! crié-je de toutes mes forces.

– Il y a à peine plus de quatre ans, ton père m'a abordé afin que je vous engage, toi et ta sœur, dans mon atelier. En échange, il allait devenir un actionnaire très généreux et permettre à ma société de rentrer en bourses… c'était un vrai tremplin pour moi ! annonce-t-il d'une traite.

– Et donc, depuis tout ce temps tu travailles avec lui ? Alors que je t'ai raconté tout ce qu'il nous a fait endurer ? beuglé-je en retirant le chargeur de mon arme avant de le lancer hors de ma portée, car sinon je risque de faire quelque chose que je regretterais, vu que cela impliquerait que je rompe la promesse faite à ma sœur et que je me salisse les mains comme nos parents l'ont toujours désiré…

– Je n'étais pas censé tomber amoureux de toi et me marier avec toi, mais je n'ai pas pu m'en empêcher ! se défend-il. Et plus le temps passait, plus je savais qu'il fallait que je te dise la vérité… Mais… j'avais tellement peur que tu me quittes, que j'aie fini par me résigner à te le cacher toute ma vie, reprend-il l'air sincèrement triste sauf que cela ne me fait ni chaud ni froid. Ton père avait dit que nous nous occuperions que de la fourniture de son marché légal, comme ça, nous ne courions aucun risque… Mais en fait…

– En fait, il t'a menti comme il le fait toujours et s'est servi de toi afin de faire grandir son empire. Ce qui signifie que l'on a sûrement livré toute sorte de clients, dont certains étant considéré comme les pires criminels au monde ! le coupé-je sans pouvoir me contenir. Tout ce qui est arrivé, c'est entièrement de ta faute ! On te faisait toutes les deux confiance et à cause de toi elle est morte ! hurlé-je en sentant les larmes couler encore une fois. Je t'avais dit que mon père était un monstre sans cœur et que ma mère était probablement pire que lui ! Ce n'est pas pour rien que nous avons fui la maison dès que nous avons eu dix-huit ans ! Je ne te pardonnerais jamais pour ce que tu as fait ! À mes yeux, tu es dorénavant aussi mort que l'étaient mes parents quand je leur ai dit au revoir pour la dernière fois ! terminé-je en le regardant droit dans les yeux afin qu'il comprenne bien que je suis sérieuse.

– Non ! Jahyana, je t'en prie ! Je suis tellement désolé ! crie-t-il alors qu'il tente de se relever.

– Tu pourras dire ou faire tout ce que tu veux. C'est terminé, déclaré-je en lui avant de lui jeter ma bague en pleine gueule. Je fais mes valises et je m'en vais loin de vous tous, monstres que vous êtes ! ajouté-je en me dirigeant vers la sortie.

Lorsque je finis par monter dans ma voiture chargée de toutes mes affaires essentielles, j'ai l'impression que mon être se brise un peu plus en morceaux... L'homme que j'aimais est la cause de la mort de ma sœur, l'être qui était tout pour moi. Ce qui signifie que si je n'étais pas tombée amoureuse de lui, rien de tout cela ne se serait passé. Aujourd'hui, je n'ai plus rien… ni famille, ni amour, ni but… Il ne me reste que la tristesse et la culpabilité… Je ne sais absolument pas où je vais aller ni ce que je vais faire de mes journées...

Tout ce dont je suis sûr, c'est que même si je n'ai pas fait d'accroc à ma promesse faite à Aneya en ce qui concerne Rodrigue. Il en sera tout autre concernant mes parents, car je ne peux pas les laisser s'en sortir aussi facilement après tout ce qu'ils ont fait ! Non seulement ils nous ont pourris notre enfance et notre adolescence, mais en plus, ils ont osé, une fois de plus, nous mêler à leurs affaires sans prendre en compte les dangers que cela représentait pour nous.

Toute notre vie, nous n'avons été que des petits soldats à leurs yeux. Des petits soldats qui devaient obéir aveuglément dans l'unique but qu'un jour, nous serons leurs successeurs pour reprendre la tête de leur empire... Même quand nous pensions leur avoir échappé et qu'ils avaient compris que nous ne serions jamais des montres sans cœur comme eux. Nous nous trompions et ils étaient toujours là, dans l'ombre à tirer les ficelles. Leur fille est morte à cause d'eux et à cause de ça, c'est leur autre fille qui va leur ôter la vie…

Cela fait maintenant deux semaines que j'ai appris que mon mari m'avait menti pendant toutes ces années et que mes parents étaient, entre autres, responsables de la mort d'Aneya. Depuis tout ce temps, je suis enfermé dans une chambre d'hôtel perdu au milieu de nulle part afin de préparer le meilleur plan d'attaque.

Mes parents sont des monstres, et encore, je trouve que ce mot est encore trop peu pour les décrire. Mais, ce qui en fait surtout des êtres ignobles, c'est leurs habiletés au combat et à réagir en cas de situation critique. Même ma mère qui a l'air d'avoir un balai dans le cul au premier abord avec ses tailleurs et ses brushings parfaits, quand il s'agit de se défendre ou de protéger ce qui lui appartient, ce n'est plus la même personne. Sans compter qu'ils ont un système de sécurité hors norme, ainsi qu'une ribambelle de gorille lourdement armée qui patrouillent dans toute la maison.

Du coup, réussir à m'introduire pour foutre le feu à la baraque, ça va être compliqué… mais pas impossible étant donné que j'ai été élevé aux côtés de ses deux êtres ignobles. Surtout que j'ai déjà réussi à m'enfuir une fois de cette prison, donc normalement, je devrais pouvoir réussir à m'y introduire sans problème…

Lorsque j'arrive presque au niveau du mur, et donc de la maison, je ne peux contrôler les images qui me reviennent en tête du fait d'être ici. Même si j'ai quelques rares beaux souvenirs de ma sœur et moi ensemble, heureux et insouciants malgré la vie qu'on menait, je ne peux m'empêcher de penser particulièrement aux épreuves que l'on a vécues. Et surtout une en particulier…

« Comme tous les jeudis, je suis obligée de rentrer seule du collège étant donné que mademoiselle Aneya tient absolument à aller à ce maudit atelier jardinage. Je déteste faire le chemin seul, c'est

chiant et long ! Je mets donc la musique qui joue dans mes écouteurs à fond en espérant que cela fera passer le chemin plus vite. Sauf qu'il y a un kilomètre pour arriver jusqu'à la maison, du coup, je ne suis pas près d'arriver ! Sincèrement, des fois je me demande si au lieu de suivre toutes les directives militaires de notre père afin que nous restions en forme, nous ne devrions pas nous laisser aller. Ainsi, peut-être qu'il réaliserait qu'on n'a absolument pas envie d'être le même genre de personne qu'eux.

Sauf qu'à l'instant où cette idée me traverse la tête, je sais qu'elle est complètement débile. La seule raison qui fait que nous sommes venues au monde, c'est parce qu'ils voulaient des héritiers pour leur empire. Pour eux, nous ne sommes que des instruments à la création de leur dynastie du crime…

Je suis tellement dans mes pensées que je ne remarque pas le van qui s'est arrêté juste à côté de moi ; je m'aperçois de mon erreur quand un homme en sort, qu'il me soulève du sol avant de me jeter dans celui-ci. Lorsque mon corps touche le plancher, je prends aussitôt un coup de poing en pleine joue. Malgré la douleur, je me redresse tant bien que mal et je me retrouve face à deux mecs cagoulés dont un avec une arme pointée sur moi.

— Si tu tentes quoi que ce soit, tu es morte ! lance celui qui est armé.

Je hoche la tête doucement et je me dis que je suis dans une belle merde ! Cependant, je ne dois pas paniquer et trouver un moyen de gagner du temps jusqu'à ce que mon père réalise que je ne suis pas rentrée et parte à ma recherche. Sauf que, là encore, dès que cette pensée me traverse l'esprit, je sais que c'est faux. Il ne s'inquiéterait jamais pour moi, seule Aneya le ferait et elle n'a clairement pas les moyens nécessaires pour me retrouver, sans compter qu'elle ne rentrera pas à la maison avant deux bonnes heures… Je dois donc trouver une solution pour m'en sortir toute seule… J'observe bien chaque détail que je peux trouver sur mes agresseurs et je me mets à réfléchir à un plan.

Après au moins une demi-heure de route, nous finissons par nous garer. Ils me mettent un vieux tee-shirt sur la tête qui me permet de voir tout de même un minimum, puis celui qui est armé se place juste derrière moi et pose le canon de son arme dans mon dos.

– Avance, crache-t-il.

Je m'exécute sans perdre de temps. Je les laisse me guider dans ce qui ressemble à un vieil entrepôt abandonné d'après ce que j'arrive à voir. Après quelques minutes à marcher, nous finissons par arriver devant une porte que l'un des gars ouvre pendant que l'autre retire le tee-shirt de mon visage. Ainsi, alors que ma vue s'habitue à la nouvelle lumière ambiante, je constate qu'on est dans une pièce vide avec juste une chaise posée au centre.

– Tu vas rester là le temps qu'on réclame ta rançon, indique le mec sans arme.

Aussitôt, je comprends que si j'accepte de m'asseoir bien sagement et attendre, il en sera probablement fini pour moi... Mon père ne payerait jamais une rançon ! Je ne réfléchis donc pas plus et décide d'agir.

Je me baisse d'un coup vif, attrape les bords de la chaise puis je me retourne d'un geste encore plus sec vers le mec qui tient l'arme. Quand je sens que je percute quelque chose, j'entends aussi un coup de feu partir. Puis je sens une douleur intense qui me monte dans le bras gauche. Mais je n'y fais pas attention et prends sur moi comme lors des entraînements aux combats avec Alexeï et qu'il y va trop fort.

Tandis que l'autre gars va pour se jeter sur moi, je lui mets un coup de chaise en pleine tête. Par chance, je remarque du coin de l'œil l'arme au sol à seulement un mètre de moi. Du coup, de nouveau sans réfléchir, je balance la chaise en direction du gars face à moi puis je me jette sur l'arme. Une fois en main, je me relève aussi vite que possible et la pointe sur eux. Cependant, les types face à moi n'ont pas l'air de croire que je vais m'en servir vu qu'ils vont pour revenir à la charge. Ainsi, sans perdre de temps, je tire sans répit en visant leurs jambes. Une fois le chargeur vidé, ils sont tous les deux à terre avec les jambes en sang et à l'agonie.

Je ne perds de nouveau pas de temps et fonce jusqu'à la sortie. Cependant, je me rappelle tout à coup qu'il y avait forcément un mec qui devait conduire quand je me prends un nouveau coup de poing en pleine joue. Je m'écroule au sol de tout mon poids. Il faut vraiment que je me remémore tous les enseignements de mon père afin de réussir à contenir et supporter la douleur qui m'envahit. J'observe tout ce qui se trouve à ma portée de main et je remarque un bout de vitre brisée à quelques centimètres de moi. Pendant que le poids lourd qui m'a balancé au sol s'accroupit pour m'attraper par le cou, je lui tranche le bras à l'aide du bout de verre avant de lui planter celui-ci dans le ventre.

Alors qu'il hurle de douleur, je fonce à toute vitesse vers la sortie. Lorsque j'arrive finalement dehors, il n'y a qu'une lignée d'entrepôt et il n'y a pas l'air d'avoir âme qui vive dans les parages. Je me dirige donc vers leur van tout en essayant au mieux de me rappeler comment démarrer une putain de voiture sans clé !

Au bout de ce qui me paraît être une éternité, je finis par réussir à démarrer le van et je fonce sans plus attendre jusque chez moi.

Quand j'arrive enfin à la maison, je rentre en trombe dans celle-ci et je tombe directement sur mon père, ma mère ainsi que ma sœur, ce que je trouve étrange, car ils avaient l'air de m'attendre. Aneya va pour venir à ma rencontre, mais mon père l'en empêche d'un regard.

– Père, j'ai été kidn…

– Oui je sais, c'est moi qui l'ai organisé et sincèrement je suis plus que déçu ! me coupe-t-il l'air furieux.

– Quoi ? Mais je… bredouillé-je incapable d'accepter ce qu'il vient de me balancer.

– Ne me fais pas plus honte que tu ne l'as déjà fait en jouant les idiotes ! m'hurle-t-il dessus cette fois. C'était un test et tu as lamentablement échoué ! Avec tous les entraînements que je t'ai prodigués, tu n'aurais jamais dû te laisser emmener par ses hommes. Et tu as fait bon nombre d'erreurs pendant ton évasion ! C'est vraiment pitoyable et tu vas devoir vite te reprendre en main si tu ne veux pas y rester la prochaine fois ! déclare-t-il ensuite de son ton aussi froid que la glace. Maintenant, hors de ma vue toutes les deux ! ajoute-t-il tout en se frottant le visage comme si cela était un supplice pour lui de nous avoir sous ses yeux.

Alors que je reste planté là, les poings serrés face à mon père, Aneya se précipite sur moi et m'attrape par le bras afin de me tirer hors de la pièce, avant que je ne tente quelque chose de stupide.

– Ils n'en valent pas la peine et moi je suis là pour toi, quoi qu'il arrive, me murmure-t-elle tandis que nous empruntons les escaliers pour aller à notre étage... »

Je me rappelle de cette horrible journée comme si c'était hier, car c'est ce jour-là que j'ai réellement pris conscience que nos parents étaient des êtres sans cœur prêts à tout, y compris nous mettre en danger, dans le but de maintenir et agrandir leur empire du crime... Si à cette époque, j'avais été plus forte, j'aurais peut-être pu me dresser face à lui... Mais malheureusement, ce n'était pas le cas et cela nous a conduits à la mort d'Aneya. Cependant, aujourd'hui je le suis assez et j'ai bien l'intention de leur faire payer toutes les atrocités qu'ils nous ont fait endurer...

M

Jahyana

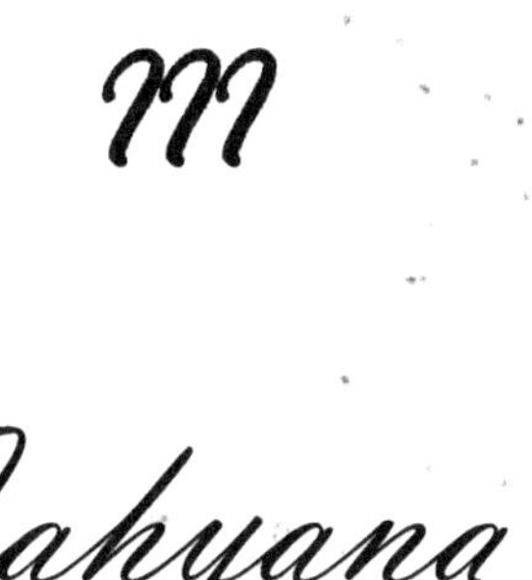

« L'existence tout entière est un combat ; vivre, c'est une victoire qui dure. »[*]

Je prends trois grandes inspirations et me concentre sur tous mes sens afin d'être la plus réactive et discrète. Je dois me focaliser sur chacun des sons que je perçois autour de moi. Le vent qui fait bouger les branches et les feuilles des chênes qui m'entourent, le chant des oiseaux qui les peuples, mais surtout chacune de mes respirations ainsi que chaque battement de mon cœur. Je dois avoir pleinement conscience de mon être de manière à devenir presque invisible.

Ensuite, j'adapte ma vue à la pénombre afin de distinguer chaque mouvement. L'écureuil qui rentre se cacher dans son terrier à ma vue, les insectes qui rampent sur le tronc à ma droite. Chaque détail à son importance, car si je ne distingue pas les mercenaires de mon père, je n'aurais pas le temps de réaliser que je me suis planté que j'aurais pris une balle en pleine tête.

Quand je sens que je suis en phase avec mon corps, je me remémore une dernière fois mon plan et grimpe directement dans l'arbre le plus proche du mur d'enceinte. Une fois presque arrivée en haut de celui-ci, je m'avance discrètement sur la plus grosse branche à ma portée. Avant d'arriver au bout de celle-ci soit au niveau du mur, je prends le temps de faire un repérage de sécurité. En effet, je ne suis pas revenu ici depuis plus de cinq ans du coup il est fort possible qu'ils aient changé certaines choses dans le système de sécurité. Surtout après notre fuite…

Je constate donc qu'il y a une caméra en plus qui donne un visuel sur le portail du mur Est et ses alentours. Ce qui ne m'étonne pas vu que c'est par ce portail que nous nous sommes enfuis avec Aneya, car à l'époque c'était le moins bien gardé, puisque c'est celui des employés. Par contre, je n'ai pas l'impression qu'ils ont rajouté d'autres choses et une fois que je me suis assuré qu'il n'y avait personne aux alentours. Je saute de la branche jusque sur le haut du mur, puis je descends de celui-ci d'un bond en faisant bien attention à ne pas m'éclater les chevilles.

Puis, sans perdre de temps, je longe le mur en courant à moitié agenouillé pendant environ cinquante mètres afin d'arriver au niveau de l'entrée du parking des employés. Une fois que j'ai la grande porte de garage en vue, je vérifie de nouveau qu'il n'y a personne et m'élance le plus rapidement possible afin d'atteindre celle-ci. Lorsque je me retrouve de l'autre côté du jardin, il me faut quelques secondes pour reprendre le contrôle de ma respiration et des battements de mon cœur. Puis je longe les portes métalliques jusqu'à arriver en dessous de la seule ouverture donnant sur l'intérieur. Après une nouvelle vérification des alentours, je retire mon sac de mon dos, dont je cale une de ses sangles sous mon bras de manière à pouvoir le porter sur le côté, puis je me hisse sur la pointe des pieds et essaie d'étirer au maximum mon corps du haut de mon mètre soixante-cinq et par chance, je réussi du premier coup à attraper le rebord de la fenêtre sans trop de difficulté. Je force donc sur mes bras pour être à hauteur de la vitre et sors aussitôt le fil de fer que j'avais mis dans ma poche afin de l'utiliser pour faire sauter le loquet de l'intérieur. Dès que c'est déverrouillé, je me soulève un peu plus afin d'entrer par celle-ci. Une fois la moitié de mon corps passé, je repère l'étagère juste en dessous de moi et décide de m'en servir d'appui. Ainsi, je fais passer mon sac à dos par la fenêtre pour le poser sur le côté et enfin, je pose mes deux mains sur l'étagère, avant de tout doucement faire venir le reste de mon corps. Lorsqu'il ne reste plus que mes mollets à faire passer complètement, je me fais légèrement basculer vers l'arrière. Et même si ça m'écorche la bouche de le dire, les cours de gymnastique que mon père m'a obligé à prendre adolescente, ont finalement eu leur intérêt…

Comme à l'époque, le garage des employés est désert à cette heure-ci et étant donné que cette fenêtre est toute petite, c'est l'une des seules de la propriété qui n'est pas équipée d'un détecteur d'ouverture. Je ne prends cependant pas le temps de me réjouir de ma chance et fonce le plus discrètement possible jusqu'à la porte au fond du garage. Je dois me concentrer au maximum sur la force que je mets dans mes jambes ainsi que sur ma respiration, afin que, même moi, je n'entende pas le son de mes pas. Lorsque j'arrive à la porte, je colle mon oreille à celle-ci afin d'essayer de déceler des bruits. Une fois que j'ai la sensation que l'endroit est sûr, j'ouvre celle-ci et me dirige en courant dans le long couloir menant au hall d'entrée de l'aile est.

Avec Aneya, on a passé une bonne partie de notre enfance à explorer chaque recoin de cette maison, y compris cette aile Est et ce malgré les interdictions de mon père, qui nous réprimandait à chaque fois qu'il apprenait que nous y étions allés, disant que nous ne devions pas nous mêler aux employés. Cependant, j'adorais ces explorations aux côtés d'Aneya et en plus, aujourd'hui cela m'est d'une grande aide, cela a donc bien valu toutes les punitions que j'ai pu avoir.

De ce fait, je sais que le moyen le plus rapide et discret pour arriver jusqu'au hall central, donnant sur la porte d'entrée, c'est de passer par le sous-sol de l'aile Est, que l'on atteint via la buanderie dont l'entrée est située à côté du hall de cette partie de la maison. Une fois que j'ai atteint les sous-sols, je n'ai plus qu'à suivre le chemin qu'empruntent les employés chaque jour afin de travailler sans pour autant déranger mes parents.

Après bien cinq minutes de marche, j'arrive enfin au niveau de la sortie qui mène à la salle de réception qui est attenante au hall d'entrée. Et avant d'y aller, il me faut quelques secondes pour reprendre le contrôle de mon esprit qui s'est trop dispersé à l'idée de ce qui m'attend. Surtout que c'est maintenant que les choses sérieuses débutent… En effet, la salle de réception sera vide ; en revanche, cela ne sera pas le cas du hall principal ou deux colosses doivent être en train de monter la garde. Et étant donné que le seul moyen de m'assurer que mes parents meurent dans l'incendie que je vais causer, c'est de foutre le feu en priorité à l'entrée principale par laquelle ils essayeront de sortir en premier. Je n'ai donc pas le choix de m'occuper de ceux-là en priorité…

Ainsi, une fois que je me sens de nouveau en pleine possession de mes moyens, je franchis discrètement la porte puis je longe le mur de la salle de réception jusqu'à la porte de service des employés qui permet d'accéder au hall. Je colle mon oreille contre celle-ci et je distingue bien les bruits de pas de deux personnes qui font des rondes devant la porte d'entrée. Je sors ma dague de ma ceinture, puis j'entrouvre la porte pendant deux secondes avant de la refermer.

J'entends les gardes qui réagissent immédiatement et l'un d'eux vient vers moi. Alors qu'il pousse la porte afin de l'ouvrir, je me colle au mur afin d'être caché derrière celle-ci. Et à peine commence-t-elle à se refermer après le passage du garde que je me jette sur son dos et passe ma lame sur sa gorge. En quelques secondes, ma main se remplit d'un liquide chaud et je dépose délicatement au sol son corps alors que son regard se fixe dans le vide... Je récupère le talkie-walkie accroché au torse du garde mort et je sors mon flingue équipé de son silencieux de mon sac puis j'ouvre la fréquence du talkie. Aussitôt, j'entends le garde de l'autre côté de la porte :

– Alors qu'est-ce que c'était ?

Je ferme ensuite la fréquence et je n'ai pas besoin d'attendre très longtemps avant d'entendre les pas de celui-ci venir dans notre direction ainsi que les différentes insultes qu'il marmonne dans sa barbe. Je me positionne face à la porte et tends bien devant moi mes bras armés de mon flingue. À peine la porte a-t-elle fini de s'ouvrir que je tire. Le second garde s'écroule instantanément, la poitrine en sang.

Même si je sais qu'il s'agit de mercenaires qui ont dû commettre des crimes atroces, je ne peux m'empêcher d'au moins leur fermer les yeux par respect. Puis je me dirige vers le hall principal et ne perds pas une seconde de plus. Je prends la bouteille d'essence dans mon sac et je me dirige jusqu'à la cheminée qui se situe à l'autre bout de la pièce puis j'ouvre légèrement l'ouverture de gaz. Je répands ensuite l'essence au sol en faisant le chemin inverse jusqu'à la porte d'entrée, tout en badigeonnant aussi les fauteuils qui sont sur mon chemin.

Ensuite, je me place à mi-chemin entre la porte d'entrée et la cheminée afin d'être juste au niveau de la porte des employés. Je sors le Zippo en or que mon père m'avait offert à mes seize ans ou son nom de famille y est gravé. Lorsqu'il me l'avait offert, il m'avait dit qu'ainsi même si je ne portais pas officiellement son nom, je saurai que je suis bel et bien sa fille ainsi que la digne héritière de son empire… Sauf que moi je n'ai jamais voulu de cet empire ; du coup, je l'avais enfermé dans une vieille boîte à chaussure avec d'autres souvenirs de mon passé. Mais j'ai trouvé que cela serait juste qu'il meurt à cause de la flamme qu'il a lui-même allumée…

Je tends mon bras bien droit devant moi, le briquet à la main, puis sans pouvoir m'en empêcher je ferme les yeux quelques secondes et adresse une pensée à ma sœur *« Après ça, tu auras été vengé et je pourrais tenir ma promesse en allant vivre une vie incroyable et digne de la femme que tu étais… »*.

Alors que je rouvre les yeux pour allumer le briquet, je distingue un mouvement au loin dans l'escalier qui se situe à bien dix mètres de moi. Puis sans que je n'aie le temps de comprendre ce qu'il se passe, des gardes armés débarquent de derrière moi ainsi que par le couloir venant de la cuisine. Et pendant que la dizaine d'hommes de main, qui est sortie de nulle part m'encercle, mon père arrive finalement au bas de l'escalier vêtu de son pyjama en soie noir habituel. Quand je l'aperçois, je lâche aussitôt la pression sur le briquet et je ne peux m'empêcher de faire un pas en arrière, tant il est intimidant par sa simple présence…

– Sincèrement je dois avouer, Jahyana que tu as fait preuve d'une belle créativité pour la réalisation de ce plan. Tu l'as mené parfaitement et dans les moindres détails, commence mon père alors qu'il arrive à notre niveau. Mais malheureusement pour toi, nous avons fait quelques améliorations sur notre système de sécurité. Notamment une écoute de l'intégralité des conversations des talkies-walkies au sein du bâtiment. Et une incroyable application sur smartphone, sur lesquels les gardes doivent pointer toutes les vingt minutes, continu-t-il avec son sourire arrogant habituel. Donc, lorsque mon opérateur a constaté une conversation étrange ainsi qu'une absence de pointage de la part de deux gardes. Il a vérifié toutes nos caméras et les enregistrements de la dernière demi-heure. Et devine qui il a vu passer furtivement sur l'une des nouvelles caméras installées au sous-sol ? termine-t-il en me toisant du regard.

– Alors il semble que je vais être obligé de vous mettre une balle en pleine tête ! craché-je alors que je lève mon arme et la pointe sur sa tête.

Aussitôt, tous les gardes autour de moi en font de même sur moi. Mais à cet instant, je m'en fiche, car l'avoir face à moi avec son air condescendant me rappelle juste à quel point je le hais et à quel point je veux le voir mort, peu importe ce que cela peut me coûter.

– Ne dis pas n'importe quoi ! Tu n'as aucune envie de mourir ! D'ailleurs, cela me fait demander pourquoi tu as voulu tenter une telle chose après toutes ces années ? me demande-t-il l'air très sérieux, ce qui me fait sortir de mes gonds.

– Est-ce que vous vous moquez de moi ? C'est à cause de vous si elle est morte ! Je sais que Rodrigue travaillait en fait pour vous depuis toutes ses années ! Ce qui signifie que l'attaque que le hangar a subie venait forcément d'un de vos nombreux ennemis ! lui hurlé-je dessus avec toute la hargne que j'ai pour lui.

– Je t'accorde que j'ai merdé sur ce coup-là, je n'ai pas assez couvert mes liens avec la société de Rodrigue et la famille Portega en a profité pour me mettre un coup bas… indique-t-il l'air pensif. Et je suis navré que cela ait coûté la vie à ta sœur, mais j'ai appris de mes erreurs et cela ne se reproduira plus, ajoute-t-il ensuite d'un ton détaché.

– Comment oses-tu dires de telles choses ! C'était ta fille, putain ! Ça ne te fait rien de savoir qu'elle est morte par ta faute ! lui craché-je dessus sans prendre garde à le vouvoyer tant la colère prend le contrôle.

– À vrai dire, ce serait plutôt de la tienne ! Vous n'auriez jamais dû vous enfuir et tu n'aurais jamais dû faire confiance à un homme, comme je te l'avais appris ! rétorque-t-il en croisant les bras sur sa poitrine.

– Mais comment tu peux penser que nous allions rester sous ton joug jusqu'à la fin de notre vie ! On te répétait sans cesse que nous ne voulions pas être comme toi et maman ! hurlé-je sans pouvoir me contenir et à deux doigts de presser la détente.

– Sauf que je me contrefiche de ce que tu veux ou de ce que ta sœur a bien pu vouloir ! Tu es ma fille, tu me dois la vie et le respect ! Et si je te demande quelque chose, tu dois le faire sans broncher ! Même si je te demande de mourir pour moi, tu dois obéir, sinon tu en payeras les conséquences ! me gueule-t-il dessus, un doigt pointé sur moi.

– Je préfère mourir et t'emporter avec moi plutôt que te servir de pion ! affirmé-je en lâchant le briquet que je tenais dans mon autre main pour placer celle-ci sur mon arme.

– Tu bluffes comme tu l'as fait lorsque vous avez fui et que tu m'as laissé une note disant que tu avais un enregistrement de moi qui pouvait prouver que je t'avais forcé à tuer ce traître le jour de ton anniversaire ! rétorque-t-il les sourcilles haussés.

– Si tu en étais aussi sûr, pourquoi ne pas être venu nous chercher plutôt que d'engager Rodrigue ? l'interrogé-je avec un sourire moqueur qui se dessine tout seul sur mon visage.

– Pour tout te dire, je n'ai jamais eu beaucoup d'espoir en ce qui concernait ta sœur. Je savais qu'elle était trop empathique et douce de nature pour être digne de devenir l'héritière de mon empire. Alors que toi, depuis petite tu avais la hargne, tu voulais te battre pour obtenir ce que tu voulais et c'est ça qu'il faut pour faire ce que je fais ! commence-t-il en se rapprochant de moi. Je me suis donc dit que tu réaliserais vite que tu n'étais pas faite pour une petite vie simple et banale comme ta sœur et le commun des gens. Que tu avais besoin de cette adrénaline que l'on ressent lorsqu'on est en action. Bon, je dois avouer que là aussi je me suis trompée, car à mon grand étonnement, tu avais l'air d'aimer cette petite vie pitoyable, au point de te marier avec ce moins que rien que j'avais engagé, continu-t-il alors qu'il se met à me tourner autour. Je me suis donc dit que le meilleur moyen de te faire pencher vers le côté sombre de ta personnalité, c'était de te faire souffrir. Alors j'ai décidé de te laisser quelques années de tranquillités puis j'aurais fini par te faire découvrir la vérité sur Rodrigue. Et j'espérais que la rage que tu aurais ressentie à cet instant t'inciterait à te laisser contrôler par tes instincts primaires et à faire quelque chose d'horrible, comme tuer ton chère traitre de mari. Ainsi tu serais revenu vers nous en réalisant que tu étais bel et bien notre fille et surtout, celle qui nous ressemblait le plus. Mais finalement, c'est la mort d'Aneya qui t'a poussé à faire sortir ton côté sombre et à accomplir ce plan presque parfait ! conclut-il en se stoppant face à moi un grand sourire au visage.

– Tu es un monstre… murmuré-je la voix brisée tant je suis choquée de ce qu'il vient de me balancer.

Comment peut-on imaginer faire autant souffrir l'un de ses enfants ? Pourquoi vouloir absolument transformer sa propre chaire en être sans cœur ? Est-il possible d'avoir aussi peu de respect pour la vie ?

– C'est impossible que je te laisse en vie ! lâché-je ensuite en le regardant droit dans les yeux.

– Alors ma chère fille, tu mourras en même temps que moi ! indique-t-il toujours le sourire aux lèvres.

– Je me fous de mourir ! répliqué-je en appuyant mon canon contre sa poitrine.

– Tu mens, sinon tu ne serais pas là et tu ne te serais pas donné tant de mal pour nous faire mourir dans un incendie ! se moque-t-il clairement avec son air hautain.

– Tu racontes n'importe quoi ! Tu n'as pas la moindre idée de ce que je ressens ! lui craché-je au visage.

– Sauf que même si cela te répugne, tu es ma fille et je te connais mieux que tu voudrais l'admettre. Je sais donc que si tu t'es donné autant de mal, c'est pour essayer de rester en vie, afin de tenir la promesse faite à ta sœur. Parce que sinon ma chère fille, tu aurais attendu que je me déplace dans un lieu public et à l'instant où tu aurais eu une ouverture, tu te serais faufilée derrière mon dos pour me saigner la gorge comme tu sais si bien le faire. Mais faire cela te condamnerait automatiquement à une balle en pleine tête, indique-t-il en reculant petit à petit.

– Je… euh… comment… tu sais… bredouillé-je incapable de penser clairement.

– Jusqu'à vos douze ans, j'ai toujours pris soin à ce qu'il y ait quelqu'un qui ait un œil ou une oreille sur vous. C'est ainsi que j'ai pu mieux cerner vos personnalités et décider de celle qui serait à même de devenir l'héritière officielle, m'explique-t-il alors qu'il est de nouveau au niveau de ses gardes.

Je reste à le regarder sans savoir quoi dire ou quoi faire. Il a raison, je ne veux pas mourir, parce que je veux tenir ma promesse à Aneya. Je dois continuer à me battre et à vivre pour elle, même si cela signifie de le laisser en vie… Sauf qu'il ne me rendra jamais ma liberté et j'ignore si je serai capable de tenir longtemps sous son joug à devoir jouer les bons soldats. Parce que même s'il a raison sur le fait que créer ce plan et le mettre en place a été un jeu d'enfant pour moi. Je n'ai pris aucun plaisir à le réaliser et encore moins à tuer ses hommes… Je ne serais jamais capable de devenir réellement comme lui… Je ne suis sûrement pas parfaite et mon cœur est peut-être complètement brisé. Mais il n'empêche que j'en ai un…

– Tu as raison, je veux tenir cette promesse à Aneya et donc je ne peux pas rester ici, déclaré-je alors que je me reconcentre sur la situation. Ainsi, est-ce que tu es bien sûr de toi en ce qui concerne cet enregistrement ? lui demandé-je jouant la seule carte qui pourrait m'apporter la liberté.

– Qu'est-ce que tu insinues ? m'interroge-t-il en me regardant du coin de l'œil.

Je ne réponds pas et me contente d'attraper mon téléphone dans mon sac. Après l'avoir rallumé, je vais dans mes fichiers et je mets l'audio en lecture.

« – Jahyana sache que cette nuit tu as rendu un grand service à l'organisation, en exécutant ce traître ! s'exclame mon père. Oh ! Ne fais pas cette tête de déterré ! Tu vas voir, je vais maintenant te faire réellement participer à la gestion du cartel et te confier des missions importantes. Et au bout deux ou trois fois, tu t'habitueras ! déclare-t-il ensuite. Aller va dormir, il y a beaucoup de choses à prévoir pour demain et fait savoir à ta sœur qu'elle doit se tenir prête, ajoute-t-il. »

– C'est impossible… murmure-t-il tout en se frottant la barbe.

– Malheureusement pour toi, si. De plus, on reconnaît clairement ta voix. Et, ce que tu dis me paraît assez clair, ainsi au vu des soupçons qui pèsent déjà sur toi, je suis sûr que cet enregistrement pourrait être d'une grande d'aide aux forces de l'ordre. Elles pourraient notamment permettre d'obtenir de nombreux mandats, donc même si tu ne risques peut-être pas la prison ou du moins pas pour longtemps… ton empire, comme tu aimes l'appeler, en prendrait un sacré coup. Ce qui n'est absolument pas une chose dont tu as envie, n'est-ce pas ? lancé-je d'un air hautain. Je trouve que tu as bien été inconscient de ne pas prendre au sérieux ce que je t'avais dit. Vu que c'est uniquement le fait que j'ai réussi à t'enregistrer, qui nous a donné le courage de fuir, car nous avions une assurance, ajouté-je ravi d'enfoncer un peu le clou.

– Je dois t'accorder que c'est très bien jouer ! Mais il s'avère que tu es coincé ici avec moi. Ainsi, il va t'être difficile de te rendre dans un poste de police ! rétorque-t-il désignant tous les gardes à ses côtés.

– Sauf que tout comme toi, j'ai appris à me servir des meilleurs aspects de la technologie. Du coup, si d'ici exactement… commencé-je en penchant la tête pour lire l'heure sur la montre d'un des gardes. Si dans moins d'une heure, je n'ai pas saisi le code de désactivation de mon cloud, alors l'enregistrement sera envoyé par mail à tous les fonctionnaires des forces de l'ordre du pays. Cloud dans lequel il y a aussi une photo de notre magnifique famille et une vidéo de moi, avouant tous les crimes auxquels j'ai assisté et que tu m'as fait commettre, continué-je le regard planté dans le sien. Et comme tu l'as si bien dit, je suis ta meilleure élève, tu sais que la torture ne servira à rien sur moi. Donc, à moins que tu ne veuilles prendre le risque de perdre tout ton empire, je te conseille de me laisser partir et de considérer que tes deux filles sont mortes. Et qu'ainsi il va te falloir trouver un nouvel héritier, terminé-je en m'avançant jusqu'à lui.

– Je vais te laisser repartir et je vais même t'offrir du temps. Par contre, je peux t'assurer qu'un jour je trouverais le moyen de passer outre les risques que me font courir cet enregistrement, afin de te faire revenir, car tu viens encore une fois de me prouver que tu es plus que faite reprendre la tête de l'empire ! me répond-il en souriant de toutes ses dents.

– Si tu reviens te mêler de ma vie une fois de plus, je n'hésiterais pas une seule seconde à te faire tomber ! lui craché-je dessus.

– Je n'en doute pas, mais comme je te l'ai dit, je trouverais une solution pour te retirer cette arme et après je viendrais récupérer ce qui m'appartient ! annonce-t-il l'air sûr de lui. Maintenant, va vivre ta vie comme bon te semble, temps que tu le peux ! lance-t-il avec dédain. Gardes, raccompagnez-la jusqu'à son véhicule ! ajoute-t-il ensuite avant de se retourner et de se diriger vers l'escalier.

Je reste figé quelques instants sur son dos, tant je n'arrive pas à comprendre pourquoi il s'obstine à vouloir faire de moi son héritière. Nous avons des cousins qui seraient plus que qualifiés pour cela et qui, surtout, le veulent… Je ne peux cependant pas y réfléchir plus longtemps vu qu'un garde me donne un coup dans le dos avec le canon de son arme dans le but de me faire avancer. Je reprends donc mes esprits et me laisse escorter jusqu'à l'autre bout de la propriété afin que je retourne à ma voiture.

IV

Jahyana

« *Si tu ne veux pas voler, alors cours. Si tu ne peux pas courir alors marche. Si tu ne peux pas marcher, alors rampe. Mais quoi que tu fasses, tu dois continuer à avancer.* »[*]

Après une bonne demi-heure de marche, nous arrivons finalement devant ma voiture. Je monte donc dans celle-ci et alors que je pensais qu'ils allaient me lâcher la grappe. Je constate que les gardes restent plantés là à attendre. Je démarre le moteur et fais demi-tour avant de foncer dans la direction opposée.

Au bout d'une heure, je finis par me garer devant le motel où j'avais laissé mes affaires. Mais je dois avouer ne pas trop savoir comment j'ai réussi à conduire jusqu'ici sans avoir d'accidents tant mon esprit est happé par mes pensées. Les mêmes choses tournent en boucle dans ma tête…

Je n'ai plus rien ni personne… Elle est morte parce que je n'ai pas été assez prudente… Je n'ai même pas été capable de la venger… Je ne suis pas digne de la confiance qu'elle avait en moi et en ma force… C'est moi qui aurais dû mourir, pas elle…

Une fois arrivée dans ma chambre, je ne prends même pas la peine de me doucher ou de me déshabiller et je vais me mettre en boule dans mon lit. À peine ai-je fini de remonter la couette sur ma tête que les larmes commencent à couler à flots sur mon visage. Je ne peux pas non plus contenir les gémissements de douleur qui s'échappe de ma bouche, tellement j'ai l'impression de me briser un peu plus de l'intérieur.

Je n'ai pas été capable de la venger… Mon père ne cessera jamais de vouloir faire de moi son pion… À quoi bon continuer d'avancer ? À quoi bon persister à se battre?

Après je ne sais combien de temps, je finis par m'endormir épuisé par la douleur…

J'ai l'esprit tellement embrouillé que je serais incapable de dire à quand remonte ma tentative d'assassinat sur mon père et que je me suis enfermé dans cette chambre de motel pourrie... En fait non, je mens. J'ai dû sortir au bout de quelques jours, je crois, car le gérant me harcelait pour savoir combien de temps j'allais rester en plus et pour que je le paye. Je lui ai donc donné de quoi payer deux mois d'avance afin qu'il ne vienne plus me prendre la tête et j'en ai aussi profité pour demander que le service de chambre ne fasse pas la salle de bain quand ils viennent. De ce fait, pendant qu'ils font la chambre, je peux m'asseoir dans la salle de bain et attendre qu'ils repartent. De cette manière, je n'ai pas à sortir de la chambre pour affronter le monde et la réalité qui m'y attend... Parce que la réalité est là : je vais devoir vivre sans elle et avec une épée de Damoclès au-dessus de ma tête jusqu'à la fin de mes jours. Et à chaque fois que je pense à cela, j'ai l'impression de suffoquer et les mêmes pensées me reviennent en tête...

Je n'y arriverais pas... Je n'en ai pas la force ni l'envie... à vrai dire, plus rien ne me donne envie... Même manger... me doucher, prendre soin de moi... Plus rien n'a d'intérêt à mes yeux... Elle était tout pour moi et elle est morte par ma faute... Je n'ai même pas été capable de la venger... Je n'ai plus la force d'avancer...

Cependant, j'ai aussi ce souvenir qui me revient en boucle, celui où je lui ai promis que quoiqu'il arrive, je me battrais... Ainsi, je me force donc à manger un repas par jour, le soir, mais je commande toujours. Du coup, mon alimentation se résume à de la pizza, des plats chinois ou du poulet frit. Mais là encore, je m'en fous, je m'alimente juste pour ne pas mourir de faim, car malgré le fait que j'ai l'intention de tenir ma parole, je n'ai plus envie de faire d'effort... Même si techniquement je sais que je ne vis sûrement pas la vie qu'elle souhaiterait, je suis quand même en vie ce qui est mieux que rien... Du coup, je passe mes journées allongées sur mon lit à fixer le plafond et à essayer de trouver une solution à cette question qui revient continuellement !

Comment tenir la promesse faite à ma sœur et réussir à vivre ? Peu importe ce qu'il s'est passé ou ce qu'il pourrait encore arriver, tandis qu'au fond de moi, j'ai la sensation que je n'y arrive et n'y arriverai pas…

Le temps passe et malgré toutes mes réflexions, les choses n'ont pas beaucoup évolué… Je n'arrive toujours pas à trouver la force de me relever …

Je tiens par contre à notifier qu'il y a eu tout de même une légère évolution pour laquelle je me félicite. En effet, maintenant je prends une douche tous les deux jours et je mange une salade par semaine !

Mis à part cela, la situation est toujours aussi merdique. Je n'arrive pas à rassembler mes forces pour prendre sur moi. Et même si j'y arrivais, il y aurait toujours mon père… Sans compter que malgré mon assurance, je ne suis pas sûr… en fait non… je sais qu'il ne renoncera pas pour autant.

Je n'arrive donc vraiment pas à trouver la moindre chose qui me pousserait à me reprendre en main... Si c'est pour que mon père finisse par venir tout foutre en l'air une nouvelle fois. Surtout que je sais que si je trouve la force de me relever et que je dois revivre un quart de ce que j'ai vécu ces derniers temps... Cette fois, il n'y aura aucune chance que je m'en sorte et réussisse à aller de l'avant... Je suis déjà brisée en mille morceaux...

Ainsi, comme toujours quand je sens que mes pensées partent en vrille à cause de mon absence de solutions, je ferme les yeux pour me rendormir. Dormir, c'est la chose qui me fait du bien... Il n'y a plus rien... Ni bruit ni sentiments... Rien du tout et c'est tellement apaisant... C'est d'ailleurs la seule chose qui me donne envie actuellement. J'aimerais dormir encore et encore pour ne plus jamais ressentir la douleur qui s'est emparée de mon être...

« – Tu peux m'expliquer ce que tu fous là ? demandé-je à Aneya en la surprenant par derrière.

– Bein, comme tu le vois, je suis en train de regarder les formations qu'il existe en naturopathie et en herboristerie, me répond-elle tout normalement.

– Oui en effet, je vois ça ! Et je n'arrive justement pas à comprendre pourquoi tu te fais du mal en faisant ça, vu qu'on sait très bien que père ne te permettra pas une telle chose ! Il veut qu'on fasse des études de business, rétorqué-je en ne pouvant m'empêcher de la regarder comme une folle alors que je m'assois à côté d'elle sur le lit.

– J'avais bien vu que ton comportement avait changé... Mais je ne pensais pas que tu t'étais aussi résigné que ça, déclare-t-elle en me regardant de haut.

– Ce n'est pas comme si on avait le choix ! Si tu veux qu'on reste en vie, on doit lui obéir, il n'y a pas d'autre solution ! lui crié-je presque dessus tant cela me fait du mal de l'admettre.

– Ça, c'est ce qu'il nous fait croire… murmure-t-elle, alors que je la regarde de nouveau comme si elle était folle. Tu sais, personne n'est invincible ; aussi fort, puissant et riche soit-il. Il y a toujours une faille quelque part, reprend-elle d'un ton très discret. Certes, je me montre docile devant père et j'essaie au mieux de répondre à ces attentes pour rester en vie. Mais par-derrière, je cherche la moindre petite chose qui pourrait me fournir une arme ou un moyen de pression contre lui. Afin qu'un jour, je puisse faire ce que bon me semble, termine-t-elle en dégageant une confiance en elle incroyable.

– Comment tu fais pour être aussi forte ? l'interrogé-je sans pouvoir empêcher les mots de sortir de ma bouche.

– Je te signale qu'entre nous deux c'est toi la plus forte et la plus douée…

– Je ne te parle pas de force physique, mais psychologiquement, émotionnellement, la coupé-je. Tu arrives à te contenir au quotidien, à faire tout ce qu'il demande malgré les horreurs que cela peut être. Et en dépit de tout ça, tu arrives à continuer à te battre pour avoir une meilleure vie, à avoir des rêves… Moi, si je me mets à rêver d'une autre vie, je ne peux m'empêcher de me dire que même si par miracle on y arrivait, on ne le mériterait peut-être pas, après tout ce que nous avons fait… avoué-je en baissant les yeux au sol.

– Malheureusement, chaque jour, des personnes innocentes se retrouvent impliquées dans des histoires atroces et ils n'en sont pas pour autant responsables. Ce sont eux aussi des victimes et ils n'ont pas à être blâmés. Surtout que personne n'est foncièrement bon ou mauvais, on commet tous des erreurs plus ou moins graves, *commence-t-elle tout en dirigeant son regard vers le plafond de la chambre. L'essentiel, c'est de faire mieux à l'avenir et de ne pas commettre les mêmes erreurs. Et puis on peut aussi faire en sorte de se racheter en faisant le bien dans le futur. Par exemple, pour ma part, mes formations viseraient à savoir utiliser les plantes de manière médicale. Afin qu'un jour je puisse ouvrir un dispensaire dans lequel je pourrais aider les malades ou les personnes en souffrance, de manières naturelles, continu-t-elle avec les yeux qui brillent. Tout le monde a le droit à une seconde chance, y compris nous. Et je peux t'assurer que nous aurons le droit à la nôtre ! Tu es plus forte que tu ne le crois et tu peux utiliser l'entraînement que père nous a donné de bien des manières. Effectivement, il ne permet pas que de nous apprendre à contrôler nos émotions pour que l'on soit de bons soldats. Cela peut servir pour réussir à continuer d'avoir de l'espoir dans un recoin de son être, même si en façade il n'en paraît rien. Persiste à croire en la vie, ma sœur, à croire que malgré toutes les horreurs que nous avons vécues et que nous risquons de vivre à l'avenir, nous avons le droit, comme tout le monde, à une chance d'être heureuses et de vivre comme bon nous semble, termine-t-elle en prenant ma main dans la sienne pendant que son sourire refait surface. »*

Lorsque je me réveille, j'ai encore bien en tête les souvenirs de ce rêve, mais encore plus de cette fameuse soirée. Cela me rappelle à quel point, toute ma vie, elle a été mon pilier. Celle qui faisait que je ne m'écroulais pas alors que mon père me poussait de plus en plus à devenir comme lui…

Mais cela me fait aussi réaliser que je suis loin d'honorer sa mémoire comme elle le mérite. C'était une femme forte qui ne se laissait pas marcher sur les pieds malgré son attitude douce et compatissante. En dépit de ce que nous avons vécu, elle n'a jamais abandonné ses rêves et a toujours gardé le sourire… Ainsi, je me dois de faire la même chose afin de lui rendre honneur et de me montrer digne d'elle.

Je me mets donc un gros coup de pied mental et je me force à sortir du lit, puis je vais dans la salle de bain et me prépare à une douche intégrale. Pas celle que je prends d'habitude ou au maximum je fais l'effort de me mouiller les cheveux. Non, on va faire un décapage total !

Une fois sorti de la douche, j'ai presque la sensation d'être beaucoup plus légère qu'avant mon entrée dans celle-ci. Je regroupe ensuite mes affaires et choisis un beau pantalon taille haute noir que j'assortis avec un petit pull rouge bien décolleté. Et même si j'aurais voulu sortir une de mes plus belles tenues pour ce nouveau départ. Nous sommes en plein mois de novembre, alors même s'il ne fait pas aussi froid que dans les pays du nord, il n'empêche que ce n'est pas un temps à porter une jolie petite robe.

Une fois habillé, je retourne dans la salle de bain et me maquille puis me coiffe ; une fois prête, je rassemble toutes mes affaires dans mon sac et quitte enfin cette chambre pourrie en direction de l'accueil.

Quand j'arrive devant le comptoir d'accueil pour remettre la clé, le gérant n'en croit pas ses yeux et a du mal à croire que je suis la même femme qu'au début de son séjour. Ce qui me fait rire jaune, car je prends conscience d'à quel point j'étais de nouveau tombé très bas alors que j'avais promis à Aneya de ne plus le faire… Je le remercie donc et monte rapidement dans ma voiture avant de foncer en direction du cimetière.

Comme la dernière fois que je suis venu, je me cale dos à sa tombe et me mets à lui parler comme si elle était là à mes côtés.

– Je sais que j'ai merdé et je m'en excuse, mais on sait toutes les deux que malgré les apparences, c'était toi la plus badasse de nous deux ! En tout cas, je suis vraiment désolé d'avoir de nouveau flanché et je peux te garantir que c'était la dernière fois que je me laisse aller comme ça… Et même si je n'ai pas encore la moindre idée de ce que je vais faire de ma vie… Ce qui est sûr, c'est que je te promets que je vais continuer d'avancer et que je vais faire de mon mieux chaque putain de jour qui passera… Je te donne aussi ma parole que même si je suis loin de toi, je ne cesserais pas de te harceler à chaque instant et je reviendrais aussi toujours te voir… Je vais vivre une vie qui te fera sourire même si notre enfoiré de père s'obstine à essayer de la pourrir. Ce pour quoi il est très doué d'ailleurs… Mais je te promets que je ne le laisserais plus, lui ou n'importe qui d'autre, me mettre à terre et m'empêcher de vivre comme bon me semble… Je vais vivre à fond pour toi et moi… Je t'aime Aneya plus que tout…

Une fois de retour dans la voiture, je démarre et me dirige vers l'entrée d'autoroute la plus proche. Je n'ai pas la moindre idée d'où je vais aller, mais ce qui est sûr, c'est que j'ai besoin de partir d'ici afin de réussir à avancer et de me bâtir une nouvelle vie…

Cela va faire environ un mois que je me balade de ville en ville afin de trouver quoi faire de ma vie. J'ai fait presque toutes les petites villes de Californie, car même si j'aurais voulu partir au plus loin de mes parents, je n'ai pas réussi à me résoudre à quitter l'État. Ma sœur et moi avons vécu à San Diego toute notre vie et c'est là-bas qu'elle est enterrée… je ne voulais donc pas mettre trop de distance entre nous…

Mais jusque-là, je n'ai malheureusement trouvé aucun endroit où je me sente à l'aise pour rebâtir ma vie. Surtout que, contrairement à Aneya, je n'ai jamais eu de passion dont je pourrais en faire mon métier. J'aime chanter et je chante même bien, mais pas assez pour prétendre à une carrière et puis ça ne serait pas une superbe idée d'essayer de devenir célèbre, étant donné mon passé et ce qui me sert de parents… Ainsi, je ne sais absolument pas quoi faire de mes dix doigts !

Quand je travaillais avec Rodrigue, je me chargeais de la boutique et je dois avouer que j'adorais ça, conseiller les gens, leur trouver le produit qui leur rendra service et améliora leur vie. Encore un point sur lequel Aneya avait raison : faire du bien autour de soi après avoir fait tant de mal, c'est apaisant…

Mais malgré cela, je ne vois absolument pas aller bosser dans un nouveau dispensaire, tellement je serais incapable de faire confiance à mes nouveaux patrons. Je ne pourrais m'empêcher d'imaginer qu'ils puissent avoir un lien avec mon père et je finirais parano…

Du coup, j'erre dans cette nouvelle ville appelée Merced, la veille du réveillon de Noël sans avoir la moindre idée de ce que je vais bien pouvoir faire. J'ai la sensation de me démotiver un peu plus à chaque fois que je repars d'une ville. Plus j'en visite, plus j'ai l'impression que je ne trouverais jamais un endroit où je me sentirais de nouveau chez moi. Et que je n'aurais plus non plus le plaisir d'être satisfaite par la vie que je mène…

Dépité, je m'arrête dans un petit motel dans le centre-ville afin d'y prendre une chambre pour la nuit, sentant que je n'ai plus la force de conduire. Une fois les clés de la chambre récupérée, je demande où se situe le bar le plus proche et on me signale que c'est un bar nommé « Au coin de Merce ». Je me dirige donc à pied vers celui-ci.

Lorsque j'arrive dans le fameux bar, je ne peux m'empêcher de me dire qu'il est chaleureux, ce qui est rare pour un bar. En effet, tout l'intérieur est en bois rouge avec un magnifique bar qui trône devant un bel assortiment de bouteilles en tout genre. Il y a des photos accrochées sur tous les murs, des petites lumières de couleur dispersées un peu partout, ainsi que du bon pop-rock des années quatre-vingt-dix en fond. Il y a des gens qui rigolent, dansent… qui ont l'air heureux et de savourer la vie… Cependant, cette ambiance conviviale ne suffit pas à me faire sortir de mon désespoir.

Je prends place tout au bout du bar sur la gauche et attends que le barman vienne à moi en silence. Après seulement quelques minutes, celui-ci arrive à mon niveau.

– Vous, je pense qu'il vous faut quelque chose de corsé ! lance-t-il en me souriant.

– Un double whisky sec s'il vous plaît, lui demandé-je en retour.

Même pas une minute après, mon verre est posé devant moi, remplit et le barman semble vouloir engager la conversation. Sauf que je ne suis pas d'humeur, je baisse donc la tête et commence à siroter mon verre en silence.

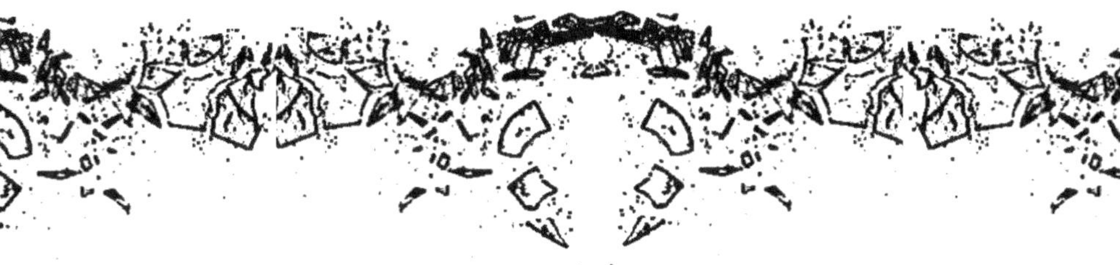

Cela doit faire bien deux heures que je n'ai pas bougé de ce tabouret et que j'enchaîne les verres. Le bar s'est vidé petit à petit et en comptant le barman et moi, on doit être cinq à être encore là.

Ainsi, alors que le barman remplit mon nouveau verre, celui-ci se décide malgré les signes très clairs de refus de ma part d'engager la conversation.

– Vous savez, je fais ce métier depuis très longtemps. Ça m'a permis d'apprendre à faire la différence entre les peines qui font mal et celles qui tuent. Et vous, ça se voit très distinctement que votre peine est en train de vous tuer à petit feu, déclare-t-il tandis qu'il se cale sur ses coudes face à moi.

– Et bien, c'est peut-être dans un fauteuil de psy que vous devriez être plutôt que derrière un bar si vous êtes si doué pour cerner les gens ! ne puis-je m'empêcher de répliquer.

– Non, je suis moi-même trop fracassé pour prétendre soigner les gens ! ricane-t-il sincèrement. Mais mes blessures et mon expérience de barman font que je comprends bien les gens. Et vous, vous avez clairement perdu ce que vous aimiez le plus en ce monde et vous n'avez dorénavant plus aucune idée de ce que vous voulez faire de votre vie, ajoute-t-il ensuite, ce qui manque de me faire recracher mon verre.

– Comment pouvez-vous être si sûr de votre analyse ? demandé-je totalement prise au dépourvu.

– Parce que vous avez le même regard que moi lorsque j'ai perdu mon fils il y a plus de cinq ans, m'annonce-t-il sans pour autant perdre son sourire.

– Je suis sincèrement désolé pour vous, déclaré-je me sentant mal d'avoir répliqué ainsi à sa démarche.

– Je vous remercie et je peux vous assurer que j'étais comme vous, incapable de savoir ce que j'allais faire. Même mon métier que j'aimais tant, je n'étais pas sûr que cela allait réussir à me redonner goût à la vie. Mais j'ai fini par me dire que cela serait encore pire de rester à ne rien faire et qu'il valait donc mieux de voir ce que cela pouvait donner, m'explique-t-il en me regardant avec bienveillance.

– Merci, murmuré-je sans trop savoir quoi lui répondre tant il m'impressionne.

Il a perdu sa chaire, son fils et il est là, à sourire et à donner des conseils à une inconnue, qui était tout sauf agréable initialement. C'est un survivant…

– Avec plaisir, je vous en mets un petit dernier pour la route, c'est offert par la maison ! lance-t-il en me resservant.

Lorsque je l'observe me servir le verre, je ne peux m'empêcher de remarquer la grimace qu'il fait quand il tourne son poignet pour abaisser la bouteille.

-Vous avez mal aux articulations ? l'interrogé-je automatiquement.

-Euh… oui. J'ai de l'arthrite et je ne suis pas fan de tous les cachets que m'ont prescrits les docteurs pour la douleur alors je fais avec, m'indique-t-il en haussant les épaules.

– Vous savez, une infusion par jour d'un mélange de romarin, d'écorce de saule et de CBD permet de beaucoup diminuer les inflammations et les douleurs, lui notifié-je.

– Vraiment ? s'étonne-t-il.

– Oui. Si vous allez dans un dispensaire de CBD, ils seront capables de préparer ce type de mélange à infuser, lui indiqué-je en souriant pour la première fois depuis plusieurs jours.

– Je vous remercie beaucoup, je vais voir si je peux aller dans la semaine à Planada pour voir si leur dispensaire peut me fournir ça, déclare-t-il un grand sourire aux lèvres.

– Vous n'en avez pas un en ville ? le questionné-je intrigué.

– Non alors que cela pourrait être bien utile ! Nous sommes une petite ville avec, il faut le dire, une majorité de personnes âgées qui ont des problèmes de santé et qui ne supportent pas forcément les traitements médicamenteux, me répond-il visiblement dépité. Bon, il faut que j'y retourne. C'était un plaisir de vous rencontrer et peut-être à une prochaine fois ! ajoute-t-il alors qu'un client l'appelle à l'autre bout du bar.

Je lui souris en retour et me dis que cet homme vient de me redonner espoir. Non seulement je sais ce que je vais faire, mais en plus j'ai la sensation d'avoir trouvé un endroit où il fera bon de vivre et que je pourrais peut-être appeler « chez moi » …

V

Jahyana

« Nous ne faisons pas de nouvelles rencontres par accident. Elles sont destinées à croiser notre chemin pour une raison. »[*]

Deux ans et demi plus tard

Presque toutes les semaines, c'est la même chose ! J'ai beau essayer toutes les sonneries possibles et inimaginables, je n'entends jamais mon putain de téléphone ! C'est comme si mon cerveau décidait de ne pas se mettre en marche jusqu'à ce qu'il ait eu la dose de sommeil qu'il estime nécessaire !

Du coup, je ne me réveille toujours qu'au dernier moment et je suis obligé de courir dans tous les sens pour réussir à être à l'heure ! Après je dois avouer que le vendredi soir j'ai tendance à y aller fort sur la boisson… On peut donc probablement expliquer mes difficultés à me réveiller…

En effet, tous les vendredis soir, il y a la soirée « Seau » qui se déroule dans la plus grande boîte de la ville. Ou pour dix dollars, on a un petit seau de plage rempli de l'alcool de son choix. Et même si j'ai choisi cette ville pour sa tranquillité, il faut avouer que j'aime m'amuser et c'est la soirée à ne pas louper si l'on veut se lâcher. De ce fait, sans faute, tous les vendredis, je fais l'ouverture et la fermeture de la boîte.

Je suis donc en train d'enfiler mes talons tout en conduisant à fond, afin d'essayer d'arriver à l'heure au boulot. Chose que je ne recommande d'ailleurs absolument pas de faire, car c'est à la fois hyper compliqué et dangereux !

Lorsque j'arrive finalement sur l'avenue W Olive en un seul morceau et totalement habillée. Il est huit heures quarante-cinq, ce qui signifie que je vais arriver pile poil à l'heure et cela me ravit au plus haut point étant donné que cela fera trois samedis d'affilés ! Ce qui veut dire que si je continue comme ça, je vais pouvoir gagner mon pari avec Kilian ! Pari qui consiste à arriver pendant un mois entier à l'heure le samedi matin. Effectivement, ce petit malin n'arrêtait pas de se moquer de moi quand j'arrivais en retard. Un jour, il a eu le malheur de me dire qu'il était sûr que je n'arriverai même pas à tenir un mois sans être à la bourre. Étant une grande joueuse, il ne m'en a pas fallu plus pour lui lancer le pari !

Bon techniquement, en sachant que je suis la gérante du dispensaire, je peux faire ce que je veux. Mais étant compétitrice à mort, je n'ai pu m'empêcher de me lancer ce défi. Même si cela signifie devoir faire une course contre la montre tous les samedis matin !

Je me gare à ma place habituelle derrière le bâtiment où se situe mon dispensaire, puis j'entre au pas de course par la porte arrière et prends directement l'escalier situé juste sur la droite, afin de me diriger au sous-sol.

– Il est huit heures cinquante-six et je suis arrivée, ce qui veut dire que je suis encore à l'heure ! m'enthousiasmé-je en descendant les escaliers. Attention, plus qu'un samedi et tes cent dollars seront à moi ! ajouté-je avant de commencer ma vérification habituelle des plantes.

– Ne crie pas victoire trop vite ! Comme tu l'as dit, il te reste encore un samedi à tenir ! me répond Kilian du fond de la pièce.

– Lorsque j'aurais gagné, en plus de me devoir cent billets, je t'interdirais toutes réflexions sur mes prochains retards ! balancé-je en ricanant.

– Ah ça, c'est impossible ! Tu pourras me menacer autant que tu voudras, il n'est pas question que je m'enlève le plaisir de me moquer de toi quand tu arrives au boulot et que l'on voit très bien que tu t'es habillé dans ta voiture ! rétorque-t-il d'un ton moqueur. D'ailleurs, comment était ta soirée ? ajoute-t-il.

– Déjà, ha ha ! Très drôle, je suis morte de rire ! commencé-je en finissant mon petit check up du matin. Et ensuite, excellente ; il s'avère que les Suédois ne savent pas utiliser leurs mains que pour fabriquer de beaux meubles, continué-je alors que je me dirige vers le fond de la pièce afin de le rejoindre dans le labo.

– Tu vois, je me serais passé de cette information, mais je suis content que tu aies apprécié ta soirée ! se moque-t-il tandis que j'arrive à son niveau, ce qui me permet de réaliser qu'il n'est pas tout seul.

En effet, assis à côté de lui, il y a un mec assez baraqué, les cheveux court et noir, dont la couleur des yeux est d'un bleu tellement clair qu'ils paraissent presque blancs. Ce que je constate facilement, car il me regarde d'un air bizarre. Je bloque quelques secondes sur lui parce que je dois avouer qu'il est vraiment pas mal du tout. Il a le visage très carré, agrémenté d'une légère barbe de trois jours et même s'il est assez clair de peau cela lui va très bien…

– Jahyana, je te présente Isaac. Un vieil ami à moi, qui vient de rentrer, indique Kilian ce qui me fait sortir de mes pensées. Isaac, voici ma patronne aussi sympathique qu'excentrique, ajoute-t-il en me faisant un clin d'œil.

– Enchanté et bon retour, répondis-je mine de rien alors que je viens totalement de bloquer sur lui. Kilian, si tu as d'autres amis aussi mignons que lui, je tiens à ce que tu me les présentes ! annoncé-je ensuite toutes dents dehors, ayant repris totalement possession de mes moyens.

– Il n'en est pas question, tu es une vraie croqueuse d'hommes ! Je ne veux pas que tu casses tous mes potes ! réplique Kilian en haussant les sourcils et un sourire moqueur au visage.

Alors que son ami, lui, ne dit rien et continu de me dévisager avec insistance. Ce qui titille ma curiosité, mais la sonnerie annonçant l'arrivée d'Adrian et donc de l'ouverture du dispensaire retentit. Ainsi je décide de remettre cela à plus tard et me dirige vers l'étage.

– Bon bein Isaac, ce fut un plaisir ! Kilian, je te retrouve dans la cuisine d'ici une petite demi-heure pour les préparations du jour, notifié-je alors que je commence à monter les escaliers.

Lorsque j'arrive dans l'espace principal du dispensaire accueillant les clients, je salue Adrian ; qui est celui qui s'occupe de la sécurité et je débute ma petite routine habituelle. Je rabats les chaises, passe un coup sur les tables, puis je me dirige vers la caisse afin de faire ma vérification. Ensuite, je m'occupe de sortir les pots des différentes variétés de cannabis que nous vendons.

Cela fait maintenant presque trois ans que j'ai emménagé dans cette petite ville qu'est Merced. En effet, après cette soirée passée dans ce bar, j'ai décidé de rester quelques jours de plus afin de visiter la ville. Et j'ai rapidement déniché un magnifique bâtiment à l'ancienne qui était à vendre et qui comportait au rez-de-chaussée un ancien restaurant ainsi que trois appartements répartis dans les trois étages.

Et même si nous haïssions la vie que nous avaient imposés nos parents, il faut avouer que nous avions vite pris goût à la culture et la vente du cannabis. Sauf que là où nos parents sont les chefs d'un des plus gros cartels des États-Unis et font ça dans le but d'amasser de l'argent et du pouvoir… Nous, nous souhaitions travailler dans des dispensaires afin de pouvoir aider des gens qui souffraient. Effectivement, avec la légalisation du cannabis, aujourd'hui il est possible de vendre des produits à base de cannabis dans un but médical. Que ça soit pour atténuer des douleurs suite à un accident ou une maladie. Mais aussi pour aider à lutter contre des troubles psychologiques, la marijuana a fait ses preuves. Et Aneya me répétait sans cesse qu'un jour nous devrions ouvrir notre propre dispensaire, afin d'utiliser ce que notre père nous avait enseigné dans un tout autre objectif que le sien : aider des gens...

Du coup, quand j'ai vu ce bâtiment à vendre qui était absolument parfait pour y faire un dispensaire et y vivre, j'ai tout de suite pensé que c'était le destin. En dépit du fait que je ne sois pas croyante ou superstitieuse, entre ma rencontre avec ce barman et ce bâtiment à vendre, c'était vraiment un signe à mes yeux que mon avenir était ici… Et que peut-être, j'avais trouvé ce qui pouvait être mon nouveau chez moi… Ainsi j'ai pris le risque en achetant le bâtiment et j'ai monté mon business.

Aujourd'hui, après plus de deux ans, même si j'ai toujours ce trou au fond de moi, qui me rappelle constamment ce que j'ai perdu et pourquoi… que j'ai toujours des périodes plus compliquées que d'autres… je dois dire que je me sens bien dans cette nouvelle vie.

Mais surtout, celle-ci me permet de me donner de la force pour continuer à me battre afin de tenir ma promesse du mieux que je peux…

Bon, je suis sûre qu'il y a certaines choses que je fais avec lesquelles ma chère sœur ne serait pas d'accord, comme le fait que je refuse catégoriquement de me remettre en couple ou le fait que je ne me sois jamais confié à personne sur mon passé. Mais je pense qu'elle peut comprendre que je ne me sens tout simplement plus capable de m'investir réellement dans les relations humaines tant j'ai peur de la trahison ou d'embarquer qui que ce soit avec moi, si mon passé revenait me hanter un jour…

En tout cas, je me lève chaque jour et je fais merveilleusement bien tourner mon commerce. Je me fais plaisir quand j'en ai besoin et même si je n'entre pas dans les détails de ma vie avec eux, je considère Kilian et Adrian comme des amis. Et je peux même dire que j'ai la sensation d'être à ma place ici et que j'ai envie de continuer à avancer. Donc je me dis que c'est mieux que rien !

La journée touche à sa fin et même si j'adore mon travail, je dois avouer être ravie de pouvoir rentrer chez moi me reposer. La soirée d'hier a été longue ainsi que sportive et la journée de travail chargée. Du coup, j'ai hâte de pouvoir profiter d'un bon bain chaud et de me caler devant une série à la con avec un bon petit plat livré. Ce qui représente le combo idéal pour une soirée détente à mes yeux !

— Est-ce que Kilian a fini ? demande quelqu'un, ce qui me fait sortir de mes pensées.

– Oh salut ! Euh non, mais il ne devrait plus tarder, tu peux l'attendre là si tu veux, répondis-je après avoir relevé la tête et être tombée sur Isaac.

– OK, je te remercie, dit-il d'un ton neutre tout en allant s'asseoir à une table.

– Tu veux quelque chose à boire ou à manger ? proposé-je alors que je constate qu'il reste à fixer le vide.

– Non merci, répond-il sans me prêter trop d'attention.

– Hum… OK… Et, tu étais parti ou comme ça ? ne puis-je m'empêcher de demander, ma curiosité étant toujours titillés face aux personnes fermées.

– Dans l'armée, déclare-t-il sans donner plus de précision.

Ce qui explique en partie son comportement… Je ne sais pas combien de temps il y a passé, mais ce qui est sûr c'est que quoiqu'il arrive on ne revient jamais de ce genre de chose sans séquelles… Certains des hommes de main de mon père avaient fait l'armée et je peux dire que ces mecs traînaient un paquet de valises. Je décide donc de le laisser tranquille et me dis que ce n'est pas quelqu'un avec qui je risque d'échanger à l'avenir.

Même si je dois avouer que j'aimerais bien le contraire… En effet, il est canon à souhait et les gars qui en ont vu des vertes et des pas mûres, comme lui, sont rarement de ceux qui veulent se poser avec une femme et tout le tralala. Ainsi étant donné que je veux tout sauf une relation sérieuse. Je pense que lui et moi pourrions profiter d'une nuit sympathique ! Surtout qu'en vrai je n'ai jamais pu empêcher ma curiosité de se réveiller face à des gens qui tirent une tronche de six pieds de long. Du coup, il y a possibilité que j'essaye de le titiller à l'avenir pour voir s'il y a quelque chose à en tirer.

– Bon tout est clean dans la cuisine et les plantes sont OK jusque lundi matin, lance Kilian ce qui me fait revenir à la réalité.

– Super, je te remercie. C'est bon, tu es libre alors ! lui répondis-je le sourire aux lèvres.

– Nickel ! Isaac, c'est parti ! s'exclame-t-il en tapant dans ses mains. Au fait, tu ne veux pas venir avec nous, on va boire un verre « Au coin de Merce » ? ajoute-t-il en se retournant vers moi, ce qui n'a pas l'air d'enchanter Isaac au vu de la manière dont il s'est tendu.

– Non je te remercie, je suis crevée ! Ce soir, ce sera tranquille pour moi ! Par contre, n'oublie pas la soirée karaoké de mardi où vous êtes tous les deux conviés ! annoncé-je avec un petit coup d'œil moqueur à Isaac, car il a toujours l'air sous tension.

Kilian me confirme qu'ils seront là sans faute et me souhaite une bonne soirée, avant d'embarquer Isaac vers la sortie alors qu'il avait le regard bloqué sur moi. Ce qui fait que maintenant je suis vraiment intrigué par ce gars.

Certes, j'ai bien envie d'en faire mon quatre heure, mais surtout, jamais je n'ai vu quelqu'un réagir de la sorte face à moi ! Il m'est bien sûr arrivé que certaines personnes soient mal à l'aise face à mon caractère particulier ou à mon look, disons très coloré. Mais jamais je n'ai eu l'impression que ma compagnie pouvait être aussi désagréable. Sans compter qu'en même temps il a l'air de complètement bloquer sur moi, ce qui est contradictoire avec ces autres réactions.

Cela faisait longtemps que je n'avais pas ressenti autant de curiosité envers un homme et je dois avouer ne pas apprécier cette sensation. Ainsi je pense que je vais avoir une rapide discussion avec le nouveau afin d'être fixé. Soit il accepte ma proposition et

l'on passera une nuit du tonnerre, soit c'est non et l'on en restera là
!

VI

Isaac

« Tout changement est difficile au début,
*compliqué au milieu et magnifique à la fin »**

— Alors ça fait du bien d'être de retour à la maison ? me demande
Kilian pendant qu'il pose nos bières sur la table.

— Oui, même si cela fait aussi un peu bizarre, répondis-je en prenant
une gorgée de ma boisson.

— Tu m'étonnes ! Tu es resté plus de sept ans dans l'armée et tu
n'es quasiment jamais revenu en permission. Du coup, les choses
ont pas mal bougé depuis ! s'exclame-t-il avec son entrain habituel.

Et d'ailleurs, comment tu te sens depuis que tu es rentré, ça va ? ajoute-t-il un peu plus sérieux.

– Oui, t'inquiètes, je vois bien le psychiatre que l'armée m'a recommandé et je suis à la lettre toutes ses indications. Donc ça va, je gère, expliqué-je d'une traite afin que cela soit fait.
En effet, je ne suis déjà pas du genre à aimer parler de mes problèmes. Alors là, encore en moins… vu que je ne me vois pas lui avouer que je dors à peine la nuit tant je fais des cauchemars et que sans mes joggings au clair de lune, ainsi que les séances avec le psy, je serais sûrement au fond du trou…

Et même si je sais que c'est mon meilleur ami, qu'il a toujours été là pour moi et qu'il a le droit de savoir ce qui m'arrive, surtout que je sais aussi que lui ne me jugera jamais, je n'arrive pas à me résoudre pour le moment à accepter que l'armée m'ait tant marquée… Du coup, je lui parlerais quand j'arriverais au moins à enchaîner plus d'une nuit sans me réveiller en sueur…

– OK, bein continue à faire ce que te dis le doc et je suis là aussi pour toi si besoin ! indique-t-il en pointant sa bière sur moi, l'air cependant pas très convaincu.

Mais encore une fois, c'est mon meilleur ami, de ce fait il doit bien se douter que je ne le lui dis pas tout ; sauf qu'il sait aussi très bien que cela ne servira à rien que de me brusquer et que je lui en parlerais lorsque j'en serais capable...

– Merci… murmuré-je sincèrement reconnaissant. Par contre, tu me disais que beaucoup de choses avaient changé et c'est vrai. Je dois d'ailleurs dire que tu es celui qui me surprend le plus ! Je ne pensais pas que tu arrêterais un jour tes conneries, vu que la dernière fois que je suis rentré, tu venais de gagner un bon pour un séjour en prison de deux ans ! ajouté-je ensuite désireux de changer de sujet, ayant réellement envie et besoin de ne pas penser à tout cela…

Surtout qu'en vrai, Kilian n'a pas eu une vie facile… Il n'a donc pas besoin que je lui rajoute des peines en lui racontant les horreurs que j'ai vécues dans l'armée et l'impact que cela a eu sur moi…

– Bein, il faut dire que justement mes deux années de prison n'ont pas été sympathiques... marmonne-t-il en tirant une salle tronche. Du coup, une fois sortie, je voulais déjà me remettre sur les rails afin de ne jamais risquer d'y retourner. Et Jahyana a débarqué à ce moment-là et m'a engagé, ce qui m'a permis de ne pas retomber dans mes vieux travers ! explique-t-il ensuite en souriant.

– Ok, c'est cool ! Mais elle sait qu'Adrian et toi avez fait de la prison ? demandé-je curieux de savoir si cette femme pleine de couleur sait avec qui elle travaille au quotidien.

– À vrai dire, quand elle a commencé à monter son dispensaire, elle est venue directement au bureau des officiers de probation afin de signaler qu'elle avait besoin de deux personnes pour travailler avec elle. Et qu'en dépit de l'activité qu'elle exercerait, elle avait déjà les autorisations pour engager des personnes ayant un casier, m'informe-t-il l'air de se remémorer cette période.

– Vraiment ? m'étonné-je sincèrement.

Je n'arrive pas à croire qu'une femme telle qu'elle puisse faire une telle chose. En effet, elle a l'air d'être quelqu'un à qui la vie a fortement réussi et qui n'a jamais eu à affronter les côtés les plus sombres de notre monde… Ainsi je n'arrive pas à comprendre pourquoi elle irait spécialement engager d'anciens tôlards !

– Oui lorsqu'on a passé notre entretien, elle nous a tout simplement dit qu'elle avait étudié nos dossiers au peigne fin et qu'on lui convenait pour le job. Que pour elle, les erreurs ça arrive, tout comme les deuxièmes chances. Mais que par contre, si l'on essayait de lui faire à l'envers, on le regretterait toute notre vie ! déclare-t-il en rigolant dans sa barbe.

– C'est fou, elle n'a pas l'air d'être une dur à cuire quand on la voit ! ne puis-je m'empêcher de commenter.

– Oui. Je sais que son style est particulier avec toutes ces couleurs, ces nœuds dans les cheveux et tout. Mais elle a un fort caractère et elle ne se laisse pas marcher dessus, je te le garantis ! affirme-t-il visiblement plus que convaincu de ce qu'il avance. En tout cas, deux jours après cet entretien, nous avions signé notre contrat et l'on commençait à travailler pour elle, ajoute-t-il ensuite avec un grand sourire.

– OK. Tu sais qu'est ce qui a fait qu'elle a débarqué ici ? l'interrogé-je ne pouvant m'empêcher d'être curieux tant je trouve cette femme intrigante.

– À vrai dire, pas trop ! D'ailleurs une fois que tu t'es habitué à son style et son enthousiasme quotidien, c'est la seule chose que tu peux lui reprocher ! s'exclame Kilian en ricanant.

– Comment ça ? demandé-je sans comprendre où il veut en venir.

– Bein, tout ce que je sais sur elle alors que cela va faire presque trois ans que nous travaillons ensemble et que nous sommes amis, c'est qu'elle vivait et est originaire de San Diego. Ses parents ont beaucoup d'argent, mais elle ne leur parle plus, commence-t-il. Ensuite, elle a choisi Merced, car c'était une ville tranquille, qu'elle s'est débrouillée toute seule pour obtenir les fonds nécessaires pour créer sa société ici, continu-t-il. Oh, et enfin, elle n'aime pas les relations sérieuses et adore sortir faire la fête. Voilà, c'est tout ce que je sais de réellement personnelle sur elle, finit-il en haussant les épaules.

– Ah oui, c'est vrai que ce n'est pas grand-chose comme informations ! m'exclamé-je encore plus intrigué par cette femme.

– C'est sûr, mais il n'empêche qu'elle a le cœur sur la main et que c'est une patronne super cool ! affirme-t-il. Donc dans le fond, cela ne me gêne pas qu'elle ne souhaite pas s'étaler sur sa vie perso… On a tous un passé et certains préfèrent l'oublier, marmonne-t-il d'un ton plus sérieux et en sachant très bien de quoi il parle...

Je hoche la tête, incapable de dire le contraire, étant moi aussi actuellement dans cette situation… Je n'aurais jamais imaginé que ce que j'avais vécu dans l'armée m'aurait marqué à ce point-là et pourtant depuis que je suis rentré au pays je ne peux que constater le contraire… Et je n'ai pas la sensation que le fait d'être rentré chez moi n'ait changé quoi que ce soit… En effet, quand j'étais sur place j'ai rapidement compris que je n'avais pas le temps de me pencher sur mes états d'âme et que je devais trouver un moyen de faire face à tout ce qui m'attendait, si je voulais survivre… Ainsi, mon instinct de survie a pris le dessus sur mon être et m'a permis de construire comme un mur blindé autour de mes sentiments. J'ai donc pu continuer d'avancer et me battre malgré les horreurs que j'ai pu voir ou commettre, durant ses sept années… Mais depuis que je suis de retour, mon instinct de survie s'est totalement mis au repos ; du coup, la belle prison que j'avais faite à mes sentiments s'est totalement écroulée, laissant place à une flopée d'émotions et de ressentiments, que j'ai beaucoup de mal à contrôler…

– Bon qu'est-ce que tu prévois de faire ? Tu vas y retourner ou c'était ta dernière mission ? me questionne Kilian ce qui me fait sortir de mes pensées.

– Non, c'était la dernière cette fois. Je suis de retour pour de bon, ce qui veut dire que je vais devoir chercher un job ! lancé-je en tirant un peu la gueule à cette idée…

Étant donné que la dernière fois que j'ai eu à trouver un boulot, c'était à mes dix-neuf ans avant que je n'intègre l'armée. C'est-à-dire, il y a presque huit ans, ce qui date carrément !

– Bein, si tu veux, Jahyana pensait justement engager un second gars pour faire la sécurité à l'accueil, me notifie Kilian.

– Vraiment ? Vous avez souvent des problèmes ? l'interrogé-je aussitôt, un peu inquiet.

– Non, pas du tout ! Mais il faut vérifier les pièces d'identité à l'entrée, c'est Adrian qui s'en occupe, et des fois, le pauvre est vraiment en galère tant il y a de gens. Parfois, on se retrouve avec une queue devant la boutique, m'explique-t-il pendant qu'il sirote sa bière.

– Ah ouais ?! La boutique marche à ce point-là ? m'étonné-je, surpris que les gens du coin soient intéressés par ce genre de service.

– Moi aussi au début, je ne pensais pas que cela allait vraiment fonctionner. Mais il s'avère que Jahyana propose des produits adaptés à chaque personne. Et plus particulièrement aux personnes âgées qui ont beaucoup de problèmes d'arthrite, de douleur et j'en passe, commence Kilian. Sans compter qu'elle connaît vraiment son sujet ! Si tu vas la voir en lui décrivant tes problèmes, elle sera capable de fournir le produit parfait et sous la forme idéale ! On n'a jamais eu un client insatisfait ! continu-t-il l'air sincèrement impressionné par celle-ci. Elle m'a appris à faire pousser les herbes médicinales, ainsi que le cannabis ; du coup, tous nos produits sont sans engrais ou pesticides. Toute la nourriture que nous vendons est faite maison par mes soins. Et elle ne se fournit pour ces autres produits qu'auprès des producteurs locaux. Du coup, en plus du bien fait de ces produits, elle fait travailler la communauté et donc tout cela fait que la boutique est d'autant plus bien vue et aimée par la population, finit-il.

– C'est vraiment étonnant… répondis-je un peu ailleurs, car je n'ai jamais rencontré quelqu'un dans son genre et cela me perturbe…

– Du coup, tu veux que je lui glisse un mot pour toi ? me relance Kilian après quelques secondes de silence.

– Euh ouais, je veux bien merci, confirmé-je toujours aussi pensif.

Peut-être que travailler pour elle, me permettra de mieux la cerner et de comprendre ce qu'une femme comme elle peut bien foutre à Merced avec toute cette gentillesse débordante… J'ai sûrement l'air d'un rabat-joie, mais je m'en fous ! Effectivement, je ne pense pas qu'une femme comme elle gagne quoi que ce soit à être aussi gentille et à tant participer à la vie de notre petite ville perdue. Surtout que, malheureusement, mes sept années dans l'armée m'ont bien appris que l'être humain est en général intéressé par une seule chose : lui-même et ses propres intérêts…

Nous sommes mardi soir et même si je serais bien resté tranquille chez moi, j'ai promis à Kilian de venir à cette fameuse soirée karaoké organisée à son travail.

Quand j'arrive finalement dans le dispensaire, je suis sacrément étonné du monde présent ainsi que de l'ambiance sympa qui a l'air de régner. Et malgré le fait que cela ne soit pas la première fois que je viens. Je suis encore pris de court par la décoration des lieux, tant celle-ci est à l'image de la propriétaire, c'est-à-dire : haut en couleur.

En effet, la peinture des murs oscille entre le vert et le rouge, avec différents dessins ou citations implantées un peu partout. Il y a même le nom de l'établissement qui est noté quelquefois, « *Life In Green* »2. Ce qui, je dois avouer, donne un ensemble très sympathique. Au centre de la pièce, il y a des tables et des chaises qui sont tantôt rouges, tantôt vertes avec des roses rouges en décorations sur celles-ci. Au fond à gauche, il y a un immense comptoir avec vitrine où sont exposés tous les produits qu'ils vendent. Derrière celui-ci, il y a une grande armoire avec leurs autres produits et aussi la porte donnant accès à la partie réservée aux employés. Et enfin, dans le fond à droite, il y a un espace dédié à la musique avec un micro, une guitare et une petite batterie où des personnes sont déjà installées en train de discuter.

D'ailleurs, lorsque je suis venu samedi voir Kilian, c'était la chose qui m'avait le plus interpellé et je m'étais demandé ce que des instruments de musique pouvaient bien foutre dans un dispensaire ! Mais maintenant que je sais qu'elle organise souvent des soirées karaoké, je comprends mieux. En tout cas, même si je dois admettre que ce n'est pas dans mes goûts, il faut avouer que la salle principale est chaleureuse et qu'on a facilement envie d'y passer du temps.

– Salut Mec ! Content que tu sois venue ! me lance Kilian en m'accostant.

---

[2] *Life In Green : La vie En Vert*

– Hey ! Y a pas mal de monde dis-donc ! ne puis-je m'empêcher de remarquer.

– Oui. Tu vas voir, Jahyana à une super voix et elle met grave l'ambiance, du coup les gens adorent venir ! me répond-il alors qu'il m'entraîne vers le comptoir.

– Ah ! Donc, je ne vais pas être obliger de me coltiner toutes les chanteuses du dimanche de la ville ! commenté-je en rigolant, mais aussi pas mal soulagé.

– Oui, on continue d'appeler ça une soirée karaoké car c'est plus simple, mais les gens n'osaient jamais chanter alors Jahyana a fini par monter sur scène un jour et depuis c'est resté, explique-t-il en haussant les épaules alors que nous arrivons au niveau d'Adrian qui est assis derrière le comptoir.

Il me fait un petit hochement de tête, que je lui rends aussitôt, sans en faire plus. En effet, même si je le trouve sympa, on n'est pas aussi proche qu'il l'est avec Kilian. Étant donné que je n'étais pas dans les conneries qu'ils faisaient ensemble à l'époque où nous étions plus jeunes et après que je me suis engagé…

– En tout cas, tu as bien fait de venir, car je t'annonce que tu es engagé ! s'enthousiasme Kilian en me tendant un verre, ce qui me reconnecte à la réalité.

– Sérieux ? ne puis-je m'empêcher de presque hurler tant je suis surpris.

– Oui. Jahyana a dit que ça tombait pile-poil et que tu pouvais commencer jeudi si tu le souhaitais, indique Kilian tout content.

– C'est vraiment génial, je suis super reconnaissant ! m'exclamé-je sincèrement. Mais elle ne veut pas au moins, je ne sais pas, me faire passer un entretien ? lui demandé-je sans pouvoir me retenir, tant je trouve cela étrange.

– Non ! Tu sais, elle n'est pas trop procédurière et vu que c'est moi qui t'ai recommandé, elle a dit qu'il n'y avait pas de souci, m'informe Kilian en haussant les épaules.

– D'accord, mais tu sais où elle est, je voudrais tout de même aller lui parler avant ? l'interrogé-je alors que je jette un coup d'œil dans la pièce afin de la trouver

– Oh ! Là, elle ne va pas tarder à chanter donc on verra ça plus tard, me répond Kilian tandis qu'une mélodie commence effectivement à retentir dans la pièce.

Aussitôt, je me retourne vers l'espace dédié à la musique et je constate qu'en effet, elle est placée devant les musiciens ayant commencé à jouer. Comme la première fois que je l'ai vu, je ne peux m'empêcher de me dire que malgré son style qui me donnerait presque une crise d'épilepsie ; elle est très belle, avec ces cheveux blonds bouclés, sa peau mate et ses traits fins.

Sans compter qu'elle sait clairement se mettre en valeur ! Ce soir elle porte des cuissardes noires avec une jupe rouge et un débardeur noir, ce qui fait ressortir ses formes généreuses. Par contre, contrairement à samedi où elle avait un tee-shirt avec col roulé, je peux constater qu'elle a une grosse cicatrice bien visible qui part de son cou jusque sur son épaule. Bien sûr, je m'interroge sur les origines de cette blessure… Tout comme sur ces tatouages que je distingue en plus de celui qu'elle a, au niveau de la cheville droite que j'avais déjà remarqué lorsque je l'ai rencontrée. Effectivement, je constate un autre dessin sur son avant-bras droit et un sur son épaule gauche. Je sais que celui qu'elle a sur la cheville représente un phénix, en revanche, d'ici je ne peux pas voir ce que représentent les autres. Et je ne peux m'empêcher d'être curieux et d'avoir envie de savoir ce qu'il en est… Surtout que plus je la découvre plus je réalise qu'elle n'a peut-être rien du genre de femme que j'imaginais…

Et pendant que les questions fusent de plus en plus dans mon cerveau, elle se met à chanter ainsi qu'à danser sur la mélodie rythmée que les musiciens ont lancée. Lorsque ces cheveux bouclés commencent à tanguer autour de son visage au rythme de ses mouvements, j'oublie tout et c'est comme si j'étais complètement hypnotisé par son charme. Et je ne peux que me contenter de l'admirer et de l'écouter…

« Listen to the sound of thunder
Écoute le bruit du tonnerre
Rolling in the soul down under
Roulant tout au fond de notre âme
Far beneath the skin, it rumbles
Loin sous la peau, il gronde
Step to the step of the drum that rolls inside
Marche au rythme du tambour qui gronde à l'intérieur
Be your enemy or lover
Être ton ennemi ou ton amant

We are put here to discover
Nous avons été mis là pour le découvrir
Your heart that beats within each other
Ton cœur qui bat en chacun de nous
We're gonna rap-op-bop, rap-op-bop
Nous allons rap-op-bop, rap-op-bop
We're gonna rap-op-bop tonight
Nous allons rap-op-bop, rap-op-bop ce soir
And if we die tomorrow
Et si nous mourons demain
What do we have to show
Qu'avons-nous à montrer
For the wicked ways down below
Pour les mauvaises manières ici-bas
The rhythm inside is telling us
Le rythme intérieur nous dit

We can fly tomorrow
Que nous pouvons voler demain
On the beautiful wind that blows
Sur le magnifique vent qui souffle

On the cosmic track, love attack
Sur la piste cosmique, l'amour attaque
I'm gonna' get that rhythm back
Je vais récupérer ce rythme
Be your enemy or brother
Être ton ennemi ou ton frère
We were put here to discover
Nous avons été mis là pour découvrir

Your heart that beats within each other
Ton cœur qui bat en chacun de nous
We're gonna rap-op-bop, rap-op-bop
Nous allons rap-op-bop, rap-op-bop
We're gonna rap-op-bop tonight
Nous allons rap-op-bop ce soir »[3]

Je suis à la fois totalement charmée par le show qu'elle offre et par sa voix. Mais en plus de cela, ma curiosité est de plus en plus titillée par cette femme… En effet, quand je la vois chanter avec autant de joie et d'entrain, j'ai vraiment l'impression qu'elle vit dans un autre monde !

Je n'ai peut-être pas eu une enfance aussi difficile que Kilian qui a dû affronter des choses qu'un enfant ne devrait jamais connaître… Mais ça n'a pas toujours été facile pour ma famille et donc pour moi. Et avec les années dans l'armée, j'ai vraiment pris conscience de l'enfer que pouvait être notre monde… Ainsi, je suis complètement désemparé par le comportement de cette femme. Qui n'a pas l'air de voir la vie en vert, mais en rose bonbon !

---

[3] *Loïc Nottet- « Rythme Inside »*

VII

Jahyana

*« Ne laisse personne juger ta vie
et tes choix, car personne
n'a traversé tes douleurs, tes joies
et encore moins tes peines. »*[*]

– Bonsoir, lance une voix dans mon dos que je reconnais directement cette fois.

– Salut, contente que tu sois venu ! répondis-je alors que je me retourne vers Isaac. Tu apprécies la soirée ? ajouté-je en lui souriant.

– Oui, c'est vraiment cool ce que tu as fait et tu chantes vraiment très bien ! me complimente-t-il. Et je voulais aussi te remercier pour l'opportunité que tu me donnes, mais tu ne voudrais pas au moins me faire passer un entretien ? me demande-t-il ensuite, l'air toujours un peu sur la défensive avec moi.

– Euh non. Tu es un ami de Kilian et j'avais l'intention d'engager quelqu'un, donc ça m'évite justement les recherches et les entretiens, choses dont je ne suis pas fan ! lui affirmé-je en l'invitant d'un signe de la main à venir derrière le comptoir où je me suis calé afin de reposer mes pieds endoloris.

– Et tu fais souvent ça ? Je veux dire, engager des gens sans rien savoir d'eux ? m'interroge-t-il en me regardant comme si j'étais folle tandis qu'il arrive face à moi.

– Alors, je n'engage pas des gars tous les quatre matins et Kilian m'a assuré que tu étais quelqu'un de bien, du coup, je ne vois pas où est le problème. À moins que tu ne le veuilles pas, ce job ? répliqué-je tandis que je commence à être agacée de son attitude.

– Non, je le veux, mais pour être honnête, j'ai du mal à comprendre comment quelqu'un peut agir avec autant d'insouciance ! Comme si nous vivions dans un monde de bisounours ! indique-t-il en me regardant de nouveau comme si j'étais une folle.

– Je ne vois pas ce qui peut te faire dire une telle chose, j'ai bien conscience du monde dans lequel on vit, ne t'inquiète pas pour moi ! m'exclamé-je en me retenant presque de crier.

– Ah bon, vraiment ? s'esclaffe-t-il sans cacher son sarcasme. Parce que de ce que je sais de toi, c'est que tu as débarqué toute seule ici et que tu as engagé deux mecs qui venaient de sortir de taule. Ensuite, tu fais la gentille à faire fonctionner les sociétés du coin alors qu'on sait tous que ça coûte dix fois plus cher que les grands commerçants. Puis tu engages un mec sans ne lui avoir jamais réellement parlé ! Et la chose qui est peut-être la plus importante, pour ce que j'en sais, tu passes souvent tes vendredis soir avec des inconnus ! déblatère-t-il d'une traite. Donc, excuse-moi, mais tout ça me donne l'impression que tu vis déconnecté de la réalité et de la situation de notre monde. C'est peut-être parce que je suis sur les nerfs vu que je viens juste de rentrer de pays qui étaient littéralement en guerre, mais je ne peux m'empêcher de te dire ce que je pense ! termine-t-il enfin, en me regardant toujours droit dans les yeux.

– Alors, écoute-moi bien parce que je ne suis pas du genre à répéter les choses ou à me justifier. Mais vu que tu m'as bien soulé, je vais me faire le plaisir de te répondre. Donc, sache que je connais absolument par cœur les moindres détails de chaque instant de la vie de Kilian et Adrian parce que je ne les aurais jamais engagés sans être sûr que je pourrai avoir confiance en eux, commencé-je en me rapprochant de lui. Ensuite, j'avais beaucoup d'argent avant même d'ouvrir ce dispensaire qui marche extrêmement bien comme tu peux le voir. Ainsi, les produits du coin, j'ai largement les moyens de les payer et le cannabis est plus efficace quand il est mélangé avec des produits sains ; du coup, c'est gagnant-gagnant. Sans compter que c'est parce que j'ai justement conscience du monde de merde dans lequel nous vivons, que j'insiste pour aider les petites sociétés qui se font écraser par notre système capitaliste. Sache aussi que l'époque où les femmes étaient des êtres fragiles et incapables de se défendre est révolue. Je peux donc t'assurer que le mec qui tentera un jour de me faire du mal le regrettera amèrement, continué-je en posant mon index sur son torse avec un regard noir. De ce fait, je t'assure que j'ai bel et bien conscience du monde de merde dans lequel on vit et que je suis plus que capable d'y faire face ! Sauf qu'en plus d'y faire face, j'ai décidé de ne pas me faire engloutir par toute cette merde et de continuer d'avancer avec le sourire quoi qu'il arrive ! Pour terminer, sache qu'avec moi il y a une règle très importante dans la société ; on ne mélange pas le personnel et le professionnel. Du coup, je vais te laisser réaliser à quel point tu aurais dû attendre avant d'ouvrir ta bouche et me juger, sans t'en prendre rigueur pour le travail. Soit là jeudi à neuf heures si tu veux toujours le job, sinon tant pis pour toi et bonne soirée ! conclus-je alors que je le contourne pour pouvoir sortir de derrière le comptoir.

Je sais que mon mode de vie n'est pas conventionnel pour la plupart des gens. Mais je ne permets à personne de me juger et de me traiter telle une idiote ! Aucun d'entre eux n'a la moindre idée de ceux à quoi j'ai dû faire face et encore moins de ce que cela fait de se faire trahir par la personne qu'on a aimé. Et ils ne peuvent ainsi pas comprendre ma manière de vivre ma vie !

Une fois arrivée sur la piste de danse, je me mets à danser avec les autres invités. En me disant que c'est bien dommage de gâcher un si beau morceau… Mais peu importe la qualité du paquet si l'intérieur est pourri, même pour une soirée. Je ne veux plus rien de mauvais dans ma vie…

Après avoir bouclé toute la paperasse pour l'embauche d'Isaac, qui s'est pointé ce matin à huit heures cinquante. Je l'ai confié à Adrian pour qu'il lui explique le job, mais aussi pour que je ne l'ai pas trop dans les pattes. Et jusque-là, tout s'est bien passé, en même temps, en sachant qu'il doit rester à l'entrée avec Adrian pour vérifier les pièces d'identité de nos clients et surveiller la salle, je n'ai pas vraiment l'occasion de lui parler.

Non pas que je sois mal à l'aise avec lui à cause de ses propos de l'autre soir. Cela m'est arrivé à plusieurs reprises de me faire juger aussi facilement. Par contre, même si je n'attache pas beaucoup d'importance au regard des gens en temps normal et passe outre les commentaires dans le dos ; là, je n'apprécie vraiment pas les remarques qu'il m'a faites, car le mec m'a réellement prise pour une débile finie qui pense que les licornes existent et que le monde est tout rose ! Alors qu'au contraire j'ai été confronté dès mon plus jeune âge à la noirceur de ce monde...

Sans compter que mon père est le chef d'un des plus gros cartels qui règnent en Amérique du Sud, celui-ci a donc toujours pris soin à ce que nous sachions nous défendre. En partie pour notre sécurité, mais surtout pour le bien-être de son business. En effet, je serais incapable de dire le nombre de fois où il nous a répété, à ma sœur et moi, quelle honte cela serait pour lui si nous venions à nous faire kidnapper ou tuer par l'un de ses ennemis !

De ce fait, dès nos sept ans, nous avions des professeurs d'arts martiaux à la maison vingt-quatre sur vingt-quatre afin de nous entraîner au maximum. Et ça, c'était la partie sympa de notre quotidien, vu qu'à partir de nos quatorze ans nous avons eu le droit à des tests en situations réelles. Comme la fausse tentative d'enlèvement qu'il m'a fait vivre à mes quatorze ans… Ce qui était déjà une expérience atroce, mais malheureusement pour nous, ce n'était qu'un début… Tout ça pour dire, je suis plus que capable de me protéger et de prendre soin de ma personne !

– Désolé de te déranger durant ta pause, mais est-ce que je peux te parler ? demande Isaac alors qu'il arrive derrière moi ce qui me fait sortir de mes pensées.

– Euh… oui bien sûr, répondis-je après avoir bloqué quelques secondes et en lui indiquant la chaise face à moi.

– Je voulais m'excuser pour l'autre soir, je n'aurais pas dû me permettre de te juger de cette manière, déclare-t-il après s'être assis, ce qui me laisse sans voix.

– Euh d'accord, ce n'est pas grave, t'inquiètes, lâché-je en balayant l'air de ma main, une fois la surprise passée, car je ne l'imaginais absolument pas du genre à faire des excuses aussi facilement.

– J'ai passé les sept dernières années dans l'armée et cela n'a pas été toujours sympa, reprend-il avec le regard ailleurs. Et je dois avouer avoir été disons dérouté face à ton attitude si joyeuse et sans prise de tête, explique-t-il ensuite en posant son regard sur moi.

– Je savais que j'étais à part, mais je ne pensais pas pouvoir autant perturber quelqu'un ! ricané-je. Je ne vois vraiment pas ce que j'ai de si particulier, ajouté-je en haussant les épaules.

Parce que oui j'ai un style vestimentaire qui peut ressembler à celui des pin-up des années cinquante. Oui, j'ai beaucoup de tatouages et je profite de la vie au maximum. Mais ce n'est rien d'extraordinaire, il y a des gens beaucoup plus bizarres que moi quand même !

– C'est juste que c'est comme si tu vivais dans un monde où tout était rose, que tout allait bien et que tu n'avais pas besoin de te prendre la tête avec quoi que ce soit ! balance-t-il en me regardant de nouveau comme si j'étais folle.

– Bein, je ne vois pas ce qu'il y a de mal à ça, affirmé-je sincèrement.

– Il n'y a pas de mal à cela, mais c'est comme si tu avais vécu une vie parfaite sans aucune souffrance et que tout t'avait toujours réussi. Ce qui n'est pas mon cas et surtout depuis que je suis rentré, indique-t-il visiblement en train de divaguer de nouveau dans ses pensées à l'évocation de son retour.

Et même si je constate sans problème qu'il doit probablement lutter depuis qu'il est rentré au pays, cela ne m'empêche pas de me braquer de nouveau. Vu qu'encore une fois, même s'il ne le fait sûrement pas intentionnellement, il se permet de me juger en se basant uniquement sur mon apparence et attitude, et ça m'agace au plus haut point.

– Tu sais, il y a deux catégories de gens dans le monde, commencé-je en claquant des doigts devant lui afin de le faire revenir sur terre. Tout d'abord, ceux qui se morfondent face aux malheurs que la vie a mis et met sur leur chemin, continué-je tandis que je le désigne sans aucune gêne. Puis il y a ceux qui décident que le meilleur moyen de faire un gros doigt d'honneur à toutes les merdes qu'ils ont vécues, c'est de vivre au maximum, avec le sourire et comme bon leur semble, finis-je en me pointant du doigt, avant de me lever de ma chaise et de me diriger vers l'escalier afin de retourner en haut.

J'ai dit ce que j'avais à lui dire, maintenant plus question que je ne perde mon temps avec un mec qui pense me connaître assez pour me juger de la sorte. Et qui ne sait pas porter ses couilles pour assumer les merdes qu'il a dû affronter au cours de sa vie. J'ai assez donné dans le genre mec qui n'a rien dans le pantalon et qui ne fait pas ce qu'il faut faire quand il se doit !

Donc dorénavant, même si ça avait été plutôt clair l'autre soir. Là, je suis sûre à cent pour cent que quoiqu'il arrive, il ne se passera rien avec lui. Je veux profiter au maximum de la vie, pas parce que je suis une idiote insouciante qui n'a pas conscience du monde horrible dans lequel nous vivons.

Non, bien au contraire. Je veux vivre à fond, car je sais mieux que personne que l'on peut tout perdre en une fraction de seconde. De plus, aujourd'hui je ne vis pas que pour moi, mais aussi pour elle… Et je lui dois de vivre la meilleure vie possible…

VIII

Isaac

« Quelles drôles de créatures que la femme !
Je suis de l'avis de Balzac : comment l'homme
comprendrait-il la femme puisque Dieu,
*qui l'a créée, ne la comprend pas lui-même ? »**

Après avoir fini sa tirade, je suis resté comme un con sans savoir quoi faire. Je me suis carrément repassé la conversation en tête et même si je peux admettre avoir peut-être été un peu maladroit. Je ne vois pas ce que j'ai dit de si grave pour qu'elle réagisse ainsi !

Toutefois, grâce au chemisier sans manches qu'elle portait aujourd'hui, j'ai pu voir ce que représentaient ces autres tatouages. Sur son épaule gauche, elle a le visage d'une femme qui ressemble beaucoup à la représentation de la « *Santa Muerte* ». En effet, celle-ci a le visage maquillé d'une manière très spéciale, qui me fait penser à ceux que les Mexicains se font dessiner lors de leur célébration des morts. Et plus particulièrement, ce qui est très perturbant, c'est qu'on dirait presque qu'il y a un air de ressemblance avec la personne qui a ce tatouage. Sans compter que celui au niveau de son avant-bras droit est aussi en lien avec la culture mexicaine, celui-ci représente le symbole des morts là-bas, soit un crâne orné de divers dessins avec une rose rouge placée en haut de celui-ci.

Tout cela me fait me poser d'autant plus de questions à son sujet… Et, je sais que ce n'est pas normal de me montrer aussi curieux à son égard et certains pourraient même voir cela d'un mauvais œil. Mais déjà, je suis quelqu'un de curieux de nature, et alors face à cette femme qui semble à la fois contradictoire et mystérieuse, je ne peux pas me retenir. Surtout qu'au premiers abords, elle a l'air d'être une gentille fille à papa qui fait sa crise d'adolescente en retard, alors qu'elle sous-entend qu'elle en a bavé dans la vie et qu'elle parait cacher bien des choses. Sachant aussi que tous ces tatouages ont bel et bien un lien avec la mort, ce qui est étrange et laisse penser qu'elle y a fait face… Je ne peux donc pas faire taire toutes les questions qui immergent dans mon esprit, ce qui ne m'enchante pas du tout !

Moi qui pensais que mon plus gros problème à mon retour serait de réussir à gérer mon stress post-traumatique et à me trouver un job. Je me retrouve finalement avec une patronne qui me perturbe au plus haut point ! Si je m'écoute, je démissionne et je ne viens plus jamais voir Kilian à son travail afin de ne plus avoir à la croiser. Merced est peut-être une petite ville, mais éviter quelqu'un, ça reste tout de même possible !

Sauf qu'en même temps, je me dis que malgré mon comportement de mardi soir qui l'avait déjà clairement agacée. Elle a fait preuve d'un professionnalisme de fou ce matin quand je suis venu pour finaliser mon embauche et commencer à bosser. En plus, dans le fond, je n'ai pas vraiment de contact direct avec elle au cours de la journée, cela serait donc idiot de laisser tomber une si bonne place…

Je me dis que, peut-être à la longue, je me ferais à ses tenues plus qu'osées et colorées, ainsi qu'à son enthousiasme permanent. Kilian m'a dit qu'il s'y était fait, je devrais pouvoir y arriver. Même si je dois admettre que je ne pense pas que Kilian soit perturbé de la même manière que moi face à elle…

Cela fait maintenant presque trois semaines que je travaille au dispensaire et je dois avouer que la routine qu'impose le boulot m'a fait un bien fou. J'arrive à ressasser de moins en moins ce qu'il s'est passé dans l'armée, ce qui fait que je passe de plus en plus de meilleures nuits et que j'ai de moins en moins souvent ses vagues de tristesse qui me font complètement partir ailleurs… Je continue cependant mes séances avec le psy, car je suis loin d'être arrivée au bout du chemin. Mais aussi afin de lâcher tout ce qui me passe par la tête, étant donné que je n'arrive toujours pas à en parler avec mes proches malgré les recommandations dudit psy...

Enfin en tout cas, je vais un peu mieux chaque jour et je commence même à m'habituer à Jahyana et à tout ce qui fait d'elle ce qu'elle est. Je comprends même ce que disait Kilian quand il m'expliquait à quel point c'était cool de travailler avec elle. Tant elle est sans tabou et sympathique au quotidien.

J'ai même été mort de rire en la voyant samedi dernier lorsqu'elle est arrivée en retard, habillée en vrac et qu'elle a fait un doigt d'honneur à Kilian pendant qu'elle se dirigeait vers la salle de bain pour se remettre en état, alors que celui-ci s'est mis à rigoler sur son passage. Tout ça, en sachant qu'elle avait réussi, le samedi d'avant, à gagner son pari avec Kilian et qu'elle avait donc tenu un mois à être à l'heure.

Ainsi, je m'amuse de plus en plus face à son comportement atypique et je me mets même à avoir envie d'apprendre à la connaître réellement. En effet, plus je la côtoie, même si c'est uniquement dans le cadre du travail, plus je suis curieux au sujet de cette femme. Elle a l'air si heureuse et insouciante au quotidien, mais elle a des cicatrices qui démontrent une grave blessure. Il m'est aussi arrivé quelques fois de la trouver le regard planté dans le vide comme si elle était totalement happée par ses pensées. Et je sais, en connaissance de cause, que dans ce genre de cas, c'est rarement des souvenirs sympathiques qui nous reviennent en tête…

Du coup, je ne peux m'empêcher d'avoir envie d'aller vers elle, mais je n'en ai pas le courage. Déjà parce que Kilian et le temps passé à travailler pour elle, m'ont bien fait comprendre que les relations sérieuses ce n'était pas son truc. Mais aussi parce que nous ne nous sommes pas reparlés dans un cadre, disons, personnel depuis le jour de mon embauche. Ainsi, je ne saurais absolument pas comment aborder la chose…

– Hey mec ! J'ai une bonne nouvelle ! lance Kilian en me donnant un coup de poing dans l'épaule, ce qui me reconnecte à la réalité.

– Qu'est-ce qu'il y a ? demandé-je tandis que je lui rends son coup.

– Cette semaine, on est en heure réduite, mais payée plein pot ! me répond-il avec un grand sourire.

– Comment ça ? l'interrogé-je ne comprenant pas ce qu'il me raconte.

– J'avais oublié de te prévenir, mais la bosse part deux fois par an aux mêmes dates. Et pendant ce temps-là, je gère la boutique et on est ouvert que le matin. Mais vu qu'elle dit que c'est elle qui impose cela, elle nous maintient notre salaire complet, m'explique-t-il tout content.
– Sérieux ? m'étonné-je et Kilian hoche la tête en signe de confirmation. Mais tu sais où elle va comme ça ? ne puis-je m'empêcher de lui demander.

– Absolument aucune idée, mais chaque année aux mêmes périodes c'est pareil, donc voilà. Là elle est partie et elle sera de retour au boulot lundi prochain, annonce-t-il en haussant les épaules.

–OK, OK. Bon bein c'est cool, murmuré-je pensif.

Kilian retourne en cuisine et je vais prendre mon poste pour l'ouverture. Je sais qu'il y a cinq minutes, je ne savais pas encore si j'oserais de nouveau l'aborder sur le plan personnel. Mais maintenant, je sais que je ne vais pas pouvoir m'en empêcher. Le fait qu'elle parte chaque année aux mêmes dates est plus qu'étrange et doit forcément cacher quelque chose de particulier. Ma curiosité ayant toujours été bien aiguisée, rien que la contradiction totale qui s'échappe de cette femme, permet de réveiller entièrement celle-ci. Sans compter que je ne peux pas nier que je suis aussi attirée par elle et que j'aimerais donc découvrir qui elle est réellement…

« – *Alors Sergent, vous rempilez après celle-ci ou pas ?* me demande le lieutenant Kyle.

– *Je ne sais pas encore, mais il y a des chances pour que cela soit la dernière pour moi Lieutenant !* je lui réponds en lui faisant un clin d'œil.
Kyle est l'un de mes meilleurs hommes ; en même temps, j'ai pris grand soin de le former comme il se doit. Ainsi, si je pars il y a de fortes chances pour qu'il soit promu au poste de Sergent et qu'il prenne donc ma place. Ce que je vais d'ailleurs bien évidemment recommander au Major, car ce mec le mérite, il se donne à fond et n'a pas froid aux yeux ! Ce qui est essentiel pour ce que nous faisons.

– *Je compte sur vous Sergent !* indique-t-il avec un sourire qui se dessine sur son visage...

Je lâche une des sangles de sécurité et tends la main devant moi. Et alors qu'il va pour attraper ma main, j'entends Trovic, notre conducteur, hurler de l'autre côté de l'habitacle.

– *ACCROCHEZ-VOUS !*

Puis aussitôt, quelque chose vient taper le côté droit du blindé. Pendant plusieurs minutes, j'ai l'impression de me retrouver de nouveau sur les plages de San Diego, dans l'eau à me faire malmener par les vagues dans tous les sens, lorsque j'étais enfant et que mon père nous y emmenait surfer.

Quand le blindé finit par s'arrêter, j'ai mal partout et plus particulièrement à mon épaule droite. Mais je suis surtout sonné, je vois flou, je n'arrive pas à me redresser et j'ai la sensation qu'à n'importe quel moment je pourrais m'évanouir.

Sauf que tout à coup, je sens l'odeur de l'essence très distinctement ce qui réveille tous mes sens et plus particulièrement mon instinct de survie. J'arrive à me redresser d'un bond, puis je me concentre sur ma respiration afin de reprendre possession de mon corps.

Une fois que je vois de nouveau correctement, je constate que, mis à part moi, tout le monde a l'air d'être resté bien fermement fixé à son siège grâce aux sangles de sécurité.

Ainsi, en dépit de l'engourdissement que je ressens tant mon cœur bat vite à cause du stress qui vient de monter en flèche, les coups de feu commençant déjà à retentir à l'extérieure. Je passe outre la douleur que je ressens à l'épaule notifiant que celle-ci est sûrement déboîtée et je me mets dans la peau du Sergent, la vie de ses gars est sous ma responsabilité, je n'ai donc pas le droit de paniquer !

– Allez les gars, on se réveille ! Dépêchez-vous il faut sortir ! beuglé-je alors que je me mets à les secouer chacun leur tour de mon bras valide.

Et alors que je pensais que nous avions eu plus de peur que de mal, lorsque j'arrive au niveau de Kyle, je constate qu'il ne reprend pas conscience et quand je prends finalement son pouls, je ne perçois rien… Je retiens le hurlement de colère ainsi que les larmes qui me montent, car je n'ai pas le droit de montrer quoi que ce soit devant mes soldats. Je lui ferme les yeux tout en récupérant ses plaques autour de son cou et me détourne de lui…

– Tout le monde dehors, mais vous restez planquer derrière le véhicule ! ordonné-je aux gars avant de lancer un dernier regard à Kyle…

Une fois que nous sommes tous dehors, je m'appuie contre l'entrée du blindé, prends encore une grande inspiration et me remets en place l'épaule droite d'un coup sec, tout en me mordant la lèvre de toutes mes forces afin de ne pas crier de douleur. Je suis loin d'être un expert là-dedans, du coup, j'ai probablement remis le bordel à l'envers, mais ça suffira le temps que je les sorte de là !

Une fois la douleur passée, j'évalue rapidement la situation et compte au total cinq hommes armés. Celui qui nous a percuté avec le 4x4 étant mort sur le coup, comme Trovic et Kyle... Je ravale ses mauvaises pensées et réfléchis au moyen de sauver le plus de soldats possibles.

– Hengen et moi, on va se mettre sur les côtés du véhicule et vous couvrir pour que vous commenciez à vous enfuir...

– Vous croyez vraiment qu'on va vous laisser ici tous les deux tout seul ? me coupe l'Officier Julius.

– Tu ne vas pas avoir le choix et ne parles plus jamais comme ça à ton supérieur ! le réprimandé-je. Le Blindé va finir en feu ou pire, il va exploser d'une minute à l'autre, on n'est donc pas en sécurité derrière. Et vous savez aussi bien que moi que des renforts vont finir par arriver de leur côté. Du coup, notre meilleure chance, c'est d'essayer d'ouvrir une fenêtre de fuite à un plus grand nombre d'entre vous afin que vous puissiez trouver des renforts sur la route ou rejoindre un camp pour en ramener. Et il est clair que si l'on fonce tous en même temps, on ne fera pas long feu, alors que si vous vous prenez un peu d'avance, vous aurez potentiellement le temps de vous arrêter pour les mitrailler quand ils viendront à notre poursuite ! C'est notre unique option ! indiqué-je ensuite en me décalant d'ores et déjà sur le côté droit du blindé.

Ils hochent la tête le visage fermé, Hengen va se mettre en position sur la gauche et les autres se préparent à partir en courant. Lorsque la salve de tire s'arrête en face, signe qu'ils rechargent, je leur donne le signal tandis que nous commençons à répliquer. Heureusement pour moi, nos ennemis ne semblent pas se préoccuper des fuyards, ainsi nous commençons immédiatement l'échange de coup.

Après plus de vingt minutes d'échanges de tirs, je décide qu'il est temps pour nous de tenter le repli. Les autres doivent avoir gagné assez d'avance pour nous laisser une chance de survivre. Surtout que je sens de plus en plus l'essence, ce qui n'est clairement pas bon signe...

– Hengen, la prochaine fois qu'ils rechargent, on fonce et surtout tu ne t'arrêtes pas, quoi qu'il arrive ! Je m'occupe de couvrir tes arrières ! hurlé-je par-dessus les coups de feu.

– À vos ordres Sergent ! répond-il avant de se remettre à tirer.

Le moment fatidique arrive, ainsi nous nous élançons au plus vite vers la dune derrière nous, sauf que nous avons à peine fait deux mètres que le blindé explose finalement. Je suis propulsé vers l'avant par le souffle de l'explosion et je sens que quelque chose se plante dans mon avant-bras. Alors que je commence à me relever, malgré le fait que je n'entends plus rien mis à part un bourdonnement et que ma vision est comme doublée, je sens que quelqu'un m'attrape le bras.

– Idiot ! beuglé-je en me doutant très bien de qui c'est.

Je le pousse vers le haut de la dune, me relève d'un bond, mais je n'ai pas le temps de le pousser une nouvelle fois afin de le faire tomber en arrière et à l'abri, que je le vois s'écrouler au sol devant moi une balle dans la tête. Ainsi, alors que je sens cette fois les larmes couler sur mon visage, je me jette de l'autre côté de la dune... puis en puisant dans mes dernières forces, je me mets à courir le plus vite possible sans me retourner. Même si mes poumons hurlent de douleur et que j'ai l'impression de peser une tonne, je continue de courir... ».

Comme toujours après ces cauchemars, je me réveille en sursaut, en sueur et haletant… Comme si je venais seulement de finir de courir dans le désert… Ces rêves sont toujours aussi réalistes et c'est ce qui est le plus dur à gérer, car quand je me lève, il me faut plusieurs secondes, voire des minutes parfois pour réussir à prendre conscience que je ne suis plus là-bas… Que je n'ai plus à me battre contre des êtres aussi ignobles les uns que les autres, que je n'ai plus à voir des camarades mourir sous mes yeux...

Du coup, dans ce genre de situation, il m'est bien évidemment impossible de me rendormir. En effet, avoir l'impression d'être replongé dans les pires moments de sa vie a tendance à couper le sommeil. Ainsi, même si j'ai des cachets pour m'aider à me rendormir, je n'aime pas les prendre, car après j'ai l'impression d'être vaseux au réveil et incapable de rien, ce que je déteste profondément. Je décide donc, comme d'habitude, d'aller courir afin de me vider l'esprit et de décontracter mon corps. Il faut avouer que c'est le seul moyen efficace que j'ai trouvé pour chasser toutes ses images de mon esprit…

Habituellement, lorsque je me balade à cette heure-ci dans l'avenue principale de la ville, je ne trouve pas âme qui vive. Alors que ce soir, je constate avec surprise que le bar où nous allons habituellement est encore ouvert, tandis que normalement, il ferme aux environs de vingt-trois heures et que là, il doit bien être une heure du matin passé. Et ce qui est encore plus étrange, c'est qu'il y a même de la musique qui s'en échappe, comme si quelqu'un était en train de jouer d'un instrument.

Trop curieux de savoir ce qu'il se passe, je vais en direction de celui-ci. Quand j'entre dans le bar, je reconnais immédiatement la voix de Jahyana ; je reste sur le cul parce que je ne vois pas ce qu'elle peut foutre ici à une telle heure, surtout qu'elle n'est pas censée être en ville !

Je scrute la pièce des yeux et tombe d'abord sur Jacques, le gérant du bar, qui me fait signe de m'approcher. En arrivant à son niveau, je constate en effet que Jahyana est dos à moi, dans le fond de la pièce en train de jouer du piano. Pendant que je prends place au comptoir, elle commence à chanter une nouvelle chanson et la tristesse que je descelle dans sa voix lorsqu'elle chante me fait mal au cœur, tant elle a l'air de réellement souffrir et de ressentir chaque mot qu'elle prononce. Ainsi, je n'accorde même pas mon attention à Jacques et reste complètement bloqué sur elle…

« My love, My love
« Mon amour, mon amour
My fearless love
Mon amour intrépide
I will not say goodbye...
Je ne dirai pas au revoir...
Sea may rise
La mer peut se lever
Sky may fall
Le ciel peut tomber
My love will never die…
Mon amour ne mourra jamais...
Go on, Go on
Allez, allez
Go bravely on
Allez courageusement
Into the blackest night…
Dans la nuit la plus noire...
Ooh, Ooh, Ooh...
Ooh, Ooh, Ooh...

My heart, My heart

Mon cœur, mon cœur
My drowning heart
Mon cœur qui se noie
Oh all the tears I've cried
Oh toutes les larmes que j'ai pleurées
Oh i may weep forever more
Oh, je peux pleurer pour toujours

My love will never die...
Mon amour ne mourra jamais...
My love, My love
Mon amour, mon amour
My fearless love
Mon amour intrépide
I will not say goodbye…
Je ne dirai pas au revoir…
Sea may rise
La mer peut se lever
Sky may fall
Le ciel peut tomber
My love will never die… »
Mon amour ne mourra jamais… »[4]

Je finis par décrocher mes yeux d'elle quand Jacques dépose un verre de scotch sec comme je l'aime, devant moi.

– Elle est envoûtante, n'est-ce pas ? me demande ensuite celui-ci en prenant une gorgée dans son verre.

– Oui… On dirait qu'elle ressent chaque mot qu'elle chante, soufflé-je sans pouvoir m'empêcher d'être surpris par la tristesse qu'elle dégage actuellement.

– C'est exactement ça… dit-il d'un air ailleurs. Sinon toi, ça va ? Qu'est-ce que tu fais réveiller à cette heure-ci ? m'interroge-t-il en ayant repris son sourire habituel.

---

[4] *Claire Wyndham- « My love will never die »*

– Une insomnie, ce n'est pas toujours évident de dormir depuis que je suis rentré, déclaré-je sans problème, car Jacques a été comme un mentor pour nous lors de notre enfance, ainsi je sais que je peux lui faire confiance les yeux fermés.

– Je comprends, n'hésite jamais à passer me voir si tu as besoin de parler. Tu sais que j'ai aussi fait l'armée, donc je sais ce que tu traverses. Du coup, conseil de connaisseur, continue tes séances avec le DOC même si c'est chiant et aussi n'hésite pas à aller à certains groupes de paroles, cela peut vraiment aider, me confie-t-il avec un regard compréhensif.

– Oui, t'inquiètes, je m'y tiens et je te remercie, mais dans l'ensemble je gère plutôt bien. La routine avec le boulot et tout m'a bien aidé, répondis-je un peu ailleurs. Au fait, comment ça se fait que tu sois ouvert à cette heure ? Et qu'elle soit là en train de chanter, parce que je me rappelle très bien de toi nous disant qu'il n'y aurait jamais de groupe ou de chanteur dans ton bar ! Tandis que maintenant, tu as carrément un piano ! le questionné-je laissant ma curiosité prendre totalement le dessus.

– Déjà, elle chante très bien ; du coup, sa voix vaut dix fois mieux que tous les groupes pourris que vous aviez montés étant gamins ! s'exclame-t-il avec un ton moqueur. Ensuite, ce que peu de monde sait, c'est qu'elle a acheté le bar il y a presque deux ans maintenant, avant de me le revendre pour un dollar symbolique ! Du coup, je peux bien lui laisser la salle quand elle en a envie, annonce-t-il finalement ce qui me laisse sur le cul.

– Quoi ? Mais comment et pourquoi ? l'interrogé-je incapable de cacher ma surprise.

– À cette époque-là, les affaires ne marchaient pas bien et je n'avais plus les moyens de payer à la fois l'hypothèque de la maison et le loyer du bar, commence-t-il l'air triste à l'évocation de se souvenir.

J'étais à deux doigts de laisser tomber mon affaire, mais Jahyana est arrivée un soir où je faisais visiter le bar à quelqu'un qui voulait reprendre la location. Une semaine après, alors que je n'arrivais pas à me décider à donner mon préavis, elle est arrivée au bar en me disant qu'elle l'avait acheté, continu-t-il cette fois, l'air beaucoup plus heureux. Elle m'a ensuite déclaré qu'elle me cédait celui-ci pour un dollar symbolique à la condition que j'installe un piano pour qu'elle puisse venir jouer tranquillement quand bon lui semblerait. J'ai bien sûr insisté pour lui payer une mensualité chaque mois, mais elle a refusé et nous sommes passés devant le notaire le lendemain. Je lui verse tout de même ce que je peux chaque mois à hauteur de mes moyens, mais j'ai vite constaté qu'elle dépensait l'équivalent lorsqu'elle venait au bar, conclut-il en lançant un regard plein de reconnaissance à Jahyana.

– C'est hallucinant ! Mais d'où elle sort cette femme ! ne puis-je m'empêcher de commenter.

Elle m'a bien dit qu'elle était très confortable financièrement, mais de là à pouvoir racheter un bar avant de le revendre pour un dollar, c'est quand même énorme ! Surtout que oui, Jacques est un homme incroyable, mais cela devait à peine faire un an qu'elle était là, qu'elle fasse ça pour lui…

– Je ne sais pas du tout, mais ce que je peux te dire, c'est qu'elle en a bavé dans le passé. Et le plus souvent, les gens qui savent ce que c'est d'avoir profondément souffert, ont tendance à essayer d'éviter à leur entourage de subir les mêmes tourments, ainsi ils font preuve d'une bonté hors du commun, me notifie-t-il ensuite en me regardant très sérieusement.

– Je ne sais pas, elle a l'air d'être si joyeuse et insouciante. Je n'arrive pas à me dire qu'elle a pu vivre des atrocités dans sa vie, avoué-je.

– Tu sais, il y a presque trois ans maintenant, elle a débarqué la veille du réveillon de Noël dans le bar et je peux t'assurer qu'elle n'avait rien à voir avec la femme que tu côtoies tous les jours. Elle n'était que l'ombre d'un être humain et le regard qu'elle avait, je ne l'ai vu que rarement. Mais je peux te dire d'expérience que, malheureusement, celui-ci traduit toujours d'atroces souffrances, commence-t-il avec un petit coup d'œil à son intention. Sans compter que, depuis qu'elle est ici, chaque année elle part soi-disant vacances aux mêmes dates. Et à chaque fois, non seulement elle rentre plusieurs jours plus tôt que ce qu'elle dit à tout le monde, mais en plus, elle passe le reste de ses jours totalement enfermée dans son appartement. Elle n'en sort que pour venir ici que très tard le soir pour chanter et comme tu peux l'entendre, elle ne chante pas des chansons joyeuses, bien au contraire… Toutes ses musiques reflètent clairement une douleur profonde et intense, conclut-il avant de finir son verre.

– Tu penses vraiment qu'elle cache quelque chose de grave ? ne puis-je m'empêcher de lui demander.

– Je ne dirais pas grave, mais ce qui est sûr, c'est que cette fille a beaucoup souffert et que malgré tout, elle se bat chaque jour de son mieux pour continuer d'avancer et de vivre… affirme-t-il en regardant de nouveau Jahyana avec un regard triste cette fois-ci.

Je reste silencieux face à sa remarque et je me retourne aussi vers elle. C'est vrai que quand je l'observe ainsi elle a l'air d'avoir beaucoup de peine… De plus, en me concentrant plus sur elle, je constate qu'elle n'est absolument pas apprêtée comme à son habitude. Elle a les cheveux en boule sur sa tête et étant donné que ceux-ci sont bouclés ça ressemble à un beau bordel, elle porte un jogging noir et un sweat noir avec des baskets.

Du coup, elle n'a en effet plus l'air de la femme joyeuse et pleine de vie que j'ai côtoyé ces dernières semaines. Lorsque je la vois comme ça, elle a l'air d'être une âme brisée…

IX

Jahyana

« *Il n'y a décidément aucune logique dans le comportement humain.* »[*]

Je m'apprête à commencer une nouvelle chanson quand je sens quelqu'un s'approcher dans mon dos, je me retourne aussi sec et me retrouve face à Jacques.

– J'ai fini ma caisse et je suis crevé donc je vais y aller. Je te laisse fermer derrière toi comme d'habitude, me lance-t-il en souriant comme toujours. Et… j'ai un vieil ami qui va rester boire encore un ou deux verres si ça ne te gêne pas. ajoute-t-il alors qu'il se décale un peu, ce qui me permet de réaliser que le fameux ami n'est autre qu'Isaac.

– Euh non pas de soucis, acquiescé-je une fois ma surprise passée.

———————————————————

– Super, alors bonne soirée, rentre bien, déclare Jacques en se dirigeant vers la sortie.

Je le salue et une fois celui-ci parti, je me retourne vers le piano comme si de rien n'était. Sauf que je n'arrive pas recommencer à jouer, en sachant qu'il est là…

Jacques est un vieil homme gentil, grâce à qui j'ai eu l'idée de rester quelques jours de plus dans cette petite ville qui est devenue mon chez-moi. Sans compter que c'est quelqu'un qui en a bavé dans la vie et qui sait reconnaître les gens qui ont eux aussi pris cher. Il sait aussi que certaines de ces personnes n'aiment pas parler de ce qu'il leur est arrivé… Du coup, il ne pose jamais de question sur quoi que ce soit de vraiment personnel, malgré le fait que je vienne me défouler ici chaque année aux mêmes dates… En effet, je retourne deux fois par an à San Diego : pour le jour de notre anniversaire ainsi que pour le jour de sa mort afin de continuer à garder un « contact » avec elle...

Et même si je n'arrêterais jamais d'aller la voir à ces dates, il n'empêche que ce n'est pas agréable comme séjour… Déjà, parce que cela me rappelle plus intensément ce que j'ai subi lors de mon enfance et de ce que j'ai perdu… Mais aussi parce que je dois faire en sorte d'éviter mes parents et mon cher ex-mari. Vu que malgré les années qui passent, Rodrigue pense toujours que je pourrais un jour lui pardonner pour ce qu'il a fait. Du coup, il essaye de me contacter de temps à autre et plus particulièrement quand je suis de passage à San Diego. Quant à mes parents… Même si je n'ai plus entendu parler d'eux depuis le jour où j'ai tenté de les tuer. Je sens au plus profond de moi que malheureusement ce n'est pas parce qu'ils se font discrets, qu'ils ont pour autant lâché l'affaire… Surtout qu'ils ne nous ont jamais caché que la seule raison qui les avait poussés à avoir des enfants ; c'était pour que l'empire qu'ils avaient bâti reste dans la famille et ne soit pas repris par n'importe qui ! C'est pour cela que nous avons été éduqués, afin de devenir comme eux, soit des êtres sans cœur. Pour qui le pouvoir et l'argent ont plus d'importance que n'importe quoi au monde !

Malheureusement pour eux, ni ma sœur ni moi-même n'avons jamais réussi à devenir des êtres aussi monstrueux qu'eux…

– Tu veux quelque chose à boire ? lance Isaac de l'autre bout de la salle, ce qui me fait sortir de mes pensées.

– Je… euh… oui un scotch sans glaçons s'il te plaît, répondis-je après quelques secondes, tout en me levant avant de me diriger vers le bar.

– Tiens, voilà pour toi ! dit-il en me tendant mon verre alors que je prends place au bar à côté de lui. Je pensais que tu ne reviendrais que lundi de tes vacances, ajoute-t-il un sourcil levé.

– Je rentre toujours plus tôt et j'aime prendre du temps pour moi toute seule, notifié-je avec mon sourire de façade, pour faire comme si j'allais parfaitement bien…

– Hé bein dis donc ! On dirait que quelqu'un a trouvé ton bouton off ! Je ne pensais pas que tu pouvais être aussi normale ! balance-t-il en ricanant, ce qui m'agace fortement.

– Tu sais quoi ? Je voulais juste boire un verre tranquille, mais je pense que finalement je vais rentrer chez moi ! craché-je en finissant mon verre d'une traite avant de me lever tout aussi vite de mon tabouret.

Seulement, il m'attrape le bras et me retient alors que je commençais à me retourner.

– Attends ! Je suis désolé, je ne voulais pas être impoli… Je voulais juste détendre l'atmosphère, car tu n'as pas l'air d'aller très bien, indique-t-il avec un ton désolé.

Je le regarde de haut en bas pour être sûr que c'est bien le gars avec qui je travaille vu que sa réaction m'étonne fortement. Et tandis qu'au fond de moi mon instinct me crie de me tirer vu que je serais mieux seule chez moi, une autre petite voix sortie de nulle part au fond de mon être me chuchote de rester. Aller mettre ça sur le compte de la tristesse ou je ne sais quoi, mais pour la première fois depuis bien longtemps, je n'écoute pas mon instinct…

– Hum… OK ! Disons que ce n'est pas la meilleure période de l'année pour moi, annoncé-je alors que je me rassois et me ressers un verre.

– D'accord… euh tu as envie d'en parler ? demande-t-il d'une voix plus douce que d'habitude.

– Tu as envie de parler de ce qu'il t'est arrivé dans l'armée ? ne puis-je m'empêcher de rétorquer, n'appréciant de nouveau pas qu'il me voie comme un être fragile…

Je sais dans le fond que c'est ce que les gens font quand ils sont ensemble dans une même pièce. Ils échangent sur leur vie et tout ce qui va avec, surtout lorsque que quelqu'un a l'air pas bien. Sauf que moi je ne veux et ne peux pas me confier sur ma vie d'avant, ainsi je me contente toujours de parler des futilités du quotidien. Et j'ai tendance à me braquer très rapidement quand on me pose trop de questions.

– Euh non pas spécialement, murmure-t-il après quelques secondes, l'air totalement perdu face à ma remarque. Mais je ne pense pas que nos expériences soient comparables, ajoute-t-il finalement en fixant son regard sur les étoiles tatouées sur son avant-bras.

– Tu as déjà perdu quelqu'un qui avait plus d'importance à tes yeux que ta propre vie ? l'interrogé-je encore une fois agacée qu'il pense de nouveau savoir ce que j'ai vécu ou non.

– Oui, souffle-t-il l'air grave tandis qu'il reporte son regard sur moi.

– Alors nos expériences sont comparables. Et si tu ne l'avais pas encore compris par toi-même en travaillant avec moi ces dernières semaines, je n'aime pas parler de ma vie personnelle donc je te prierais de ne pas me poser plus de questions. Sinon, je me ferais un plaisir d'en faire de même. En commençant par exemple à te demander ce que signifie ce tatouage, déclaré-je très sérieusement afin qu'il comprenne bien que je n'ai pas l'intention de lui en dévoiler plus.

Il ne me répond pas et reste à me regarder avec insistance pendant quelques secondes, comme s'il essayait de me décrypter ou une connerie dans le genre. Il cligne ensuite des yeux plusieurs fois, puis tout à coup son attitude change et il est visiblement plus décontracté.

– En fait, pour tout te dire, je pense que j'apprécierais le fait de pouvoir parler à quelqu'un de ce qui me tracasse ! Vu qu'en vrai mon psy passe plus de temps à noter des trucs qu'autre chose, lance-t-il finalement avec un grand sourire, ce qui ne présage rien de bon à mon goût puisque je ne l'ai jamais vu sourire comme ça jusqu'à aujourd'hui ! Je me ferais donc un plaisir de répondre à toutes tes questions ! D'ailleurs, si ça te dit, on pourrait dîner ensemble un de ces soirs afin de pouvoir discuter tranquillement ? ajoute-t-il ensuite, ce qui me sidère complètement !

– Excuse-moi ?! m'exclamé-je en manquant de m'étouffer tant je ne peux pas croire à ce qu'il vient de me demander.

– Tu as très bien entendu, j'aimerais t'inviter à dîner, répète-t-il comme si de rien n'était, ce sourire en coin toujours au visage.

– Je pensais pourtant que tu avais bien compris que les relations de couple ou ce genre de truc ce n'est absolument pas mon délire !

répliqué-je vraiment surprise par sa demande, mais aussi pas mal intriguée par cet intérêt soudain de sa part.

– Je n'ai pas dit que c'était un rendez-vous, il peut très bien s'agir d'un simple repas entre deux futurs amis, rétorque-t-il en haussant les épaules.

– Donc on peut inviter Kilian, alors ? lancé-je avec un petit sourire en coin.

– Euh non, je…

– Du coup, c'est bien un rendez-vous et ça, il n'en est pas question ! le coupé-je aussitôt.

Encore une fois, il ne me répond pas tout de suite et reste planté quelques secondes à me regarder. Et c'est ce qui me perturbe le plus, car il n'a plus le même regard que les premières fois où nous avons échangé. Effectivement, avant je pouvais clairement déceler de l'agacement dans ces yeux. Alors qu'aujourd'hui, tout ce que je vois, c'est de la curiosité et je ne comprends absolument pas d'où celle-ci lui vient tout à coup !

– Et si je te disais que depuis que je t'ai rencontré, j'ai envie de te mettre dans mon lit, mais que je suis un homme qui a été très bien éduqué et qu'ainsi je tiens toujours à me montrer un minimum galant malgré le fait que ça ne soit qu'un coup d'un soir. Et que je tiens donc à t'inviter à dîner avant que nous profitions d'une nuit ensemble. Ça te conviendrait ? demande-t-il d'une voix grave et le regard rivé sur le mien, ce qui me laisse sans voix.

Je ravale ma salive et je me pince même la jambe pour être sûre que je ne suis pas en train de faire un mauvais rêve ; car jamais de la vie je ne me serais imaginé une telle proposition venant de sa part, vu le balai qu'il avait l'air d'avoir dans le cul depuis que je l'ai rencontré.

– Même si je suis certaine que je passerais une nuit agréable à tes côtés, je ne donne pas dans le romantique et toutes ses conneries. Du coup, hors de question pour le dîner, indiqué-je finalement en reprenant mes esprits avant de détourner le regard, car je dois avouer qu'il me donne chaud ce petit con en me fixant ainsi.

– Pourquoi insistes-tu autant sur le fait de ne pas avoir de relation ? Et je ne te parle pas forcément de te marier avec quelqu'un ! Mais qu'est-ce que ça te coûte, honnêtement, de passer un peu de temps en intimité avec quelqu'un avant de le mettre dans ton lit ? m'interroge-t-il l'air sincèrement curieux.

– Rien, mais je n'en vois pas l'intérêt, ni ce que cela pourrait m'apporter, mentis-je comme je le fais depuis un moment maintenant...

– Un moment sympathique ? Un repas gratuit ? propose-t-il l'air d'essayer de me cerner.

– Je suis du genre à bien choisir mes coups d'un soir, comme ça, je passe toujours un très bon moment sans avoir à déblatérer sur ma vie ou autre. De plus, j'ai largement les moyens de m'offrir absolument tous les bons repas que je souhaite, répliqué-je en lui souriant faussement.

Je devrais l'envoyer chier et rentrer chez moi afin de reprendre ma petite vie comme avant qu'il ne vienne la perturber par son attitude bizarre. Sauf qu'une petite part de moi a envie de comprendre d'où vient son changement de comportement et pourquoi il me regarde avec tant d'envie depuis ce soir... Sans compter que cela serait mentir de dire qu'il n'est pas sexy à souhait et que si mon instinct ne me hurlait pas de fuir, je ne dirais pas non à une nuit torride avec lui, même si cela veut dire devoir faire ce dîner...

– Je parie que la vérité, c'est que tu as trop peur qu'en passant réellement du temps avec quelqu'un qui te plaît, tu ne sois plus capable de continuer à prétendre que tu ne veux pas de relation sérieuse, balance-t-il ce qui me fait revenir à la réalité et je ne peux pas m'empêcher de le regarder de nouveau. Je crois même que, justement, je pourrais très bien être le genre d'homme, qui te ferait revoir tes envies, ajoute-t-il avec ce sourire en coin, qui, je dois l'avouer, est à croquer…

Normalement, je l'aurais aussitôt envoyé bouler et répliquer qu'il était bien trop sûr de lui. Que je suis plus que satisfaite de la vie que je mène aujourd'hui ! Sauf que malheureusement c'est exactement ce que mon instinct me crie depuis que j'ai croisé son regard ! Je ne sais absolument pas pourquoi, mais je sens qu'il peut faire beaucoup de dégâts. Et sincèrement, je n'ai aucune envie de tenter l'expérience !

– Alors, j'admets que c'est une proposition vraiment alléchante, parce que tu es sexy à souhait ; il faut le dire, commencé-je alors que je me penche vers lui et il sourit aussitôt. Mais, pas assez à croquer pour que j'aie envie de me prendre la tête à revoir chaque matin un de mes coups d'un soir au travail. Du coup, non merci, conclus-je en me reculant brusquement avec un petit sourire moqueur.

– Vraiment ? C'est à cause du travail ? réplique-t-il visiblement pas convaincu tandis qu'il se rapproche de moi à son tour.

– Oui et tu es bien trop confiant mon petit ! me moqué-je avant de finir la fin de mon verre. Par contre, je serais curieuse de savoir d'où te vient cet intérêt soudain pour moi, tandis que j'avais très clairement l'air de t'agacer à notre rencontre ? ajouté-je souhaitant comprendre d'où vient ce changement d'attitude.

– À vrai dire, tu m'intrigues, murmure-t-il un air malicieux dans le regard.

– C'est-à-dire ? lancé-je, car cela ne répond pas vraiment à ma question.

– Je t'avoue que j'avais beaucoup de préjugés sur toi quand je t'ai rencontré au premier aux abords, commence-t-il en se remettant à s'approcher doucement de moi. Puis j'ai passé un peu de temps en ta compagnie au travail et j'ai eu la chance de me trouver au bon endroit et au bon moment ce soir, ce qui m'a permis de découvrir une autre facette de toi, continu-t-il tout en remettant rapidement une mèche de mes cheveux derrière mes oreilles. Et donc, en plus d'avoir été intrigué initialement par ton comportement atypique, maintenant j'ai envie d'apprendre à te connaître. Pour comprendre comment tu peux passer d'un être qui ressemble à un soleil tellement elle est lumineuse et pleine de vie… à un être qui a l'air d'être un miroir brisé en mille morceaux tant ces yeux reflètent de la tristesse, termine-t-il en n'étant plus qu'à quelques centimètres de mon visage.

Sur le coup, je ne peux pas m'empêcher d'avoir le souffle coupé et j'ai la sensation que je pourrais craquer d'une seconde à l'autre tellement je sens une vague d'excitation montée à moi. Mais surtout je suis totalement prise de court, car je n'arrive pas à assimiler qu'il ait aussi bien cerné mes deux facettes en si peu de temps ! Et aussi pourquoi me fait-il autant d'effet avec de simples mots ?

– Je euh… bredouillé-je en ayant du mal à reprendre mes esprits et cela le fait sourire aussitôt.

Et alors que j'ai la sensation qu'il se rapproche encore de mon visage, c'est comme si un électrochoc me parcourait tout le corps et je vois la tombe de ma sœur dans un flash. Je cligne donc des yeux plusieurs fois et reprends enfin le contrôle de ma respiration.

– Bon, il est l'heure pour moi d'y aller, ce qui veut dire que pour toi aussi, lâché-je en revenant à la réalité et avant de me glisser sur le côté du tabouret.

Il reste, quelques secondes, bloqué sur moi à me regarder avec un air bizarre. Puis il se lève, fait mine de partir, mais il se retourne tout à coup vers moi et me coince entre lui et le bar tandis que j'étais en train de récupérer mes clés sur celui-ci.

– Je vais te laisser tranquille ce soir, mais il n'est pas question que je lâche l'affaire ; je l'aurais mon dîner, me souffle-t-il tout en me souriant.

Encore une fois, je n'arrive pas à contrôler ma respiration et celle-ci se coupe sur le coup. J'essaye d'ouvrir la bouche pour l'envoyer chier, mais rien ne sort. Ainsi, il sourit encore plus, avant de finalement se décaler et de se diriger vers la porte. Je pensais, qu'il allait partir directement, mais il reste calé dans le coin de la porte le temps que j'éteigne tout. Une fois que tout est bon, je m'apprête à fermer la porte d'entrée à clé, lorsqu'il pose sa main sur mon épaule et me lance :

– Désolé, attend deux minutes, j'ai laissé mes clés à l'intérieur !

Je soupire, lui rouvre la porte, puis je cale mon dos au mur en attendant qu'il revienne et en espérant que cela ne sera pas long, car là j'ai vraiment besoin de rentrer chez moi et de me remettre les idées en place. Vu qu'il est en train de foutre un bordel monstre dans mon esprit avec cette nouvelle attitude à mon égard…

Au bout de ce qui me semble une éternité, vu que mes pensées partent dans tous les sens alors que cela ne doit même pas faire deux minutes. Je décide d'aller voir ce qu'il fout. Et tandis que je relève la tête, je le vois et j'entends sa voix en même temps.

– Bonsoir, Jahyana. Je suis content de te revoir, déclare Rodrigue qui se tient juste en face de moi.

Quand mon cerveau prend réellement conscience de sa présence et du fait qu'il n'est pas une hallucination ou que je fais un mauvais rêve. Mon cœur et ma respiration s'accélèrent, j'ai l'impression d'avoir des bouffées de chaleur alors qu'il fait toujours très frais à cette heure malgré le fait que l'on soit encore en été. Mais rien à voir avec les bouffées provoquées par la sensation d'excitation que j'éprouvais avec Isaac il y a quelques secondes… Non là, c'est uniquement causé par la colère et la tristesse qui refont surface…

– Je suis vraiment désolé de débarquer comme ça, mais il fallait vraiment que je te parle et à chaque fois que tu es de passage à San Diego, tu arrives toujours à m'éviter, annonce-t-il avec un air de chien battu.

Comme si j'étais coupable ! J'ai envie de le frapper, mais mon cerveau ne fonctionne pas, il n'arrive pas à ordonner quoi que ce soit à mon corps. Il est focalisé sur le fait qu'il ait osé se pointer ici après tout ce qu'il s'est passé à cause de lui. Je repense au fait qu'il soit resté des semaines à me consoler alors qu'il devait se douter que c'était sa collaboration avec mon père qui était à l'origine de l'attaque du hangar et donc de la mort de ma sœur ! Pourtant malgré ça, il est resté à mes côtés et a continué à me mentir en me regardant droit dans les yeux. J'ai envie de le mettre en morceaux, de le faire souffrir… Mais je n'arrive à rien, même pas à prononcer le moindre son. Entre l'anniversaire de la mort d'Aneya et sa présence, tous les souvenirs qui me reviennent en mémoire à cet instant sont en train de me faire totalement vriller. Tous les verrous que je mets en temps normal sur mes émotions sont en train de sauter… Ainsi je n'arrive pas à faire quoi que ce soit, ne sachant pas quelle émotion est en train de prendre le dessus sur moi…

– Désolé, elles étaient tombées derrière le bar, ça a été une galère pour mettre la main dessus, lance Isaac alors qu'il sort finalement du bar. Oh, euh, bonsoir, ajoute-t-il en découvrant Rodrigue.

– Bonsoir, dit Rodrigue rapidement avant de reporter son attention sur moi. Jahyana, vient s'il te plaît, j'aimerais qu'on puisse parler en privé, ajoute Rodrigue alors qu'il fait un pas vers moi.

Et là, mon putain de cerveau arrive tout de même à fonctionner un minimum vu que je fais instinctivement un pas en arrière.

Mais cela n'aura pas duré vu que je n'arrive toujours pas à lui hurler que je voudrais qu'il dégage et qu'il peut toujours rêver pour que l'on se parle !

– Jahyana, est-ce que ça va ? demande Isaac d'une voix qui semble transcrire de l'inquiétude.

Sauf qu'à lui aussi je suis incapable de répondre. Mon cerveau est trop focalisé sur tous les souvenirs qui refont surface… Et je n'arrive pas à reprendre le contrôle des émotions qui m'envahissent à cause de cela…

– Allez Jahyana. Le temps a passé, tu dois tourner la page, viens avec moi s'il te plaît, déclare Rodrigue en tendant la main vers moi.

Mais, avant qu'il n'ait atteint mon bras, Isaac lui attrape le poignet d'une main et pose son autre bras de libre sur mes épaules.

– Je pense que c'est très clair. Elle n'a visiblement pas envie de t'adresser ne serait-ce qu'un mot, donc venir avec toi, je ne l'imagine pas ! Alors, reprends ta route, indique Isaac d'une voix très ferme.

– Je ne sais pas qui tu es toi, mais moi je suis son mari alors ne te mêle pas de nos affaires ! rétorque Rodrigue en dégageant sa main de l'emprise d'Isaac.

– Je me contrefous de qui tu es ou de ce que tu es. Ce qui est sûr, c'est qu'elle ne veut pas te parler ou aller avec toi ; du coup, encore une fois je te conseille de reprendre ta route, si tu ne veux pas de problème, grogne Isaac tout en se plaçant cette fois carrément devant moi.

Et même si je déteste cette sensation d'avoir besoin de son aide, je lui en suis reconnaissante, car là tout de suite, j'ai totalement perdu mes moyens. En même temps, je fais toujours en sorte de compartimenter mes souvenirs et mes sentiments afin de tenir au quotidien et de ne pas me laisser aller à la tristesse à chaque chose qui me la rappelle. Mais là, entre l'anniversaire et Rodrigue, je n'arrive plus à gérer les flash-backs qui surgissent devant mes yeux et qui me font perdre tout le contrôle de moi-même…

– Je suis au motel, à la sortie Est de la ville, j'y serais encore jusqu'à la fin de la semaine, j'espère que tu viendras, lance Rodrigue après quelques secondes à m'avoir fixé, avant de finalement partir.

– Est-ce que ça va ? me demande Isaac en se retournant vers moi, alors que Rodrigue disparaît dans la nuit.

Je hoche la tête, n'étant toujours pas capable de prononcer un mot sans m'effondrer par la suite. Il me regarde quelques secondes, puis il prend les clés du bar de mes mains et va le fermer.

– Bon, tu habites où ? m'interroge-t-il ensuite après être revenu à mon niveau.

– Je… de… pourquoi ? bredouillé-je en commençant enfin à reprendre le contrôle de mon être.

– Il n'y a aucune chance pour que je te laisse rentrer toute seule à pied, déclare-t-il. Et, oui, je sais que tu es une femme forte capable de se défendre, mais avec ce qu'il vient de se passer, je ne me sentirais pas à l'aise de te laisser rentrer seule alors que ce mec n'avait clairement pas l'air net, ajoute-t-il à peine avais-je commencé à ouvrir la bouche.

Comprenant à son regard qu'il ne lâchera pas l'affaire, j'acquiesce et me mets à marcher en direction de chez moi et il me suit sans dire un mot.

Sur le chemin du retour, je ne cesse de me poser un milliard de questions… En effet, même si ce qu'il m'a dit sur les deux facettes qu'il voyait en moi m'a perturbé, il ne fait que constater ce qu'il a vu et n'importe qui aurait pu le faire. Par contre, ce que je ne comprends pas, c'est que c'est le fait de découvrir que j'ai, disons, une part « sombre » qui a fait qu'il s'est intéressé à moi et que son attitude a totalement changé à mon égard.

Sans compter que je n'arrive pas non plus à m'enlever ses images de lui « venant à mon secours » face à Rodrigue. Et même si normalement je suis à fond femme indépendante qui n'a certainement pas besoin d'un mec qui la protège… Je ne peux pas dire que je n'ai pas réellement apprécié qu'il m'aide de la sorte. Et surtout sans poser la moindre question en retour. Effectivement, il n'a pas dit un mot depuis que nous sommes partis du bar et je dois avouer que je lui suis reconnaissante de faire taire la curiosité qui se lit clairement dans ses yeux depuis tout à l'heure…

Tout ce dont je suis sûre, c'est que je suis toujours formel sur mon idée de ne pas me mettre en couple. Mais il n'empêche que moi aussi je suis curieuse et j'aimerais vraiment comprendre ce changement de comportement à mon égard ainsi que de découvrir ce qu'il veut vraiment, car son excuse d'être un gentleman, je n'y crois pas réellement... Surtout que cela serait mentir que de dire que je ne suis pas du tout attiré par lui physiquement !

De ce fait, lorsqu'on arrive finalement devant le dispensaire et donc au niveau de chez moi, même si mon instinct me hurle que ce n'est pas une bonne idée, je ne peux m'empêcher de vouloir tenter…

— Ne me dis pas que tu habites dans le dispensaire ? s'exclame-t-il alors que je m'arrête face à celui-ci.

— Non, dans un appartement du dessus, ricané-je.

— C'est vrai que ça me paraît plus logique, marmonne-t-il en souriant. Bon bein, bonne nuit et à lundi, ajoute-t-il avant de retourner.

— Attends deux secondes s'il te plaît ! lancé-je.

— Qu'est-ce qu'il y a ? Tu vas bien ? Il ne t'a pas frappé à la tête ou autre ? Car je trouvais ça bizarre que tu ne parles pas ! déblatère-t-il l'air réellement inquiet en se rapprochant de moi, ce qui me touche malgré moi.
— Non, tout va bien. En fait, je voulais te remercier pour ton aide et te demander si tu avais quelque chose de prévu demain soir ? lui demandé-je en essayant au mieux de cacher ma gêne.

— Euh… non, pourquoi ? me répond-il visiblement perdu.

— Alors viens me chercher à vingt heures ; tu l'auras ton fameux dîner, déclaré-je et il sourit aussitôt de toutes ses dents.

Puis avant qu'il ne dise quoi que ce soit je me retourne et cours presque jusqu'à la porte d'entrée de mon bâtiment.

— Tu un intérêt d'être à l'heure, sinon tu pourras oublier ! notifié-je tandis que je referme la porte derrière moi.

Je monte ensuite les escaliers et fonce à toute vitesse jusque dans mon appartement. Une fois dans celui-ci, je m'affale de tout mon poids sur mon canapé en me répétant que c'est vraiment une mauvaise idée ! Mais en me disant aussi qu'au fond de moi j'en avais envie et que je me suis promis de toujours faire ce dont j'avais envie… Du coup, je me suis probablement mise dans une belle merde, toute seule, comme une grande fille !

Comme à chaque fois que je rentre de mes voyages de San Diego, je reste enfermé chez moi à glander. Même si je mets un point d'honneur à vivre à fond ma vie chaque jour et être reconnaissante pour la vie que j'ai réussi à me rebâtir… À ces périodes de l'année, je m'accorde le droit de m'apitoyer sur mon sort afin d'extérioriser toute la peine et la culpabilité que j'enfouis profondément en moi au quotidien...

Donc normalement, ce soir j'aurais dû rester tranquillement enfermée chez moi à regarder pour la millième fois au moins les films « Harry Potter ». Qui étaient nos livres et films préférés avec ma sœur et que nous pouvions lire ou bien regarder en boucle pendant des semaines. Ainsi, quand je rentre de mon séjour, je me lance toujours dans un marathon de cette saga afin de pouvoir me rappeler une époque où les choses étaient beaucoup plus belles…

Mais au lieu de ça, ce soir, je vais devoir aller dîner avec Isaac. Et même si je dois avouer qu'il m'attire énormément physiquement et que c'est moi en toute connaissance de cause qui aie finalement accepté ce dîner pour le remercier pour son aide... Je n'arrête pas de me dire que cela est une très très mauvaise idée !

En effet, je suis perturbée par son soudain changement de comportement et aussi par tout ce qu'il m'a dit. Mais surtout parce que malgré le fait qu'il est prétendu, que cela était juste une manière de se montrer gentleman à mon égard, je sens au plus profond de moi qu'il y a quelque chose qui se cache derrière sa demande. Sans compter que la dernière fois que j'ai eu un premier « rendez-vous », cela remonte à plus de six ans !

Ainsi, après une longue discussion interne, j'ai choisi que même si j'avais accepté le dîner dans un but de le remercier pour son aide. J'ai décidé d'essayer de le prendre à son propre jeu ; quel qu'il soit ! Du coup, j'ai sorti l'artillerie lourde pour ce soir et j'ai poussé mon côté sexy au maximum ! Je porte donc une combinaison short en cuir avec un décolleté plongeant qui moule parfaitement mes formes généreuses. Accompagnée de talons aiguilles rouges à nœud. Et j'ai laissé mes cheveux détachés en dégageant juste mon visage à l'aide d'un serre-tête rouge orné d'un nœud papillon. Ce qui fait que mes yeux verts ressortent d'autant plus que je me suis fait un magnifique trait d'eyeliner et que j'ai agrandi mes cils à l'aide de mascara et bien évidemment, j'ai tracé ma bouche à l'aide d'un beau rouge vif !

Alors là, honnêtement, si le mec au bout de trente minutes maximum, il ne met pas aux oubliettes son dîner pour me ramener chez lui. C'est que dans le fond, il ne m'a pas invité que dans le but de coucher avec moi tout en se montrant galant, mais pour toutes autres choses… Et, quelles que soient ces raisons, je sens d'avance que je ne risque pas de les apprécier. Surtout, que cela signifierait que je ne coucherais pas avec lui, car ça serait tenté le diable et je le fais déjà assez allant à ce dîner ! Par contre, s'il oublie son dîner et passe aux choses sérieuses, alors je sens que je vais passer une bonne soirée ! Je suis donc vraiment impatiente de voir comment cette nuit va se dérouler…

X

Isaac

Quand j'arrive finalement devant le dispensaire et que je me gare face à celui-ci. Je prends quelques minutes avant de sortir de la voiture et d'aller sonner à sa porte.

Je sais que j'ai demandé ce rendez-vous, mais plus j'y ai repensé aujourd'hui, plus je me suis demandé ce qui m'était passé par la tête ! Parce qu'à l'heure actuelle dans ma vie, il y a bien des choses dont je n'ai pas besoin et l'une d'entre elles, c'est de m'enticher d'une femme qui veut tout sauf une relation sérieuse !

En effet, malgré le fait que je sois encore pas mal atteint par ce qu'il m'est arrivé dans l'armée. Le temps passé là-bas m'a aussi permis de réaliser que j'avais une réelle envie de fonder une famille un jour. Ainsi, ayant déjà vingt-sept ans, je ne pense pas que je puisse me permettre de perdre mon temps de m'amuser à droite et à gauche, comme je le faisais étant plus jeune.

Mais hier, je n'ai pas pu m'empêcher d'être totalement intrigué par son comportement si différent de celui qu'elle a d'habitude et aussi par ces propos qui laissent de nouveau sous-entendre qu'elle en a vraiment bavé dans la vie… Je n'ai donc pas pu me retenir de vouloir en apprendre plus sur elle afin de rassasier ma curiosité. J'ai du coup tout fait pour qu'elle accepte de dîner avec moi, même si cela veut dire que je devrais passer la nuit avec elle… Non pas que cela me dérange dans le fond, car c'est une femme magnifique ! Cependant, je n'arrive pas à m'enlever cette idée qui traîne dans un recoin de mon cerveau. L'idée que ce n'est pas une femme dont on peut se rassasier au cours d'une seule nuit…

Me disant que de toute façon maintenant c'est fait et que je ne peux clairement pas annuler le rendez-vous à la dernière minute, sinon je risque d'en prendre pour mon grade… Je prends finalement mon courage à deux mains, je sors de la voiture et vais sonner à l'interphone situé juste à côté d'une porte qui se trouve à même pas deux mètres de celle du dispensaire.

– Oui ? répond-elle après quelques secondes de sonnerie.

– C'est moi… euh… Isaac, indiqué-je alors que je sens le malaise remonter en moi sachant que ce n'est clairement pas dans mes habitudes.

– J'arrive dans deux minutes, dit-elle avant de raccrocher sans attendre ma réponse.

En l'attendant, je reste devant la porte à faire les cent pas, incapable de contrôler ma nervosité, ce qui m'exaspère vraiment ! J'ai fait l'armée bordel ! J'ai vu et subi des choses que peu de gens pourraient supporter ! Et malgré tout ce que j'ai vécu, j'arrive à gérer assez bien mes troubles post-traumatiques, tout en vivant normalement ma vie au quotidien. Par contre, je suis totalement stressé à l'idée de devoir passer une soirée avec elle !

– Tu vas finir par foutre le feu à tes baskets si tu continues comme ça ! se moque une petite voix dans mon dos.

– Oh, euh… Salut, ça va ? lâché-je surpris tandis que je me tourne pour lui faire face.

Et je reste sans voix, quand mes yeux se posent sur elle... En effet, elle ne ressemble plus du tout à la femme que j'ai vue hier soir, avec son jogging et ses baskets, mais surtout son air éteint. Là, elle est sûrement au sommet de sa beauté tant elle s'est mise en valeur ! Elle porte une tenue plus que sexy et qui laisse facilement imaginer le corps sublime qu'elle a. Mais c'est surtout son visage, peu maquillé et encadré par ces bouclettes, qui me fait vraiment craquer.

– Tout va bien ? demande-t-elle avec son grand sourire habituel, ce qui me reconnecte à la réalité.

– Euh oui, oui… Tu es vraiment… magnifique, déclaré-je une fois que j'ai repris mes esprits.

Même si je suis du genre à dire que ce type de tenu est trop osé… elle la porte d'une manière qui la rend juste sexy comme il faut, sans paraître vulgaire. Sans compter que même sans ce corps bien fait et cette tenue, elle a un très beau visage, ces yeux verts étant envoutant et donnent envie d'aller se balader dans les prés…

– Merci, tu n'es pas mal non plus ! lance-t-elle avec un clin d'œil, ce qui me fait de nouveau sortir de mes pensées. Bon, on y va ? ajoute-t-elle alors qu'elle désigne ma voiture.

Je hoche la tête et lui ouvre la porte pour qu'elle prenne place avant d'aller me mettre côté conducteur. Puis je me mets en route en silence, ne sachant pas trop quoi dire pour le moment.

– Alors… on va ou comme ça ? demande-t-elle au bout de quelques minutes de route.

– Alors, à moins que cela ne te convienne pas on va aller « Au coin de Merce », répondis-je en espérant réellement que ça lui ira.

– Aucun souci pour moi. Mais il n'est pas fermé le dimanche ? m'interroge-t-elle, visiblement intriguée.

– Si, mais comme te l'a dit Jacques hier, nous sommes de vieux amis alors il nous a laissé le bar pour ce soir. Du coup, je nous ai préparés à manger et il n'y a plus qu'à réchauffer, expliqué-je en lui jetant un coup d'œil afin de voir sa réaction.

–Je ne te pensais pas du genre à cuisiner ! glousse-t-elle avec un regard en coin.

– Bein il s'avère que j'aime beaucoup cuisiner ! C'est mon père qui m'a transmis sa passion étant donné qu'il est chef. Et vu que je n'aime pas trop les lieux bondés, c'était la meilleure solution, lui indiqué-je. Et toi tu cuisines ou pas du tout ? ajouté-je.

– Ah non pas du tout ! Je sais faire le strict minimum, du genre des pattes, mais c'est tout ! me répond-elle en ricanant de nouveau.

– Vraiment ? Comment tu fais pour te nourrir correctement alors, parce que des pattes tous les jours ce n'est pas très sain, non ? l'interrogé-je sans cacher mon étonnement.

–Bein tu vois l'être humain n'a pas créé que des trucs de merdes en évoluant, il a inventé certaines choses sympas ! Comme les restaurants ainsi qu'un grand nombre d'applications qui permettent de se faire livrer de succulents petits plats à domicile ! indique-t-elle en se moquant ouvertement de moi

— Du coup si je comprends bien, tu ne te fais jamais à manger ? lui demandé-je ; en guise de réponse, j'ai le droit à un hochement de la tête. Mais tu roules vraiment sur l'or ou quoi ?! ne puis-je m'empêcher de m'exclamer.

— Peut-être pas sur l'or, mais je gagne très bien ma vie ! s'esclaffe-t-elle sans cacher l'amusement dans son regard. J'ai commencé à travailler très jeune, même quand j'étais à l'école, je travaillais sur mon temps libre. Puis avec les économies que j'avais, j'ai fait les bons investissements. Donc comme je te l'ai dit l'autre fois, en plus de ma société qui marche très bien, j'avais déjà des moyens très élevés, explique-t-elle d'une traite avec un ton plus grave qu'il y a quelques secondes.

— Okay, cela explique mieux ton train de vie et tes tendances à acheter des bâtiments comme ça ! lancé-je sur un ton moqueur afin d'essayer de la détendre, alors que nous arrivons au niveau du bar.

— Jacques t'a donc dit que j'avais acheté le bar, murmure-t-elle l'air gêné.

— Oui et sincèrement merci, car il y tient beaucoup à ce bar, confirmé-je tout en me garant.

Elle ne dit rien, ainsi nous sortons de la voiture en silence. Puis j'ouvre le bar avec les clés que Jacques m'a prêté et l'invite à entrer. J'ai essayé de rendre les lieux sympathiques sans en faire trop pour pas qu'elle ne puisse pas me faire de remarques, mais à la manière dont elle regarde les chandelles que j'ai disposées sur la table et la lumière tamisée que j'ai mise, je crois que je me suis planté !

– Heureusement que je t'ai dit que je n'aimais pas tout ce qui était romantique, grommelle-t-elle finalement, en allant allumer la lumière du bar avant de passer derrière celui-ci.

– J'ai juste voulu créer une ambiance sympa. Comme je t'ai dit, je ne suis pas du genre à traiter les femmes comme des objets. Donc je tiens à faire les choses bien, un minimum, déclaré-je en essayant de me trouver une excuse.

Vu que oui, j'ai au fond de moi une envie profonde d'apprendre à la connaître réellement, même si je trouve son comportement habituel plus que perturbant… Mais je dois aussi avouer qu'en plus de m'intriguer énormément, elle m'attire beaucoup et que je me suis possiblement imaginé une ou deux fois ces derniers temps, qu'avoir une femme avec autant de joie à ses côtés, ça ne pouvait qu'être agréable…

–Hum, hum… Tu bois quoi ? demande-t-elle après quelques secondes, ce qui me fait sortir de mes réflexions.

– Un scotch sec s'il te plaît, répondis-je en tentant de reprendre mes moyens. Je vais chercher les plats, ajouté-je ensuite avant de me diriger vers la cuisine.

Pendant que je fais réchauffer l'entrecôte et les frites maison que j'ai faites, j'essaye de me remettre les idées en place. Je dois arriver à me mettre en tête qu'à part pour cette soirée, il n'y aura absolument rien de plus avec cette femme ! Surtout qu'au début, j'arrivais à peine à la supporter, elle et sa joie de vivre constante. Alors que depuis hier soir, je ne peux pas m'empêcher d'avoir envie d'apprendre à la connaître dans les moindres détails et de la protéger après ce qu'il s'est passé avec l'autre mec... De ce fait, en à peine une journée, mon attitude ainsi que mes intentions à son encontre ont complètement changé. Et, même si j'ai toujours été du genre à être extrême dans mes émotions et dans ma manière de voir les choses, pour moi soit tout est noir ou tout est blanc. J'ai quand même du mal à comprendre comment je peux passer d'un extrême à l'autre en ce qui la concerne et aussi rapidement !

Bien déterminé à essayer d'en apprendre plus sur elle pour rassasier ma curiosité et de peut-être faire taire par la même occasion cette envie d'elle qui ne cesse de grandir un peu plus en moi chaque jour. Je retourne dans la pièce principale avec les plats en main que je dépose à table.

– Bon bein j'espère que ça te conviendra ; bon appétit, lancé-je en prenant place face à elle et alors que je constate aussi qu'elle a retiré les chandelles de la table.

Ce qui m'amuse autant que cela me perturbe. Je n'arrive pas à vraiment pas à concevoir qu'une femme peut être autant contre les signes romantiques ou tout ce qui touche de près ou de loin à une relation sérieuse…

– Je ne suis pas difficile donc ça va le faire ! Et bon appétit à toi aussi ! répond-elle avant de commencer à manger.

– Je suis désolé, mais je suis curieux. Sincèrement, comment ça se fait que tu ne souhaites pas avoir de relation sérieuse ? me décidé-je à demander, laissant ma curiosité parler alors que j'entames aussi mon plat.

– Tu as pris un coup dans la tête ou un truc dans le genre quand tu étais dans l'armée ? me demande-t-elle en retour, sa fourchette pointée sur moi.

– Euh… non, lâché-je totalement perdu face à sa question.

– De ce fait, tu ne peux pas avoir oublié qu'hier soir, je t'ai dit que je n'aimais pas parler de ma vie personnelle, déclare-t-elle en haussant les sourcils.

– Non je n'ai pas oublié, mais on ne va tout de même pas rester tout le dîner à se regarder dans le blanc des yeux sans prononcer un mot ?! rétorqué-je aussitôt.

– Hum, hum ; je te l'accorde, soupire-t-elle tout en levant les yeux au ciel… Alors je t'en prie, commence ; parle-moi de toi, si tu as tant envie que ça de discuter, ajoute-t-elle après quelques secondes à me fixer en silence.

– Et après tu parleras de toi ? l'interrogé-je ; en retour, j'ai le droit à un rapide hochement de tête. D'accord alors, je suis né ici, ma mère est partie quand j'étais gamin ainsi j'ai grandi avec mon père et sa mère, repris-je tout en mangeant mon plat et je suis ravie de voir qu'elle a l'air d'apprécié celui-ci. J'ai une enfance assez basique, nous ne roulions pas sur l'or, mais j'ai toujours été bien traité. Lorsque j'ai eu dix-neuf ans, certains événements de ma vie m'ont poussé à rentrer dans l'armée, continué-je. Normalement, je ne devais faire qu'une mission, mais finalement j'y suis resté huit ans. Sûrement parce que je n'avais jamais réellement fait autre chose et que je m'étais habitué à ma vie au sein de l'armée... Mais aussi parce que l'idée de rentrer après tout ce que j'avais vécu ne me semblait pas terrible, terminé-je en étant totalement sincère.

Ce qui me fait réaliser que c'est la première fois que j'avoue tout cela à quelqu'un d'autre que mon psy. En effet, sans savoir pourquoi, avec elle j'ai vraiment la sensation que je pourrais dire tout et n'importe quoi, elle ne me jugera pas pour autant... mais surtout, qu'elle me comprendra… Ce qui est débile, car d'un autre côté je n'arrive pas à la voir autrement que comme quelqu'un qui n'a pas fait face aux pires facettes de ce monde…

– J'ai eu l'occasion de rencontrer des gens qui avaient fait l'armée, je sais donc à peu près à quel point le retour peut être difficile, murmure-t-elle après quelques secondes le regard ailleurs. Tu t'en sors comment, toi ? ajoute-t-elle finalement en se reconcentrant sur moi.

– À vrai dire, je pense que le fait de trouver rapidement un travail m'a beaucoup aidé à me réadapter plus facilement, répondis-je avec un sourire sincère à son attention, pour lui faire comprendre que je suis reconnaissant de son aide. Après, il m'arrive toujours de faire quelques cauchemars, mais de manière générale, je gère plutôt bien, avoué-je ensuite sans prendre conscience de ce que je disais avant que les mots ne sortent de ma bouche…

Je ne sais pas ce qu'elle m'a fait, mais ce qui est sûr, c'est que cette boule qui était constamment dans ma gorge et qui m'empêchait de parler de ce que j'ai vécu et vis actuellement à mes proches, a totalement disparu quand j'ai commencé à parler avec elle… Et sincèrement, c'est comme si je me soulageais d'un lourd poids….

– J'espère que ça ira de mieux en mieux, souffle-t-elle avec un petit sourire. Et que tu me croies ou non, je peux t'assurer que le fait de profiter à fond de la vie et de s'octroyer tout ce dont on a envie… aide beaucoup à faire face aux démons qui nous habitent, affirme-t-elle ensuite en pointant son verre sur moi avant de le finir d'une traite.

– Je ne veux pas avoir l'air de te juger ou quoi que ce soit, mais je suis vraiment intrigué. Toi, la femme qui a l'air d'être pleine de joie et bonheur au quotidien, qui fait preuve d'une bonté hallucinante et qui a un train de vie plus que confortable aurait vécu de telles horreurs dans sa vie ? la questionné-je ne pouvant empêcher mon incompréhension de refaire surface.

En effet, même si hier soir elle n'avait pas l'air dans son état normal. Je n'arrive pas à imaginer que cette femme qui a l'air si insouciante ait réellement vécu des choses horribles…

– Encore une fois, que tu le crois ou non, j'ai eu mon lot de malheur et la vie m'a chié dessus un bon nombre de fois, commence-t-elle le regard de nouveau plongé dans le vide. Mais comme je te l'ai déjà dit, je fais partie de ce genre de personne qui pense que le meilleur moyen de chier en retour sur la vie et les obstacles qu'elle met sur notre chemin, c'est de continuer à vivre coûte que coûte sans la laisser nous abattre, poursuit-elle avant de se lever et de se diriger vers le bar, ce qui me laisse sans voix.

En effet, je ne peux pas nier que je peux ressentir qu'elle dit la pure vérité. Ce qui signifie que cette femme à bien des secrets comme le sous-entend Jacques. Et je ne peux m'empêcher de me demander ce qu'elle a bien pu vivre comme ça pour la pousser à vivre au jour le jour sans soucier de rien et sans vouloir s'attacher sérieusement… Surtout avec ce que j'ai appris hier et qui me revient en tête.

– Je vois. Par contre, je suis étonné d'apprendre que tu es marié ? notifié-je en l'observant attentivement afin de voir sa réaction.

Et même de là où je suis j'arrive à distinguer son corps se tendre, tandis que son regard se durcit et que son sourire habituel failli…

– Je suis une femme de parole, donc je vais répondre à ta question même si cela m'exaspère, déclare-t-elle avant de se mettre dos à moi. Oui, c'était mon mari, mais je l'ai quitté il y a trois ans maintenant, vu qu'à cause de lui j'ai été brisé en plein de petits bouts… Cependant, cet enfoiré ne comprend pas que c'est terminé et refuse de signer les papiers du divorce. Du coup : oui, techniquement parlant je suis marié, mais à mes yeux il est mort depuis le jour où j'ai quitté la maison, m'explique-t-elle ensuite d'un ton neutre en étant resté dos à moi accoudé sur le bar.

– Je suis vraiment désolé pour ce que tu as vécu… Mais, tu sais, tous les hommes ne sont pas des êtres qui ne respectent pas les femmes, ne puis-je m'empêcher de la rassurer.

– Oh, ne crois pas qu'il était un homme violent ou quoi que ce soit dans le genre ! s'exclame-t-elle alors qu'elle se retourne vers moi.

Non, au premier abord et tout au long de notre vie commune, c'était un homme parfait qui prenait très bien soin de moi. C'était la première fois de ma vie que je me sentais heureuse et en sécurité, continue-t-elle ensuite en riant clairement jaune. Mais au final, il s'est avéré qu'il m'avait menti sur quelque chose depuis le début, et c'est ce mensonge qui m'a tout coûté ! Du coup, j'ai appris que même une personne qui semble parfaite et sans danger peut réduire votre vie en miettes. Et je ne retenterais plus ma chance ! conclut-elle en se rasseyant finalement face à moi.

– Donc tu finiras ta vie seule, tout ça parce que tu crains que l'on te brise de nouveau le cœur ? demandé-je sans pouvoir me retenir tant je trouve cela triste.

– Non, je finirai ma vie seule, car j'estime que le risque n'en vaut pas la peine. Et ne t'inquiète surtout pas pour moi, je ne me sens jamais seule ! me répond-elle en me faisant un clin d'œil.

Sincèrement, j'ai clairement l'impression que sa manière de réagir face à ma question démontre une grande solitude au fond. Surtout que je peux, sans problème, voir la manière dont ses yeux brillent de tristesse, de nostalgie ou même de colère depuis que nous avons commencé à parler de ce sujet.

– Et tu n'as jamais eu envie d'avoir des enfants ? l'interrogé-je de nouveau sans pouvoir me retenir.

Je n'arrive vraiment pas à me résoudre au fait que cette femme qui a l'air de faire ce qu'elle veut, quand elle veut, va se contenter de vivre sa vie seule et sans amour tout ça à cause d'une simple peur !

– Je pense qu'il faut un contexte familial stable pour élever correctement un enfant, murmure-t-elle visiblement encore parti dans ses pensées. Et non seulement je n'ai moi-même pas eu de contexte stable étant plus jeune, mais en plus comme je te l'ai dit je n'ai pas l'intention de me poser. Donc non, pas de famille pour moi, déclare-t-elle ensuite sans vraiment répondre à ma question et en gardant le regard fixé dans le vide.

– Je trouve ça dommage… pensé-je à voix haute sans m'en rendre compte.

– Qu'est-ce que tu veux dire par là ? me demande-t-elle un peu sèchement en reportant ses yeux sur moi.

– C'est juste que tu as l'air d'être une femme sincèrement gentille et qui pourtant ne se laisse pas marcher sur les pieds ; qui fait preuve aussi d'une bonté énorme, tout en se débrouillant dans un monde qui est tout sauf beau… Du coup, je pense que tu aurais pu être une mère incroyable, avoué-je en captant son regard.

Elle bloque totalement sur moi et je vois même que le rouge lui est légèrement monté aux joues. Et je suis plus que ravie de voir que finalement j'ai l'air de réussir à l'atteindre plus que ce que je ne l'imaginais. De plus dans cette position je ne peux que constater une fois de plus que malgré les marques de brûlure qu'elle a au niveau du cou et de l'épaule, elle reste tout de même très belle…

Et honnêtement, je ne peux m'empêcher de me dire que j'apprécierais sincèrement passer plus de temps avec elle. Plus j'en apprends sur elle et sur sa vie, plus je suis intrigué. Et plus je passe du temps en sa compagnie, plus je suis attiré par elle autant physiquement que mentalement. Effectivement, même si au début, je trouvais sa joie et son enthousiasme constant bizarre, voire même exaspérant. Maintenant que j'en ai appris plus sur elle et que je constate qu'elle en a effectivement bavé, je trouve ça admirable. Ainsi, le fait qu'elle continue à être aussi heureuse malgré ce qu'elle a pu vivre, m'impressionne vraiment. Tout cela fait que je sens que malgré les avertissements que je m'étais lancés, je suis en train de la vouloir pour moi. Et pas seulement pour une nuit… Cependant, je sais, sans aucun doute, qu'elle risque de ne pas me faciliter les choses…

XI

Jahyana

*« La vie a toujours le don, de te mettre sur ton chemin, ce à quoi tu t'y attendais le moins. »**

Je reste sans voix face à ce qu'il vient de me dire et je ne sais absolument pas quoi répondre. Lui qui s'était montré, disons très désapprobateur face à la vie que je mène et donc aussi face à ce que je suis dans le fond. Il est maintenant en train de me faire ces compliments de fou !

Je suis complètement perdue face à son changement total de comportement vis-à-vis de moi en même pas vingt-quatre heures. Mais surtout, je suis aussi perturbé par ce que je commence à ressentir à son égard… Là ou jusqu'à ce soir, j'étais uniquement attiré par lui sur le plan physique, dorénavant, j'ai l'impression que j'ai envie de pousser plus loin avec lui et d'apprendre à le connaître tant il me paraît être quelqu'un de bien sous ses airs de soldat fermé d'esprit…

– Bon par contre, je ne suis absolument pas doué en pâtisserie donc tout ce que je peux te proposer en dessert, c'est de la glace, lance Isaac ce qui me fait revenir à la réalité.

– Hum… ça me va très bien aucun souci, répondis-je en essayant de faire comme si de rien n'était, alors qu'en vrai je suis carrément perdue !

Il me fait un petit sourire, puis se lève et repart vers la cuisine avec nos assiettes vides. En attrapant mon téléphone dans mon sac pour regarder l'heure, je prends conscience tout à coup du pourquoi je m'étais autant mise en valeur ce soir. Et je réalise ainsi que j'ai été tellement étonné par le fait qu'il se confie aussi facilement à moi sur sa vie, que j'en ai oublié ce que j'avais initialement espéré. C'est-à-dire qu'il oublie son fameux dîner pour me ramener directement chez lui. Je suis donc maintenant sûre que quoi qu'il veuille, il ne s'agit pas que d'un simple plan cul ! Et malgré le fait que j'ai apprécié cette soirée, je n'ai pas du tout envie de m'embarquer dans un tel bourbier… Surtout que c'est la première fois depuis longtemps que j'ai cette sensation d'avoir envie d'apprendre à connaître quelqu'un et cela n'est pas du tout dans ma ligne de conduite !

– Et voilà pour toi, lance-t-il alors qu'il arrive face à moi et pose les bols à table.

Je lui lance un petit sourire alors qu'il se rassoit face à moi, et j'essaye de faire comme si de rien n'était tout en commençant à manger ma glace.

– Du coup, Kilian m'a dit que tu n'étais plus en contact avec tes parents, cela fait longtemps que tu ne leur parles plus ? me demande-t-il comme si de rien n'était.

Ce qui me donne à la fois envie de rire et de le frapper. En effet, son obstination à me poser des questions personnelles me charme autant qu'elle m'agace !

Mais je dois aussi avouer que je suis du genre à être équitable comme personne. Ainsi j'ai accepté ce dîner en me doutant bien qu'on n'allait pas juste se regarder dans le blanc des yeux s'il le maintenait. Sans compter qu'il s'est confié sur sa vie, ce qui fait que je n'ai pas le choix que de répondre à ses questions... Je reste cependant le plus vague possible, histoire de ne pas trop abuser non plus !

– Je suis parti de chez moi à mes dix-huit ans, ce qui fait plus de huit ans, répondis-je finalement en haussant les épaules.

– Hé bein dis donc ! Ça fait un sacré bout de temps ! C'est dommage, la famille c'est important, déclare-t-il avec un air presque désolé.

– Pas quand on a mes parents comme géniteurs, ne puis-je m'empêcher de lancer face à son air triste.

Parce qu'il ne faut surtout pas être triste à ce sujet. En effet, le jour où nous avons quitté la maison de nos parents fut le plus beau jour de notre vie !

– Qu'est-ce que tu veux dire par là ? m'interroge-t-il visiblement très intrigué.

– Disons qu'on ne leur décernera pas la palme des parents de l'année ! indiqué-je en espérant qu'il passera ensuite à autre chose, car je déteste parler d'eux.

– Ils restent tout de même tes parents, dit-il d'une petite voix.

– Parce que tu vas me dire que toi, tu es en très bon terme avec ta mère qui s'est barrée lorsque tu étais gamin ? ne puis-je m'empêcher de rétorquer d'un ton sec, toujours agacée quand qui que ce soit essaie de prendre la défense de ces monstres.

Certes, personne ici ne sait qui sont mes parents et quel genre de vie j'ai dû subir lorsque j'étais sous leur toit, mais j'estime que je suis la mieux placée pour savoir comment ils étaient, donc si j'insinue que c'était des parents de merde, c'est que c'était le cas !

– À vrai dire oui ! réplique-t-il ce qui me fait sortir de mes pensées et me laisse sans voix. Lors de mon adolescence, elle a repris contact avec moi et m'a expliqué pourquoi elle était partie à l'époque. En fait, elle était toxico. Donc, elle a fait ce qu'il y avait de mieux pour moi. Nous ne sommes pas très proches, mais nous prenons des nouvelles de temps à autre, explique-t-il ensuite avec un petit sourire, que je trouve mignon à croquer d'ailleurs…

Je me donne une claque mentale afin de ne pas penser à ce genre de chose. Étant donné qu'il est très clair pour moi qu'au vu de ses potentielles intentions, je ne prendrais pas le risque de coucher avec !

– Bein tu as eu de la chance, parce que lorsque je te dis que pour mes parents, la chose la plus importante à leurs yeux c'est eux-mêmes. Ce n'est rien d'autre que la pure vérité ! notifié-je en le regardant droit dans les yeux afin qu'il comprenne bien que je ne mens pas et que surtout il n'a plus de raison d'aborder plus le sujet.

– Je te crois. Désolé d'avoir insisté, s'excuse-t-il sans détacher son regard du mien. Tu veux que je te raccompagne, ajoute-t-il ensuite après quelques secondes de silence.

– Oui je veux bien, mais il ne faudrait pas que l'on range avant ? répondis-je alors que je détache mon regard du sien, car ce que je sens monter en moi ne me plaît pas du tout !

– Ne t'inquiète pas pour ça je vais m'en occuper après, m'indique-t-il en se levant.
Je ne suis pas une fan de ménage donc je ne me fais pas prier et me lève à mon tour, puis je le suis jusqu'à la sortie. Nous restons tout le long du trajet en silence. Mais je ne peux m'empêcher de lui jeter des petits coups d'œil furtif afin d'essayer de comprendre ce qu'il peut bien attendre de moi.

Certes, j'ai joué le jeu ce soir et même si ça m'énerve de le dire, j'ai passé une soirée sympa. Mais les choses n'ont pas changé de mon côté, ainsi même si j'adorerais pouvoir découvrir chaque centimètre de son corps qui semble très bien dessiner… il n'est pas question que je couche avec lui ! Déjà parce que je sens d'avance que si je passe la nuit avec lui, il risque de ne pas en rester là. En effet, l'intérêt que j'ai vu grandir dans ses yeux à mon égard au fil de la soirée, m'a mis la puce à l'oreille. Et en plus, je dois admettre que moi aussi j'ai la sensation de vouloir apprendre à mieux le connaître… Il n'est donc pas question que je prenne le moindre risque ! Ainsi, quand nous arrivons finalement devant ma porte, je décide de prendre les choses en main.

–Je te remercie pour ce dîner, c'était vraiment très bon ! Je te souhaite bon courage pour le ménage et à demain ! déblatéré-je avec un petit sourire et un signe de la main avant de me commencer à me retourner vers ma porte.

– Oh, attends ! s'exclame-t-il en me rattrapant par le poignet comme hier soir. J'ai passé une bonne soirée et comme toi je suis quelqu'un qui tient toujours ses promesses. Donc tu as rempli ta part du marché maintenant c'est à mon tour, annonce-t-il ensuite en m'attirant contre lui avec ce sourire qui me donne envie de le croquer…

– Alors, pour ta gouverne je n'ai pas accepté ce dîner suite à cette fameuse proposition, mais bien plus tard. Et si je l'ai fait, c'est uniquement pour te remercier de ton aide avec ce qui me sert d'ex-mari, indiqué-je en feintant un sourire. Et puis tu penses vraiment que tu seras capable de faire comme si de rien n'était, demain matin, et de ne plus jamais m'inviter à dîner ou ce genre de connerie ? l'interrogé-je tout en faisant glisser ma main sur le haut de son torse pour le déstabiliser.

Je tente ma dernière carte et je me dis que peut-être que je me suis trompée, que c'est vraiment un gars avec des valeurs.

Sauf que quand je vois son regard se plonger dans le vide, l'air de réfléchir, je me dis que j'avais raison et qu'il n'y a pas moyen que je prenne le risque de passer une nuit avec lui.

– Je euh… Je ne sais pas, avoue-t-il finalement après quelques secondes de silence, sans avoir l'air de se rendre compte qu'il parle tant il semble absorbé par ses pensées.

– Voilà ! Et, je te le répète, les relations ce n'est pas pour moi ! m'exclamé-je en me détachant de lui. Sans compter que j'apprécie Kilian donc je ne vais pas risquer de casser l'un de ses meilleurs amis. Et puis tu es aussi un bon employé ainsi cela serait dommage d'avoir à te virer, déclaré-je ensuite avec un petit sourire moqueur. Du coup, encore merci pour le repas et à demain, répété-je avant de rentrer dans mon immeuble sans lui laisser le temps de réagir.

Quand j'arrive dans mon appartement, je me dis que j'ai vraiment pris la bonne décision, car quand je constate l'excitation qui est montée en moi à une vitesse folle lorsqu'il m'a attiré contre lui, je réalise que cela faisait longtemps que je n'avais pas ressenti autant de désir… ce qui ne me réconforte absolument pas ! Parce que je me suis promis que plus jamais je ne prendrais le risque de m'attacher à un homme ainsi la moindre petite étincelle est à éteindre le plus rapidement…

Plus le temps passe, plus je me dis que le fait d'avoir accepté ce dîner était vraiment une mauvaise idée ! Déjà parce que je n'arrive plus à me le sortir de la tête… Du coup, à chaque fois que je laisse mon esprit divaguer, maintenant, j'ai son visage et ses yeux si bleus qui reviennent me hanter ainsi que des questions débiles, telles que « *oh je me demande comment il était petit* » ou alors « *est-ce qu'il arrive vraiment à faire face à ce qu'il a vécu dans l'armée* » … Ce qui est absolument inacceptable, car cela signifie que je m'intéresse à lui au-delà de son physique… Et ça, ça ne doit vraiment, mais alors vraiment pas arriver !

Sans compter que je vois bien qu'il agit bizarrement avec moi depuis. En effet, je l'ai surpris plusieurs fois à me regarder avec insistance… Et il a aussi essayé à de nombreuses reprises, ces deux derniers jours, de me reparler de notre dîner.

J'ai réussi à chaque fois à mettre un terme à la conversation en prétextant que je devais aller faire quelque chose pour le dispensaire. Sauf que je sens bien qu'un jour ou l'autre il arrivera à me coincer pour aborder le sujet. Et quand ce jour arrivera, je n'aurais pas d'autre choix que de l'envoyer réellement chier pour qu'il comprenne qu'il ne se passera jamais rien entre lui et moi. Ce qui m'emmerde dans le fond, car déjà, ça risque de foutre une mauvaise ambiance au boulot, ce qui serait dommage, mais aussi parce que je sens que cette foutue petite part de moi a envie de me rapprocher de lui, ne souhaite pas le blesser ou quelque chose dans le genre, vu que cela signifierait qu'il n'y aurait plus aucune chance que cela arrive... Du coup, c'est bien le bazar !

BOOOM !

Un bruit venant de la partie arrière de la boutique me fait sursauter et me sort de mes pensées. Je jette un coup d'œil à l'heure et constate qu'il est déjà vingt et une heures passés. Ce qui signifie que cela fait bien deux heures que je m'occupe de la comptabilité et que normalement, personne à part moi n'est censé être là à cette heure-ci au dispensaire… J'attrape donc la batte de baseball qui est posée juste en dessous du comptoir et je me dirige silencieusement vers la cuisine.

Quand j'arrive finalement dans celle-ci, je tombe sur Alexeï, l'un des hommes de main de mon père. Je ne prends pas une seconde pour réfléchir et lui envoie ma batte dans son genou droit alors qu'il s'aperçoit de ma présence. Je m'apprête à réitérer mon geste sur son autre genou, mais celui-ci attrape le bout de ma batte et la pousse en arrière ce qui fait que le manche me donne un coup dans les côtes.

Je recule sous le choc, mais reprends vite contenance en me mettant en position de défense, prête à encaisser. Et Alexeï ne se fait pas prier étant donné qu'il commence à enchaîner les coups tout en me délivrant son message.

– Ton… père… dit qu'il… est temps ! Tu dois… rentrer maintenant !

Je fais du mieux que je peux pour parer ses coups, mais malgré le fait que je m'entraîne toujours un peu, je n'ai plus les capacités au combat que j'avais lorsque je vivais sous le joug de mon père. Ainsi, il arrive à me mettre un coup de poing en pleine joue, ce qui me brouille la vue juste assez de temps pour qu'il m'attrape par la gorge et me bloque contre le mur.

– Je ne vais pas te le répéter une deuxième fois, donc soit une gentille fille et va préparer tes affaires ! me crache Alexeï au visage avec son accent russe de merde.

– Dis à mon… cher père… d'aller bien… se faire foutre ! Il n'est pas… question que je revienne… un jour ! Et que s'il… retente quelque… chose après toi… je vais chez les flics ! répliqué-je du mieux que je peux au vu de la pression qu'il exerce sur ma gorge.

– J'avais oublié pourquoi tu étais celle que je détestais le plus ! grogne-t-il avec un regard noir. Tu passais ton temps à contourner les règles, alors que ta sœur au moins…

Je ne lui laisse pas le temps de finir sa phrase qu'il se prend en pleine tête la casserole que j'ai réussi à attraper qui était sur l'étagère à côté de moi. Aussitôt que le son du coup résonne dans la pièce, il relâche sa prise sur ma gorge et je me dégage immédiatement. Non seulement il faut que je me débarrasse de lui, mais en plus il n'est pas question que je laisse ce monstre dire quoi que ce soit au sujet de ma sœur !

Ainsi, alors qu'il a l'air de reprendre pied, je lui envoie un coup de genou en pleine tête avant d'attraper au plus vite un des couteaux accrochés au-dessus du plan de travail. Encore une fois, je ne perds pas une seconde et fonce sur lui pour lui enfoncer le couteau dans le bas du ventre. Si je me souviens bien de ce que j'ai appris lorsque j'étais plus jeune, c'est en le poignardant ici que je ne risque pas de toucher d'organes vitaux.

Je retire ensuite le couteau de son ventre, puis le pousse contre le plan de travail alors que j'appuie la lame sur sa gorge. Enfin, je le regarde de mon air le plus mauvais afin qu'il note bien au fond de son crâne de moineau chacun des mots que je vais prononcer…

XII

Isaac

Quelques minutes plus tôt

Depuis notre dîner, je ne peux m'empêcher de penser constamment à elle, mais surtout à sa réaction à la fin de celui-ci. En effet, sur le coup je n'ai pas réalisé ce qu'elle me disait et encore moins ce que je lui avais répondu. Mais une fois rentré chez moi, j'ai pris conscience de ce qu'elle sous-entendait et j'ai constaté qu'elle avait malheureusement raison…

Maintenant, je suis obligé de m'avouer que j'ai totalement changé mon opinion sur cette femme… Là où je pensais initialement qu'elle était une fille à papa en pleine rébellion ou un truc dans le genre, que les gosses de riches font. Aujourd'hui, je pense dorénavant qu'elle cache en fait bien des choses et qu'elle est bien plus que ce qu'elle a l'air d'être-quand on la voit au premier abord. En dépit de mon instinct qui me hurle que cela ne vaut pas la peine d'essayer, car elle a été très claire sur ce qu'elle veut et ne veut pas. Je ne peux m'empêcher de me dire qu'une femme aussi étonnante et forte qu'elle, ne peut pas laisser la peur dicter sa vie et l'obliger à finir ses jours seuls. De ce fait, j'ai décidé de faire taire ces voix qui me hurlent que ce n'est pas une bonne idée et je veux essayer de me rapprocher d'elle coûte que coûte !

Du coup, n'ayant pas réussi à l'aborder ces deux derniers jours au travail, ce soir j'ai décidé de prendre mon courage à deux mains et de venir lui parler. Ainsi, cela doit faire bien cinq minutes que je suis devant son entrée et que je n'ai aucune réponse lorsque je sonne à l'interphone.

Je me résigne finalement à partir quand je constate du coin de l'œil de la lumière dans le dispensaire. Ce qui me fait me rappeler qu'elle a dit qu'elle ferait de la comptabilité ce soir et donc qu'elle resterait tard à la boutique.

J'utilise ma clé pour rentrer et dès que j'entre dans la pièce principale j'entends des bruits bizarres venant de la cuisine. Je me précipite jusqu'à la porte de celle-ci et alors que je m'apprête à l'ouvrir, j'entends sa voix de l'autre côté.

– Préviens mon enfoiré de père que le prochain homme de main qu'il m'enverra reviendra dans un sac mortuaire et que par la suite, j'irais directement chez les flics ! commence-t-elle d'un ton froid que je ne lui ai jamais entendu. Et, dis-lui aussi que le jour où je rentrerais à la maison, ça sera uniquement pour me faire enterrer à ses côtés ! Maintenant, va-t'en avant que je ne change d'avis en ce qui te concerne ! conclut-elle en hurlant.

– Le boss a dit que si tu avais voulu aller chez les flics, tu l'aurais fait il y a longtemps et que donc il ne considère plus cet argument comme valable, lui répond un homme avec un fort accent russe. Du coup, ma petite, attend-toi à recevoir de nouvelles visites ! ajoute-t-il d'un ton très menaçant.

J'entends ensuite des pas et la porte de derrière qui s'ouvre puis se referme. Je sais qu'elle déteste parler d'elle, mais je ne peux pas ne pas aller voir comment elle va. J'entre finalement dans la cuisine et je suis stupéfait par la scène qui commence à se dérouler sous mes yeux...

Au moment même où je suis entré, elle s'est mise à retourner absolument toute la cuisine. Elle envoie valser dans tous les sens tout ce qui se trouve à sa portée avec une colère qui fait peur à voir. Je ne peux la laisser ainsi craignant qu'elle se blesse. Je décide donc d'essayer de l'approcher à travers les objets volants un peu partout.

Quand j'arrive enfin à son niveau, je l'attrape par les épaules et la retourne face à moi avant de la prendre dans mes bras. Elle se débat au début en essayant de se dégager de mon étreinte. Mais je bloque sa tête juste au-dessous de mon menton et elle finit par arrêter de gesticuler.

– Il faut que tu te calmes, c'est fini, murmuré-je alors que je me mets à lui caresser les cheveux

Après quelques minutes, je finis par la lâcher, sentant qu'elle s'est détendue. Lorsqu'elle s'écarte de moi, je constate qu'elle me regarde pendant quelques secondes avec un air totalement perdu avant de se reprendre.

– Qu'est-ce que tu fais là ? me demande-t-elle en détournant le regard.

– Je suis revenue pour te parler et je t'ai entendu parler à un homme… commencé-je ne sachant pas comment aborder le sujet. J'ai entendu ta conversation et je m'inquiète beaucoup pour toi au vu de ce qui a été dit… Sans compter que tu t'es clairement battue, continué-je en indiquant ma joue. Et quand je suis rentré dans la cuisine, tu étais dans un état de colère que je n'ai vu que chez certains de mes camarades de l'armée. Donc, qu'est-ce qu'il s'est passé Jahyana. C'est quoi cette histoire d'homme de main et pourquoi tu irais voir les flics au sujet de ton père ? D'ailleurs, tu devrais tout de suite aller les voir pour signaler ton agression ! terminé-je totalement perdu face à la situation.

– Ne mêle surtout pas les flics à tout ça, il s'agit d'une affaire de famille ! s'exclame-t-elle avec les yeux grands ouverts comme si elle avait peur. Mon père est un homme puissant et comme je te l'ai dit c'est un monstre. Lorsqu'il veut quelque chose, il fait tout pour l'obtenir, même si cela signifie blesser ses proches, reprend-elle ensuite après quelques secondes à avoir de nouveau bloqué sur moi. Je suis désolé, mais tu n'en seras pas plus, il s'agit de ma vie privée et celle-ci ne te regarde en rien. De plus, je te prierais de garder pour toi ce que tu as entendu et vu ce soir, ajoute-t-elle très sérieusement.

– Comment peux-tu penser que des réponses aussi simples vont me convenir ? hurlé-je sans pouvoir me retenir. Tu t'es fait attaquer par ce qui était, d'après tes dires, un homme de main. Puis tu le menaces d'aller voir les flics alors que là tu ne veux pas y aller maintenant et tu parles même de te faire enterrer à côté de quelqu'un ? C'est quoi cette putain d'histoire ?! la questionné-je sentant que je commence réellement à m'inquiéter pour elle et que tout ça me fait péter les plombs !

– Encore une fois, cela ne te regarde absolument pas ! réplique-t-elle d'un ton sec.

– Alors je ne sais pas si je serais capable de tenir ma langue concernant cette soirée ! rétorqué-je alors que j'essaye de paraître le plus sérieux possible tandis que je sais que dans le fond, je n'en parlerais à personne.

Elle plante son regard dans le mien comme si elle essayait de me sonder. Je ne cligne pas des yeux une seule fois afin de paraître sincère et qu'elle gobe mon mensonge.
– Tu vois la fille là ? demande-t-elle finalement avant de désigner son épaule.

Je hoche positivement la tête en signe de réponse, ne souhaitant pas la couper de peur qu'elle n'en dise pas plus.

– Bein ce n'est pas moi, c'est ma sœur et le jour où je mourrais à mon tour, en effet, je la rejoindrais dans tous les sens du terme. En ce qui concerne mon père c'est un homme d'affaires véreux qui trempe dans des affaires louches et tout ce qu'il veut c'est un héritier pour son empire, ce que je ne veux absolument pas être, donc il me met la pression, m'explique-t-elle ensuite sans me regarder dans les yeux. Maintenant, va-t'en, j'ai du nettoyage à faire ! termine-t-elle alors qu'elle ouvre la porte donnant sur la pièce principale.

– Je peux t'aider si tu le veux ? proposé-je essayant de faire comme si de rien n'était face à la bombe qu'elle vient de me lâcher.

Et n'ayant aussi absolument pas envie de la laisser seule après ce qu'il vient de se passer…

– Non je n'ai besoin d'aucune aide, bonne soirée ! réplique-t-elle d'un ton sec, toujours sans m'adresser un regard.

Et même si j'aimerais l'envoyer chier et lui dire qu'il y a cinq minutes elle a bien accepté mon aide pour se calmer ! Je sens qu'au fond, elle n'est vraiment pas bien et je ne pense pas que ça jouerait en ma faveur si j'en rajoutais une couche. Je lui fais donc un petit sourire avant de me diriger vers la sortie en silence. Cependant, il n'est pas question que je m'en aille tant que je ne serais pas sûr qu'elle rentre chez elle en sécurité. Je monte dans ma voiture et vais me garer quelques mètres plus loin de manière à ce qu'elle ne voie pas, mais que j'ai tout de même en visuel l'entrée du dispensaire et de son bâtiment.

Pendant que je me cale dans mon siège afin d'être installé confortablement, je me dis que ce soir, j'étais venu pour obtenir des réponses à mes questions, mais qu'au final, je me retrouve avec encore plus de zones d'ombre concernant son histoire… Son père à l'air d'être quelqu'un de tout sauf recommandable. Sans compter que je sais sans problème qu'elle ne m'a pas dit toute la vérité à son sujet…

Mais surtout, elle avait une sœur et qui plus est, une sœur jumelle visiblement. Je n'arrive pas à m'imaginer la peine qu'elle a dû ressentir quand elle l'a perdue… Par contre, je comprends mieux ce qu'elle voulait dire lorsqu'elle disait qu'elle avait tout perdu…

Cela va faire seulement trois jours que l'incident au dispensaire s'est produit et depuis, elle fait de son mieux pour entrer le moins possible en contact avec moi malgré mes nombreuses tentatives. Je dois d'ailleurs avouer que cette femme est plus compliquée à attraper qu'une anguille ! Elle fait absolument tout pour ne pas se retrouver seule dans la même pièce que moi et elle a même déjeuné dehors ces derniers jours afin de ne pas risquer de devoir manger avec moi, alors que d'habitude elle reste toujours au dispensaire...

Même Kilian à remarquer qu'elle agissait bizarrement et malgré le fait que j'aimerais tout lui raconter, j'ai promis à Jahyana de ne rien dire, ainsi je ne peux pas lui expliquer quoi que ce soit...

— Bon comme d'habitude, j'imagine que pour toi, c'est boîte de nuit ce soir ? lance Kilian à Jahyana ce qui me fait sortir de mes pensées et me concentrer sur elle.

— Un vendredi soir sans un tour en boîte de nuit, ce ne serait pas un vrai vendredi soir ! s'exclame-t-elle avec un clin d'œil.

Immédiatement, je sens une pointe d'agacement monter en moi à l'idée qu'elle finisse la nuit avec un autre homme... alors qu'à moi, elle m'a refusé cela. Même si dans le fond je sais que je ne pourrais pas me contenter d'une seule nuit avec elle... je ne peux m'empêcher d'être réellement emmerdé par cette idée...

— C'est tout bon ! Donc, bonne soirée et à demain les gars ! déclare ensuite Jahyana en éteignant l'enseigne lumineuse extérieure alors que l'heure de fermeture est arrivée.

Kilian ne perd pas de temps et m'attrape par l'épaule afin de me diriger vers la sortie. Je lui lance un petit coup d'œil avant de franchir la porte et je suis ravie de voir qu'elle me regardait. Même si maintenant je suis encore plus agacé à l'idée qu'elle sorte ce soir...

Après être repassés chez nous pour nous changer rapidement, nous avons filé « Au coin de Merce » afin de manger un bout et de boire un verre. Et malgré le fait que j'adore mes soirées passées avec Kilian, car nous rigolons toujours beaucoup. Ce soir, je n'arrive pas à me mettre dans l'ambiance et reste dans mon coin pendant que Kilian fait son show dans le bar. Effectivement, dès que celui-ci boit un peu trop, il ne peut s'empêcher de s'improviser animateur de soirée, et ainsi, il passe le reste de la nuit le micro à la main, tantôt à chanter, tantôt à chauffer la foule.

Tandis que de mon côté, je ne peux m'empêcher de penser à elle et plus je vois l'heure passer sur mon téléphone, plus j'ai une envie de tout fracasser qui monte en moi. La simple idée qu'elle danse avec un mec m'exaspère… alors celle qu'elle rentre avec un… me met les nerfs en folie et je n'arrive vraiment pas à l'accepter !

Encore une fois, c'est sûrement exagéré, mais c'est plus fort que moi, avec elle je n'arrive pas à contrôler ce que je ressens. Ce qui me fait aussitôt rire jaune, car je n'arrive pas à gérer ce que me fait éprouver une meuf que je connais à peine alors que dans l'armée, je pouvais garder tout mon sang-froid pendant que j'étais en train de me faire canarder !

– Bon mec, tu vas me dire ce qu'il t'arrive ? Ça va faire presque une bonne semaine que tu es chelou et encore plus ce soir ! me lance Kilian de sa voix alcoolisée alors qu'il se rassoit à notre table.

– Rien t'inquiète, c'est juste la réadaptation, ce n'est pas toujours simple, mentis-je en haussant les épaules.

– Te fou pas de ma gueule ! réplique-t-il en me pointant avec sa bière. Tu allais de mieux en mieux ces derniers temps ! Puis tout à coup Pouf, renfermement ! Et là, tu as l'air complètement ailleurs et je dirais même stressé ! argumente-t-il ensuite avec un regard qui se veut sérieux, mais avec le nombre de verres qu'il a bu, cela ne lui donne qu'une tête bizarre !

— J'ai dîné avec Jahyana dimanche dernier avant qu'elle ne revienne bosser, balancé-je finalement après quelques secondes.

En me disant qu'après tout quand on était plus jeune, on se parlait toujours de nos histoires de meufs avec Kilian et techniquement elle ne m'a jamais demandé de garder cette information-là secrète…

— Attends, tu veux dire Jahyana ? Notre patronne ? On parle bien de la même personne ?! s'étonne-t-il totalement.

— Je ne savais pas que tu en connaissais beaucoup des Jahyana ! Mais oui, je parle bien de notre patronne, ricané-je.

— Et du coup vous avez couché ensemble ? me demande-t-il un sourcil levé sans même essayer de cacher sa curiosité.

— Non, à vrai dire initialement on avait fait une sorte de deal. Elle acceptait de dîner avec moi, si on passait ensuite la nuit ensemble sans prise de tête bien sûr. Mais au final, quand on était devant sa porte. Elle m'a dit qu'elle était sûre que je ne me contenterais pas d'une seule nuit et que donc elle refusait de coucher avec moi… Puis elle m'a laissé en plan devant chez elle, expliqué-je d'une traite avant de ne plus avoir le courage de le faire, car il faut avouer que cela ne flatte absolument pas mon ego !

— Ah ouais, c'est bizarre ! Mais ça explique pourquoi elle n'a pas agi comme d'habitude ces derniers jours, commente-t-il. Mais du coup, elle avait raison ? Tu veux plus qu'une simple nuit ? me questionne-t-il ensuite avec un sourire moqueur.

– Je n'en suis pas sûr, mais je crois bien que oui, admis-je en me mettant à jouer avec ma bière. De base, depuis que je suis rentrée j'ai vraiment cette envie de me poser. Et il faut dire qu'elle est très belle, mais en plus de ça j'ai commencé à apprécier son caractère tout en la trouvant très intrigante. Je me pose beaucoup de questions à son sujet, ainsi je n'arrive pas à m'empêcher de vouloir apprendre à la connaître réellement et peut-être voir pour tenter quelque chose, déblatéré-je sentant que cela me fait du bien de dire à voix haute tout ce qui me tracasse.

– Ah ouais ! Tu es complètement accro quoi ! s'esclaffe Kilian avec un grand sourire. Et c'est donc pour ça que tu tires la gueule ! Tu n'as pas envie qu'elle se tape un autre mec ce soir ! enchaîne-t-il.

Après avoir jeté un coup d'œil à la piste de danse remplie de couple très chaud, ce qui lui a permis de vite comprendre ce qui me perturbe. Je ne sais quoi lui répondre et tire donc la tronche pour qu'il comprenne qu'il a touché dans le mile avant de finir ma bière d'une traite. En même temps, nous sommes amis depuis tellement longtemps, que nous connaissons presque mieux les réactions de l'autre mieux que les nôtres…

– Bon tout d'abord, je me dois de te prévenir que je pense que si tu te lances dans cette histoire ça risque de ne pas finir comme tu le souhaiterais. En presque trois ans à bosser avec elle, je ne l'ai jamais vu se mettre en couple ou même recoucher plusieurs fois avec le même mec, commence Kilian avec de nouveau ce regard qui se veut sérieux. Mais si c'est ce que tu veux, alors je te conseille de la rejoindre sans plus attendre. Je l'ai déjà vu en boîte et c'est là-bas qu'elle se lâche le plus, continu-t-il un sourcil levé. Donc si tu y vas et que tu rentres dans le jeu de séduction qu'elle met en place quand elle est en boîte, tu devrais trouver ton ouverture, termine-t-il avec un clin d'œil.

– Ça me permettra sûrement de coucher avec elle, mais pas d'en apprendre plus à son sujet ou de la convaincre de tenter une vraie relation avec moi ! lancé-je dépité à cette idée.

– Non, je pense que cela te permettra d'obtenir les deux ! Malgré le fait qu'elle n'ait pas du genre à se confier. Je l'ai beaucoup observé et je la connais donc assez pour savoir qu'elle n'est pas du genre à faire attention aux sentiments des autres et plus particulièrement à ceux des hommes. Au contraire même, elle s'en contre fou ! Ce qui veut dire que si elle a choisi de ne pas coucher avec toi, c'est que ça cache forcément quelque chose et il se pourrait qu'elle craque aussi pour toi. Du coup, fonce ! affirme-t-il très sérieusement et visiblement sûr de lui.
Je le regarde quelques secondes dans les yeux et tout ce que j'y vois c'est de la sincérité. Ainsi, sachant qu'il la connaît depuis plus longtemps que moi, je n'hésite pas plus. J'attrape mes affaires et me dirige vers la sortie afin de la rejoindre. Avant que je ne passe la porte, j'entends Kilian crier « Ça, c'est mon pote ! », ce qui me fait rire et me réconforte aussi dans mon idée.

En effet, je n'ai jamais été aussi peu sûr de moi face à une femme. J'ai plus tendance à être confiant et maître de la situation. Alors qu'avec elle je ne suis certain de rien et j'ai la sensation de ne rien contrôler…

Du coup, le fait que Kilian m'expose cette théorie m'a remotivé et m'a rappelé qu'en rentrant de l'armée je m'étais promis de toujours me battre pour obtenir ce que je voulais. J'ai donc bien l'intention de renverser la balance actuelle afin de prendre la main sur ce qui se passe entre nous et obtenir ce que je désire !

XIII

Jahyana

« C'est l'incertitude qui nous charme… Tout devient merveilleux dans la brume. »[*]

Contrairement à d'habitude, je ne suis pas à fond ce soir. Même si j'ai vidé les verres à une vitesse folle, et que mon corps commence enfin à se détendre, ce n'est pas le cas de mon cerveau.

Du coup, je n'arrive pas à me décider et à choisir ma compagnie du soir. Il y a bien eu quelques beaux lots qui sont passés dans mon champ de vision au cours de la dernière heure, mais malgré toute ma motivation, je n'ai pas réussi à me mettre en mode séductrice.

Encore une fois, tout est à cause de mon père ! Si ce connard n'avait pas envoyé Alexeï pour venir me chercher, jamais je ne me serais retrouvé dans cette position face à Isaac. S'il ne m'avait pas arrêté, j'aurais pu passer des heures à tout saccager tant j'étais en colère contre mes parents d'avoir osé, encore une fois, essayé de contrôler ma vie ! Depuis que j'avais tenté de les tuer il y a presque trois ans et que je les avais menacés d'aller à la police, je n'avais plus entendu parler d'eux et j'espérais sincèrement et débilement qu'ils avaient lâché l'affaire. Mais visiblement, j'ai été une fois de plus trop naïve et comme l'a annoncé Alexeï, je suis loin d'être au bout de mes peines... Surtout que, comme l'a si bien dit cet enfoiré, si je ne suis toujours pas allé voir les flics ce n'est pas pour rien. Effectivement, dans le cas où je révélerais ma réelle identité aux forces de l'ordre, je serais immédiatement placé dans un programme de protection de témoin. Ainsi, je perdrai de nouveau la vie que je me suis bâtie... Sans compter qu'avec tous les crimes dont sont coupables mes parents, je passerai sûrement les trois quarts de mon temps dans des tribunaux et à risquer de me faire tuer par l'un de leurs hommes de main... Et malgré le fait que je rêverais de les voir derrière des barreaux jusqu'à la fin de leurs jours. Je sais que ce ne sera pas chose facile en dépit de ce que je sais. Je suis donc égoïste et me dis que vu que rien n'est garanti, cela ne vaut pas la peine que je m'impose une vie dont je n'ai pas envie...

Du coup, je vais devoir redoubler de vigilance à l'avenir et je sens que, malheureusement, je vais de nouveau avoir le droit à ces accès de colère dont j'ai le secret... D'aussi loin que je me souvienne, j'ai toujours eu ses sortes de crises de rage à chaque fois que j'avais l'impression d'échouer ou de perdre le contrôle de ma vie. Et jusqu'à aujourd'hui, personne mis à part ma sœur, n'avait réussi à me calmer...

De ce fait, je ne peux m'empêcher de me poser dix milliards de questions de plus au sujet d'Isaac. Et cela faisait longtemps que je n'avais pas ressenti de tels sentiments vis-à-vis de quelqu'un et sincèrement, je n'apprécie pas cela. Non seulement parce que je n'arrive pas à les comprendre, mais surtout parce que je n'arrive pas à contrôler mes réactions face à lui... Normalement, j'arrive à toujours gérer mes émotions ; en même temps, lorsqu'on en a autant bavé, on apprend à compartimenter. Mais quand je suis avec lui, c'est comme si j'avais envie de me laisser aller et de franchir toutes les limites que je me suis imposées depuis Rodrigue…

– Vous voulez danser ? demande une voix grave derrière moi, ce qui me fait sortir de mes divagations.

Je me retourne et tombe face à un homme pas très grand, mais très charmant aux yeux verts et aux cheveux blonds, qui a l'air vraiment très bien foutu physiquement vu la manière dont son tee-shirt est tendu. Je finis mon verre d'une traite et lui tends ma main afin de le laisser m'entraîner vers la piste. Il est plus que temps de me sortir ces yeux bleus de la tête et quoi de mieux qu'un joli petit paquet aux yeux verts pour cela ?

Après une bonne trentaine de minutes de danses avec mon beau gosse, je commence enfin à me laisser aller et à me mettre dans l'ambiance. Ce qui fait un bien fou !

Ainsi, je me lâche enfin et fais ressortir mon côté séducteur. Je passe mes bras autour de sa nuque afin de me coller le plus possible à son corps. Puis je me mets à danser sensuellement contre lui, tout en lui sortant mon sourire et mon regard le plus charmeur. Mon beau gosse sourit aussitôt de toutes ses dents et je me dis que je vais finalement passer une bonne soirée… Surtout quand une musique que j'adore et qui est parfaite pour ce genre de situation se met à résonner dans la boîte.

« Now that I have captured your attention

« Maintenant que j'ai capté ton attention

I want to steal you for a rhythm intervention
Je tiens à te voler pour une intervention en rythme
Mr. T you say I'm ready for inspection
Mr. T tu dis que je suis prête pour l'inspection
Sh-sh-show me how you make a first impression
Montre-moi comment tu fais une première impression

Oh, oh
Can we take it nice and slow, slow
Pouvons-nous y aller gentiment et lentement, lentement
Break it down and drop it low, low
La détailler et la faire durer, durer
Cause I just wanna party all night in the neon lights 'til you can let me go »
Parce que je veux juste faire la fête toute la nuit dans les néons jusqu'à ce que tu puisses me laisser partir »

Tout en chantonnant les paroles de la musique, je profite pleinement de celle-ci et de ma danse avec mon beau gosse. Danse, qui devient de plus en plus chaude… Nous avons passé les bonnes manières, j'ai donc une main accrochée à son coup pendant que l'autre pend derrière et je me concentre uniquement sur nos entrejambes qui se frottent l'une contre l'autre. Et alors que la musique arrive à la partie que je préfère, je sens tout à coup une main attraper mon bras libre et tirer dessus afin de me retourner d'un coup sec. Le beau gosse en face de moi ne comprend rien à ce qu'il se passe tout comme moi et ne réagit absolument pas ! Ce qui, soit dit en passant, n'est vraiment pas à mon goût, vu que j'aime les hommes qui s'imposent. En tout cas, en moins d'une minute, je me retrouve en face et presque collée de tout mon corps à Isaac.

– Je te souhaite de passer une bonne soirée, mais ça ne sera pas ici et sûrement pas avec elle ! grogne celui à l'intention du mec avec qui je dansais à peine une seconde plus tôt, alors qu'il lui fait un signe de la main signifiant de partir.

Mon petit blond me regarde d'un air perdu et je dois avouer que sur le coup je le suis tout autant que lui ainsi, je reste totalement muette et incapable de réagir, tant mon cerveau n'assimile pas la situation sur le moment.

Du coup, il ne perd pas de temps et pars, ce qui m'agace fortement, car même si Isaac fait une tête de plus que lui il aurait pu tout de même tenter de s'imposer ! Et tandis que mon plan cul du soir disparaît dans la foule, je reprends finalement possession de mon cerveau et tout ce qui me vient en tête c'est : *C'EST QUOI SON DÉLIRE ?!*

Je reporte donc un regard noir sur Isaac, qui a placé ses mains au niveau de mes hanches et qui a commencé à danser comme si de rien n'était, tandis que pour ma part je ne bouge pas d'un pouce.

— Tu peux m'expliquer ce tu fous là ? balancé-je à deux doigts de hurler de colère.

— Comme tu le vois, je suis venu danser, répond-il simplement avec son petit sourire charmeur.

— Et tu étais obligé de venir me foutre en l'air ma soirée pour ça ?! répliqué-je en lui faisant de gros yeux.

— Oh, j'ai une bien meilleure compagnie à te proposer pour ce soir, me murmure-t-il avant de m'attirer encore plus contre lui.

Je reste de nouveau sans voix face à ce qu'il vient de me dire et ne peut m'empêcher de bloquer de nouveau sur lui. Je n'arrive absolument pas à comprendre ce qu'il veut réellement. Et tous les signaux d'alarme qui existent dans mon cerveau, depuis que j'ai quitté Rodrigue, s'allument et retentissent de toutes leurs forces.

— Tu sais toi et moi, on peut toujours avoir une relation amicale avec avantage ou juste passer une incroyable nuit ensemble ! Tu me plais, je te plais et on est deux adultes consentants, donc pourquoi se priver de ce plaisir, déclare-t-il ce sourire charmeur toujours plaqué sur son visage.

– Un coup d'un soir, c'est vraiment ce que tu veux ? demandé-je en essayant de faire comme si la confiance qu'il dégage tout à coup n'a aucun effet sur moi…

– Je ne vais pas trouver la femme de ma vie du jour au lendemain, alors autant que je profite de la magnifique femme que j'ai face à moi en attendant, commence-t-il à me murmurer à l'oreille. Du coup, je me répète, à moins que tu craignes que finalement, ce soit toi qui n'arrives plus à te passer de moi… Je ne vois pas ce qui nous retient de profiter d'une belle nuit ! termine-t-il avant de déposer un baiser dans mon cou.

Aussitôt, tous mes sens se réveillent et j'en ai presque des frissons. Même si mon instinct profond me crie de toutes ses forces de fuir cette situation, car il y a de fortes chances pour qu'il ait raison… Sachant que je me suis promis de ne plus jamais ressentir de telle chose, je devrais l'écouter et partir en courant… Cependant, je dois avouer qu'une infime part de moi est en train de danser la java, alors que je sens de nouveau cette étincelle au plus profond de mon être…

Sans compter que mon côté joueuse et séductrice ne peut s'empêcher de prendre le dessus et de vouloir lui rabattre son caquet. Et lui prouver, et peut-être à moi-même aussi, que peu importe ce que j'ai l'impression de ressentir à son égard, je ne développerais pas de sentiments pour lui et je serais capable de reprendre ma vie comme avant après avoir passé une nuit avec lui… Ainsi, je ne lui réponds pas, colle mon corps au sien et commence simplement à danser, avant de sortir ma moue la plus séductrice. Il rentre dans mon jeu sans perdre de temps et se met à me caresser le bas du dos tout en suivant le rythme de ma musique qui arrive presque à la fin.

« I just wanna feel your body right next to mine
« Je veux juste sentir ton corps près du mien
All night long
Toute la nuit
Baby, slow down the song
Bébé, ralentit la chanson
And when it's coming closer to the end hit rewind
Et lorsque ça s'approche de la fin, presse rembobiner
All night long
Toute la nuit
Baby, slow down the song
Bébé, ralentit la chanson
Oh oh oh oh
Yeah, baby, slow down the song
Ouais bébé, ralentis la chanson
Oh oh oh oh
Yeah, baby, slow down the song
Ouais bébé, ralentis la chanson

How do I do it ?
Comment l'ai-je fait ?
I-I-It's the cataracts »
C'est The Cararacts »[5]

Alors que nous dansons sur cette musique sensuelle d'une manière tout sauf catholique, je réalise à quel point je suis en train de perdre le contrôle ! Je ne sais pas si c'est tous les verres que j'ai bus plus tôt ou le fait qu'il danse super bien, tandis que j'aurais plutôt parié qu'il était du genre à avoir un balai dans le cul ! Mais quelle que soit la véritable raison… ce qui est sûr, c'est que je suis définitivement en train de perdre le contrôle face à lui… Je me laisse totalement guider par l'excitation qu'il fait monter en moi à chaque mouvement de son corps contre le mien ou quand il me lance ce sourire en coin qui me fait fondre de l'intérieure…

---

[5] Selena Gomez- « Slow Down »

Plusieurs chansons ont défilé et plus elles défilaient, plus j'ai eu l'impression que mon corps prenait feu pendant que mon cerveau était en train de se mettre en grève.

De ce fait, là tout de suite, je ne me concentre sur plus rien mis à part la sensation d'excitation pure qui parcours tout mon corps alors que nous dansons ensemble… Ainsi, c'est à cause de ça que lorsqu'il se penche vers moi et me murmure à l'oreille « *Chez toi ou chez moi ?* ». Je n'hésite pas une seule seconde avant de lui répondre « *chez toi* ».

Il me refait ce sourire en coin qui me fait absolument craquer depuis le début et m'entraîne sans perdre de temps jusqu'à la sortie de la boîte. Cependant, une fois que nous sommes sortis du bâtiment et que nous arrivons sur le parking, je commence à réaliser à quel point c'est une mauvaise idée ! Quand tu es dans la boîte, il y a cette ambiance, qui fait que tu te lâches plus et te laisse aller plus facilement. Mais là, sans tout le bruit, les lumières vacillantes, je prends conscience de ce que je suis en train de potentiellement ressentir à l'égard d'Isaac… Et cela ne sent pas bon du tout !

– Du coup, je te suis jusque chez toi ? lancé-je alors que je sors mes clés de voiture lorsque nous arrivons au niveau de celle-ci, en me disant que j'ai une option de repli si l'envie de fuir me prenait…

– Ah non, pas question ! Je ne vais pas te laisser l'opportunité de t'enfuir ! grogne-t-il avant de m'attraper par la main et de tirer dessus pour que je le suive. Je te déposerais à ta voiture demain matin. Ce soir, tu es toute à moi ! déclare-t-il ensuite en me regardant du coin de l'œil avec ce maudit sourire !

Je suis agacé par le fait qu'il ait pu deviner aussi facilement l'idée qui m'était passée par la tête ! Mais une nouvelle fois, je constate aussi que son nouveau changement de comportement me plaît beaucoup… Ainsi, je ne peux m'empêcher d'apprécier la confiance en soi qu'il dégage et le fait qu'il soit aussi catégorique sur ce qu'il veut ! Ce qui me pousse à le suivre jusqu'à sa voiture en silence.

Pendant le court trajet afin d'arriver chez lui, je reste silencieuse et essaye de me convaincre qu'il ne s'agit que d'un plan d'un soir et rien de plus ! Que peu importe les émotions qu'il fait monter en moi par sa simple présence, cette nuit ne représentera rien à mes yeux. Comme chaque nuit que j'ai passée avec un homme depuis ces dernières années !

Lorsque nous arrivons finalement devant une petite maison dans un quartier résidentiel pas très loin du centre-ville, je fais taire mon cerveau et toutes les alarmes qui vont avec…

Nous sortons de la voiture et il ne me fait pas entrer dans la maison, mais il me fait passer sur le côté de celle-ci afin que nous arrivions dans le jardin de derrière ou je constate dans le fond une autre maison, bien plus petite que la première et il me dirige vers celle-ci.

Alors que nous rentrons à peine dans la maison, il ne perd pas de temps et m'attire contre lui. Me regarde dans les yeux, puis il se penche pour m'embrasser et sur le coup il me faut quelques secondes pour réagir. Ce que j'ai ressenti quand il a posé ses lèvres sur les miennes, a de nouveau allumé toutes mes alarmes internes, car cela faisait très longtemps que mon cœur ne s'était pas mis à battre de cette manière... Cependant, je n'arrive pas à me pousser à me détacher de lui pour fuir le plus loin possible. Ainsi je finis par lui rendre son baiser et celui-ci devient de suite plus sauvage.

Sans décoller ses lèvres des miennes, il me dirige dans la pièce. Quand je sens le rebord d'un lit derrière mes genoux, il finit par détacher ses lèvres des miennes et sur le coup je n'arrive pas à retenir le léger grognement de protestation qui s'échappe de mes lèvres… ce qui lui plaît visiblement vu le sourire qui s'est dessiné sur son visage. Puis sans dire un mot, il me retourne d'un geste vif et dézippe ma robe pour la faire ensuite passer par-dessus ma tête. Ainsi, je me retrouve couverte uniquement d'un ensemble de sous-vêtements rouges avec mes talons aiguilles aux pieds.

Il sourit littéralement de toutes ses dents alors qu'il me regarde de haut en bas avant de me pousser sur le lit et je peux facilement lire dans son regard son envie de me posséder. J'ai envie de réagir, de prendre les choses en main comme je le fais habituellement et ne pas être ce genre de fille qui se laisse complètement subjuguer par un homme. Mais alors qu'il me regarde de cette façon, je n'arrive pas à faire le moindre geste tant cela me fait de l'effet. Sans compter qu'il commence à enlever son tee-shirt avant de s'attaquer à la fermeture de son pantalon. Je ne peux donc rien faire d'autre que d'admirer la vue qui m'est offerte.

Je le trouvais déjà canon avec des vêtements, mais là en l'ayant en caleçon devant moi avec sa queue qui durcit à vue d'œil, je ne peux m'empêcher de me dire qu'il est un putain de beau gosse et plus que bien foutu !

Je ne peux aussi que remarquer les nombreuses cicatrices qu'il a sur le corps et plus particulièrement au niveau de son abdomen. Ainsi qu'un tatouage au niveau de son flanc droit représentant des plaques de militaires et aussitôt une part de moi ne peut se retenir d'avoir mal au cœur à l'idée de ce qu'il a vécu et perdu lorsqu'il était dans l'armée.
Mais quand il se positionne de tout son corps au-dessus de moi et qu'il commence à m'embrasser dans le cou, faisant aussitôt frissonner mon corps, je reviens à la réalité et je me dis que je ne dois surtout pas penser à ce genre de chose. Il ne s'agit que d'un plan cul, je ne dois pas me soucier de ce qu'il a vécu ou de ce qu'il ressent.

Je me reconcentre donc sur lui et sur l'excitation qui monte en moi et alors qu'il descend sa main au niveau de mon string, je sens que je suis foutue de chez foutue ! Ainsi, quitte à être dans la merde, autant en profiter au maximum ! Je fais glisser délicatement une de mes mains sur sa queue, qui trésaille à chacun de mes mouvements, tout en l'embrassant dans le cou.

Il réagit immédiatement, se redresse et ouvre le tiroir de sa table de chevet pour en sortir une capote. Il me jette un regard interrogateur et je ne réfléchis pas une seule seconde avant de dégrafer mon soutien-gorge et d'enlever ma petite culotte. Il sourit de nouveau de toutes ses dents tout en enfilant la capote. Et alors que je pensais qu'il allait me pénétrer tout de suite, il n'en fait rien et se remet à m'embrasser, délicatement. Puis il descend le long de mon cou jusqu'à arriver à mes seins. Et tandis qu'il commence à me mordiller un téton, je sens tout à coup ces doigts dans mon entrejambe. Je ne peux m'empêcher de gémir instantanément tant il est doué avec sa langue, mais aussi avec ses doigts…

Il fait des mouvements de va et vient avec un doigt, pendant que l'autre titille mon clitoris. Et j'ai rapidement la sensation que je suis déjà sur le point de jouir, chose qui arrive rarement aussi vite, mais il arrête subitement de jouer avec ses doigts et me pénètre d'un coup sec sans même me prévenir. J'en ai le souffle coupé et le plaisir qui m'envahit à cet instant me fait autant de bien qu'il m'effraie. Ainsi, alors qu'il relève son regard vers moi, je le regarde droit dans les yeux et lui murmure « Rien qu'une nuit... ».

Il hoche vaguement la tête et prend possession de ma bouche plus sauvagement cette fois-ci, tout en se mettant à bouger le bassin. Et je dois admettre qu'il sait y faire. En effet, ses gestes sont très sensuels et alors qu'il y va plutôt doucement, il donne des coups d'accélération de temps en temps, ce qui me donne des frissons et fait à chaque fois monter en moi des vagues de plaisir intense, me donnant l'impression d'être sur le point de jouir.

Tandis que je ne peux retenir de me coller encore plus à lui pour le sentir plus profondément en moi, de nouveau sans m'avertir il se retire tout à coup. Et avant que je n'aie le temps de protester, il me retourne sur le ventre d'un simple geste. Puis il m'attrape par les hanches d'une main et me fait relever le torse de l'autre, jusqu'à ce qu'il soit collé au sien.

Et encore une fois sans que je m'y attende, il me pénètre et cette fois, j'ai l'impression que c'est encore pire. Pas dans le sens où ce n'est pas bon, mais dans le sens où je ne pensais pas qu'il pouvait faire mieux que ce qu'il faisait déjà, car c'était vraiment beaucoup… Mais là, à chaque va et vient, j'ai des frissons qui s'emparent de tout mon corps et mes gémissements se font de plus en plus intenses. C'est comme s'il réveillait dans mon intimité des zones qui, jusque-là, étaient restées inexplorées. Et alors que je pensais que je ne pouvais pas plus ressembler à une boule de nerf sexuelle sur le point d'exploser, il fait descendre une de ses mains sur mon entrejambe et commence à jouer avec mon clitoris.

– Tu es délicieuse Jahyana, me murmure-t-il en même temps à l'oreille.

Ce qui est le coup de grâce pour moi, aussitôt je sens mon ventre se contracter et quelques secondes après, je jouis en ne pouvant retenir les gémissements qui sortent de ma bouche. Pendant que les spams m'envahissent, ils accélèrent de nouveau la cadence et je sens ensuite qu'il plonge avec moi.

Lorsque nous sommes tous les deux satisfaits, il se retire et s'écroule avec moi toujours dans ses bras sur le lit. Nous restons ainsi en silence plusieurs minutes et je ne peux que constater que cela faisait longtemps que je ne m'étais pas sentie aussi bien…

Il finit par se relever et se dirige vers une porte dans le fond de la pièce, puis j'entends de l'eau coulée. Et alors qu'il en sort quelques minutes après, je me faufile dans celle-ci. Quand j'arrive dans la salle de bain, la chose qui me frappe en premier, c'est mon reflet dans le miroir. La manière dont mes yeux brillent me donne l'impression de voir une inconnue tant je ne m'étais jamais vu ainsi… Je fais donc taire toutes les émotions et sensations qui montent en moi à cet instant et qui me hurlent que je suis dans un beau merdier, car sinon je serais capable de faire une crise de panique !

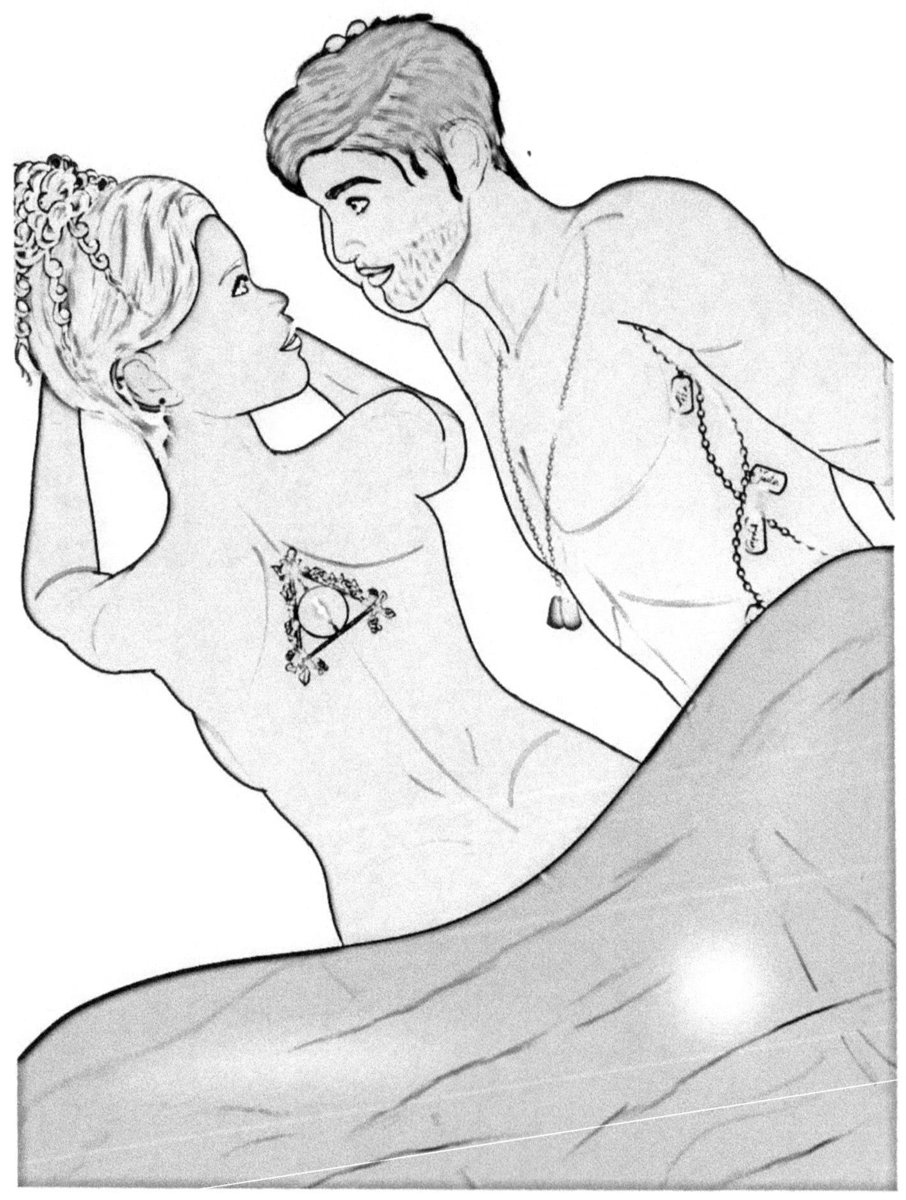

C'est la première fois en presque trois maudites années que je n'ai pas besoin d'un putain de réveille pour réussir à me lever à l'heure un samedi matin ! Il est sept heures et demie, et j'ai déjà les yeux grands ouverts alors que je n'ai pratiquement pas dormi de la nuit !

En effet, il s'avère que ce petit malin baise aussi bien qu'il danse et qu'il arrive à me perturber. Du coup, après que je sois sortie de la salle de bain, moi qui pensais qu'il allait me ramener à la boîte, celui-ci m'a au contraire bloqué dans le lit et s'est démené afin de me faire passer la soirée la plus chaude de ma vie ! Tellement chaude que je sens ma culotte se mouiller rien qu'en me rappelant tout ce qu'il m'a fait cette nuit ! Pourtant, même si je ne suis pas une pute, je ne suis pas une sainte non plus ainsi j'ai tout de même pas mal d'expérience. Et malgré ça, je dois avouer que c'était juste Wahouww !

Sauf que le problème n'est pas là ! J'en ai déjà eu des amants qui m'ont pas mal marqué ! Mais jamais je ne m'étais sentie aussi bien et à l'aise avec quelqu'un… même avec Rodrigue, je ne me trouvais pas aussi spéciale. Alors que lorsque Isaac me regardait pendant qu'il profitait de mon corps, j'ai eu l'impression d'être quelque chose de hors du commun…

Je n'ose donc pas me retourner de peur qu'il soit réveillé, car là tout de suite, tout ce que je veux c'est partir d'ici ! Entre tout l'alcool que j'avais ingéré ainsi que l'excitation qu'il avait fait monter en moi de par son nouveau changement d'attitude et ses talents de danseurs… Je n'ai pas réussi à me contrôler et à faire ce qu'il y avait de mieux pour moi, c'est-à-dire, fuir !

Mais maintenant que tout cela est parti, je me dis qu'il faut vraiment que je mette une distance de sécurité entre nous afin de m'assurer que cela ne se reproduise pas, car les sentiments qui s'éveillent de plus en plus en moi depuis hier soir, ne me plaisent pas du tout…

Du coup, après quelques minutes de consultations internes, je me décide et j'essaie d'attraper mes sous-vêtements qui traînent au bord de lit afin de commencer à me rhabiller. Une fois ceux-ci en place, je glisse hors du lit et rampe au sol pour mettre la main sur ma robe. Je dois avoir l'air ridicule comme ça, mais là tout de suite je m'en fous ! Tout ce que je veux c'est réussir à partir d'ici sans avoir à le réveiller.

Je finis par mettre la main sur ma robe et arrive à l'enfiler en toute discrétion. Mais quand je mets finalement la main sur mes talons, j'entends des mouvements derrière moi et je n'ai pas le temps de faire quoi que ce soit que je sens son regard amusé sur moi, alors que je suis encore allongé par terre.

– On dirait que quelque essayer de filer en douce ! lance-t-il d'une voix endormie et moqueuse à la fois.

– Euh… oui. Je voulais aller récupérer ma voiture avant d'aller au boulot et pour ne pas être en retard, bein… il faut que je parte maintenant ! répondis-je avant de me relever et de désigner une montre sur mon poignet, qui n'existe pas…

– Tu aurais pu me réveiller pour que je te dépose, déclare-t-il en se levant du lit totalement nu.

– Je humm… je ne voulais pas te réveiller, bredouillé-je alors que je baisse le regard, car avoir son corps aussi sexy sous les yeux ne m'aide vraiment pas dans ma résolution !

Mais cela ne m'empêche cependant pas de remarquer le tatouage qu'il a au bas de la nuque que je n'avais pas vu hier soir, il représente un aigle avec les ailes déployées, ainsi qu'une sorte de parchemin à ses pattes ou il est noté des chiffres. Comme hier, je ne peux m'empêcher d'avoir une pointe au cœur en imaginant ce que celui-ci peut signifier, mais aussi de lui souhaiter de réussir à faire face à ce qu'il a pu vivre.

– Bein, maintenant que je suis réveillé, je vais te déposer, déclare-t-il, tout en prenant des vêtements dans son armoire, ce qui me fait sortir de mes pensées.

Je me contente de hocher la tête tout en évitant au mieux de le regarder. Vu que c'est exactement ce que je ne voulais pas ! Me retrouver avec lui dans un contexte personnel alors que j'ai encore tous les souvenirs de la nuit qu'il vient de me faire passer sont bien ancré en tête ! Et que je n'arrive pas à me retenir d'éprouver tous ses sentiments à son égard pendant que je le découvre un peu plus…

XIV

Isaac

« Je t'ai rencontré et tout a changé.
Maintenant, ma vie t'est dédiée ;
à toi, ton bonheur, ta protection. »

Tandis que nous faisons la route jusqu'à la boîte de nuit en silence, je me repasse en boucle la nuit que nous avons passée. Et non seulement j'ai passé la meilleure nuit de ma vie en termes de sexe, mais en plus de ça, Kilian avait raison sur toute la ligne !

J'ai très bien vu les regards qu'elle me lançait de temps à autre hier soir alors que nous couchions ensemble et ils voulaient dire beaucoup. Ainsi, je sais maintenant qu'elle est aussi réellement attirée par moi et non que sur un plan sexuel… Mais surtout parce que j'ai pris conscience que j'étais déjà extrêmement attaché à elle, même si cela peut paraître fou ! Je n'appellerais pas de ça l'amour, mais je l'apprécie énormément et sa compagnie me fait un bien fou… Sans compter que jusqu'à aujourd'hui, jamais je n'avais rencontré quelqu'un dans son genre et je dois dire qu'en plus de me charmer physiquement, elle me donne envie d'en apprendre plus sur elle et de la connaître en détail.

– Bon bein, merci et on se voit au boulot ! lance-t-elle alors que je me gare à côté de sa voiture, ce qui me fait sortir de mes pensées.

– C'est tout ? ne puis-je m'empêcher de lâcher.

– Oui ! Je pensais que c'était clair non ? Une nuit et pas plus ! déclare-t-elle en détournant le regard.

– Et ça te convient vraiment ? demandé-je en essayant de tenter le tout pour le tout.

– Oui… murmure-t-elle l'air ailleurs. Bon, à tout à l'heure, ajoute-t-elle avant de se reprendre et de sortir de la voiture sans que j'aie le temps de dire quoi que ce soit.

Elle monte dans sa voiture à une vitesse folle, démarre et quitte le parking tout aussi vite. Pour ma part, je reste encore un bon moment planté dans ma voiture à réfléchir au meilleur moyen de l'atteindre.

En effet, quoi qu'elle en dise, j'ai senti qu'il se passait quelque chose entre nous, autre qu'une forte attraction physique. Chaque instant que j'ai passé à ses côtés m'a permis d'apercevoir qui elle était réellement. Et ce qui est sûr, c'est que c'est une femme comme on n'en rencontre pas tous les jours… Ainsi, il n'est pas question que je la laisse me filer entre les doigts aussi facilement !

Je l'ai laissé tranquille toute la journée et je n'ai pas essayé de lui reparler de la nuit d'hier soir. Mais c'est uniquement parce que j'ai trouvé une solution pour pouvoir passer plus de temps avec elle.

Du coup, il y a une trentaine de minutes, j'ai commandé un plat en livraison au « Bella Bistrot Luna » et lorsqu'elle nous annoncera la fin de la journée d'ici quelques instants, le plat sera livré et au lieu de partir je vais rester ici pour manger avec elle. Je sais qu'elle risque d'être réticente à cette idée, mais j'ai trouvé une parade qui devrait fonctionner sans souci.

Tout se passe donc comme prévu ; les gars partent et moi j'attends quelques minutes devant le dispensaire pour récupérer ma commande, puis je retourne à l'intérieur comme si de rien n'était alors que Jahyana est en train de faire la caisse. Je rabats deux chaises et commence à disposer les plats que j'ai commandés sur une table, ce qui lui notifie ma présence.

– Tu peux m'expliquer ce que tu fous là ? me demande-t-elle l'air à la fois perdu et agacé.

– Je nous ai commandé à manger, donc finis ta caisse et après on pourra dîner tranquillement, lui répondis-je comme si de rien n'était.

– Mais tu as vraiment un pète au casque ou un truc dans le genre toi ! s'exclame-t-elle. Tu as conscience que je t'ai déjà accordé un dîner, alors un autre ? Même pas en rêve ! ajoute-t-elle en me regardant comme si j'étais vraiment fou.

– Tu sais, techniquement lors de notre premier dîner, tu n'as pas respecté les règles de notre accord, commencé-je avec un grand sourire. Du coup, j'estime que celui-ci ne compte pas et que tu m'en dois un autre. Ainsi, je me répète, tu finis ta caisse et après on pourra faire ce qui était convenu, terminé-je avec un clin d'œil.

Elle reste bloquée sur moi quelques secondes, avant de cligner plusieurs fois des yeux. Puis elle se remet à faire sa caisse sans me répondre ou me jeter un coup d'œil. Par contre, le son de l'un de ses talons tapant contre le sol résonne tout à coup dans toute la pièce…

Quand elle finit par fermer la caisse et s'approcher de moi, je pense avoir gagné, sauf que ce n'est absolument pas le cas au vu de l'air énervé qu'elle aborde. En effet, elle ne sourit pas comme à son habitude et elle a croisé les bras sur sa poitrine tout en continuant à taper du talon au sol.

– Écoute-moi bien, car je ne le répéterais pas encore une fois, les relations de couples et tout le tralala, ce n'est absolument pas pour moi ! Du coup, même si hier soir c'était sympa, il ne se passera rien de plus ! Et je te prierais donc d'arrêter ce genre de connerie ! déblatère-t-elle avec un regard fermé.

– Et moi, j'estime que je n'ai pas eu le droit à ce dont on avait convenu ! Ainsi, tant que tu ne céderas pas à ma demande, j'ai bien l'intention de persister à te faire chier à ce sujet ! commencé-je avant de me lever pour lui faire face. Je n'ai jamais dit que je voulais une vraie relation avec toi, juste passer une nuit de plus avec toi, car il faut avouer qu'hier soir c'était juste grandiose ! continué-je en lui faisant le sourire qui, je sais, la fait craquer. Alors autant que tu acceptes ma proposition, comme ça on passe une soirée sympa dans tous les sens du terme et après on deviendra collègue comme tu l'es avec Kilian ou Adrian et rien de plus, terminé-je en mentant un peu à la fin, mais ce n'est qu'un détail pour le moment.

Là ce qui compte, c'est qu'elle accepte ma proposition. Comme ça, petit à petit, je vais en apprendre plus sur elle, tout en profitant de sa compagnie. Et peut-être que mon attirance irrépressible envers elle, ainsi que ce que je ressens à son égard s'atténuera… Ou alors je trouverais un moyen de la faire craquer à ce moment-là si ce n'est pas le cas…

– Un dîner, une nuit et après tu me laisses tranquille ? m'interroge-t-elle après quelques secondes à m'avoir fixé.

Je hoche la tête en signe de confirmation et elle s'assoit finalement à table. Je l'imite avec le sourire aux lèvres tout en ouvrant la bouteille de scotch que j'ai pris avec le repas. Après quelques minutes à manger et à boire en silence, je me dis que si je ne fais pas le premier pas, ce n'est pas elle qui le fera.

– Bon, qu'est-ce tu dirais si je te proposais que chacun notre tour on se pose une question et qu'on doit répondre le plus honnêtement possible ? lui proposé-je en souriant.

– Et si je n'ai pas envie de répondre à ta question ? rétorque-t-elle avec le regard fuyant.

– Alors, ça sera un shot de scotch cul sec ! décidé-je avant de me lever et d'aller chercher deux petites tasses à café derrière le comptoir, me disant que c'est un bon compromis.

– Hum… OK, mais je commence ! dit-elle l'air pensive. Comment vous vous êtes rencontrée avec Kilian ? demande-t-elle ensuite sans perdre de temps, son entrain habituel de retour.

– Alors, à vrai dire, nous étions dans la même école depuis le primaire. Un jour on a fini ensemble pour un travail de groupe et depuis on ne s'est plus jamais quitté, lui expliqué-je ravie qu'elle ait accepté ma proposition.

– Okay et du coup, tu as fait …

– On a dit une question chacun, donc c'est mon tour, la coupé-je en levant mon index devant elle et elle lève les yeux au ciel avant de m'inviter de la main à prendre la parole. Qu'est-ce qu'on fait tes parents pour que tu ne veuilles plus leur parler alors que c'est la seule famille qu'il te reste ? repris-je ne souhaitant pas aborder immédiatement le sujet qui m'intrigue le plus.

– Mes parents sont tous sauf des parents… Ce sont les patrons d'une grosse société et pour eux tout ce qui compte, c'est l'argent et le pouvoir. Ils ne nous ont pas eus dans le but de fonder une famille, mais uniquement d'un point de vue business. Ils n'ont jamais fait preuve d'amour ou de bonté envers nous, bien au contraire... Ainsi, dès que nous avons dix-huit ans, nous sommes partis le plus loin possible d'eux, explique-t-elle sans me regarder dans les yeux et en serrant son verre entre ses mains, comme si le simple fait de se remémorer cette période lui faisait énormément de mal… Donc je peux te garantir que je me porte mille fois mieux sans eux, ajoute-t-elle finalement alors qu'elle reporte son regard sur moi.

– Je suis désolé. Aucun enfant ne devrait vivre avec de tels parents, déclaré-je sincèrement en essayant de prendre sa main posée sur la table, mais elle la retire à peine frôlée... Du coup, qu'est-ce que tu voulais me demander avant que je te coupe ? lancé-je comme si de rien n'était et en espérant que ça la fera penser à autre chose.

– Euh oui… Je sais que Kilian a fait les quatre cents coups avant d'arrêter les conneries après son séjour en prison. J'étais donc curieuse de savoir si tu l'avais accompagnée ou pas dans ses aventures de délinquants ? me demande-t-elle en ayant l'air de se détendre de nouveau.

– Oui et non. Quand on était ados, on faisait ensemble les conneries que chaque jeune fait. Comme boire, fumer ou sortir en cachette. Mais lorsqu'il a commencé à se foutre dans de vrais mauvais plans, pour ma part j'ai décidé de m'engager dans l'armée, répondis-je. Et toi comment tu étais plus jeune ? la questionné-je afin de combler mon besoin d'en apprendre le plus possible sur elle.

– J'ai toujours eu mon côté très haut en couleur et excentrique. Mais j'étais surtout l'enfant rebelle qui ne souhaitait pas suivre les règles, indique-t-elle avec un petit sourire.

– Et ta sœur elle était comme toi ou plus posé ? ne puis-je m'empêcher de demander pris par la curiosité.

– Ce n'était pas une question chacun normalement ? s'esclaffe-telle avec un regard moqueur.

– Si, si je suis…

– Non c'est bon, comme ça près je te poserais aussi deux questions ! me coupe-t-elle avec un grand sourire. Du coup, oui ma sœur était plus posée. Elle n'était pas pour autant en accord avec nos parents, mais elle avait tendance à réfléchir avant d'agir, contrairement à moi, ajoute-t-elle ensuite avec les yeux qui brillent légèrement.

– Je suis désolé que tu l'aies perdue, murmuré-je sincèrement.

– C'est comme ça, répond-elle avec un petit sourire crispé. Bon, maintenant à moi ! Pourquoi l'armée sincèrement ? Parce qu'il y a quand même moins risqué et plus sympa comme job, reprend-elle le regard rempli de curiosité.

– Je ne sais pas si tu le sais, mais Jacques avait un fils qui avait à peine un an de plus que nous, commencé-je en me rappelant cette sombre époque. Il s'était engagé dans l'armée dès sa sortie du lycée et malheureusement, il est mort au combat. Seulement quelques temps après sa perte, il y a eu un attentat dans le centre commercial de la ville d'à côté et de nombreux citoyens de Merced y ont perdu la vie, ce qui a bien sûr affecté tout le monde, continué-je sans pouvoir m'empêcher de regarder au loin. Ainsi, ça a été une période difficile et à l'époque, cela faisait déjà un an que j'avais fini le lycée et que j'enchainais les petits boulots, sans avoir aucune idée de ce que je voulais vraiment faire de ma vie. J'avais par contre développé, au vu des derniers événements, une envie profonde de protéger mon prochain… Et l'armée a fait une campagne de recrutement dans la ville, je suis allé faire un tour et j'ai fini par m'engager en me disant que ce serait le meilleur moyen d'aider les gens, terminé-je alors que je reporte mon regard sur elle.

— Je comprends, murmure-t-elle l'air triste pour moi. Jacques m'en avait parlé et je sais également qu'il a une fille adoptive qui est aussi en déploiement depuis plusieurs années. En tout cas, je suis navré pour la perte de ton ami, ajoute-t-elle ensuite d'un ton compatissant.

— Oui, ce n'a pas été une période facile pour nous tous, mais Jacques est un homme fort, il a réussi à avancer tout en nous prenant encore plus sous son aile et en nous aidant à aller de l'avant. Et, oui, sa fille est encore dans l'armée, j'ai d'ailleurs eu l'occasion de faire quelques missions avec elle, déclaré-je avec un petit sourire alors que je me souviens à quel point il a toujours été là pour nous malgré tout.

— C'est vrai que c'est un homme bon, murmure-t-elle de nouveau l'air triste. Hum… du coup, maintenant que tu es rentrée et que tu as pris du recul. Quel impact a eu l'armée sur toi ? m'interroge-t-elle ensuite avec son air joyeux de retour.

— Euh je… commencé-je étant un peu surpris par sa question aussi directe. Honnêtement, je pense que ça m'a rendu plus fort. J'ai réellement pris conscience à quel point le monde dans lequel nous vivons peut être horrible. Mais aussi qu'une simple petite erreur peut vous coûter très cher, continué-je en essayant de chasser les images qui me reviennent en mémoire… Après, cela m'a aussi permis de réaliser ce que je voulais vraiment dans la vie, comme trouver une femme avec qui je voudrais passer ma vie et fonder une famille. Enfin, que je devais me battre quoi qu'il arrive pour obtenir ce que je désirais, car sinon personne ne le ferait pour moi, terminé-je en la regardant droit dans les yeux.

Ce qui n'a pas l'air de lui plaire, vu qu'elle détourne le regard aussi vite avant de finir son verre d'une traite. Par contre, cela me conforte dans l'idée qu'elle est aussi perturbée que moi lorsqu'on est ensemble. Et qu'à mon goût, cela signifie donc qu'il se passe bien quelque chose entre elle et moi !

– Je suis désolé de te poser cette question, mais je ne peux m'en empêcher, repris-je après être sorti de mes réflexions. Comment ta sœur est morte ? terminé-je en espérant qu'elle ne se braquera pas.

– Il y a eu un accident, elle est morte et moi j'ai été blessée, répond-elle sans me regarder, tout en désignant de sa main les traces de brûlure au niveau de son cou et de son épaule.

– Encore une fois désolé de ta perte, j'imagine que vous étiez proche, murmuré-je sincèrement triste pour elle.

– Elle était ma moitié… Quoi qu'il arrivait, elle était toujours à mes côtés… Quand elle est partie, j'ai eu… j'ai eu l'impression de mourir moi aussi… murmure-t-elle sans avoir l'air de se rendre compte de ce qu'elle me dit.

Je ne sais pas quoi dire, ainsi je tente de nouveau de poser ma main sur la sienne et cette fois-ci elle ne la retire pas. Même au contraire elle relève les yeux vers moi et j'y vois, au fond et bien cachée, toute la tristesse qu'elle doit ressentir au quotidien. Je ne peux pas m'empêcher d'avoir envie de tout faire pour lui enlever cet air triste qu'elle a sur son visage et plus particulièrement, de faire en sorte que plus jamais elle ne se sente aussi mal…

– Du coup, c'est à ton tour. Qu'est-ce que tu aimerais savoir d'autre sur moi ? demandé-je d'un ton plus détendu pour essayer de la faire passer à autre chose.

– Hum… Pourquoi ce changement de comportement aussi soudain à mon encontre ? m'interroge-t-elle après quelques secondes de silence à être rester bloquée sur moi.

– Pourquoi cette question ? ne puis-je m'empêcher de lui demander.

– Honnêtement, les premières fois où je t'ai vu j'ai eu l'impression que je t'agaçais profondément. Puis tout à coup, tu t'es mis à te montrer gentil et à t'intéresser à moi. J'aimerais donc savoir pourquoi et surtout ce qu'en vrai tu penses de moi à ce jour ? m'indique-t-elle très sérieusement.

– Alors franchement, je te l'ai déjà dit, mais au début, oui tu me sortais un peu par les yeux. Je venais tout juste de rentrer et j'avais encore les images de ce que j'avais vécu dans l'armée bien en tête, commencé-je en étant totalement honnête malgré le regard noir qu'elle me lance. Ainsi, te voir aussi insouciante et heureuse constamment, cela m'énervait et me rendait peut-être jaloux quand j'y pense maintenant, enfin… Après, j'ai travaillé avec toi et j'ai constaté que tu étais bien plus que ce que tu laisses paraitre sous tes aires guillerettes et toutes ses couleurs, continué-je avec un clin d'œil. Mais c'est surtout le soir où je t'ai entendu chanter dans le bar de Jacques que je me suis mis à vouloir te connaître. J'ai eu la sensation que tu caches beaucoup plus de choses que tu ne le laisses croire et que tu t'obstines à vouloir porter tous tes malheurs toute seule, sans jamais demander d'aide. Du coup, j'ai eu cette envie profonde d'en savoir plus sur toi, mais aussi de te protéger de toutes les horreurs qui avaient l'air de te tourmenter, conclus-je en tentant de plonger mon regard dans le sien.

Mais encore une fois, elle détourne aussitôt le regard et retire même sa main de sous la mienne. Par contre, je constate facilement ses joues qui rougissent, ce qui me fait sourire automatiquement…

– Qu'est -ce qui te fait dire que je cache tant de secrets que ça ? me questionne-t-elle après un nouveau moment de silence et en me regardant du coin de l'œil.

– Oh tout un tas de choses ! Personne ne sait pour ta sœur. Ton père envoie des hommes de main te tabasser pour que tu rentres chez toi ! Tu as presque autant de cicatrices que moi sur le corps, alors qu'aux dernières nouvelles tu n'as pas fait l'armée ou un truc dans le genre ! Tous tes tatouages ont un lien avec la mort ! enchaîné-je d'une traite ayant, en vrai, tellement de questions sans réponses à son sujet ! Et j'en ai encore pas mal si tu veux ! ajouté-je avant de la défier du regard de me contredire.

Sauf que contrairement à ce que je m'attendais, soit me faire envoyer chier comme les autres fois, elle reste fixée sur moi quelques secondes sans rien dire, puis elle se sert un shot qu'elle boit cul sec, un deuxième et un troisième.

– Dans ton petit discours, tu as évoqué trois sujets sur lesquels je ne répondrais jamais à tes questions, donc je bois d'avance, notifie-t-elle finalement après avoir fini son troisième shot. En ce qui concerne les tatouages, les deux que j'ai sur les bras sont en lien avec la mort de ma sœur et celui que j'ai à la cheville symbolise le fait que malgré tout ce que j'ai dû affronter je me suis relevé de mes cendres, ajoute-t-elle ensuite d'une traite.

– Pourquoi tu as tant de mal que ça à te confier ? ne puis-je me retenir de l'interroger.

– Parce que faire des confidences, cela veut dire tisser des liens et c'est exactement ce que je ne veux pas ! répond-elle sèchement.

– Même s'il s'agit de lien amical ? rétorqué-je.

– Je suis ami avec Kilian et pourtant il ne connaît pas les moindres détails de ma vie, réplique-t-elle les sourcils haussés.

– Oui, mais vous n'êtes pas des amis proches, vous êtes de bon pote ! Tu ne l'appellerais pas s'il t'arrivait quelque chose de grave par exemple ! renchéris-je, car c'est la stricte vérité !
On ne devient sincèrement ami que lorsqu'on connaît assez l'autre pour l'aider quand c'est nécessaire…

– Cela me va très bien comme ça ! balance-t-elle comme si de rien n'était.

– Tu ne peux pas avoir peur de tisser des liens au point que tu ne veuilles même pas avoir de vrais amis ! C'est triste ! déclaré-je sans pouvoir me retenir, tant que cela me fait de la peine.

– Lorsque tu étais dans l'armée, tu es devenu réellement ami avec certains de tes camarades, non ? me questionne-t-elle en contrepartie avec le ton froid qu'elle avait lorsque je l'avais surprise à parler avec l'homme de main de son père.

– Oui, bien sûr ! Nous vivions ensemble, nous nous battions côte à côte… Bien évidemment que des liens forts se sont tissés entre nous, confirmé-je une fois la surprise passée face à sa question.

– Et dis-moi que tu n'as pas souffert après avoir perdu certains de ces camarades aux combats ? ajoute-t-elle toujours aussi froidement.

– Si. Mais je ne me prive pas pour autant de continuer à vivre ! m'exclamé-je agacé.

– Je n'ai pas arrêté de vivre, mais j'ai choisi que j'avais bien assez souffert pour ne plus prendre le risque de revivre une telle chose ! rétorque-t-elle en se levant de sa chaise. Tu sais quoi ? Tout ça, c'était une belle connerie, rentre chez toi ! hurle-t-elle ensuite alors qu'elle désigne la table.

– Ah non ! grogné-je avant de me lever et lui attraper le poignet pour l'attirer à moi.

– Faut vraiment que tu arrêtes de faire ça et je t'ai…

– Je suis désolé si ce que je t'ai dit ne t'a pas plus, mais je ne te jugeais pas, je te disais juste ce que je pensais et tu ne peux pas toujours être en accord avec les gens ! m'exclamé-je en la gardant contre moi. Maintenant, à moins que tu ne sois pas une femme de parole comme tu le prétends. Toi et moi on avait un deal et il est de temps de passer à la partie intéressante de celui-ci, terminé-je tandis que j'attrape son menton pour l'obliger à me regarder dans les yeux.

Je vois qu'elle va pour ouvrir la bouche et probablement m'envoyer chier, mais je ne lui en laisse pas le temps et pose mes lèvres sur les siennes. Comme hier soir lors de notre premier baiser, elle ne réagit pas immédiatement, mais après quelques secondes elle finit par me répondre et aussitôt je sens cette vague de plaisir monter en moi.

Je l'attrape par les fesses, la soulève à ma hauteur et elle réagit immédiatement, elle entoure ses jambes autour de mes hanches. Puis, je me dirige aussitôt vers la sortie du dispensaire sans détacher mes lèvres des siennes.

– Tu vas ou comme ça ? demande-t-elle tout à coup en arrêtant de m'embrasser.

– Bein chez toi, c'est beaucoup plus près, indiqué-je perdu face à sa question.

– Euh non pas possible ! Mais il y a un canapé convertible en bas, lance-t-elle catégoriquement.

Sur le coup, je bloque complètement et j'ai envie de l'interroger sur le pourquoi. Mais avec ce qu'elle m'a balancé, il y a quelques instants, j'imagine facilement pourquoi elle ne veut personne chez elle. Ainsi, avec l'envie que j'ai d'elle, là tout de suite, je ne perds pas de temps à essayer de comprendre exactement le pourquoi et nous dirige jusqu'au sous-sol.

Quand nous arrivons en bas, je la lâche à contrecœur et elle déplie en deux secondes le canapé. Je suis ensuite ravie de voir qu'elle a l'air aussi pressée que moi, vu qu'elle se met immédiatement à se déshabiller. Je l'imite donc sans attendre, tout en attrapant la capote que j'avais prise au cas où mon plan fonctionnerait.

Je me couche finalement à côté d'elle et alors qu'elle avait l'air de vouloir passer directement aux choses sérieuses, je décide de profiter un peu de son corps. Je me mets donc à l'embrasser à la base de son cou et descend jusqu'à ses seins, tout en me mettant à jouer avec mes doigts dans son intimité comme lors de notre première fois hier soir... Elle s'agrippe aussitôt à moi et commence ensuite à me masturber.

Même si je sens qu'elle est déjà prête pour m'accueillir, chose que j'adore sincèrement, car voir à quelle vitesse j'arrive à l'exciter autant est vraiment jouissif ! Du coup, même si je n'ai qu'une envie : la pénétrer sans plus attendre… Je décide de continuer de jouer avec elle tant j'aime l'avoir dans cette position à ma disposition. Ainsi alors que je plonge mes doigts dans son intimé, je peux aussi admirer et embrasser chaque centimètre de son corps sublime tout en savourant les frissons qui le parcourent et en appréciant chacun de ses gémissements.

Et tandis que je profite pleinement d'elle, elle se redresse tout à coup, retire ma main avant de venir placer sa tête au niveau de mon sexe. Puis elle commence à jouer avec sa langue sur le bout de celui-ci tout en accrochant son regard au mien et même si je suis en extase que de la voir ainsi me sucer, je n'arrive pas à me retenir plus longtemps. Je l'attrape donc par les dessous de bras avant de la relever jusqu'à moi et je grimpe ensuite sur elle afin de la pénétrer d'un seul coup. Le regard qu'elle me lance à cet instant me donne l'impression d'avoir gagné le gros lot.

– Ça là ! C'est juste exceptionnel ! soufflé-je avant de plonger mon regard dans le sien et de désigner nos corps joints.

– Oui… mais ça sera la dernière fois…murmure-t-elle en détournant le regard.

Sur le coup, je sens la déception s'immiscer en moi et je ne peux m'empêcher de me dire qu'au stade où j'en suis, je ne suis pas sûr que je pourrais me passer d'elle à partir de maintenant… Cependant, je décide de profiter du moment présent et je me dis que je finirais bien par trouver une solution… Je commence donc mes mouvements de va-et-vient en elle, tout en reprenant possession de sa bouche…

Lorsque je me réveille, je constate avec regret que cette fois, elle a réussi à filer en douce sans me réveiller. Et je me flagelle mentalement pour ne pas l'avoir entendu partir.

Je sens de la déception et de l'agacement faire leur apparition à la simple idée qu'elle reste sur ses positions et s'obstine à ne pas vouloir approfondir ce qu'il se passe entre nous… Sauf que je me rappelle aussi ce que je lui ai dit hier sur le fait que l'armée m'avait appris à me battre pour ce que je voulais. Ainsi, je suis bien décidé à tout faire pour l'obtenir elle ! Car après cette seconde nuit passée à ses côtés, maintenant je suis sûr et certain que je veux tenter quelque chose avec cette femme aussi incroyable que mystérieuses…

Tandis que je suis en train de me rhabiller afin de foncer directement jusqu'à sa porte pour sonner jusqu'à ce qu'elle me réponde, j'entends des bruits à l'étage. Ce qui est réellement étrange, car nous sommes dimanche, du coup, le dispensaire est fermé et cela m'étonnerait réellement que ce soit Jahyana qui soit revenue.

Je remonte donc le plus discrètement et lorsque j'arrive en haut des escaliers je constate non seulement que la porte de derrière est grande ouverte, mais aussi qu'un mec que je ne connais absolument pas se trouve en plein milieu de la pièce, dos à moi.

Alors que je réalise qu'il se dirige vers la salle avec ce qui ressemble à un jerrican à la main, je ne réfléchis pas une seconde de plus et je fonce sur lui. Il se retourne aussitôt vers moi et quand j'arrive face à lui je lui envoie directement mon poing en pleine mâchoire. Sauf qu'il répond tout de suite par un coup dans le ventre et un dans la joue. Il s'apprête ensuite à m'en remettre un en pleine tête, mais j'arrête son poing avant de donner un grand coup de coude dans son avant-bras. Et vu le hurlement qui lui échappe, son os a dû en prendre pour son grade.

Ainsi, sans perdre de temps, je profite de son léger étourdissement pour lui remettre plusieurs coups de poing en plein visage. Et je m'apprête à le mettre au sol afin de l'immobiliser, quand il m'envoie un coup de pied dans le genou et pendant que je contrôle la douleur qui monte en moi, il en profite pour filer à toute vitesse.

J'essaie tant bien que mal de lui courir après, mais avec le coup qu'il m'a mis, je ne suis pour le moment pas capable de taper un sprint. J'ai juste le temps de le voir enfourner une moto sans plaque garée au fond de la ruelle de derrière avant qu'il ne disparaisse définitivement.

Mon premier réflexe est de sortir mon téléphone afin d'appeler les flics, sauf que lorsque je m'apprête à composer le numéro je ne peux m'empêcher de penser à Jahyana et à ce que je sais sur elle. Ainsi, je sens que prévenir les flics n'a rien d'une bonne idée, vu que cela doit encore être un coup de son père… Je me ravise et range mon téléphone, avant de retourner dans le dispensaire. Je ramasse le jerrican que le mec a abandonné et le range dans mon casier. Puis je m'assure que toutes les portes soient bien fermées et me dirige ensuite directement jusqu'à la sienne.

Comme je m'en doutais, elle ne répond ni à l'interphone ni à mes appels. Et même si je sais qu'elle va détester cela si elle l'apprend, je ne peux absolument pas faire autrement. Je retourne donc au dispensaire et me douche rapidement dans la salle de bain au sous-sol. Je m'installe ensuite confortablement dans ma voiture afin d'avoir une vue sur sa porte d'entrée, mais aussi sur le dispensaire de manière à m'assurer que rien d'autre ne soit tenté jusqu'à demain pour que j'aille lui parler et que je la force à aller voir les flics ou alors elle devra accepter ma protection, car il n'est pas question que je laisse quoi que ce soit lui arriver…

Après cette nuit blanche, on aurait pu penser que je serais sur les nerfs et à bout de force, sauf que ce n'est absolument pas le cas ! En effet, déjà j'ai dû faire des planques beaucoup moins agréables et confortables que celle-ci dans l'armée, donc dans le fond, ça m'a rappelé mes exercices à l'académie. Mais cela m'a surtout permis de beaucoup réfléchir et de faire un peu le point sur ce que je savais d'elle et surtout sur comment agir avec celle-ci.

Du coup, j'ai décidé de la jouer fine et de ne pas y aller en force avec elle, vu que j'ai dorénavant compris que sur le plan sexuel et séduction il faut savoir prendre les commandes. Alors que sur un plan relationnel et sentimental, il faut y aller en finesse, vu sa tendance à se braquer. Ainsi, même si j'ai bien l'intention de m'assurer qu'elle mette en place un système de sécurité de malade au dispensaire, car après ce qu'il s'est passé hier matin, je ne pourrais pas m'empêcher de me faire du souci. Je me suis dit que le mieux, au lieu de lui imposer quoi que ce soit, c'était de m'immiscer un peu plus dans sa vie petit à petit, afin qu'elle finisse par être obligée d'admettre qu'elle a plus qu'une attirance physique à mon égard.

Je vais donc faire en sorte de manger le plus souvent avec elle lors du déjeuner. J'ai aussi l'intention de lui offrir quelques surprises de temps à autre, comme la bouteille de scotch de vingt ans d'âge qui lui sera livrée aujourd'hui. Chacune de ses choses me permettra de garder un œil sur elle, et surtout l'obligera à me parler et me parler signifie qu'on tisse des liens, qu'on apprend à se connaître. Soit ce qui va dans mon sens ! Même si au début elle risque de fortement m'envoyer chier, mais maintenant je sais exactement comment la faire taire…

Ainsi, quand, j'arrive au dispensaire pour prendre mon poste ce lundi matin, je suis rechargé à bloc et j'ai bien l'intention d'atteindre mon objectif. Je me dirige aussitôt vers l'arrière-boutique afin de rejoindre le sous-sol vu que c'est là qu'elle doit être. Mais lorsque je suis à mi-chemin des escaliers, j'entends que Jahyana et Kilian sont en train de discuter. Et la conversation qui parvient à mes oreilles ne me plaît pas du tout !

– Donc tu pars demain et tu seras de retour pour vendredi cette fois-ci, c'est bien ça ? demande Kilian.

– Oui je vais partir un peu moins longtemps, du coup, je reprendrai la main vendredi matin, confirme Jahyana.

– Ok c'est noté. Bein, bon voyage comme d'habitude, lance Kilian qui est en train de revenir vers les escaliers.

Que pour ma part je finis de descendre à toute vitesse. Kilian s'arrête pour me saluer quand j'arrive à son niveau, mais je lui fais juste un signe de la main et fonce vers Jahyana. L'inquiétude étant montée en moi en quelques secondes et ayant pris totalement possession de mon cerveau.

– Tu as vraiment l'intention de partir toute seule et sans me le dire ? m'exclamé-je alors que j'arrive face à elle et sans même réfléchir à ce que je dis exactement.

– Euh… bonjour et oui ; je ne vois pas en quoi ça te concerne ! me répond-elle avant de tourner les talons.

Sauf que je l'attrape immédiatement par l'épaule et la force à se retourner pour me faire face.

– Alors, d'abord ton ex-mari a débarqué et s'est montré plus qu'insistant envers toi ! Ensuite tu as un mec qui s'est introduit dans ta boutique pour te tabasser et te ramener de force chez tes parents ! Et pour finir, la cerise sur le gâteau, hier matin un gars a tenté de foutre le feu au dispensaire ! hurlé-je sans pouvoir me contenir. Et toi tu penses que c'est une bonne idée d'aller toute seule en voyage dans la ville où résident sûrement toutes ces personnes ?! ajouté-je en la regardant comme si elle était folle.

– Mais qu'est-ce que tu racontes ? me demande-t-elle en essayant de cacher son inquiétude, mais je la lis très facilement dans ses yeux.

– Hier matin, après avoir réussi à te faire la malle, j'ai trouvé un mec dans le dispensaire avec un jerrican d'essence plein à ras bord, donc il ne faut pas te faire un dessin pour savoir ce qu'il voulait faire ! expliqué-je d'une traite. Je me suis battu avec lui, mais il a réussi à s'enfuir et…

– Tu n'as pas appelé les flics ? me coupe-t-elle sans cacher sa peur cette fois.

– Non, je me suis douté qu'il s'agissait encore d'un coup de ton père et que ce n'était donc pas une bonne idée, indiqué-je et elle se détend aussitôt. En tout cas, ce qui est sûr, c'est qu'il n'est pas question que tu fasses ce voyage seule ! assuré-je ensuite.

– Je te remercie pour ce que tu as fait, mais je t'ai déjà dit que je suis tout sauf fragi…

– Oui, tu es une femme forte qui est largement capable de se défendre ! l'interrompis-je à mon tour. Mais il n'empêche que même moi malgré tout l'entraînement que j'ai, si je dois faire face à un trop grand nombre d'opposants ou à une tactique trop bien élaborée, je ne ferais pas le poids ! Et ton père a l'air d'être un homme qui sait exactement comment s'y prendre. Donc, encore une fois, il n'est pas question que je te laisse partir toute seule ! déclaré-je le regard rivé sur le sien afin de lui faire comprendre que je suis plus que sérieux.

– Et tu veux quoi ? Que j'annule mon voyage pour que tu sois tranquille et que tu sentes mieux ? Tu es vraiment malade ! riposte-t-elle l'air d'être à deux doigts de craquer et de m'en mettre une.

– Non, mais je vais venir avec toi ! rétorqué-je et ses yeux s'agrandissent comme jamais auparavant.

– Mais tu penses vraiment que je vais te laisser m'accompagner ! Il y a quoi que tu ne comprends pas quand je te dis que je ne veux pas de relations sérieuses ? Et que donc je ne veux pas que l'on se mêle de ma putain de vie ! me hurle-t-elle dessus cette fois, tout en levant les bras au ciel.

– Il n'est pas question de ce que tu désires ou pas, car pour le moment tu persistes à te mentir à toi-même. Du coup, moi je vais te dire la vérité que tu ne veux pas voire actuellement ! Entre toi et moi, il se passe quelque chose de beaucoup plus fort qu'un simple plan cul, commencé-je alors que je fais un pas vers elle. Alors, que tu l'acceptes ou non à ce jour, moi j'ai bien l'intention d'approfondir ce qui se passe entre nous et de faire en sorte que cela aboutisse. Et cela signifie que je serais là pour te protéger si besoin, continué-je avant de lui attraper le menton afin de l'obliger à me regarder vu qu'elle a baissé la tête. Du coup, là tu as deux options, ma belle : ou tu acceptes que je vienne avec toi et je te garantis de ne pas te gêner quand tu auras besoin d'être seule, ou tu me forces à utiliser les compétences que j'ai acquises dans l'armée afin de te suivre sans même que tu ne t'en rendes compte, conclus-je avec ce sourire qui, je sais, la fait craquer.

Elle reste, plusieurs minutes, bloquée à me regarder l'air de vouloir fouiller mes pensées ou de se contenir de me mettre une gifle, va savoir. Cependant, cela me permet de déceler une nouvelle petite étincelle au fond de ces yeux et j'espère que celle-ci présage quelque chose de bon pour moi… Puis elle fait tout à coup un pas en arrière, se retirant de mon emprise et me lance :

– Sois devant chez moi demain matin à onze heures. Si tu es en retard ne serait-ce que d'une seconde, je pars sans toi !

Elle me contourne ensuite sans un mot de plus et retourne à l'étage sans perdre de temps. Je suis soulagée qu'elle ait accepté, car sinon je n'aurais pas pu m'empêcher de m'inquiéter, même en la surveillant de loin. Sans compter que même si les choses sont encore loin d'être gagnées, à cet instant, je viens de faire un pas immense vers mon objectif. Et j'espère sincèrement pouvoir continuer comme ça, car chaque seconde à ses côtés ne fait que renforcer ce que je ressens à son égard et mon envie qu'elle soit mienne…

XV

Jahyana

Je n'ai pratiquement pas dormi de la nuit, tant j'étais énervée contre lui pour ne pas avoir tenu ses engagements en ce qui concerne notre coup d'un soir ! Mais aussi et surtout contre moi ou plutôt contre mon putain de cœur, qui a l'air d'en faire qu'à sa tête !

Je m'étais promis de ne plus jamais éprouver des sentiments pour un homme et que plus jamais je ne m'impliquerais dans une relation sérieuse. Parce que cela voudrait dire prendre le risque d'être trahi de nouveau où risquer de le perdre si ma vie redevient un vrai merdier à cause de mes parents…

Mais il a fallu qu'il débarque ; lui, ses yeux bleus et son sourire à craquer pour que tout parte en vrille ! Jusqu'à son arrivée, même si j'avais eu, disons, certains coups de cœur physiques pour des hommes plus que beaux et doués au lit. Jamais, en presque trois ans, je n'avais de nouveau ressenti cette envie de connaître dans les moindres détails une personne ainsi que sa vie. De vouloir passer le plus de temps possible à ses côtés, car sa compagnie vous fait du bien… Même avec Rodrigue, je n'ai pas eu des sensations aussi vite et si intenses que lorsque je suis avec Isaac.

Déjà, il m'attirait beaucoup physiquement. Ça, je ne m'en cache pas, mais vu nos premiers échanges, je pensais que c'était un coincé du cul et qu'ainsi il n'y aurait aucune chance. Puis il s'est pointé le soir où je chantais au bar et où on a discuté. Tout le long de la conversion, même si je suis restée évasive, j'ai vu que son comportement a changé à mon égard et cela m'a rendue forcément curieuse. Et il y a eu finalement ce putain de dîner que j'ai accepté sans pouvoir m'en empêcher vu que je ne peux qu'admettre aujourd'hui, que j'ai été comme charmé par le fait qu'il m'ait protégé face à Rodrigue alors que j'avais perdu mes moyens. Déjà que ce geste m'avait perturbé, au cours du dîner, je n'ai pu m'empêcher de commencer à être de plus en plus séduite...

Certes, au premier abord, il a l'air d'être un rabat-joie avec une facilité à juger les gens. Mais en vrai, c'est juste quelqu'un qui en a bavé récemment et qui a vu les pires aspects de ce monde. Ainsi, malgré cela et sa tendance à juger un peu trop vite, il n'en reste pas moins un homme gentil, charmant, ouvert d'esprit et visiblement très protecteur.

Malheureusement pour moi, cela serait mentir de dire que tout cela ne me fait pas d'effet… Surtout qu'en plus d'être un homme qui a des valeurs et un savoir vivre, c'est aussi un sacré bon coup ! Du coup, je suis clairement dans un beau merdier, car je sais pertinemment que si je continue à le fréquenter je ne vais pas pouvoir m'empêcher de développer de vrais sentiments… Sauf qu'en même temps, je n'arrive pas à trouver le courage de l'envoyer réellement chier…

Comme hier ou au bout du compte, il a réussi à obtenir ce qu'il voulait, vu que la simple idée qu'il me surveille de loin m'a fait penser au fait que mon père en ferait sûrement de même lors de mon voyage. Et qu'ainsi cela pouvait représenter un risque pour lui… J'ai donc accepté en me disant que je ne pouvais pas risquer qu'il lui arrive quelque chose, car mon père aurait compris qu'il a de l'intérêt pour moi. Mais en même temps, le fait qu'il vienne avec moi signifiera clairement quelque chose aux yeux de mon père ; du coup, dans tous les cas, c'est la merde ! Mais je n'ai pas réussi à faire taire cette petite voix qui me hurlait que s'il venait directement avec moi, cela serait plus sûr pour lui et moi… et j'ai craqué… Cependant, j'ai tout de même bien l'intention de faire au mieux pour mettre le plus de distance possible entre nous afin de ne pas plonger encore plus profondément dans ce bourbier…

Mon réveil sonne finalement, signifiant qu'il est l'heure d'aller se préparer afin de partir. Je mets donc tous mes doutes de côté, me lève de mon lit et me concentre sur une seule idée : je ne dois pas développer plus de sentiments pour lui…

Lorsque je sors de mon bâtiment, il est exactement dix heures et cinquante-sept minutes et il est déjà là ! Adossé à sa voiture avec ce sourire qui me fait autant craquer qu'il me donne envie de lui en mettre une.

– Salut, tu peux faire le tour du bâtiment et garer ta voiture derrière si tu ne veux pas la laisser dans la rue, lancé-je alors que j'arrive face à lui.

Mais en gardant toutefois un bon mètre de distance, ce qui semble l'amuser vu le petit sourire moqueur qui se dessine sur son visage alors qu'il se redresse et fait un pas vers moi.

– Bonjour, tu es très belle et on va prendre ma voiture, je préfère ; vu le type d'homme que ton père engage, on ne sait jamais, il pourrait tenter quelque chose sur la route et la mienne est plus rapide, indique-t-il ce sourire toujours plaqué au visage.

– Peut-être, mais ta voiture est vieille, moi elle à la clim, un port USB pour la musique et puis je…

– J'ai une super clim, un lecteur CD, USB et même de quoi brancher ton téléphone si tu le souhaites. Sans compter que j'ai des sièges ultras confortables, me coupe-t-il tout en faisant un pas de plus vers moi.

Sur le coup, je ne peux m'empêcher d'avoir le souffle coupé à cause de sa proximité ainsi que de nombreuses idées pas très catholiques qui me viennent à l'esprit. Sauf que je me reprends tout de suite et je le contourne pour me placer devant la portière côté passager.

– Aller on y va, on a une longue route ! notifié-je avant de monter dans la voiture.

Je vois sans problème dans le reflet de la vitre le sourire qu'il exhibe et cela m'agace, mais je me dis que moins je me prendrais la tête avec lui, moins ça risquera de devenir intense et donc dangereux pour moi ! Je ne suis pas sûre de l'efficacité de cette tactique, mais ça ne coûte rien de tenter…

Cela va faire déjà bien deux heures que nous roulons et jusque-là, il n'a pas prononcé un mot et s'est concentré sur la route, ce qui m'allait parfaitement. Sauf que finalement ce répit n'était que de courte durée.

– Pourquoi tu vas à San Diego, deux fois par an ? Je veux dire, je comprends que tu y ailles pour l'anniversaire de sa mort, mais la seconde fois c'est pourquoi ? me questionne-t-il d'une voix très douce, je trouve.

Comme s'il essayait de ne pas se montrer trop brusque avec moi et je ne peux pas empêcher mon putain de cœur de se mettre à battre plus fort instantanément à cette idée !

– Où est mon shot ? ricané-je avec un sourire crispé.

Il me lance un rapide coup d'œil et se met ensuite à rigoler sincèrement comme si ce que j'avais dit était vraiment à se tordre de rire. Mais je ne peux qu'avouer que le voir ainsi rire me fait sourire.

– Non plus sérieusement, je sais que tu n'aimes pas parler de tout ça, mais pourquoi tu y vas alors que clairement cela n'a pas l'air d'être un voyage agréable pour toi ? demande-t-il une fois qu'il s'est repris.

– Tu as raison je n'aime pas retourner là-bas, car j'y ai énormément de souvenirs et cela me fait du mal d'y être… Mais ma sœur et moi, on était plus que proche et elle a toujours été là pour moi, même quand je ne le méritais pas… Je tiens donc à aller la voir quoiqu'il arrive et quoique cela me coûte à la date de sa mort, mais aussi pour notre anniversaire, lui avoué-je finalement après être resté à fixer le vide pendant plusieurs secondes.

– D'accord, je comprends et je dois te dire que je trouve que tu es une sœur géniale ; continuer à y aller malgré le mal que cela te fait, déclare-t-il en posant rapidement sa main sur ma cuisse. Et je peux te demander pourquoi tu y vas cette fois-ci ? ajoute-t-il toujours avec ce ton très doux.

– Demain, c'est notre anniversaire, lâché-je sans m'en rendre compte jusqu'à ce que les mots sortent de ma bouche.

Et, je me flagelle aussitôt mentalement ! Depuis qu'elle est morte, je n'ai jamais dit à qui que ce soit quelle était ma date d'anniversaire, car je ne veux absolument pas le fêter. Ainsi le dire c'est prendre le risque qu'on me le souhaite et c'est une chose que je ne veux pas, même si je ne suis jamais là le jour même. J'ai déjà du mal à plaquer de nouveau un sourire sur mon visage quand je rentre de ces fameuses vacances, alors si on venait à faire remonter mes souvenirs en me souhaitant mon anniversaire je ne serais pas sûr de ne pas craquer et c'est une chose que je ne veux absolument pas... Du coup, je ne sais vraiment pas ce qui m'a pris de lui balancer comme ça tout normalement !

– Tu veux bien t'arrêter à la prochaine aire de repos, j'ai faim ? demandé-je mine de rien.

Comme si je ne venais pas de lui balancer une information super importante ! Cependant, il ne dit rien et se contente de hocher la tête en souriant. Ce qui me soulage sincèrement, mais d'un côté m'agace profondément, car même si je le remercie de ne pas se montrer trop curieux en cet instant. Cela ne fait aussi que renforcer ce que je ressens déjà à son égard…

Après avoir mangé un fast food bien gras, nous reprenons la route, sauf que cette fois, je me mets sur la banquette arrière afin de m'allonger et d'essayer de rattraper les heures de sommeil qui me manquent d'hier soir. Mais aussi afin d'éviter d'avoir à lui parler et donc continuer de m'enfoncer dans cette situation que je ne veux pas pour le moins du monde !

Ainsi, malgré toutes les questions et les doutes qui tambourinent à mes oreilles, je finis par réussir à m'endormir ; sa banquette est effectivement très confortable…

« Lorsque nous sommes sur le chemin du retour jusqu'à la maison, je ne peux m'empêcher d'avoir le sourire jusqu'aux oreilles et ça, Aneya ne manque pas de le remarquer !

– Comment tu es trop mignonne quand tu es amoureuse ! s'extasie-t-elle toutes dents dehors.

– Arrête de raconter des bêtises ! protesté-je avant de la bousculer légèrement. Je l'aime beaucoup, mais amoureuse, c'est un grand mot ! ajouté-je sans pouvoir m'empêcher de sourire à mon tour.

– Ouais, ouai, si tu le dis ! se moque-t-elle me regardant du coin de l'œil. En tout cas, vous êtes trop beaux tous les deux ! s'exclame-t-elle ensuite alors qu'elle se met à tourner sur elle-même.

Je ne peux m'empêcher de rigoler face à son enthousiasme pour ma toute fraîche relation avec le charmant Sébastian. Ainsi, nous faisons tout le reste du chemin à parler de mon petit-copain et en ricanant comme les deux adolescentes que nous sommes...

Comme toujours lorsque nous arrivons à la maison, nous ne perdons pas de temps et nous nous dirigeons vers l'escalier menant à notre aile afin d'éviter nos parents. Sauf qu'aujourd'hui nous n'avons pas de chance, car lorsque nous arrivons au pied de notre escalier la voix de père résonne du haut du sien. Nous nous figeons sur place et nous nous retournons bien droites, prêtes à l'accueillir comme de bons petits soldats, le temps qu'il descend l'escalier. Lorsqu'il arrive face à nous, nous nous apprêtons à prendre la parole afin de la saluer en cœur comme il l'exige en temps normal.

Sauf que nous n'avons pas le temps de prononcer un mot que je me prends une baffe en pleine joue. Sur le coup, je ne peux m'empêcher de reculer d'un pas et de porter ma main à mon visage, car la douleur monte. Mais c'était une belle connerie ! Aussitôt, je me prends un coup de poing dans le ventre encore plus fort que la claque et je finis à genoux au sol.

– Là, tu as de quoi avoir mal ! crache mon père de son ton froid habituel. Si tu ne mets pas rapidement un terme à cette ridicule petite amourette, tu auras le droit à bien pire. Je m'en occuperais aussi personnellement et je peux t'assurer que tu n'aimeras pas ce que je ferai à ce cher Sébastian ! me menace-t-il ensuite avec son regard noir.

– Très bien père, répondis-je sans perdre de temps, ne voulant pas m'en reprendre une.

– Parfait ! Souvenez-vous bien que vous êtes les héritières de mon empire et que de ce fait, vous devez impérativement vous préserver pour l'homme que j'aurais choisi pour vous. Ainsi, ne vous amusez plus jamais à ce genre de futilités ! ordonne-t-il avant de repartir de là où il est venu.

Alors que nous retournons jusqu'à notre chambre, je me dis que nous sommes vraiment trop naïves. Comment avons-nous pu croire, une seule seconde, que nous étions des adolescentes comme les autres… »

Lorsque je me réveille, j'ai comme toujours ce goût d'amertume qui me revient en bouche et je ne peux empêcher la colère de remonter… Cependant, ce rêve m'a bien fait réfléchir, je décide donc de ne pas ouvrir les yeux et de continuer de faire semblant de dormir afin de pouvoir mettre mes idées au clair… Ce rêve m'a permis de me rappeler à quel point je ne peux plus me permettre de me lier à quelqu'un. Mon père est un monstre qui ne me laissera jamais être heureuse ou vivre pleinement et librement ma vie… Quoiqu'il arrive, il essayera toujours de récupérer son emprise sur moi, car à ses yeux je suis son héritière et rien de plus. Je ne peux donc décemment pas impliquer quelqu'un dans tout ça. Personne ne mérite d'être confronté au monde de brute dans lequel j'ai grandi et évolué…

Sauf qu'en même temps, je n'arrive pas à faire taire cette petite voix dans ma tête qui me dit que, lui, il aurait les épaules pour cela, car lui aussi a été confronté au pire de ce monde. Qu'il serait peut-être capable de m'aider ou de me protéger si besoin… J'essaye au mieux de l'ignorer et me répète que cela est impossible. Mais au même moment, je sens une main qui commence à me caresser la joue.

Je sais bien évidemment de qui il s'agit, vu que j'ai constaté que la voiture ne roulait pratiquement pas depuis que je suis réveillée ce qui signifie qu'on doit être au niveau d'un péage ou dans des embouteillages. Ainsi, je ne peux pas m'empêcher d'avoir des frissons. Puis quand il murmure « *tout va bien se passer, je suis là* » tout en continuant ses caresses, mon cœur se met à battre instantanément plus vite. Et à cet instant, je réalise que comme il l'a si bien dit, je me suis menti à moi-même et que cela fait depuis le soir où nous avons couché ensemble que j'ai perdu le contrôle de ce que je ressentais à son égard…

Après exactement sept heures et vingt-six minutes de route, nous arrivons finalement à l'hôtel où je me suis réservé une chambre dans le centre-ville. Aussitôt arrivée, je me suis dirigée vers le comptoir d'accueil afin de prendre une chambre à l'autre qui s'est incrusté à la dernière minute.

Sauf qu'au bout de dix minutes de supplications, puis dix autres de coup de téléphone à tous les autres hôtels du centre-ville. Il s'avère qu'il n'y a plus aucune chambre de disponible à cause de la convention spéciale Anime et Manga qui est organisée depuis le début de la semaine. Ainsi, je sens déjà l'embrouille arrivée !

– Bon bein il va falloir que tu te trouves une chambre dans un motel en dehors du centre-ville, car là tout est plein à cause d'une convention, expliqué-je à Isaac alors que j'arrive à son niveau.

– Ça ne va pas être possible, déclare-t-il tout simplement.

– Et pourquoi ? Un petit motel n'est pas au goût de Monsieur ? répliqué-je en levant les yeux au ciel.

– Non, mais si je suis là c'est pour garder un œil sur toi, donc si tu ne m'acceptes pas dans ta chambre je dormirais dans la voiture au parking de l'hôtel, annonce-t-il tout normalement.

Sauf que mon cerveau s'active aussitôt et je me rappelle du risque qu'il pourrait prendre à dormir dehors… Du coup, encore une fois, je ne prends pas en compte toutes les alarmes internes qu'active mon instinct de protection à cet instant et lui fait un signe de la main de me suivre.

Il me sourit immédiatement de toutes ses dents et il tente même de passer son bras au-dessus de mes épaules. J'esquive bien sûr habilement et me mets à marcher devant lui. À ce moment-là, je me dis que chaque pas que je fais en direction de cette chambre, c'est un pas de plus dans sa direction et cela me terrorise…

XVI

Jahyana

« *Pour la première fois de ma vie, je ressens cette obscure, cette incontrôlable émotion… Celle qui cloue votre cœur et arrache des morceaux de votre âme…J'ai peur.* »*

Durant le court chemin jusqu'à la chambre que j'ai réservée, je me suis mise à réfléchir à la meilleure solution pour passer le moins de temps possible en sa compagnie lors notre séjour ici. En effet, même si je ne peux pas faire taire, aussi facilement que je le voudrais, les sentiments qu'il a éveillés en moi. Le mieux, c'est de faire en sorte de ne pas les amplifier en le laissant jouer avec mes nerfs comme il sait si bien le faire…

Du coup, une fois sortie d'une douche bien méritée, suite à cette longue route, j'ai trouvé une solution à mon problème. Ainsi, j'enfile un peignoir et fonce jusqu'à ma valise afin d'essayer de choisir une tenue correcte. Vu qu'en temps normal quand je viens ici je ne fais pas de grands efforts vestimentaires…

Après dix minutes à avoir farfouillé dans ma valise, je trouve finalement un petit crop-top que j'utilise normalement en pyjama et un jogging qui ira parfaitement avec. Cela ne sera pas une de mes tenues les plus sexy, mais cela fera l'affaire pour ce soir. Vu que le meilleur moyen de ne pas avoir à passer du temps avec lui, c'est de me trouver un joli petit lot avec lequel je pourrais passer la nuit. Bien sûr, je trouverais quelqu'un qui dort dans l'hôtel comme ça, il n'aura pas à sortir et ne courra aucun risque !

Tandis que je retourne vers la salle de bain, ma tenue en main et le sourire aux lèvres, fière de mon idée. Il passe la porte d'entrée chargée d'une bouteille de scotch et son regard se pose automatiquement sur moi. Il me détaille des pieds à la tête et lorsque ces yeux tombent sur les vêtements que j'ai en main. Je peux jurer que la couleur de ceux-ci a changé, le bleu qui est normalement si clair s'est tout à coup assombri. Je ne peux m'empêcher d'en avoir le souffle coupé et d'être figé sur place tant son regard est intense.

– Tu comptes aller quelque part ? me demande-t-il d'une voix grave tout en faisant un pas de plus vers moi.

Instinctivement je recule d'un pas, comme si mon cerveau savait que s'il s'approche trop près, je ne serais pas capable de garder le contrôle… Il ne manque d'ailleurs pas de remarquer cela et un sourire narquois apparaît sur son visage. Ce qui m'agace aussitôt et me permet de reprendre le contrôle de mes esprits.

– Oui en effet, je vais aller boire un verre et essayer de me trouver une compagnie plus intéressante ! indiqué-je en souriant de toutes mes dents.

Et ses yeux s'assombrissent un peu plus… Cependant, cette fois je ne me laisse pas avoir et je commence à le contourner afin d'atteindre la porte de la salle de bain. Mais alors que je pensais qu'il avait compris, lorsque je commence à ouvrir la porte, il arrive par-derrière et la referme d'un seul coup de main. Puis il me retourne d'un geste sec vers lui et avant que je n'aie eu le temps de dire quoi que ce soit, je me retrouve bloqué entre lui et la porte.

Je relève la tête vers lui pour l'envoyer chier, mais quand je tombe sur le regard qu'il me lance, j'en ai de nouveau le souffle coupé. On dirait que ces yeux sont presque devenus totalement noirs et j'ai la sensation que quoi que je dise, cela ne changera rien à la situation.

– Écoute-moi bien Jahyana, parce que je ne le répéterais pas une fois de plus ! s'exclame-t-il après plusieurs secondes de silence. Il se passe quelque chose entre toi et moi. Et même si je n'ai pas la moindre idée d'où cela va mener… Je n'ai pas l'intention de te laisser foutre en l'air la chance que nous avons de voir ce que cela peut donner, reprend-il avant de poser sa main sur ma joue. Alors encore une fois, même si tu continues à te mentir à toi-même pour le moment. Moi, j'ai bien l'intention de faire ce qui est nécessaire pour voir ce que cela peut donner. Et cela signifie qu'il n'est absolument pas question que tu t'approches ne serait-ce que d'un centimètre d'un autre homme ! Donc à moins que tu aies envie que je descende avec toi et que je m'assure par tous les moyens possible et imaginable à ma disposition, que le seul homme avec lequel tu rentreras ce soir, ce sera moi. Je te conseille d'être sage et de te mettre en pyjama avant de venir choisir ce que tu veux commander à dîner, termine-t-il alors qu'il rapproche doucement son visage, jusqu'à n'être plus qu'à quelques millimètres du mien.

Je suis obligée de me mordre la lèvre inférieure, afin de faire taire toutes les envies qui montent en moi à cet instant. Si j'écoute cette petite voix au fond de moi, je mets aux oubliettes tous les doutes que j'ai et je lui saute dessus sans attendre tout en lui avouant que oui, j'éprouve plus qu'une simple attirance physique à son égard…

Mais je ne peux pas faire cela, car je suis terrorisé à l'idée d'admettre ce que je ressens et de me lancer dans une vraie relation avec lui… C'est trop risqué pour moi… pour lui… cela finirait forcément mal…

– Je vais aller mettre en pyjama si tu veux bien te décaler, finis-je par dire, sans rien laisser paraître.

Il reste encore plusieurs secondes à me regarder dans les yeux, puis il finit par se reculer et se retourner afin de se diriger vers le centre de la chambre. Et alors que je fonce et que je commence à refermer la porte de la salle de bain derrière moi, j'entends dans un murmure « *tu ne vas pas pouvoir réussir encore longtemps à faire semblant* » …

Sur le coup, j'ai envie de sortir en trombe de la salle de bain et lui hurler qu'il a bien trop confiance en lui. Qu'il ne devrait pas prendre ces rêves pour la réalité et que quoi qu'il s'imagine, jamais je n'aurais de sentiments pour lui ! Sauf qu'à l'instant où tout cela me passe en tête, je réalise qu'il a totalement raison et que je me mens à moi-même… Ce qui signifie que je ne peux plus faire traîner les choses, car si jusque-là j'avais baissé un peu ma garde tant j'ai apprécié ces moments passés avec lui… Aujourd'hui, je sais que si je ne mets pas rapidement un terme à tout cela il n'y aura plus de retour en arrière…

Malgré ses nombreuses tentatives de discussion et son envie plus que claire de coucher avec moi. J'ai réussi à garder mes distances toute la soirée. Cela devrait être une bonne chose et par conséquent, une chose qui me fait plaisir.

Cependant, cela va faire maintenant plus de deux heures qu'on s'est couchés et que je n'arrive pas à fermer l'œil, car je ne peux m'empêcher de repasser en boucle ce qu'il m'a dit avant de s'endormir.

« Une femme aussi incroyable que toi ne devrait pas se priver du bonheur à cause de la peur... Surtout que je suis sûr que moi je pourrais t'aider à être réellement heureuse, car j'ai compris maintenant que chaque jour, tu fais semblant de l'être... »

Ainsi, depuis j'ai comme un nœud dans l'estomac et là où j'arrivais à me dire que mon choix de mode de vie était ce qu'il y avait de mieux pour moi, qu'il me convenait pleinement... Je ne peux m'empêcher d'avoir des doutes et de commencer à me demander si je suis réellement heureuse...

Mais, ces nouveaux doutes n'effacent pas pour autant toutes les craintes que j'ai à l'idée de me remettre un jour en couple... C'est donc un beau bordel dans mon cerveau et je sens que si je n'arrive pas vite à me vider l'esprit, je ne vais pas réussir à fermer l'œil de la nuit !

Du coup, après avoir réessayé pour la millième fois au moins de changer de position et de fermer les yeux afin de me forcer à m'endormir. Je décide finalement de me lever et d'aller me servir un bon verre, en espérant qu'il me mettra un coup et m'aidera à dormir.

Sauf qu'au moment où je vais pour me lever, je sens le lit bouger. Je me redresse aussitôt et penche la tête au-dessus de la pile de coussins que j'ai foutus entre nous. Je tombe sur un Isaac, qui dort encore, mais qui n'a visiblement pas l'air bien. En effet, ses poings sont serrés, son corps est tendu et son visage est crispé et humide.

Alors que je l'observe, il recommence à gesticuler vivement dans tous les sens et il se met même à murmurer des choses incompréhensibles. Je me doute qu'il doit s'agir d'un cauchemar dû à son stress post-traumatique. Et même si je ne sais absolument pas comment je suis censé réagir afin de l'aider, ce que je sais c'est qu'il n'a clairement pas l'air bien… Ainsi, sans pouvoir m'en empêcher, je tends la main par-dessus les oreillers et lui frotte légèrement le bras afin d'essayer de le réveiller, car le voir aussi mal me tord le cœur…

– Hey, Isaac… il faut se réveiller, murmuré-je en même temps, me disant que parler fort n'est peut-être pas une bonne idée.

Cependant, cela n'a pas l'air de faire beaucoup d'effet vu qu'il gigote de plus en plus et que son visage se couvre aussi de plus en plus de sueur… N'arrivant pas à ma résoudre de le laisser comme ça, je me lève du lit, fais le tour et me mets à genoux à côté de celui-ci, afin d'essayer de le réveiller.

– Isaac, tu fais un cauchemar, réveille-toi, dis-je un peu plus fort que précédemment.

Mais je n'ai aucune réponse, je continue donc d'essayer de le réveiller tout en recommençant à lui frotter l'épaule. Sauf qu'à peine ma main se pose sur son épaule, je me prends une baffe en pleine gueule.

– Aie ! ne puis-je m'empêcher de m'exclamer sur le coup.

Et en moins d'une seconde, j'ai un Isaac, tout ce qu'il y a de plus réveillé devant moi. Même s'il a l'air totalement ailleurs pendant plusieurs secondes, tant son regard est plongé dans le vide. Puis il finit par poser les yeux sur moi et je vois aussitôt de la panique les envahir.

– Qu'est-ce qu'il y a ? Pourquoi tu as crié ? Et puis qu'est-ce que tu fous à terre comme ça ? déblatère-t-il alors qu'il se met à genoux face à moi.

– Je… euh… bredouillé-je en plaçant rapidement ma main sur ma joue, qui se met à chauffer, incapable de trouver mes mots.

– Attends, tu as pris un coup ! s'exclame-t-il en retirant ma main de ma joue qui a dû déjà rougir un peu. Mais putain, Jahyana. Qu'est-ce qu'il s'est… commence-t-il son regard alternant entre le lit et moi-même.

Puis son regard s'assombrit de nouveau, mais pas de la manière qui m'avait excité plutôt, là, il me ferait presque peur tant je peux y lire la tristesse et la colère qu'il éprouve…Il se lève ensuite d'un bond avant de faire plusieurs pas en arrière.

– C'est moi qui t'ai frappé, n'est-ce pas ? demande-t-il d'une voix que je ne lui avais jamais entendue.

Je hoche la tête, incapable de lui répondre tant le voir ainsi me serre la gorge tout à coup.

– Je suis vraiment désolé, cela n'aurait jamais dû arriver, déclare-t-il les yeux rivés au sol. Je vais aller dormir dans la voiture, lance-t-il tout en se dirigeant aussitôt vers la porte de la chambre.

– Attends ! Tu ne peux pas aller dormir dans la voiture ! ne puis-je m'empêcher de m'exclamer.

Mon cerveau s'étant remis a fonctionné tout à coup et je ne peux clairement pas le laisser dormir dans la voiture. C'est beaucoup trop risqué !

– Tu ne voulais même pas de moi ici à la base alors je ne vois pas où est le problème ! Surtout qu'il n'est pas question que je prenne le risque de te refaire du mal ! rétorque-t-il l'air à bout de nerfs.

– Oui, je sais, mais dans cette ville tu n'es pas en sécurité ; du coup, je préfère que tu restes dans la chambre, expliqué-je rapidement en espérant qu'il ne me posera pas de questions. Surtout que ce n'était jamais arrivé les autres fois où on a dormi ensemble. Donc ce n'était qu'un accident isolé, ajouté-je en croisant les doigts pour que cela le fasse changer d'avis.

– Accident ou pas, je ne prendrais pas de nouveau le risque ! beugle-t-il toujours dos à moi. Et si ça te rassure je vais dormir dans le couloir et si une femme de ménage demande, je dirais que tu m'as foutu à la porte, car je suis qu'un connard, ajoute-t-il avant de reprendre sa marche vers la sortie.

– Attends ! Pourquoi les autres fois tu n'as pas fait de cauchemar quand on a dormi ensemble ? l'interrogé-je sans pouvoir me retenir tant son attitude me touche…

– La situation était différente, me répond-il en se stoppant.

– C'est-à-dire ? l'invité-je à poursuivre.

– J'avais pas mal bu le premier soir, mais surtout tu t'étais endormie dans mes bras et ça avait eu comme… un effet apaisant sur moi, avoue-t-il finalement en se tournant légèrement vers moi.

Aussitôt, cette maudite voix qui est apparue en même temps que lui dans ma vie me soumet une idée. Qui est à la fois charmante et terrifiante. Et malgré le fait que mon instinct de protection s'active à l'instant même où cette idée m'est passée par la tête et me hurle qu'il ne faut surtout pas faire ça. Je ne peux m'empêcher de me repasser en tête tout ce qu'il a pu me dire jusque-là et comment il s'est comporté avec moi. Ainsi, alors que je vois l'air abattu qu'il affiche et que je peux sentir sans problème la culpabilité qui émane de lui, les mots sortent de ma bouche sans que j'aie le temps de les retenir.

– Viens te rallonger.

– Quoi, mais non je t'ai…

– Oui, j'ai bien entendu tout ce que tu m'as dit, je ne suis pas sourde ! le coupé-je. Et j'ai bien compris d'où vient le problème donc ne m'oblige pas à le répéter et viens te coucher ! terminé-je tout en commençant à enlever les coussins au centre du lit.

Il ne dit rien et se contente de revenir vers le lit, sans même prendre la peine de cacher le sourire qui se dessine sur son visage.
– Ne souris pas bêtement comme ça ! Je veux juste que les employés de l'hôtel ne me prennent pas pour un monstre ! indiqué-je tandis que je retire le dernier coussin. Maintenant, couche-toi avant que je ne change d'avis ! lui ordonné-je ensuite.

Il ne perd pas de temps pour s'exécuter. Ainsi il se cale sur le dos presque au centre du lit et une fois que je constate qu'il est bien allongé, je décale son bras droit, afin de poser ma tête sur son torse, puis je mets une jambe et un bras sur lui.

– Merci, murmure-t-il tout en calant sa tête au-dessus de la mienne.

Je ne réponds pas de peur d'encore dire quelque chose sans pouvoir contrôler ce qui sort de ma bouche, tant dans cette position je me sens mal à l'aise… En fait non, je ne me sens pas mal à l'aise, à vrai dire, je me sens bien… cela faisait même longtemps que je ne m'étais pas sentie autant à ma place… Et c'est de là que vient le malaise ! Je n'ai pas envie de me sentir aussi bien dans ses bras. Je n'ai pas envie que mon cœur se mette à battre plus vite… Je n'ai pas envie de ressentir tout ce qu'il me fait éprouver…

____

Cela va faire environ vingt minutes, que je me suis calé contre lui afin de l'aider à dormir sauf que je constate grâce à sa respiration qu'il ne dort pas du tout.

– Pourquoi tu ne te rendors pas ? demandé-je finalement.

– J'ai un peu de mal à me changer les idées. Normalement, je vais courir quand je fais ce genre de cauchemar afin de chasser les images que j'ai en tête, me répond-il tout en commençant à me caresser le dos. Et toi, pourquoi tu ne dors pas encore ? ajoute-t-il.

– J'ai toujours du mal à dormir lorsque je suis dans cette ville, trop de souvenirs, répondis-je en ne mentant qu'à moitié, car il est vrai que j'ai toujours eu du mal à dormir ici. Tu as envie d'en parler ? l'interrogé-je ensuite sans pouvoir m'en empêcher.

– Tu veux dire te parler de l'armée ? m'interroge-t-il en retour visiblement étonné.

– Oui, j'ai lu un truc qui disait que ça aidait les soldats à passer à autre chose, donc si tu veux, je suis une bonne oreille, mentis-je, car je ne peux clairement pas lui dire que j'ai envie d'en savoir plus sur lui et de m'assurer qu'il va bien !

– Tu sais, l'armée, ça n'a rien de sympathique et je ne suis pas sûr que ça soit une bonne idée pour ta santé mentale que je te fasse part de ce qui me tourmente, souffle-t-il d'une voix grave.

– Ne t'inquiète surtout pas pour ma santé mentale, cela fait longtemps qu'elle s'est fait la malle ! m'exclamé-je aussitôt sans pouvoir me retenir de ricaner. Et je peux aussi t'assurer que j'ai assisté à plus d'horreur que tu ne l'imagines ; du coup, encore une fois, parles avant que je ne change d'avis et t'envoies dormir devant la porte ! ajouté-je toujours en train de rire.

– Plus je te côtoie, plus tu m'étonnes et plus j'aime ce que je vois, murmure-t-il avant de poser un baiser sur mon crâne.

Et je reste sans voix pour le coup, ce qui le fait ricaner à son tour et m'agace forcément, car je déteste quand il arrive à me faire taire ainsi alors que je trouve que ma plus grande qualité, c'est ma grande bouche !

–Si tu veux tout savoir, ça peut peut-être paraître horrible de dire cela, mais ce que j'ai dû faire en tant que soldat ne me hante pas. Je ne dis pas que j'en suis fière, car j'ai pris la vie de nombreuses personnes et il n'y a rien de glorieux là-dedans, mais je l'ai fait dans l'optique de protéger ma patrie et tous ceux que j'aime, donc j'arrive à vivre avec au quotidien avec et à continuer à me regarder dans un miroir, reprend-il d'une voix plus sérieuse après quelques secondes de silence. Par contre, même si je ne suis pas aussi sociable que toi ou Kilian, il n'empêche que j'ai tissé des liens importants avec chacun des soldats que j'ai côtoyés. Sauf que dans l'armée, se lier d'amitié avec quelqu'un n'est pas spécialement recommandé, vu que tout peut changer en une fraction de seconde. À un moment, vous êtes en train de dîner et de rigoler autour d'un feu et l'instant d'après, des grenades explosent dans tous les sens et vous vous faites tirer dessus, continue-t-il avec une voix qui me semble tellement pleine de tristesse que je ne peux m'empêcher de me serrer plus contre lui. J'ai vu beaucoup d'hommes mourir et nombreux d'entre eux étaient des amis. Et je crois que je n'arriverais jamais à arrêter de les voir dans mes cauchemars ou de me sentir coupable de ne pas avoir réussi à les protéger, termine-t-il finalement et aussitôt j'ai cette sensation de comprendre ce qu'il éprouve...

– Tu sais, j'ai ressenti la même chose quand ma sœur est morte, car pour moi, c'était elle la meilleure de nous deux. C'était elle qui accomplissait le plus de choses et qui méritait le plus d'avoir une belle et longue vie. Et même si je dois dire que je détestais les séances avec le psy au centre, il n'empêche qu'il m'a permis de réaliser que nous, simple être humain que nous sommes, nous n'avons aucun contrôle sur la vie et sur ce qu'il peut se passer. Donc, se sentir coupable pour quelque chose sur lequel on n'avait pas la main était stupide. Ainsi, les gens comme nous qui ont survécu ne doivent pas se sentir coupables, car non seulement, nous devons continuer à vivre pour profiter de la chance que nous avons eue de survivre, mais aussi parce que c'est ce que les vivants doivent à tous ceux qui ont été arrachés à ce monde, nous leur devons de nous battre, peu importe les obstacles, afin de profiter de tous ceux dont les morts ont pu être privés, déclaré-je d'une traite tout normalement comme si j'étais du genre à me confier ou donner des conseils.

Mais je n'ai pas réussi à me taire tellement j'ai eu une pointe au cœur à l'idée qu'il se sente si mal au fond. Surtout que je comprends ce qu'il pouvait éprouver, car j'ai moi-même ressenti cette culpabilité du survivant et aussi, car je la ressens toujours étant donné que pour ma part je suis réellement responsable…

– Merci… murmure-t-il en me serrant contre lui.

– En vrai, c'est ma sœur qu'il faudrait remercier, comme je te l'ai dit, c'était elle la gentille de nous deux… Et comme me l'a conseillé le psy, je ne fais qu'essayer d'être digne d'elle chaque jour en faisant du mieux que je peux, avoué-je de nouveau sans pouvoir me retenir.

– Je le ferais alors sans faute. Mais je te remercie quand même pour ton oreille attentive et je pourrais passer des nuits entières à me confier à toi, souffle-t-il avant de déposer un autre baiser sur mon crâne.

Et comme toujours dans ce genre de situation, mon cœur se met à battre plus vite et j'ai l'impression que je vais devenir aussi rouge qu'une tomate ! Chaque moment que je passe avec lui me fait perdre un peu plus le contrôle de moi-même et des sentiments qui se développent en moi… Ce qui me terrorise, ainsi, il est nécessaire que je commence à limiter les dégâts le plus rapidement et dormir au lieu de me confier à lui serait déjà une bonne idée.

– Bon, pour te changer les idées et t'endormir, je vais te raconter une histoire que ma sœur a inventée et me racontait enfant pour m'endormir, alors soit clément parce que sinon je t'en voudrais ! déclaré-je.

En n'ayant trouvé que cette idée débile afin de ne pas raconter ma vie à moi. Et je n'ai le droit qu'à un petit ricanement en retour.

– Je te promets que si tu te moques, je te fais vraiment dormir dans le couloir ! m'exclamé-je très sérieusement.

– Promis, je ne me moquerais pas, murmure-t-il tout tandis qu'il cale son autre bras autour de moi.

– Bon d'accord. Alors, il était une fois, deux Princesses qui étaient aussi magnifiques qu'elles étaient gentilles et intelligentes. Les jeunes Princesses rêvaient de vivre une vie pleine d'aventures et de rencontrer leurs princes charmants. Mais malheureusement, les parents des Princesses étaient un méchant Roi et une vilaine Reine qui n'étaient attirés que par le pouvoir et les trésors, commencé-je tout en lui faisant des caresses sur le torse. Ainsi, le méchant Roi et la vilaine Reine menaient la vie dure aux deux gentilles Princesses. Et surtout, ils voulaient qu'elles épousent de méchants Princes qu'ils avaient choisis pour obtenir plus de pouvoir et de trésors. Alors que le mariage avec les horribles Princes allait avoir lieu, les Princesses décidèrent de s'enfuir du Royaume de leurs parents. Pendant des jours, elles ont couru et se sont cachées des soldats envoyés par leurs parents à leur recherche, continué-je en sentant qu'il s'endort petit à petit. Puis un beau jour, alors qu'elles pensaient qu'elles n'arriveraient jamais à fuir leurs parents et finiraient sûrement dans leurs donjons. Elles rencontrèrent deux beaux et gentils Princes qui leur offrirent une protection contre leurs parents. Ils les ont amenés dans leur beau royaume et ensemble, ils vécurent de belles aventures. Puis ils se marièrent ensuite et vécurent une longue vie pleine de bonheur, terminé-je tandis que je sens qu'il s'est enfin endormi.

Du coup, ayant moi aussi été un peu endormie par mon histoire, je ferme les yeux. Tandis que je sens que mon esprit se détend et que je plonge petit à petit dans le sommeil, je l'entends vaguement parler dans son sommeil. De peur qu'il fasse de nouveau un cauchemar, je rouvre les yeux et lève la tête vers lui, ce qui me permet de comprendre ce qu'il dit.

– Je voudrais être ton prince charmant…

J'en ai la respiration coupée et tout mon être s'envahit d'une sorte de chaleur qui m'était inconnue jusque-là, mais qui est tant agréable… À cet instant, je n'arrive définitivement plus à me mentir et je ne peux qu'admettre que j'ai totalement perdu le contrôle des sentiments que j'ai développés pour lui… Et cela m'effraie sincèrement…

XVII

Isaac

Quand je me suis réveillé ce matin, comme les fois précédentes, j'avais de nouveau eu cette sensation d'avoir bien dormi et de m'être réellement reposé. Et je dois dire que cela fait beaucoup de bien, car que ça soit dans l'armée ou depuis que je suis rentré, cela faisait un moment que je n'avais pas dormi aussi paisiblement. Je lui en suis non seulement reconnaissant, mais en plus, cela me réconforte dans ce que j'éprouve à son égard...

En effet, elle a beau essayer de cacher ce qu'elle ressent pour moi et faire comme s'il s'agissait uniquement d'une question de sexe. Je sens qu'elle flanche de plus en plus et que bientôt, elle n'arrivera plus à se mentir à elle-même. Ainsi, je ne vais pas lâcher l'affaire et continuer de lui prouver que je suis bon pour elle et qu'elle devrait nous laisser une chance.

Du coup, lorsque nous arrivons devant le cimetière afin que je la dépose, car elle va voir sa sœur, je sais exactement ce que je vais faire pendant ce temps.

— Bon, on est d'accord, tu ne bouges pas du cimetière. Tu m'appelles quand tu veux partir et tu attends que je t'envoie un message pour te dire que je suis là pour venir à l'entrée, lui rappelé-je le regard très sérieux pour qu'elle comprenne bien que je ne plaisante pas.

— Oui et toi ne va pas t'aventurer n'importe où, cette ville n'est pas aussi sympathique qu'elle en a l'air, me répond-elle tout en ouvrant la portière.

Sauf qu'avant qu'elle ne sorte de la voiture je lui attrape le poignet afin de l'empêcher de bouger et alors qu'elle tourne la tête vers moi, l'air prête à m'envoyer chier, je dépose un baiser sur son front.

— Fais attention à toi et n'hésite pas à m'appeler si besoin, murmuré-je alors que je la relâche.

Elle reste plusieurs secondes à me fixer les yeux grands ouverts, puis elle finit par cligner des yeux et sort en trombe de la voiture. Elle récupère rapidement son sac sur le siège arrière et fonce sans un mot vers l'intérieur du cimetière. Sauf que même si elle a essayé de bouger au plus vite, j'ai clairement vu le rouge lui monter aux joues.

Le sourire me monte donc forcément aux lèvres et je suis encore plus déterminé à faire ce que j'ai planifié. Je sors mon téléphone sans perdre de temps et je cherche l'information dont j'ai besoin. Une fois que j'ai ce qu'il me faut, je démarre la voiture et fonce sans attendre une minute de plus.

Après plus d'une demi-heure de route, je finis par arriver aux abords du centre-ville, dans un petit quartier résidentiel. Il me faut encore bien dix minutes pour trouver le bon numéro et lorsque j'arrive devant la maison et que je constate qu'une voiture est garée dans l'allée du garage, j'en suis ravie.

Je me gare de l'autre côté de la route et fonce jusqu'à la porte d'entrée. Une fois face à celle-ci, je toque de toutes mes forces et il ne faut que quelques secondes pour qu'il vienne m'ouvrir.

– Bonj… commence-t-il en ouvrant la porte, sauf que dès qu'il me voit, il se fige net. Qu'est-ce que vous foutez-là vous ? me hurle-t-il ensuite dessus.

– Je suis venu récupérer les papiers du divorce, annoncé-je en le regardant très sérieusement.

– Je ne sais pas qui vous êtes et pour qui vous vous prenez, mais vous allez dégager d'ici rapidement et vous mêlez de vos affaires ! rétorque Rodrigue tout en reculant pour fermer la porte.

Cependant, je cale mon pied dans l'angle avant qu'il n'y arrive, puis je donne un grand coup d'épaule dans celle-ci. Rodrigue est aussitôt poussé en arrière ainsi j'en profite pour rentrer et referme sans plus attendre la porte derrière moi.

– Maintenant, soit vous allez gentiment chercher les papiers du divorce, vous les signez et me les remettez, soit je vais vous faire regretter jusqu'à la fin de vos jours le mal que vous avez osé faire à cette femme ! annoncé-je en m'avançant vers lui.

– Mais tu es vraiment un malade ! Tu crois que tu peux rentrer chez moi et me menacer de la sorte, sans que je ne dise rien ! beugle-t-il en faisant tout de même un pas en arrière.

– Je ne vous menace pas, je vous soumets vos options, c'est tout ! rétorqué-je alors que je fais un pas de plus vers lui.

– Tu n'as pas la moindre idée dans quoi tu t'es embarqué et je peux t'assurer que tu vas le regretter, me nargue-t-il. Alors, casse-toi d'ici ou je m'énerve réellement ! s'exclame-t-il ensuite.

Je fais de nouveau un pas vers lui et cette fois, il ne recule pas. Ainsi, il n'y a plus qu'une dizaine de centimètres qui nous séparent.

– Je ne le répéterais pas une fois de plus, donne-moi les papiers du divorce signé ! ordonné-je en perdant moi aussi mes bonnes manières.

Et comme je m'en doutais, il me pousse aussitôt de toutes ses forces, tout en me hurlant de me casser. Je reprends mes appuis, fais les deux pas qui nous séparent et avant qu'il ait le temps de réagir, je lui envoie mon poing en plein dans le menton. Il fait plusieurs pas en arrière et secoue la tête, l'air complètement sonné. J'en profite donc pour lui redonner un coup de poing en plein ventre. Alors qu'il se pli en deux, je me faufile derrière lui et lui mets un coup derrière le genou droit, afin qu'il se retrouve à genou devant moi. Puis pour finir, alors qu'il va pour se relever, je lui attrape le bras droit et lui fais une clé de bras, afin de le lui immobiliser dans le dos.

— Écoute-moi, petit sac à merde que tu es, grogné-je alors que je le relève à mon niveau. J'ai été dans l'armée et j'ai eu affaire à des hommes dont tu ne voudrais pas imaginer la monstruosité tant cela te ferait chier dans ton froc, continué-je. Du coup, à moins que tu n'aies envie que je m'occupe réellement de ton cas, car là je n'ai fait que jouer avec toi. Je te conseille fortement de signer gentiment et rapidement ses papiers, terminé-je en resserrant un peu plus mon emprise sur son bras droit.

— Les papiers sont dans la chambre à l'étage, murmure-t-il tel un chien battu.

Je hoche la tête et le pousse en avant jusqu'aux escaliers. Une fois arrivé dans la chambre, lorsqu'il m'indique qu'ils sont dans la table de nuit, je ne peux que remarquer la photo de Jahyana et lui posée sur celui-ci. Surtout qu'il ne s'agit ni plus ni moins que de la photo de leur mariage.

— Tu ne lâches vraiment pas l'affaire, ne puis-je m'empêcher de commenter alors que je le lâche et me mets à fouiller le tiroir.

— Elle finira par comprendre qu'il n'y a que moi qui l'aimera sincèrement et pour toujours malgré qui elle est et tout ce que cela implique, affirme-t-il l'air vraiment sûr de lui.

— Qu'est-ce que tu veux dire pas là ? l'interrogé-je ne comprenant réellement pas ce qu'il veut dire.

— Je te l'ai dit, tu n'as pas la moindre idée dans quoi tu t'es embarqué ou de qui elle est réellement. Et le jour où tu apprendras la vérité, il est certain que tu fuiras loin d'elle… très peu de gens sont en mesure de comprendre, déclare-t-il un air sombre au visage.

Même si cela ne fait que soulever de nouvelles questions concernant Jahyana. Je trouve cependant les papiers du divorce, ainsi je ne m'attarde pas plus sur le sujet. Surtout que je sais bien qu'elle me cache des choses et que je suis très loin de connaître toute la vérité sur elle. Mais je suis convaincu qu'elle finira par s'ouvrir et se confier à moi. Et ce jour, je saurais qu'elle fait enfin abstraction de ses peurs et que nous pourrons réellement débuter notre relation.

Je dirige Rodrigue vers la cuisine et en moins de cinq minutes, je ressors de la maison avec les papiers du divorce signé et le sourire aux lèvres. En effet, je me doute bien qu'au début elle risque de s'énerver en me disant que je ne suis pas supposé me mêler de ses affaires personnelles, car cela ne me regarde pas et qu'elle peut se débrouiller toute seule et tout le tralala. Mais elle finira par se calmer et par réaliser à quel point ce geste signifie beaucoup de choses. Je veux être là pour l'aider à aller de l'avant, à oublier définitivement son passé, afin d'être pleinement heureuse. Je veux qu'elle soit réellement libre, de manière à ce qu'elle puisse être totalement mienne… J'espère qu'elle comprendra tout cela…

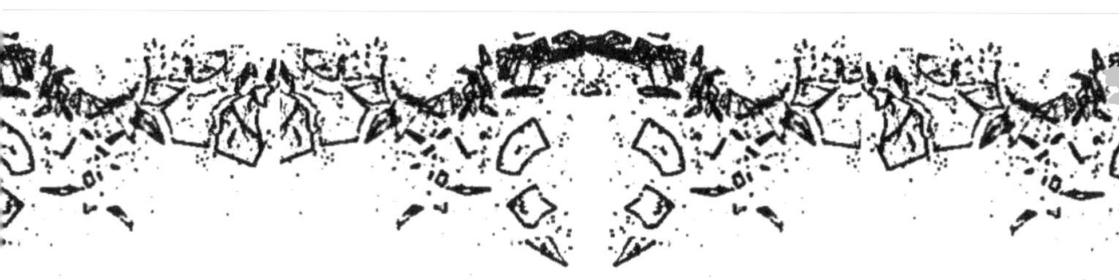

Alors que je pensais qu'elle allait passer seulement quelques heures au cimetière et rentrer dans l'après-midi. Il s'avère qu'elle y passe l'intégralité de la journée. Chose que j'ai appris vers quatorze heures lorsque je l'ai appelé, sans pouvoir empêcher l'inquiétude de commencer à monter. Elle m'a donc indiqué d'un ton sec que je pouvais venir la chercher à dix-neuf heures et que si je la rappelais une seule fois, j'étais un homme mort. Puis elle m'a raccroché au nez, sans que je ne puisse placer un mot ; du coup, je suis rentré à l'hôtel afin de me poser en attendant qu'il soit l'heure.

Je dois d'ailleurs avouer que rester ainsi dans cette chambre d'hôtel me fait pas mal cogiter et je n'arrive sincèrement pas à me décider sur ce que je veux faire. En effet, d'un côté j'ai envie de lui faire une surprise pour son anniversaire, avec un bon dîner et comme cadeau les papiers du divorce. Mais d'un autre côté, je me dis que si elle n'a pas fêté son anniversaire au cours des trois dernières années, ce n'est pas pour rien. Du coup, je me dis qu'elle risque de ne pas être dans un bon état d'esprit et de mal réagir.

De ce fait plus je réfléchis, plus je suis convaincu qu'il serait mieux que je patiente un peu avant de lui donner les papiers du divorce. Je devrais attendre qu'elle soit plus ouverte à notre relation, ce qui j'espère arrivera bientôt, car ces nouveaux moments passés à ces côtés n'ont fait que renforcer les sentiments que j'ai pour elle. Je n'ai donc vraiment pas l'intention de tout foirer en la braquant !

Lorsque j'arrive devant le cimetière et qu'elle monte dans la voiture, je constate tout de suite qu'elle ne va pas bien. Son visage est fermé, son regard est éteint contrairement à d'habitude où il brille toujours d'une lumière malicieuse. Mais surtout, elle a les épaules affaissées et l'air d'être totalement épuisée... Je décide donc de la laisser tranquille et fais la route jusqu'à l'hôtel sans dire un mot.

Une fois arrivée dans la chambre, elle fonce vers sa valise, prend son pyjama et se dirige ensuite dans la salle de bain sans prononcer un mot. Je ne peux m'empêcher de rester bloqué face à la porte quelques minutes, guettant le moindre son qui parviendrait à mes oreilles, afin de m'assurer qu'elle va bien.

Je finis par entendre l'eau de la douche couler, je me dirige donc vers le centre de la chambre et m'assois sur le lit. Je me doutais bien que ça ne serait pas une journée facile pour elle, mais je ne pensais pas la voir autant à bout… Chaque instant passé à ses côtés dans cette ville me prouve, encore une fois, à quel point elle se bat au quotidien pour tenir debout. La douleur qu'elle dégage depuis que je l'ai récupérée me prend à la gorge et me fais mal au cœur. Je ne sais vraiment pas ce qui lui est concrètement arrivé, mais tout ce que je sais, c'est que j'ai cette envie au plus profond de moi de l'aider, de la protéger et de la soulager de cette peine…

Cela va faire plus de quarante minutes que la douche coule à plein fouet et je commence réellement à m'inquiéter pour elle. Ainsi je ne peux m'empêcher d'aller toquer à la porte.

– Jahyana, ça va ? Ça fait un moment que tu es là-dedans, lancé-je assez fort pour que cela couvre le bruit de l'eau qui coule.

Malgré ça, je n'ai aucune réponse, je retoque donc plus fort sur la porte en espérant qu'au moins elle me hurlera d'aller me faire foutre. Sauf qu'encore une fois, je n'ai pas de réponse.

– Jahyana s'il te plaît, dis-moi juste que tu vas bien et je te laisse tranquille. Sinon je vais entrer, crié-je presque en me disant que ça, ça la fera réagir.

Mais une fois de plus je n'ai aucune réponse et l'eau de la douche continue de couler à pleins flots. Je retoque une dernière fois de toute mes forces par acquit de conscience et je n'ai toujours aucun retour de sa part.

– Jahyana, je suis désolé, mais j'entre ! hurlé-je alors que je me prépare à enfoncer la porte.

Je dois donner deux gros coups d'épaule dans la porte avant que celle-ci ne s'ouvre. Je ne vois pas très bien au début, car la salle de bain est remplie de vapeur. Mais celle-ci finit par s'échapper par la porte et je finis par la distinguer assise dans le fond de la douche la tête entre les genoux.

Lorsque j'arrive juste à l'entrée de la douche, je décèle à travers le bruit de l'eau qui coule, ses sanglots. Ainsi, je ne peux m'empêcher d'entrer dans la douche et de m'asseoir à ses côtés. Et le fait qu'elle ne réagisse même pas à ma présence me prouve bien qu'elle est à bout à cet instant. Ne pouvant la laisser seule dans cet état, je passe un bras derrière son dos et l'autre sous ses genoux, puis je la soulève légèrement, la cale sur mes genoux et contre moi. Aussitôt, elle enfouit sa tête dans mon cou et se met à pleurer encore plus fort. Je la serre donc de toutes mes forces contre en moi, tout en lui murmurant :

– Je suis là, tu peux tout lâcher… ça va aller, je suis là.

Je ne saurais dire depuis combien de temps nous sommes dans cette position, mais tout ce que je sais, c'est que ces sanglots se sont finalement calmés. Je me relève donc doucement, en la gardant bien fermement contre moi ; j'éteins la douche, puis je sors de celle-ci et attrape deux serviettes.

Je vais jusqu'au lit où je la dépose tout en l'enroulant dans une des serviettes. Je me déshabille ensuite rapidement et enroule l'autre serviette autour de ma taille. Puis je me place derrière elle dans le lit et la prends de nouveau dans mes bras. Et alors que je pensais qu'elle allait de nouveau se caler contre moi, elle se retourne tout à coup et plante son regard dans le mien. Elle me regarde pendant plusieurs secondes, comme si elle essayait de trouver la réponse à une question qui m'est inconnue… Et tout à coup, elle m'embrasse et même si je meurs d'envie de lui faire tout à un tas de choses, je ne pense pas que cela soit une bonne idée. Ainsi je ne peux m'empêcher de reculer la tête.

– Jahyana, je ne pense pas…

– S'il te plaît, j'ai vraiment besoin de penser à autre chose et être avec toi, ça m'aide, me coupe-t-elle dans un murmure.

Je la regarde, incapable de savoir quoi répondre, elle rapproche de nouveau petit à petit son visage du mien. Et lorsque ses lèvres en arrivent à frôler les miennes, je me laisse totalement aller.

Je prends possession de sa bouche et utilise mon bras calé sous son cou pour la faire venir sur moi. Elle répond aussitôt et commence à enlever la serviette autour d'elle pour finir totalement nue sur moi. La vision de son corps aussi sexy m'excite complètement et il ne faut que quelques secondes pour me retrouver nu à mon tour, ma queue prête à la pénétré.

Ainsi, sans réfléchir une seule seconde de plus, alors qu'elle est totalement collée à moi et qu'elle embrasse mon cou, je la pénètre. Lorsque je me retrouve en elle, j'ai l'impression de ressentir un plaisir que je n'avais ressenti jusque-là. Je débute aussitôt des mouvements de va-et-vient, afin de profiter au maximum de ce plaisir. Tandis que je pensais y aller doucement, au vu de son état d'il y a quelques instants, elle se redresse tout à coup et se met à bouger d'avant en arrière sur moi de plus en plus vite. Je réagis automatiquement, en comprenant qu'elle veut tout sauf y aller gentiment. Je pose donc mes mains sur ses seins et me mets à jouer avec ses tétons. Je donne aussi de grands coups de reins à chaque fois qu'elle revient en arrière, ce qui fait que j'ai la sensation d'aller au plus profond d'elle. Et je dois dire que je ne pensais pas que je pourrais prendre encore plus de plaisir que la première fois que nous avons couché ensemble. Mais là, la voir me chevaucher, pouvoir admirer son corps et aller au plus profond d'elle… c'est encore plus jouissif que la première fois que j'aie pu la posséder.

Ainsi, après seulement quelques minutes de va-et-vient intenses, j'arrive au sommet de mon excitation. Et alors que je ne peux plus retenir mon orgasme, je sens son corps se contracter au même moment. Nous explosons tous les deux et lorsque les spasmes de son corps s'arrêtent, elle s'affale sur moi en calant sa tête sous mon menton.

Pendant que je profite du plaisir que me procure son corps contre le mien, je prends tout à coup conscience de quelque chose.

– Merde ! Jahyana, on n'a pas utilisé de préservatif ! hurlé-je presque en ne pouvant m'empêcher de me frotter le visage pour avoir été autant débile.

– Je me protège toujours avec mes coups d'un soir, mais je fais quand même des tests de dépistage de temps à autre, au cas où, ce qui fait que je suis clean et je prends la pilule. Donc, à moins que tu te sois tapé une camée récemment, il ne devrait pas y avoir de risque, me répond-elle d'une petite voix, comme si elle était presque endormie.

– D'accord, alors il n'y a aucun problème, murmuré-je.

Puis je la fais délicatement glisser sur le côté pour la mettre sur le lit. Ce qui me confirme qu'elle est en train de s'endormir vu qu'elle ne bronche pas. Je me cale donc sur le côté, en passant un bras sous son cou et je tire ensuite la couette sur nous.

Je dois avouer que je ne peux m'empêcher d'observer son visage dans les moindres détails et je me dis qu'ainsi, l'air aussi paisible, elle est vraiment magnifique. Je pose une main sur sa joue et me met à la caresser. Et alors que je commence moi aussi à sombrer petit à petit dans le sommeil, je l'entends murmurer très faiblement « *Merci* ». Mon cœur bat aussitôt plus vite et en m'endormant finalement je me dis que petit à petit j'arriverais à la faire mienne…

XVIII

Isaac

« Il ne suffit pas de vouloir la vérité, il faut savoir où la chercher. Et la vérité n'est pas facile à trouver, parce qu'elle sait où se cacher. »*

À mon grand regret lorsque nous nous sommes réveillés ce matin, elle a fait comme si de rien n'était et elle s'est montrée très distante en m'adressant à peine la parole. Puis, dès le début du retour en voiture vers Merced, elle s'est allongée sur les sièges arrière avec ses écouteurs dans les oreilles. Une part de moi a eu envie de la forcer à arrêter de faire semblant qu'elle ne ressent rien à mon égard, parce que je sens que j'en ai déjà marre de ce petit jeu… Mais d'un autre côté, malgré le fait que je n'ai pas encore tous les détails concernant sa vie et ce qui lui est arrivé exactement, je suis cependant maintenant plus que sûr que son histoire est bien plus compliquée qu'elle ne le laisse paraître…

Ainsi, je n'ai pas envie de la brusquer et de risquer de raviver des douleurs du passé. De ce fait, même si je n'ai pas l'intention de lâcher l'affaire avec elle, j'ai finalement décidé de garder le silence pendant le trajet, afin de la laisser se remettre de ses émotions.

Quand nous arrivons devant chez elle, je me gare rapidement et me tourne immédiatement vers elle, ayant préparé tout un discours durant le trajet. Sauf que je n'ai pas le temps d'ouvrir la bouche, qu'elle me devance.

– Bon bein, merci. On se voit demain au boulot ! lance-t-elle sans même me regarder.

Tout en commençant aussitôt à sortir de la voiture, mais j'arrive à lui attraper le poignet afin de l'empêcher de sortir alors qu'elle avait déjà les deux pieds dehors.

– Tu te fous de ma gueule là ? m'exclamé-je sans pouvoir me contenir.

– J'ai été très claire avec toi depuis le début. Je ne veux rien de sérieux et rien n'a changé de mon côté, donc non ! me réplique-t-elle sans pour autant tourner le regard vers moi.

– Cependant, tes actions et ton comportement disent tout le contraire ! Donc, tu as l'intention de continuer longtemps à te mentir à toi-même et à nous faire perdre notre temps ? hurlé-je ayant totalement mis aux oubliettes le beau discours que j'avais préparé.

– Peu importe ce que tu penses ! Il n'y a pas et il n'y aura jamais de nous, car tu n'as pas la moindre idée de ce qu'il en est réellement, alors maintenant lâche l'affaire ! rétorque-t-elle avant de dégager son poignet d'un coup sec.

Je reste bloqué quelques instants, car cela me fait aussitôt penser aux mots de Rodrigue. Elle en profite pour descendre de la voiture et foncer jusqu'à l'entrée de son bâtiment plus vite que Speedy Gonzalez ! Je sors bien évidemment à mon tour en trombe et toque comme un fou sur la porte alors que j'arrive devant celle-ci et que je la vois commencer à monter les escaliers. Lorsqu'elle arrive à la moitié de ceux-ci, elle se retourne pour me faire face quelques secondes et je pourrais jurer avoir vu des larmes dans ses yeux. Ce qui m'énerve autant que cela me fait du mal, car je ne veux pas la voir triste, mais je ne comprends toujours pas pourquoi elle persiste à fuir au lieu de s'avouer ses sentiments…

Je sonne pendant une bonne dizaine de minutes chez elle sans aucune réponse. Ainsi, je finis par décider de rentrer chez moi, complètement perdu et ne sachant pas quoi faire.

J'ai essayé de l'appeler plusieurs fois en début de soirée après être rentré chez moi, mais encore une fois je n'ai eu aucun retour de sa part. Puis en fin de soirée, malgré le fait qu'on ne soit que jeudi, j'ai même fini par aller faire un tour dans presque toutes les boîtes de nuit du centre-ville afin de m'assurer qu'elle n'y était pas. Et je ne l'ai trouvé nulle part, ce qui d'un côté m'a rassuré, car je ne sais pas comment j'aurais réagi si je l'avais trouvé avec un autre homme…

Du coup, j'ai fini par laisser tomber et aller me coucher en me disant que de toute façon je la verrais demain au travail et que je trouverais bien un moment afin de la coincer pour lui parler seul à seul. Parce que là, même si je veux bien être compréhensif et prendre mon temps avant qu'elle accepte d'admettre qu'elle veut autant que moi qu'on tente quelque chose. Mais me faire des coups comme ça là, je ne suis absolument pas d'accord !

Après une nuit de sommeil sans cauchemar, ce qui est rare, j'étais bien reposé et je suis donc arrivé plus déterminer que jamais au travail ce matin, prêt à tout pour mettre les choses au clair avec elle. Sauf que cette femme est une experte en esquive, ma parole ! Elle a réussi à passer la journée à faire comme si de rien n'était et à m'éviter totalement. Elle est même encore une fois allée manger dehors pour la pause déjeuner, alors que normalement elle se fait toujours livrer quelque chose ! Et même si je meurs d'envie de l'attraper et la bloquer entre quatre yeux afin de lui faire comprendre qu'elle ne peut pas se comporter ainsi avec moi. Je ne peux pas m'empêcher de vouloir la protéger et la soutenir avant tout. Du coup, je ne me vois pas lui faire scène au boulot devant les gars, sachant qu'elle n'aime absolument pas parler de vie privée en public.

De ce fait, je n'ai pu lui parler que dans le cadre du travail, mais malgré le fait que je veuille la respecter au maximum, il n'est pas question que je laisse tomber aussi rapidement. Ainsi, j'attends le moment où elle annoncera la fin de la journée, afin de l'emmener dîner avec moi quoi qu'elle en pense. En effet, je suis sûr maintenant qu'elle n'arrive pas à m'envoyer chier quand je prends les devants et que je la mets sur le fait accompli. Je vais donc continuer de fonctionner comme ça en espérant qu'à la longue, elle finira par laisser tomber toutes les barrières qu'elle a mises en place autour de ses sentiments…

Alors que je guette l'heure, attendant avec impatience la dernière minute de notre service. La sonnerie annonçant l'entrée d'un client, me fait sortir de mes pensées et je me retrouve face à une femme dont les traits de visage me semblent familiers, accompagnée de Rodrigue ce qui me tend aussitôt. Il me faut tout mon self-contrôle pour ne pas lui sauter à la gorge et lui hurler de dégager rapidement d'ici. Sauf que je ne sais pas qui est cette femme, ainsi je ne peux pas me permettre de faire n'importe quoi tandis que je suis sur mon lieu de travail.

– Bonsoir ! Navré, mais nous sommes en train de fermer, nous ne pouvons plus rien vous servir, lancé-je à leur attention en essayant d'être le moins froid possible.

– Bonsoir. Cela ne pose aucun problème ; à vrai dire, nous venions voir Jahyana, répond la femme avec un grand sourire, qui n'est pourtant pas chaleureux pour un sou…

Ce qui me fait me méfier d'elle d'autant plus, qu'elle est avec cet enfoiré de Rodrigue !

– D'accord, je vais aller la chercher, déclaré-je finalement après avoir jeté un coup d'œil à Adrian, pour lui signaler de les surveiller.

Je me dirige donc vers la cuisine où celle-ci doit être avec Kilian en train de ranger.

– Jahyana, il y a Rodrigue et une femme qui demandent après toi, annoncé-je à son attention une fois arrivée dans la cuisine.

Son visage se ferme aussitôt et je constate que tout son corps se tend au même moment. Elle ferme les yeux quelques secondes, puis lorsqu'elle les rouvre son regard noir me rappelle celui qu'elle avait lorsque je l'ai retrouvé en train de saccager la cuisine.

Ainsi, alors que j'étais un peu curieux de savoir qui était cette femme. Je sens aussitôt que ce n'est clairement pas une bonne chose et l'inquiétude monte donc en moi.

– Qu'est-ce que vous foutez là ?! demande-t-elle de sa voix froide alors qu'elle arrive à leur niveau.
– Bonsoir, Jahyana. Je suis ravie de te voir, par contre je te prierais de mieux parler, ce n'est pas digne d'une femme, répond la femme d'un ton aussi froid, tandis que Rodrigue reste bloqué sur Jahyana avec une lueur que je n'aime pas du tout dans les yeux.

– Je me contrefous de ce que tu veux ! Vous allez dégager d'ici immédiatement ! hurle-t-elle presque en retour, l'air d'être à deux doigts d'exploser de rage.

– Je ne t'ai pas éduqué comme…

– Tu ne m'as pas éduqué ! Tu as essayé de me formater ! Maintenant, dégagez d'ici et ne revenez plus jamais ! la coupe-t-elle tout en s'approchant d'eux d'un pas vif.

Et Rodrigue finit par réagir alors que Jahyana arrive face à la femme et se place devant celle-ci qui doit être sa mère d'après ce que je comprends. Au même moment, Kilian se pointe, sûrement suite au cri de Jahyana, et me lance un regard interrogateur. Je lui fais signe de ne pas bouger et je me reconcentre sur Jahyana quand Rodrigue prend finalement la parole.

– Réfléchi à ce que tu fais, ton père est déjà très en colère depuis Alexeï et Angel, dit-il avec un regard qui lance clairement des avertissements.

Elle lui jette un regard noir, avant de lui envoyer sa main en pleine gorge et d'enchaîner avec un coup de genou dans ses couilles. Puis elle avance vers sa mère alors que Rodrigue se plie en deux sous le coup de la douleur. Elle l'attrape par la gorge et la pousse jusqu'au mur derrière elle. Adrian, Killian et moi-même réagissons instantanément et nous nous dirigeons tous sur elle, sauf qu'elle nous stoppe d'un geste de la main.

– Je ne veux pas voir qui que ce soit bouger ! crie-t-elle avant de se reconcentrer sur la femme. Maintenant, tu vas m'écouter très clairement. Le jour où je rentrerai, ça sera uniquement pour me faire enterrer. À mes yeux vous êtes tous morts le même jour qu'elle. Et à partir d'aujourd'hui, le prochain d'entre vous qui ose remettre un pied ici, rentrera à San Diego dans un putain de sac mortuaire ! la menace-t-elle ensuite d'une voix froide.

– Tu sais aussi bien que moi que ton père n'acceptera pas cette réponse. Comme Alexeï te l'a si bien dit, il estime que tu as eu bien trop de temps. Donc, soit tu mets tes menaces à exécution ou tu rentres ! réplique la femme sans broncher malgré sa situation plus que désavantageuse.

– Je m'en contrefous de ce que vous pensez, voulez ou autre ! Je fais ce que je veux et quand je veux ! Maintenant, vous dégagez ! Avant que je ne m'énerve réellement ! Et on sait très bien qu'aucun de vous deux ne fait le poids face à moi ! lui crache-t-elle au visage tout en lâchant sa prise sur sa gorge.

– Si tu n'acceptes pas de rentrer avec nous, la prochaine fois ça sera ton père qui viendra, indique la femme tandis qu'elle remet en place son tailleur.

– Qu'il vienne, je me ferais un plaisir de te le renvoyer en morceaux ! rétorque Jahyana sans avoir l'air de rigoler !

– Jahyana, s'il te plaît, ne fais pas ça, je ne veux pas qu'il t'arrive quelque chose, souffle Rodrigue alors qu'il se reprend finalement.

– Tu n'en as rien à foutre de ce qui peut m'arriver, sinon tu ne serais pas là avec elle ! réplique-t-elle avec un regard noir.

– Même si tu n'es plus ma femme, je t'aime et je me souci de ce qu'il peut t'arriver. Donc je serais toujours là jusqu'au jour où tu me pardonneras enfin, murmure-t-il et j'ai aussitôt envie de lui démonter la gueule.

Je ne sais pas ce qu'il lui a fait, mais ce qui est sûr c'est qu'il l'a brisée. Comment peut-il oser lui demander pardon ? Ce misérable ne mérite absolument rien venant de sa part et je ne le laisserais jamais de nouveau s'approcher d'elle.

Et alors que j'étais absorbé par mes pensées, j'entends tout à coup Kilian crier le nom de Jahyana. Lorsque je me reconnecte à la réalité, je vois Jahyana qui sort de derrière le comptoir armé d'une batte de baseball. Je tente de l'arrêter en chemin, mais elle me lance un regard qui me ravise dans mon geste ; ainsi, je reste sur le côté, prêt à intervenir si nécessaire.

– À moins que vous ayez envie que je commence à m'amuser à briser chacun de vos os, allez-vous-en ! hurle-t-elle en pointant sa batte sur eux.

La femme soupire, l'air agacé, puis fait un signe de tête à Rodrigue et ceux-ci partent en silence. Tandis qu'ils arrivent sur le palier de la porte, sa mère lance :

– J'espère pour toi que ton père fera preuve de clémence, sinon je te plains ma pauvre fille.

Jahyana ne bronche pas alors qu'ils quittent finalement le magasin et disparaissent dans la nuit. Puis elle reste encore plusieurs minutes en silence, dos à nous à fixer la porte l'air tendu et prête à exploser.

– J'avais une sœur, elle est morte. Mes parents sont des monstres qui pensent que tout leur est dû et s'obstinent à faire de ma vie un enfer. Je ne vous dirais rien de plus parce que je suis comme ça et que c'est mieux pour vous. Donc si vous voulez démissionner, aucun souci, je comprends et vous aurez une belle prime d'au revoir. Sinon je vous vois demain matin comme d'habitude, déblatère-t-elle d'une traite avant de se retourner vers nous sans nous adresser un regard et de partir vers la cuisine.

On reste planté tous les trois pendant plusieurs minutes à se regarder avec un air d'incompréhension. Et même si j'avais plus d'informations sur elle que Kilian et Adrian, je n'en reste pas moins totalement choqué par la scène qui vient de se dérouler ! J'ai de plus en plus de questions sur elle. Mais j'ai surtout cette envie indescriptible de la protéger contre toutes les horreurs qui peuplent sa vie qui résonnent à mes oreilles…

– Je vais aller voir si elle va bien, rentez chez vous, je m'en occupe, indiqué-je finalement à l'intention de Kilian et Adrian.

Kilian me regarde quelques secondes et comprend sans problème, comme toujours, que je lui cache quelque chose. Ainsi, il fait un signe de tête à Adrian et celui-ci prend ses affaires pour partir sans poser plus de questions.

– Bon maintenant balance ! lance Kilian à l'instant même où Adrian franchit la porte d'entrée.

– Bon en gros, l'autre soir quand tu m'as encouragé à aller la trouver en boîte de nuit, ça a abouti. On a couché ensemble et même plusieurs fois et pas seulement le même jour. Mais surtout, je n'étais pas malade cette semaine, en fait, je l'ai accompagné pendant ses vacances, avoué-je d'une traite.

– Putain ! C'est un truc de fou ça ! Dorénavant, c'est plus que sûr qu'il se passe vraiment quelque chose de sérieux entre vous ! s'exclame-t-il le plus discrètement possible afin qu'elle ne sache pas que nous sommes encore là.

– Oui, mais je peux t'assurer qu'elle ne facilite pas les choses et que j'ai un nombre incalculable de questions à lui poser ! assuré-je. Du coup, rentre et je m'occupe d'aller voir comment elle va, ajouté-je ensuite.

– Vas-y, mec et bon courage ! lance-t-il avant d'attraper ses affaires et de se diriger vers la sortie.

Je ne sais pas encore de quelle manière je vais arriver à mes fins avec elle. Mais ce qui est sûr, c'est que là, je veux de réelles explications sur ce qui vient de se passer et qu'il n'est pas question que je la laisse s'en sortir aussi facilement… Non seulement parce que malgré son attitude d'aujourd'hui, elle ne peut plus nier qu'il y a réellement quelque chose entre nous, qui va bien plus loin qu'un plan cul. Mais surtout parce qu'il n'est pas question que je la laisse seule faire face à son passé qui a l'air de revenir à la charge…

XIX

Jahyana

« Il y a des moments où il fait bon d'oublier qu'on existe… Comme cela repose des vicissitudes de la vie.
*»**

Quelques minutes plus tôt

Je traverse la cuisine à une vitesse impressionnante et me retrouve dans la ruelle située derrière la boutique en moins de deux secondes. Je ne réfléchis même pas et commence à taper de toutes mes forces avec la batte contre une poubelle.

Comment ont-ils osé venir ici ? Et se permettre de m'ordonner de rentrer ? La voir me rappelle tout ce que j'ai perdu… Ma sœur… l'homme que j'aimais… Ma vie… Tout ça m'a été pris à cause de mes parents !

Il m'a fallu tout mon self-contrôle pour ne pas éclater la tronche de mère quand je l'ai eu face à moi alors que cela faisait presque une décennie que je n'avais pas eu à m'imposer cela ! Ainsi, il faut absolument que j'évacue toute la colère qui est montée en moi, sinon je risque d'exploser !

Je frappe cette pauvre poubelle depuis cinq minutes et maintenant, je me sens légèrement plus calme. Mais je n'arrête cependant pas de me repasser en boucle la scène et cela ne m'aide pas à passer à autre chose. Je rentre donc dans le dispensaire, attrape mon sac et me dirige vers la pièce principale pour vérifier que la porte d'entrée est bien fermée. Sauf que lorsque j'ouvre celle donnant sur l'espace salle je tombe nez à nez avec Isaac.

— Est-ce que ça va ? demande-t-il aussitôt qu'il me voit.

— Qu'est-ce que tu fous encore là ? rétorqué-je d'un ton froid, sans pouvoir m'en empêcher : parce que là, tout de suite, non je ne vais pas bien !

— Je voulais m'assurer que tu allais bien ; donc je te le redemande. Ça va ? répond-il l'air de prendre sur lui.

— Tout va parfaitement bien ! Maintenant, rentre chez toi ! beuglé-je avec une voix plus aiguë que je ne le voudrais tout en le contournant afin de vérifier que la porte d'entrée soit bien fermée.

— Jahyana, tu sais que tu peux me parler si tu en as envie… Ce qui s'est passé, ça n'avait rien d'une simple querelle familiale, déclare-t-il avant de me bloquer la route alors que je m'apprêtais à retourner dans la cuisine.

— Je te rappelle encore une fois, que je ne me confie pas sur ma vie personnelle. Maintenant, comme je l'ai dit plus tôt, si cela ne te convient pas, la porte est là-bas, renchéris-je toujours aussi froide, tout en lui désignant la sortie.

Pendant quelques secondes, il a l'air de partir dans ses pensées, ce qui me permet de le contourner et de traverser de nouveau la cuisine au pas de course. Quand j'arrive devant ma voiture dans la ruelle de derrière, je l'entends qui sort et m'appelle. Mais je ne lui réponds pas et me presse au contraire de monter dans ma voiture afin de démarrer au quart de tour.

En plus de m'avoir mis dans un état de colère que je n'avais pas connu depuis longtemps. La venue de ma mère et de Rodrigue m'a aussi rappelé pourquoi ces trois dernières années, j'avais pris garde à ne m'attacher à personne ! Je me suis souvenue de la peine que j'ai ressentie lorsque j'étais enfant et que j'ai réalisé que je n'avais aucune importance aux yeux de mes parents. Alors que de mon côté je les voyais comme des superhéros… Et je me suis aussi remémoré la douleur que j'ai éprouvée quand j'ai appris qu'à cause de l'homme que j'aimais, ma sœur était morte…

Ainsi, il est plus que primordial que je mette des distances entre Isaac et moi, car il n'est pas question que je laisse de nouveau l'opportunité à qui que ce soit de me blesser. Mais ça, ça se fera au fur et à mesure ; ce soir, je vais surtout aller me bourrer la gueule pour effacer les souvenirs de cette soirée de merde de ma mémoire…

Cela va faire plus d'une heure que j'enchaîne les verres, dans le bar miteux qui se situe à la sortie de la ville. En effet, même si je fais au mieux pour garder le sourire chaque jour et continuer de vivre à fond pour ma sœur. Il n'empêche qu'il y a des fois ou j'ai besoin de me défouler. Et malheureusement, le bar de Jacques n'est pas toujours disponible, vu qu'il faut bien qu'il bosse. Du coup, en arrivant ici, j'avais cherché un endroit isolé ou je pourrais venir boire et me défouler, loin du regard des gens que je croise au quotidien.

J'avais trouvé ce petit bar qui a en plus un espace karaoké, ce qui est absolument parfait ! Depuis, à chaque fois que j'ai besoin de me changer les idées, je viens ici quand je ne peux pas aller « Au Coin de Merce », étant donné qu'à part très tard le soir ou le dimanche, il y a toujours du monde.

Cependant, malgré le fait que je commence à être pas mal bourré, je n'arrive toujours pas à passer à autre chose. Je me décide donc à aller sur la scène pour chanter un peu. Effectivement, lorsque nous étions enfants, mon père m'apprenait à extérioriser mes émotions et plus particulièrement ma colère via le combat. Sauf qu'au fil des années ma sœur a bien vu que cela avait un effet négatif sur moi et que cela me rendait de plus en plus comme mes parents… Ainsi, elle a décidé de m'initier au chant, en prétextant que c'était un excellent moyen de décharger ce qu'on avait sur le cœur. Je ne sais pas d'où nous tenons notre voix, mais même si nous ne chantons pas aussi bien que les stars de nos jours, nous avions une belle voix. C'est donc devenu notre moyen de gérer nos sentiments, sans pour autant devenir des monstres comme nos parents.

Je monte donc sur scène et choisis la chanson sur l'ordinateur. Puis j'essaye de me détendre au mieux avant de lancer le morceau.

« You try to hold me down,

« Tu essayes de me retenir,

So I became a soldier.

Donc je suis devenu un soldat.

Built up all these walls,

J'ai construit tous ces murs,

And now I'm climbing over.
Et maintenant, je les survole.
Those nasty bees,
Ces vicieuses abeilles,
Are tempting me.
Sont en train de me tenter.
Oh Lord, but I ain't going back.
Oh Seigneur, je n'y retournerai pas.
You take me for a fool,
Tu me prends pour un idiot,
That doesn't make me foolish.
Mais ça ne me rend pas idiot.
Told me I was wrong !
Dis-moi que j'avais tort !
Passion made you ruthless.
La passion te rend impitoyable.
Manipulate
Manipulé
Its just too late.
Il est simplement trop tard.
Oh Lord,but I ain't going back no more.
Oh Seigneur, je ne n'y retournerai plus.

Your fueling of the flames.
Tu alimentes le feu.
Gonna show you what I'm made of.
Je vais te montrer de quoi je suis fait.
Breakin' every chain,
Brisant chaque chaîne,
That you put on me.
Dont tu m'as emprisonné.
You thought I wouldn't change but I grew on you,
Tu pensais que je ne changerais pas, mais j'ai grandi sans toi,
'Cause I will never be what you wanted.
Parce que je ne serai jamais ce que tu voudrais.
This fire,this fire is keepin' me alive.
Ce feu, ce feu me garde en vie.
Makin' me believe I couldn't do without you,
Me faire croire que je ne pourrais pas me passer de toi,

Make it hard to leave.
Rend le départ difficile.
You think it's all about you,
Tu penses que tout tourne autour de toi,
You know I'll never be what you wanted. »
Tu sais que je ne serai jamais ce que tu veux. »

Au début, j'ai du mal à réellement me lancer, mais plus les paroles défilent, plus je ressens au plus profond de moi chaque mot que je prononce. Ainsi je finis par réussir à me mettre totalement dedans et j'évacue toute la colère que j'ai en moi grâce à cette musique…

« This fire, this fire...
Ce feu, ce feu...
I tried to get this weight off of my shoulders,
J'ai essayé de dégager ce poids de mes épaules,
Built up all my strength,
De construire mes forces,
I'm finally takin' over.
Je prends finalement le dessus.
Complicate, I don't appreciate.
Compliqué, Je n'apprécie pas.
This fire, this fire...
Ce feu, ce feu...
They breakin' me,
Ils me brisent,
Shakin' me,
Me secouent,
Shapin' me,
Me façonnent,
Into what I never wanted.
En quelque chose que je n'ai jamais voulu.
And breakin' me shakin' me makin' my beatin' heart a little stronger,
Et en me brisant, me secouant, elles font battre mon cœur un peu plus fort,
Breakin' every chain that you put on me. »
Brisant chaque chaîne dont tu m'as emprisonné. »[6]

---

[6] Jonathan Roy – « Keeping me alive »

Après cette musique qui m'a permis de me défouler. Je continue de chanter pendant une vingtaine de minutes, car je ne peux qu'avouer que cela me fait beaucoup de bien d'extérioriser en chantant des chansons qui me parlent sur le moment. Ainsi, je finis par me rasseoir au bar plus détendu et commande un nouveau verre, car j'ai tout de même l'intention de me mettre une belle cuite ce soir…

Une heure de plus s'est écoulée depuis que je suis montée sur scène et je dois dire que je suis enfin bien saoule. C'est sûrement pour ça que je ne réagis pas immédiatement quand un type vient s'asseoir à côté de moi et me lance des œillades, qui veulent tout dire… Le taux d'alcool souhaité étant atteint et n'ayant absolument pas envie de me coltiner un mec se soir. Je finis d'une traite la fin de mon verre et me lève du mieux que je peux de mon tabouret.

Parce qu'il faut avouer que lorsqu'on est bourrée, porter des talons aiguilles de bien douze centimètres, ce n'est pas pratique du tout !

– Attends ma jolie ! Je te paye un autre verre ! lance le mec à côté de moi tout en posant sa main sur mon avant-bras.

– Non. Comme tu vois, je suis sur le départ, répondis-je avec un petit sourire, car j'ai l'habitude de me faire accoster ainsi.

En même temps quand on s'habille comme moi et que l'on sait à quel point les hommes peuvent être faibles ! On se prépare à ce type de situation et on ne réagit pas toujours au quart de tour.

– Allez ! Un petit verre, j'adorais profiter de ta compagnie, renchérit-il sa main toujours posée sur mon avant-bras.

– Encore une fois non, donc bonne soirée, répété-je avant de dégager sa main et de me retourner

Sauf que je me retrouve aussitôt nez à nez avec une grande rousse qui a l'air vraiment énervé. Mais n'ayant vraiment pas envie de me prendre la tête, vu que ma colère est enfin descendue, je plaque un sourire de façade sur mon visage et m'apprête à lui demander gentiment de se décaler, alors qu'elle ouvre la bouche.

– Tu peux me dire pour qui tu te prends, petite pouffiasse ? crie celle-ci en mettant ses mains sur les hanches.

– Excuse-moi ?! Déjà, je ne te permets pas…

– Je me permets ce que je veux quand je réalise que tu aguiches mon mec comme la salope que tu es ! me coupe-t-elle avant de se rapprocher encore de moi.

– En l'occurrence, c'est ton mec qui m'a abordé et je lui ai dit non ! Donc tu es gentille et tu t'écartes de mon chemin ! rétorqué-je en essayant de contrôler la colère qui monte de nouveau en moi.

– Je m'écarte si j'en ai envie ! réplique-t-elle tout en me poussant légèrement.

– Bon, je vais te laisser une dernière chance et te demande encore une fois gentiment de bouger ton cul de là, indiqué-je les poings serrés.

– Sinon quoi, pouffiasse ? me nargue-t-elle en souriant de toutes ses dents !

– Sinon, je vais te faire passer la pire soirée de ta vie, ma petite ! lui assuré-je en sentant que je suis à deux doigts de lui en mettre une.
– C'est ce qu'on va voir ! beugle-t-elle avant de me mettre un coup de poing en plein dans la joue droite et de se jeter sur moi.

Il me faut exactement une minute pour reprendre mes moyens après son coup et pour me mettre à lui répondre. Ainsi, alors qu'elle m'avait coincé contre le bar, j'arrive à m'extirper et finis sur sa droite. Je ne perds pas de temps et lui envoie une droite monumentale en pleine tronche. Puis je l'attrape par les cheveux et cogne sa tête en plein sur le bar pour ensuite l'envoyer valser en arrière.

Avec les deux chocs qu'elle a pris, elle s'effondre au sol et je vais pour me jeter sur elle quand je sens deux bras m'attraper au niveau des aisselles qui me soulève du sol. Et tandis que je me débats pour m'extirper de cette étreinte forcée, je constate que c'est Isaac. Ce qui m'énerve d'autant plus ; du coup, je n'en démords pas et essaye par tous les moyens de toucher de nouveau le sol.

– Putain, Jahyana ! Encore ! Tu fais chier ! crie le barman en arrivant devant moi.

– Ce n'est pas moi qui ai commencé, cette fois ! ne puis-je m'empêcher de répliquer.

– Ouais je sais, mais tu fais toujours partie des bagarres ! Allez, rentre chez toi ! répond-il, comme si ça ne posait aucun problème qu'un type que je n'ai jamais emmené ici me retienne visiblement contre mon gré.

– Bon tu vas me lâcher maintenant ! crié-je justement à l'intention d'Isaac en levant ma tête vers lui.

Il ne me répond pas et se contente de récupérer mon sac à main encore posé sur le bar, puis il se dirige vers la sortie sans pour autant me lâcher. Lorsque nous arrivons sur le parking il me libère finalement et je me retourne vers lui prête à passer tous mes nerfs sur sa petite personne !

– Je peux savoir pour qui te prend pour intervenir comme ça ?! Cette connasse l'avait bien cherché ! Et puis d'abord qu'est-ce que tu foutais dans ce putain de bar ? lui hurlé-je dessus d'une traite tout en essayant de me stabiliser, car l'adrénaline est en train de redescendre alors que mon taux d'alcool remonte en flèche.

– Je m'inquiétais pour toi donc je t'ai suivi. Et même si elle l'avait en effet cherché, je pense que tu lui avais déjà bien assez fait payer comme ça, répond-il très calmement comme si de rien n'était.

– Comme je te l'ai dit tout à l'heure, tout va très bien ! Et j'aurais passé une soirée sympathique si cette connasse n'était pas venue me faire chier ! Maintenant, rentre chez toi, je dois m'appeler un taxi ! déclaré-je à un niveau de décibels plus qu'insupportable, avant de me retourner et de sortir mon téléphone de mon sac.

– Ah non, ça pas question ! lance-t-il tout en me soulevant par les jambes, ce qu'il fait qu'il me tient tout à coup comme un bébé entre ses bras.

– Mais, tu as un sérieux problème ! Repose-moi tout de suite ! hurlé-je alors que je le regarde comme s'il était totalement fou.

– Non ! Encore une fois, quoi que tu en dises et que tu en penses, il y a quelque chose entre nous et ces deux derniers jours passés avec toi n'ont fait que le confirmer. Du coup, je me fais du souci pour toi et il n'est pas question que je te laisse seule après la soirée que tu viens de vivre ! clame-t-il très sérieusement tout en se dirigeant vers sa voiture.

Encore une fois, ça doit être l'alcool qui prend le dessus sur ma raison, car j'arrête de me débattre et je le laisse me poser sur le siège passager de sa voiture sans un mot. Je sais qu'après ce qu'il s'était passé le soir de mon anniversaire je m'étais promis de m'éloigner de lui, afin de mettre rapidement un terme à ce que je ressens à son égard. Parce que oui, ces deux jours passés avec lui m'ont fait prendre conscience que j'ai bel et bien des sentiments pour lui, que je n'avais pas ressenti depuis Rodrigue. Et à vrai dire, je réalise même que ce que je ressens pour lui est bien plus fort que ce que j'ai pu éprouver à l'époque… Ainsi, je sais pertinemment que si je continue comme ça je ne pourrais plus faire de retour en arrière… Et dans le fond, c'est ce dont j'ai envie… sauf que cela me terrorise autant que je le veux… Que ça soit pour les risques que cela peut impliquer pour lui, comme pour moi…

XX

Isaac

« Impose ta chance... Serre ton bonheur...
*Et va vers ton risque. »**

Elle n'a pas prononcé un mot durant tout le trajet, mais elle n'a pas non plus essayé de s'enfuir. Ce qui n'est mal pas au vu de sa réaction lorsqu'elle a réalisé que c'était moi qui l'avais interrompue dans sa bagarre. Ainsi, je n'ai pas tenté d'engager la conversation de peur qu'elle s'énerve de nouveau ou un truc dans le genre.

Je me gare finalement devant le dispensaire, je sors de la voiture et quand je vois la difficulté qu'elle a pour sortir à son tour, je me dis qu'elle est plus torchée que je ne l'imaginais ! J'essaye de l'attraper par le bras afin de l'aider à marcher jusqu'à sa porte d'entrée et j'ai le droit à un regard noir en retour. Du coup, je me contente de rester derrière elle, prêt à réagir au cas où elle se péterait la gueule.

Il lui faut ensuite bien cinq minutes pour réussir à ouvrir sa porte et il me faut tout mon self-contrôle pour ne pas rigoler face à la scène qui se déroule sous mes yeux. En effet, elle insulte chaque clé qui ne fonctionne pas, tout en leur demandant « *pourquoi t'es pas la bonne ?* ».

Alors qu'elle réussit enfin à ouvrir la porte, je ne peux m'empêcher de la suivre afin de m'assurer qu'elle rentre bien jusque chez elle. Et quand je vois l'immense escalier sur lequel on tombe directement, je me dis que j'ai bien fait !

– Bon, c'est cool, merci de m'avoir ramené, bonne soirée ! lance-t-elle d'une voix pâteuse avec un petit signe de la main.

– Tu ne veux pas que je t'aide à monter les escaliers ? demandé-je ne pouvant décemment pas la laisser se débrouiller toute seule.

– Euh… non, non, c'est cool ! s'exclame-t-elle d'une voix aiguë. Je vais un peu rester là et puis je monterais une fois que j'aurais moins l'impression d'être en train de tanguer, ajoute-t-elle avant de s'asseoir sur la première marche de l'escalier.

– Tu veux dire que tu vas dormir là ? m'étonné-je.

– Oui… une toute petite sieste, répond-elle en appuyant sa tête contre la rambarde de l'escalier.

– Tu n'as pas peur que tes voisins te trouvent ici ? l'interrogé-je sachant qu'elle n'est pas du genre à aimer être vulnérable face à d'autres personnes.

– Je n'ai pas de voisins, murmure-t-elle les yeux presque fermés.

– Comment ça se fait, il doit y avoir au moins quatre appartements dans ce bâtiment, m'étonné-je sincèrement en ayant vu plusieurs boîtes aux lettres à l'entrée.

– En fait… il y en a trois. Mais j'ai acheté le bâtiment… et je ne les loue pas… du coup, il n'y a que moi, m'explique-t-elle d'une petite voix, l'air presque déjà endormi.

Même si je sais qu'elle risque de ne pas apprécier cela, je la prends de nouveau dans mes bras et commence à monter les escaliers. Je ne peux clairement pas la laisser toute seule ainsi, je ne dormirais pas de la nuit tant je serais inquiet… Et je sais que techniquement ce n'est pas bien de profiter du fait qu'elle soit bourrée. Mais même si je n'ai pas l'intention de profiter de son corps cette nuit, je ne peux m'empêcher de me dire que j'ai peut-être trouvé la faille qu'il me fallait pour réussir à l'atteindre définitivement…

Heureusement pour moi, sur les trois portes qui se trouvent sur le palier une fois que j'arrive en haut de l'escalier, une seule a un tapis devant, j'en déduis que ça doit être l'appartement qu'elle occupe.

Je galère ensuite moi aussi pour ouvrir la porte, en grande partie parce que je ne peux pas la poser vu qu'elle a l'air de s'être définitivement endormie. J'essaie donc de trouver la bonne clé tout en la gardant dans mes bras ce qui n'est vraiment pas évident.

Quand je rentre finalement dans son appartement, je constate que c'est un loft et même sans allumer la lumière, qu'il est parfaitement au goût de sa propriétaire. Tout en couleur et très vintage avec, pour ce que j'arrive à voir, une cuisine tout en rouge et des canapés qui ressemblent à ceux que l'on voit peints sur les toiles représentant Roi et Reines de l'époque. Et même si j'aimerais pouvoir regarder dans chaque recoin afin d'en apprendre plus sur elle, je ne veux pas prendre le risque de la réveiller. Puis lorsque je réalise qu'elle aurait aussi dû monter un escalier pour atteindre son lit, je me félicite d'autant plus pour avoir pris cette initiative.

Arrivée dans sa chambre, je la dépose dans son lit et lui retire ses talons avant de la couvrir. Puis je me permets de l'observer quelques secondes et dans cette position elle n'a ni l'air de la femme joyeuse que je côtoie au quotidien ni de celle froide et en colère que je vais vu plus tôt dans la soirée… Ainsi elle est juste magnifique…

Cependant, cela ne me fait pas oublier toutes les interrogations qui envahissent mon cerveau la concernant... En effet, j'ai été comme à chaque fois envoûté par sa voix douce, mais puissante lorsqu'elle chante. Mais cela a aussi éveillé de nouvelles interrogations à son sujet. Même si j'imagine que la perte de sa sœur a dû être une épreuve atroce, la colère et la tristesse qu'elle dégageait lorsqu'elle a chanté la première chanson, me fait dire qu'il y a vraiment bien des choses que je dois ignorer à son sujet… Sans compter que j'ai aussi été très étonné de voir qu'elle se défendait réellement bien. Dans le bar, elle a réussi à reprendre le contrôle de la bagarre en quelques secondes, alors qu'elle était bien bourrée ! Et alors que je passe en revue toutes les nouvelles questions que j'aimerais lui poser, les paroles de Rodrigue me reviennent en mémoire « *Tu n'as pas la moindre idée de qui elle est* ».

Néanmoins, je ne veux pas me faire de films, ainsi je mets de côté toutes les questions que j'aie en tête, pour quand elle se décidera enfin à se laisser aller…

Au moment de redescendre, je vois du coin de l'œil un cadre photo sur sa table de nuit et je ne peux m'empêcher d'être curieux. Je lance un petit coup d'œil à Jahyana pour m'assurer qu'elle dort et attrape celui-ci, que j'éclaire avec mon téléphone. C'est une photo d'elle et de sa sœur et même si je savais que c'était sa jumelle, je suis impressionné par leur ressemblance. En effet, mis à part le fait que sa sœur ait des yeux d'un marron tellement clair qu'il vire presque au jaune, elles sont une sorte de copié-collé. Je m'imagine sans souci au vu du sourire qu'elles arborent et à la manière dont elles se tiennent mutuellement par l'épaule qu'elles s'aimaient plus que tout au monde. J'ai tout de suite de la peine à l'idée de ce qu'elle a pu ressentir lorsqu'elle l'a perdue…

De ce fait, je ne peux m'empêcher de me caler sur le lit à côté d'elle tout en la prenant délicatement dans mes bras pour ne pas la réveiller. À cet instant, je me promets que quoi qu'elle en pense pour le moment et peu importe les bâtons qu'elle me mettra, j'ai bien l'intention de m'incruster dans sa vie et de faire en sorte de la protéger de toutes ces souffrances…

– MAIS PUTAIN QU'EST-CE QUE TU FOUS LA ? hurle-t-elle tout en se dégageant de mes bras, ce qui me fait me réveiller en sursaut.

– Tu étais dans euh… un sale état et euh… je ne voulais pas te laisser seule, marmonné-je après quelques secondes, le temps que mon cerveau se reconnecte.

– Est-ce qu'à un seul moment, je t'ai dit que j'avais besoin d'aide ? réplique-t-elle avec un regard noir, alors qu'elle croise ses bras sur sa poitrine.

– Non, mais tu m'as laissé te raccompagner jusque chez toi alors que tu aurais pu appeler un taxi. Donc ne me dit pas que, dans le fond, tu n'en avais pas un peu envie ! indiqué-je totalement réveillé pour le coup, tout en me levant pour contourner le lit afin de me rapprocher d'elle.

– Je… Euh… Non ! Je te l'ai dit, je ne veux pas de relations où aucune réelle attache ! s'exclame-t-elle avant de descendre les escaliers au pas de course.

– Tu te mens à toi-même ! On sait très bien qu'il se passe quelque chose entre nous ! Sinon tu ne m'aurais pas laissé venir avec toi à San Diego ! Tu ne m'aurais pas aidé pour mes problèmes de sommeil et surtout je ne serais pas la seule personne qui arrive à te faire penser à autre chose quand tu es au fond du gouffre ! Du coup, il n'est pas question que je lâche l'affaire et il serait temps que tu arrêtes de te mentir à toi-même ! déclaré-je plus que sûr de moi, tout en la suivant.

– Mais ce n'est pas possible d'être aussi casse-couilles que ça ! crie-t-elle en arrivant au milieu de son salon. Tu ne peux pas juste faire comme si de rien n'était et passer à autre chose ! Certes, il s'est passé des choses, mais on ne s'est jamais rien promis ou dit, alors lâche l'affaire ! ajoute-t-elle tout en se retournant vers moi.

– Non, parce que contrairement à tout ce que j'aurais pu imaginer… j'ai… j'ai développé des sentiments pour toi et je sais que toi aussi. Donc, non seulement je n'ai pas envie de laisser la chance qui nous a été donnée de nous rencontrer et de vivre potentiellement quelque chose d'incroyable. Mais en plus, je sais que ton passé est bien plus compliqué que ce que tu ne m'as laissé entendre et il n'est pas question je te laisse faire face à tout ça toute seule ! avoué-je plus calmement et le regard rivé sur le sien.

– Non ! Je ne suis pas quelqu'un dont on tombe amoureux ! On peut m'apprécier, me trouver drôle ou attachante ! Mais il ne faut surtout pas m'aimer ! s'exclame-t-elle tout à coup un air grave au visage.

– Je ne comprends pas pourquoi on ne pourrait pas t'aimer, commencé-je. Tu es une femme gentille, généreuse, accomplie, avec certes un fort tempérament, mais il …

– Tu ne sais rien de moi ! Tu n'as pas idée de ce que j'ai vécu ou de ce que j'ai fait ! me coupe-t-elle avant de se mettre dos à moi.

Maintenant, va-t'en, il faut que je me prépare pour aller au boulot, ajoute-t-elle l'index pointé sur la porte.

– Non, je ne bougerais pas d'ici tant que je n'aurais pas eu d'explications, notifié -je en allant m'asseoir dans son canapé.
– Mais, tu n'es vraiment pas bien dans ta tê…

– Au contraire ! Je vais très bien et je ne me suis jamais senti plus clair d'esprit ! l'interrompis-je à mon tour. Je suis un homme qui sait ce qu'il veut ! Donc, à moins que tu veuilles que je passe le reste de ma vie à te coller aux baskets pour obtenir ce que je veux. Explique-moi en détail pourquoi je ne dois pas t'aimer et je te laisserais tranquille, expliqué-je ensuite très sérieusement.

– Tu es sérieux là ?! crie-t-elle de nouveau.

– Tout ce qu'il y a de plus sérieux ! À partir de maintenant, tu n'as que deux options à ta disposition. Choisis bien ma belle, l'informé-je, ce qui n'a pas l'air de lui plaire, car elle fonce dans ce qui doit être la salle de bain avant de claquer la porte.

Je n'ai pas l'intention de bouger d'un poil et reste bien confortablement sur le canapé le temps qu'elle revienne. Ce n'est peut-être pas le meilleur moyen pour commencer une relation, mais quoiqu'il arrive j'obtiendrais ce que je veux. Si elle accepte tout simplement de sortir avec moi alors nickel, je pourrais la travailler sur la durée pour apprendre à la connaître et découvrir tout ce qu'elle me cache. Ou alors elle me déballera directement tout et je pourrais me servir de tout ce que j'ai appris sur elle pour réussir à l'atteindre. Ainsi, je suis impatient de voir comment les choses vont tourner…

– Tu as décidément bien l'intention de me faire chier ! grogne-t-elle en sortant une vingtaine de minutes plus tard de la salle de bain, vêtue uniquement d'une serviette avec les cheveux mouillés.

Ce qui, je dois l'avouer, me fait bloquer pendant quelques secondes tant elle est sexy de cette tenue… Je n'ai donc pas le temps de lui répondre qu'elle monte déjà dans sa chambre l'air très agacée. Je ricane dans ma barbe une fois l'excitation passée et me replonge sur mon téléphone.

Une quinzaine de minutes plus tard, elle redescend habillée. Et contrairement au jour où je l'ai rencontrée, maintenant j'apprécie réellement son style vestimentaire et je pense qu'il lui va parfaitement. Ainsi, je la trouve magnifique avec ses talons aiguilles blanc brillant et sa robe rouge à point blanc, séré au niveau de la poitrine et lâche au niveau de bas.

– Bon, il est l'heure d'aller bosser, du coup à moins que tu veuilles poser ta journée, bouge ton cul de mon canapé ! lance Jahyana, toujours aussi agacée, son sac à la main.

– Bien sûr que je viens bosser ! m'exclamé-je alors que je me lève et que je me dirige vers elle. Et vu que tu n'as pas l'air décidé à me donner d'explications, comme je t'ai prévenue, je vais te coller comme pas possible, ajouté-je ensuite avec un clin d'œil avant d'aller lui ouvrir la porte.

Elle lève les yeux aux ciels puis passe devant moi à une vitesse folle et empreinte directement les escaliers sans même m'attendre. Je m'assure que la porte est fermée de l'intérieur puis je la claque et la suit au pas de course. En effet dorénavant, je sais exactement comment la faire craquer et même si cela ne va pas lui plaire à elle… Moi ça risque de fortement m'amuser !

J'arrive juste à temps dans la boutique pour la voir foncer dans la cuisine et je tombe aussi sur Kilian, qui me regarde avec un air interrogateur.

– Salut mec ! Alors qu'est-ce qu'il s'est passé hier soir ? demande celui-ci en s'approchant de moi.

– Salut ! répondis-je. Bein, j'ai essayé de lui parler, mais elle m'a envoyé chier. Du coup, je l'ai suivi dans un bar où elle a passé la soirée à se bourrer la gueule, jusqu'à ce qu'elle finisse par se battre avec une meuf, expliqué-je ensuite d'un ton discret.

– Ah ouais ! Et après elle a fait quoi ? m'interroge-t-il.

– Je l'ai ramené chez elle et mis au lit, car elle était vraiment torchée, indiqué-je. Puis j'ai dormi avec elle, ajouté-je.

– Sérieux ! Encore ? Quand hier soir tu m'as avoué que vous aviez couché ensemble plusieurs fois, ça m'a étonné et surtout le fait qu'elle t'ait accepté à ses côtés pour son voyage, c'était déjà hallucinant ! Mais maintenant que tu me dis ça, j'en suis sûr, vous êtes tous les deux complètement accro l'un à l'autre ! s'enthousiasme-t-il ce qui fait que je lui fais les gros yeux pour qu'il comprenne de parler moins fort.

– On n'a pas couché ensemble. Mais elle était vraiment bourrée et elle s'était endormie, alors… je euh… je suis resté pour la surveiller, déclaré-je ensuite mal à l'aise sachant très bien les conclusions que Kilian va faire.

– Donc, c'est bien ce que je dis ! Tu es complètement accro à elle ! Sinon tu n'aurais jamais fait ça ! se moque-t-il avec un niveau sonore plus raisonnable, mais en affichant tout de même un grand sourire.

– Oui, tu avais raison, murmuré-je sans pouvoir retenir un petit sourire.

– Et du coup, il se passe quoi maintenant ? Vous êtes ensemble ? Elle t'a expliqué ce qu'était ce délire hier soir ? me demande-t-il.

– Non et non. Ce matin, j'ai essayé de l'obliger à accepter ce qu'il se passait entre nous ainsi qu'à tout me dire. Mais elle a refusé en bloc et m'a envoyé chier, annoncé-je sans pouvoir cacher mon agacement.

– Merde ! Et du coup, tu comptes faire quoi ? m'interroge-t-il.

– J'ai une idée, après est-ce que ça va marcher… ça, c'est autre chose, marmonné-je avant de lui faire un signe de la main et de me diriger vers l'arrière-boutique.

Il me fait un petit sourire en retour et part à ses occupations. Cette petite conversation m'a permis de laisser à Jahyana quelques minutes de répit. Mais à partir d'aujourd'hui, j'ai bien l'intention de reprendre les choses en main et de faire en sorte de la faire craquer. Parce que comme je lui ai dit, je n'ai absolument pas l'intention de laisser passer la chance qui m'a été offerte de rencontrer une femme comme elle et de la faire mienne…

XXI

Jahyana

« *On ne peut pas toujours exprimer ce que l'on ressent, parce que ce qui est dans notre cœur est souvent plus fort que nos mots.* »*

Je n'arrive pas à croire qu'il ait osé s'incruster comme ça chez moi et dormir avec moi ! Je me maudis aussi intérieurement d'avoir accepté qu'il me raccompagne. Alors que je savais très bien qu'une fois l'adrénaline complètement redescendue, j'allais tomber de fatigue à cause de tout l'alcool que j'avais ingéré !

Mais non, j'ai joué les débiles une fois de plus en étant à ses côtés et maintenant, je me retrouve vraiment dans un beau merdier. La sorte d'ultimatum qu'il m'a posé ce matin a fait sonner toutes mes putains d'alarmes. Ainsi, il faut vraiment que je trouve un moyen de stopper ce bordel au plus rapidement !

En effet, même si au fond je ne peux plus nier les sentiments que j'ai pour lui aujourd'hui… Il n'empêche que mon avis n'a pas changé, car en plus de ne plus vouloir prendre le risque de souffrir de nouveau. J'estime effectivement qu'après ce que j'ai vécu et fait, je ne mérite plus d'être aimé…

C'est l'heure du déjeuner et j'ai filé au sous-sol à toute vitesse afin de récupérer mes affaires pour pouvoir sortir déjeuner. Mais quand je me retourne avec mon sac en main, je me retrouve face à Isaac, un grand sourire au visage et un sac en papier à la main qui a clairement l'air rempli de nourriture.

– Il n'est pas question que je déjeune avec toi ! m'exclamé-je aussitôt.

– À vrai dire, tu n'as pas trop le choix ! réplique-t-il un grand sourire toujours plaqué sur son visage. J'ai dit à Adrian et Kilian que tu m'avais demandé de les prévenir que tu gardais la boutique ce midi et qu'il pouvait aller manger dehors, explique-t-il ensuite avant de se diriger vers l'escalier pour retourner à l'étage visiblement très fier de lui…

– Tu es vraiment un chieur ! marmonné-je tout en le suivant.

– Peut-être ! Mais un chieur déterminé et qui sait ce qu'il veut ! affirme-t-il en rigolant et en me regardant du coin de l'œil.

Une fois arrivé dans la salle, il dépose ce qu'il a commandé sur une table, puis s'assoit. Je prends ce dont j'ai envie et je vais m'asseoir à la table la plus éloignée de lui. Mais bien évidemment, ce connard me rejoint en quelques secondes et je m'apprête à réitérer un déplacement quand il me lance :

– Tu sais, je pourrais jouer à ça pendant des heures ! Mais ça serait dommage, car la bouffe va refroidir !

Je lève les yeux au ciel agacée, mais je me résigne tout de même à rester à ma place. Ainsi, je commence à manger tout en l'ignorant totalement. Sauf qu'il me laisse tranquille cinq minutes à tout casser avant de se mettre à me faire du pied !

– Tu es sérieux là ! grogné-je avec un regard noir qui en aurait fait fuir plus d'un.

– Je te l'ai dit : ou j'ai des explications ou je passe en mode charmeur à fond ! rétorque-t-il avec ce maudit sourire qui me fait fondre.

Je détourne de nouveau le regard et me reconcentre sur mon plat, tout en faisant au mieux pour ignorer ces appels de pieds !

Lorsque je finis mes nouilles sautées au bœuf, je me précipite à l'autre bout de la salle et descends rapidement au sous-sol. Une fois arrivée en bas, je ne peux m'empêcher de commencer à faire les cent pas tant je suis perturbée ! Il faut absolument que je trouve une solution pour me sortir de ce merdier ! Je n'arrive pas à me résigner à prendre un risque en acceptant d'aller plus loin avec lui. Mais, en même temps, je ne peux pas non plus tout lui dire ! Je n'ai pas envie qu'il me regarde de la manière dont je regarde mes parents…

On m'attrape par les épaules et me stoppe dans ma ronde. Et bien évidemment, je me trouve face à Isaac ! Il ne peut vraiment pas se retenir de me coller ! Je n'arrive pas à comprendre pourquoi il s'entête tant à vouloir ce qui est impossible !

Il m'attrape par le menton et m'oblige à le regarder. Malgré toutes les alarmes qui retentissent en moi. Je n'arrive pas à me détacher de ses yeux. Ils sont d'un bleu si clair que l'on a du mal à croire que c'est leur couleur naturelle. Le pire, c'est quand ils s'assombrissent au gré de son humeur et plus particulièrement alors qu'il est ainsi face à moi... Lorsqu'il me regarde de cette manière, c'est comme s'il me disait que je lui appartiens et que je ne peux plus rien faire pour lutter contre cela... Et même si j'aimerais pouvoir dire que ce n'est pas le cas, cela m'est impossible... surtout que dans le fond... j'aime ça...

Il m'attire contre lui et commence à m'embrasser délicatement sans que je sois capable de l'arrêter. Encore une fois, je finis même par y répondre et passe mes bras autour de ses épaules tant ce qu'il éveille en moi par un simple baiser est intense. Aussitôt, il réagit et me soulève par les fesses et, j'entoure mes jambes autour de ses hanches, tout savourant chaque frottement de sa langue contre la mienne.

Il continue de m'embrasser tout en me rapprochant du mur derrière nous jusqu'à ce que je me retrouve collé à celui-ci. Et là, son baiser se fait plus sauvage. Il prend totalement possession de ma bouche et je ne peux que répondre positivement. À chaque frottement de langue ou claquement de dents, j'ai des frissons qui me parcourent tout le corps. C'est comme si j'avais la sensation de me liquéfier de l'intérieur tant il me donne envie. Et toutes ses sensations s'intensifient d'autant plus, quand il se met à faire glisser un doigt contre le tissu de mon string. Sauf que tout à coup, il s'arrête et détache ses lèvres des miennes.

– Alors... dis-moi... que ça... ce n'était rien ? murmure-t-il aussi essoufflé que moi.

Je me contente de le regarder, sans lui répondre, car là tout de suite je serais incapable de lui mentir, tellement il m'a mise dans tous mes états. À cet instant, tout mon être ne veut qu'une chose, lui hurler que OUI je ressens quelque chose pour lui et que OUI je voudrais plus ! Mais je ne peux clairement pas lui révéler cela, sinon il risquerait d'insister encore plus et je n'aurais plus aucun moyen de m'échapper…

La voix de Kilian et d'Adrian retentissant à l'étage, me fait revenir à la réalité. Aussitôt, je tente de me dégager de son étreinte. Il me regarde quelques secondes, puis soupire avant de me lâcher. Je retourne vite à l'étage sans lui adresser un regard tout en remettant ma robe et mes cheveux dans un état convenable.

S'il persiste à me faire des trucs comme ça, mon quotidien risque d'être beaucoup plus compliqué ! Même si en vrai, je ne sais pas si je pourrais continuer bien longtemps à lui résister…

Aujourd'hui, cela fait une semaine exactement qu'il m'a posé son ultimatum et depuis il met un point d'honneur à tenir parole. En effet, maintenant au boulot dès qu'il a l'occasion de déserter son poste ne serait-ce qu'une seconde, il vient me voir pour me faire un

compliment ou tenter de me faire un câlin ou ce genre de connerie !
Puis il a réussi à me bloquer au dispensaire quatre fois lors de la
pause déjeuner et à chaque fois, il m'a fait le coup de me chauffer
tout ça pour me laisser en plan quand je refusais de répondre à sa
putain de question !

Du coup, vu que je sais que je n'arriverais pas à gérer ce petit jeu
plus longtemps, tant j'ai l'impression d'être une bombe sur le point
d'exploser, et qu'en dépit de tous mes monologues de motivations
internes, je n'ai pas réussi à me résoudre à aller me faire un petit
coup d'un soir pour faire baisser la pression. Cette maudite petite
voix au fond de moi, me répète que ce n'est pas ce que je veux car
ce que je veux c'est lui. Et que si je fais ça, tout sera fini pour de
bon… Et comme toujours depuis qu'il est entré dans ma vie, cette
voix interne a pris le dessus sur tout mon être…

Sans compter que cela me fait faire des montagnes russes au niveau
émotionnel. Je sais qu'en continuant sur cette voie, je finirais, à un
moment ou un autre, par craquer et lui dire ce qu'il veut entendre.
Ce qui n'est absolument pas la bonne solution, car le jour où il
apprendra tout sur moi, plus jamais il ne me considérera comme il
le fait actuellement.

Mais malgré le fait que je sois terrorisé à l'idée que son regard et
son avis à mon sujet changent. J'ai encore plus peur de l'idée de
rester avec lui sans lui dire la vérité pour qu'il finisse par
l'apprendre et m'abandonner…

Du coup, après de longues heures de réflexion, j'ai décidé de faire
ce que j'estime être le mieux pour nous deux… Ce soir, je prends
donc les choses en main.

– Ce soir, chez moi à vingt heures. Apporte à manger et ne sois pas
en retard, lui lancé-je alors qu'il passe à côté du comptoir ses
affaires à la main.

– D'accord, je serais là, me répond-il une fois la surprise passée.

Je hoche la tête et continue de faire ma caisse alors qu'il se dirige vers la sortie. Je sais dans le fond que vu la situation, c'est la meilleure solution. Mais je ne peux pas m'empêcher de me dire qu'une fois que je lui aurais dit toute la vérité, il ne me regardera plus jamais de la même manière et je ressens immédiatement un pincement au cœur à cette idée...

Il est vingt heures pile et mon interphone sonne aussitôt, je descends donc afin de lui ouvrir. Alors qu'il entre dans le bâtiment, je ne dis rien et me contente de remonter rapidement jusqu'à mon appartement, puis je me rassois directement dans le canapé pendant qu'il franchit le seuil de la porte.

– Étant donné que c'est toi qui m'as dit de venir, je m'attendais à un meilleur accueil ! lance-t-il d'un ton moqueur en posant un sac sur ma table basse.

– Je t'ai dit de venir manger, pas que tu allais passer une bonne soirée ! répliqué-je sans pouvoir m'en empêcher.

– Et donc, pourquoi je suis là ? me demande-t-il alors qu'il s'assoit à côté de moi.

– J'ai vais te donner les explications que tu veux… Mais tout d'abord, j'ai quelque chose à te demander, déclaré-je les yeux rivés au sol.

– D'accord, je t'écoute, répond-il très intrigué.

– Je voudrais une dernière fois avec toi avant de tout te raconter, annoncé-je toujours avant que le courage ne me quitte.

– Je… euh quoi… Mais pourquoi ? bredouille-t-il visiblement perdu.

– Une fois que je t'aurais tout raconté, tu ne me regarderas plus jamais de la même manière et tout changera… Du coup, je voudrais profiter de ce regard une dernière fois, avoué-je en reportant finalement mes yeux sur lui.

Il reste quelques secondes à me fixer en silence, puis il se jette tout à coup sur moi et commence à m'embrasser. Contrairement à ses derniers jours quand il m'a prise en traître, il ne m'embrasse pas délicatement et me donne directement un baiser passionné. D'un seul geste, il attrape mes jambes et m'allonge sur le canapé, tout en se plaçant au-dessus de moi.

– Quoique… tu me dises… cela ne changera rien… Mais, j'accepte… ta demande avec plaisir, souffle-t-il d'une voix douce avant de rompre légèrement le contact afin de me regarder avec intensité.

J'aimerais tant croire à ces mots… Mais au fond de moi, je suis persuadé qu'une fois qu'il saura tout, peu importe ce qu'il pense éprouver pour moi, il ne me regardera plus jamais de la même manière et il ne voudra plus de moi…

N'ayant pas envie de faire face au pincement au cœur que je ressens à cette idée, je l'embrasse de ma propre initiative pour la première fois et commence à déboutonner son jean.

Il répond immédiatement à mon geste et s'affaire à m'ôter ma petite culotte. Contrairement aux autres fois où je l'ai laissé prendre les choses en main et jouer avec moi. Aujourd'hui, j'attrape son membre aussitôt son caleçon enlevé et l'attire à moi. J'ai ce besoin de ressentir immédiatement ce plaisir si intense qu'il me procure, car au fond de moi, je sais que cela sera la dernière fois… Ainsi quand il me pénètre finalement, je ferme les yeux, m'agrippe à lui et profite au maximum de la pure sensation de bien-être et de plaisir qui monte en moi à cet instant…

Il ne s'est pas contenté de me satisfaire qu'une fois et a tenu à remettre ça encore deux fois. Vu que contrairement à lui, je suis sûr que c'était la dernière fois, j'ai profité à cent pour cent de chaque minute qu'il m'accordait dans ses bras.

Je sais que je ne devrais pas ressentir ce que j'éprouve pour lui. Mais je ne peux pas nier plus longtemps qu'à ces côtés, je me sens réellement vivante et ce pour la première fois depuis longtemps.

– Heureusement que j'ai pris des sushis, sinon le repas aurait été froid ! ricane-t-il alors qu'il sort les barquettes du sachet déposé sur la table.

J'attrape la barquette qu'il me tend avec un petit sourire, puis je m'assois sur le fauteuil situé à côté du canapé. Il me lance un petit regard intrigué, mais ne dit rien et s'assoit sur le canapé.

Je mange quelques sushis, parce qu'il faut dire qu'il m'a ouvert l'appétit… Mais aussi, car j'ai envie de gratter encore quelques minutes avant le moment fatidique. Seulement, je me ravise vite vu qu'avec le stress qui monte en moi, je n'ai rapidement plus faim. Ainsi, je me sers un verre de scotch que je vide d'une traite, puis je le remplis de nouveau et prends ensuite de grandes inspirations pour me donner le courage de faire ce qui est le mieux pour nous deux...

– Quand j'étais enfant, j'ai rapidement appris que si ma mère avait gardé son nom de jeune fille et que ma sœur et moi le portions, ce n'était pas parce que c'était une femme qui voulait garder son indépendance, commencé-je le regard rivé dans le vide. Mais parce que le nom de notre père était bien trop connu et pas de la bonne manière. De ce fait, il était plus discret que nous portions celui de notre mère. Effectivement, lorsqu'on est les filles de Fernando Caos, il ne vaut mieux pas que tout le monde le sache, continué-je tout en lui lançant un coup d'œil, ce qui permet de voir sa surprise à la mention du nom de mon père. Nos parents nous ont eus dans un seul but ; avoir une descendance pour l'empire du crime qu'ils ont bâti. Nous avons été élevés afin de prendre la relève, chose que nous nous avons toujours refusés, terminé-je en espérant que cela suffira à ce qu'il fuit loin de moi.

– Tu es donc la fille de l'homme suspecté d'être le chef d'un des plus gros cartels d'Amérique du Sud et qui a une réputation de boucher... murmure-t-il après quelques secondes de silence.

– Exactement, et je peux t'assurer que ma mère mérite le même titre que lui, notifié-je.

– Je suis désolé que tu aies dû être élevé par de telles personnes, dit-il le regard plongé dans le mien, ce qui me touche autant que ça m'agace.

– N'ait pas de peine pour moi, je leur ressemble sur bien plus de points que je ne voudrais l'admettre ! déclaré-je en détournant le regard.

– Qu'est-ce que tu veux dire par là ? me demande-t-il aussitôt.

– Je n'arrive peut-être pas à leur niveau, mais moi aussi je suis un monstre à ma manière, affirmé-je en baissant de nouveau les yeux au sol.

– Je n'y crois pas une seconde ! Tu dis uniquement cela pour me faire fuir, je sais que tu n'as rien avoir avec eux ! s'exclame-t-il en s'avançant vers moi. Je t'ai côtoyé pendant des semaines et je suis sûr d'une chose, c'est que tu es une personne bien ! souffle-t-il ensuite avant de m'attraper le menton pour me forcer à le regarder.

– Être une bonne personne signifie que l'on n'a pas commis des atrocités ! répliqué-je tout en reculant pour qu'on ne soit plus en contact.

– Tu pourras me dire ce que tu veux, je sais que tu n'es en rien comme eux et que tu n'as rien fait qui justifie que tu ne mérites pas d'être aimé ! clame-t-il tout en se levant d'un bon.

– Vraiment tu crois ça ? rétorqué-je en me redressant à mon tour pour lui faire face. Si je t'avouais qu'à l'âge de quinze ans, j'ai tellement tabassé un des hommes de main de mon père, qu'il en a fini en fauteuil roulant ! Où que l'année de mes dix-sept ans, j'ai planifié le meurtre de mon père et que si ma sœur ne m'en avait pas empêché, cet enfoiré serait sûrement mort à l'heure d'aujourd'hui ! Tu penserais toujours que je suis quelqu'un de bien ? balancé-je ensuite d'une traite tout en le regardant droit dans les yeux afin qu'il sache que je ne dis que la vérité.

– Je dirais que tu as vécu une enfance horrible avec des parents qui mériteraient de finir six pieds sous terre ! Que tout le monde peut faire des erreurs et que tu as fait comme tu pouvais pour t'en sortir dans ce monde pourri dans lequel nous vivons ! déclare-t-il alors qu'il essaie de m'attirer à lui.

Sauf que je l'en empêche et m'éloigne le plus loin possible de lui. Je n'arrive pas à croire que malgré tout ce que je lui ai dit, il s'obstine à vouloir rester ! N'importe qui sain d'esprit aurait filé à l'instant même où il avait appris que j'étais la fille du chef d'un des plus grands cartels de notre pays. Qui est connu, non seulement pour son trafic de stupéfiants, mais aussi d'armes, d'être humain ainsi que pour avoir commis de nombreux meurtres et actes barbares ! Je me résigne donc à lui en avouer encore plus afin de le dégoûter de moi.

– Tu vois ce tatouage ? lui demandé-je en lui montrant mon avant-bras droit et il hoche la tête en retour. Tu connais la signification de ce symbole ? ajouté-je ensuite.

– Je sais qu'au Mexique c'est le symbole représentant la mort, me répond-il d'un air perdu.

– Le lendemain de mes dix-huit ans, mon père avait prévu un dernier test afin d'être sûr que nous puissions reprendre son empire, repris-je en me mettant dos à lui. Il a choisi de commencer par moi ; ainsi, il m'a emmené dans le désert avec l'un de ses hommes de main et il nous a dit qu'un seul d'entre nous rentrerait à la maison. Je n'ai pas besoin de te faire un dessin sur ce qui s'est passé, continué-je en essayant de chasser les souvenirs qui me reviennent aussitôt en tête. Du coup, comme tout bon soldat qui a pris pour la première fois une vie, mon père m'a fait tatouer dès que nous sommes rentrés à la maison ce jour. Plus tard dans la journée, j'ai réussi à enregistrer celui-ci alors qu'il me félicite pour la mort de ce traître et qu'il était temps que je m'implique réellement dans le cartel, car j'avais la trempe d'un chef… Puis, afin d'éviter cette épreuve à ma sœur qui allait subir la même chose dans la soirée. J'ai élaboré un plan et nous nous sommes enfuis de chez eux, terminé-je en me retournant vers lui.

– Malheureusement, parfois on se retrouve obligé de faire des choses qui ne nous ressemblent pas, j'en parle en connaissance de cause… Mais je me fiche de ce que tu as pu faire dans le passé, car tout le monde fait des erreurs ou se retrouve dans des situations où il est obligé de montrer la pire facette de l'être humain… déclare-t-il d'un ton très solennel le regard rivé sur le mien. Tout ce qui compte pour moi, c'est la femme que je vois devant moi ! Et tout ce que je vois, c'est une personne incroyable pour qui j'ai des sentiments et qui mérite réellement d'être heureuse, murmure-t-il ensuite en posant son front contre le mien.

Sur le coup, je ne peux m'empêcher de fermer les yeux, tant ce simple contact me fait du bien… Seulement, les souvenirs du hangar en feu, me reviennent en tête au même moment, ainsi je reprends aussitôt mes esprits.

– Non et non ! hurlé-je avant de me détacher de lui. À cause de moi, ma sœur est morte ! Je n'ai pas le droit d'être réellement heureuse ! Je ne suis qu'un monstre comme eux ! braillé-je en avouant finalement mon pire crime sans pouvoir retenir les larmes qui se mettent à couler en quelques secondes.

Je m'effondre à genou dû au trop-plein d'émotions de ces derniers jours. Entre la venue de ma mère et de Rodrigue qui m'a rappelé trop de mauvais souvenirs… Et avec tout ce qu'il se passe avec Isaac, je perds totalement le contrôle de mes émotions…

J'arrivai à vivre mon quotidien normalement, à profiter de la vie pour nous deux tout en faisant au mieux pour être bien dans ma tête malgré tout... Mais, à l'instant où il a débarqué dans ma vie, j'ai eu la sensation au fond de moi qu'il allait y foutre un bordel monstrueux et pourtant, je n'ai pas pu m'empêcher de le laisser faire...

Maintenant, je me retrouve agenouillé au sol en pleurs, laissant sortir toute la culpabilité que je cache tant bien que mal chaque jour, car la vérité est là. Ma sœur est morte à cause de moi. Ainsi, non seulement, je ne mérite pas d'être aimé, mais en plus de ça, quiconque entrera réellement dans ma vie, mettra la sienne en jeu…

XXII

Isaac

« Je t'aime pour tout ce que tu es,
tout ce que tu as été
*et tout ce que tu seras. »**

À l'instant où elle s'est détachée moi, j'ai vu sur son visage que ce qu'elle s'apprêtait à m'annoncer était la cause de tous ces malheurs.

— Non et non ! hurle-t-elle tout en reculant. À cause de moi, ma sœur est morte ! Je n'ai pas le droit d'être réellement heureuse ! Je ne suis qu'un monstre comme eux ! crie-t-elle ensuite avant de s'effondrer au sol en pleurs.

Tandis que je m'agenouille à ses côtés, j'ai la sensation de me retrouver de nouveau devant la femme meurtrie que j'ai découverte lors de notre séjour à San Diego. C'est comme si je la voyais de nouveau assise dans la douche… Et cela me fait autant mal que cela me met en colère, car la voir ainsi me donne envie de détruire tous ceux qui sont la cause de ses malheurs…

Constatant qu'elle pleure de plus en plus, je décide de la prendre dans mes bras ; je passe un bras derrière son dos et l'autre sous ses jambes, afin de la poser sur mes genoux. Puis je cale sa tête juste en dessous de la mienne et commence à lui caresser le dos. Sauf que malgré cela, ses larmes ne se tarissent pas et elle ne cesse de murmurer en boucle que tout est de sa faute.

Je n'arrive pas à comprendre le sens de ce qu'elle dit, car jamais je n'arriverais à croire qu'elle ait pu faire du mal à sa sœur ! Je n'en sais peut-être que peu sur la relation qu'elles avaient, mais avec les informations que j'ai, je suis certain qu'elle n'aurait pas pu faire une telle chose…

Je la soulève et me dirige jusqu'au canapé pour m'y asseoir, afin d'y être plus confortable. Puis je continue de lui caresser le dos, tout en lui murmurant à l'oreille :

– C'est bon, tout va bien… Je suis là…

La voir dans cet état, me brise le cœur et me permet aussi de prendre conscience que je n'éprouve pas pour elle que de simple sentiment. Tout mon être brûle d'envie de la protéger envers et contre tous, de la rendre heureuse et de la combler pour toujours, de faire en sorte que plus jamais elle ne pleure de la sorte et de m'assurer que, qui que ce soit qui osera essayer de lui faire du mal, en paiera le prix. Je veux pouvoir profiter chaque jour de la joie et de l'insouciance qu'elle apporte dans ma vie depuis que je la côtoie… Je veux être le seul à profiter d'elle dans tous les sens du terme, parce que je l'aime…

Après une bonne trentaine de minutes, elle finit par se calmer et ses sanglots s'arrête. Dès qu'elle cesse totalement de pleurer, elle se dégage de mes bras et se lève d'un bond. Elle finit ensuite d'une traite son verre qu'elle avait laissé traîner sur la table, puis se rassoit dans le fauteuil situé à côté du canapé sans me jeter un regard.

J'ai envie de lui poser des questions afin de comprendre ce qu'elle m'a dit avant de s'effondrer, mais j'ai peur de la brusquer et qu'elle ne craque de nouveau… Ainsi, je reste silencieux, en espérant qu'elle reprendra d'elle-même la parole.

– Ma sœur et moi sommes parties avec tout ce que nous avions afin de ne plus vivre sous le joug de nos parents, reprend-elle finalement d'une petite voix, sans pour autant me regarder. Un an après notre départ, alors que nous sautions de petits boulots en petits boulots, j'ai rencontré Rodrigue, un gars du coin qui venait d'ouvrir son dispensaire à San Diego. On a bien accroché et l'on s'est mis à bosser pour lui. Au bout de quelques mois, lui et moi, on est devenus proches. Et… et avant la fin de l'année nous étions mariés, continu-t-elle et je note beaucoup de haine dans sa voix quand elle évoque celui-ci. Il y a maintenant un peu plus de trois ans, tandis que nous vivions notre vie tranquillement en pensant nous être tirée de l'emprise de nos parents… Ma sœur travaillait tard un soir et m'a appelé en panique, car le hangar dans lequel nous faisions pousser nos plants était en feu et… qu'elle était bloquée à l'intérieur. Nous y sommes allés au plus vite… Et… J'ai… J'ai… essayé d'ouvrir la porte pour la faire sortir de là, mais… je n'ai pas réussi, déclare-t-elle d'une voix brisée, tout en frottant sa brûlure au niveau du cou. J'ai appris à ma sortie de l'hôpital, plusieurs semaines après sa mort, que Rodrigue travaillait en fait avec mon père depuis le début et pour le coup, nous aussi. Ainsi, l'un des nombreux ennemis de celui-ci avait décidé de s'en prendre à lui par notre biais. Du coup, ma sœur est morte parce que j'ai eu l'idiotie de tomber amoureuse. Donc, non seulement je ne mérite pas d'être aimé, mais en plus rentrer réellement dans ma vie reviendrait à mettre une cible sur ton dos ! conclut-elle alors qu'elle reporte finalement son regard sur moi.

Et ce que je vois dans celui-ci me brise le cœur. Elle pense sincèrement qu'elle est responsable de la mort de sa sœur. De ce fait, contrairement à ce qu'elle s'est sûrement imaginé, j'ai dorénavant d'autant plus envie de rester à ses côtés pour lui faire comprendre que ce n'était pas de sa faute. Et qu'elle a le droit de vivre pleinement sans contrainte…

– Je suis sincèrement désolé pour tout ce que tu as vécu et je peux t'assurer que je serais capable de donner n'importe quoi pour changer les choses… indiqué-je d'une voix douce. Mais ce qui s'est passé n'est en rien de ta faute, c'est uniquement celle de tes parents et de Rodrigue, ajouté-je le regard très sérieux.

– Si, c'est de ma faute, si je n'avais…

– Est-ce que tu savais ? Ou est-ce que tu avais la moindre raison de douter que ton ex-mari travaillait pour ton père ? la coupé-je, car je ne peux pas tolérer qu'elle pense cela plus longtemps.

– Non, répond-elle après quelques secondes à avoir bloqué sur moi les yeux grand ouvert.

– Est-ce que ta sœur avait émis le moindre doute au sujet de celui-ci ? l'interrogé-je ensuite et elle se contente de faire un signe négatif en réponse. De ce fait, rien de ce qui est arrivé n'est de ta faute ! Ton ex-mari aurait dû être honnête avec toi ou mieux encore ne jamais travailler pour ton père. C'est donc à lui et à tes parents que revient tous les torts, mais sûrement pas à toi, affirmé-je très sérieusement.

– Mais si je n'étais pas…

– Des personnes mauvaises il y en a partout dans le monde et par malchance, tu es tombé sur un homme égoïste qui ne pensait qu'à ses intérêts ! l'interrompis-je de nouveau. Malheureusement, la vie est faite ainsi… Cependant, ce n'est pas parce que tu as aimé où côtoyer quelqu'un de mauvais, que le mal qu'il a causé autour de lui est de ta faute ! déclaré-je avant de m'agenouiller devant elle et de poser mes mains sur ses genoux.

– Et si en fait, c'était moi la personne qui est pourrie dans le fond… murmure-t-elle en baissant les yeux sur moi.

– Je te dirais que tu te voiles la face et que c'est sûrement plus simple pour toi d'éprouver de la culpabilité au quotidien que la tristesse que te cause son absence, soufflé-je afin de jouer la carte de la franchise comme elle le fait d'habitude.

– Je ne comprends pas pourquoi tu t'obstines à essayer de me trouver des excuses, réplique-t-elle en me regardant comme si j'étais fou.

– Je ne te trouve pas d'excuses, je ne dis que la vérité. Est-ce que tu as commis de mauvaises choses dans ton passé ? Oui ! Est-ce que tu n'as pas eu de chance en tombant sur la mauvaise personne ? Oui ! m'exclamé-je les yeux rivés sur elle. Mais j'ai eu le plaisir de passer pas mal de temps en ta compagnie et je sais donc qu'au fond tu es quelqu'un de bien. Tu es une femme forte et indépendante, qui aide son prochain et qui met un point d'honneur à apporter de la joie dans la vie de ceux qu'elle côtoie, continué-je en prenant ses mains dans les miennes. Quoi que tu dises ou penses pour le moment. Moi, je t'assure que ce qui est arrivé à ta sœur n'est en rien de ta faute. C'est une tragédie et je suis désolé pour la peine que tu dois éprouver, mais tu n'es pas coupable, clamé-je ensuite alors que j'essaie de capter son regard et que je serre ses mains afin de la faire réagir. Et je suis navré, mais je ne vais pas pouvoir tenir mon engagement, car malgré tout ce que tu m'as avoué ce soir. Je n'ai absolument pas envie de fuir loin de toi et au contraire même, j'ai encore plus l'intention de rester à tes côtés à compter de ce jour, terminé-je avec le sourire qui je sais la fait craquer.

– Pourquoi ? me demande-t-elle, l'air sincèrement étonné.

– Parce que comme je te l'ai dit, je trouve que tu es une personne formidable. Au quotidien, tu dégages une joie de vivre et une insouciance qui sont contagieuses et je suis devenu accro à ça, avoué-je sans hésitation.

– Je ne peux pas… murmure-t-elle en détournant le regard.

– Comment ça tu ne peux pas ?!Tu ne peux plus nier ce qu'il se passe entre nous, donc s'il te plaît, arrête ce petit jeu ! ne puis-je m'empêcher de m'exclamer tant j'ai envie que nous arrêtions tout ce cinéma.

– Pourquoi tu ne peux pas juste te contenter de m'oublier et d'aller trouver la femme de ta vie, comme tu devais le faire à la base ! rétorque-t-elle avant de se lever et d'essayer de s'éloigner de moi.

Sauf que je l'attrape par le poignet et l'attire contre moi. Puis sans qu'elle ait le temps de réagir, j'attrape ses jambes, la soulève et me dirige vers le mur afin de la bloquer contre celui-ci. Ensuite, je ne perds pas de temps et commence à l'embrasser sauvagement. Comme toujours, elle ne répond pas au début, mais finit par abandonner et me rend mon baiser. Quand je sens qu'elle est bien excitée, je m'arrête et lui attrape le menton afin de l'obliger à me regarder dans les yeux.

– C'est avec toi que je veux passer ma vie… Je t'… J'ai de réels sentiments pour toi et pas du genre amourette d'adolescent ! Donc, il n'est pas question que j'aille où que ce soit ! m'exclamé-je.

Elle ne dit rien et reste le regard bloqué sur moi tout en clignant des yeux comme si elle essayait de revenir à la réalité.
– Malgré tout ce que tu sais, murmure-t-elle finalement alors qu'elle me regarde avec de grands yeux comme si elle n'y croyait pas.

– Oui ! répondis-je sans hésitation.
– Mon père est un homme dangereux, il pourrait s'en prendre à toi, dit-elle avec une pointe d'inquiétude dans la voix.

– Je me ferais un plaisir de rencontrer ce connard pour lui faire payer ce qu'il vous a fait vivre, grogné-je, sauf que cela n'a pas l'air de lui plaire au vu de la manière dont elle se tend. Je ne tenterais jamais rien d'idiot, mais je sais aussi me défendre, rappelle-toi que j'ai été dans les Forces Spéciales et que je suis allé jusqu'au grade de Sergent. Du coup, si un jour il ose tenter quelque chose je serais en mesure de me protéger, ainsi que toi, ajouté-je donc en espérant que cela la détendra.

– Tu es sûr de toi ? me demande-t-elle après être restée silencieuse quelques instants.

– Plus que je ne l'ai jamais été dans ma vie ! Je te veux toi et tout ce qui va avec, car jamais je n'ai tant tenu à quelqu'un ! assuré-je ma main posée sur sa joue.

Elle ferme les yeux quelques instants, puis quand elle les rouvre je sais sans aucun doute qu'elle éprouve la même chose à mon égard, mais qu'elle a du mal à s'exprimer avec des mots… Par contre, elle le fait très bien par ces gestes ; en effet, pour la deuxième fois depuis que nous avons commencé ce jeu, c'est elle qui s'approche de moi pour m'embrasser. Je lui rends son baiser sans hésitation et la serre encore plus fort contre moi, tellement je suis heureux qu'elle accepte d'enfin laisser tomber ses barrières.

Je la décolle du mur et me dirige vers l'escalier menant à sa chambre. J'ai bien l'intention de lui faire comprendre et ressentir à quel point je veux la garder rien que pour moi. Mais aussi à quel point je vais mettre un point d'honneur à la rendre heureuse à partir de maintenant…

Quand j'ouvre les yeux et que je tombe directement sur son visage calé sur mon épaule, j'ai l'impression de me sentir tout puissant.

En effet, en plus d'avoir eu les réponses à toutes les questions que je me posais, elle a finalement accepté d'arrêter de nier ce qu'elle ressentait pour moi. Ainsi, même si elle n'est pas du genre loquace sur ce qu'elle éprouve, la nuit que nous avons passée ensemble m'a permis de les comprendre sans problème !

J'essaye de m'extirper du lit discrètement afin d'aller lui préparer le petit-déjeuner. Mais dès que j'ai commencé à bouger mon bras, elle a ouvert grand les yeux. Sur le coup, elle a eu un petit moment de recul, puis c'est comme si les événements de la nuit dernière lui étaient revenus en mémoire.

– Salut, murmuré-je avec un petit sourire sans la quitter des yeux.

– Euh… bonjour, répond-elle alors qu'elle se retourne pour être sur le ventre.

– Bien dormis ? demandé-je un peu amusé par sa réaction.

Elle hoche la tête tout en détournant le regard en se mettant à se jouer avec le bord de la couette. Ce qui me donne l'impression que la situation ne la rend pas à l'aise.

– Tu sais, je ne suis pas non plus habitué au truc de couple. Mais on va y aller doucement, donc ne te stress pas, indiqué-je avant de poser ma main sur sa joue afin de l'aider à se détendre.

– C'est vraiment ce que tu veux ? me questionne-t-elle d'une petite voix en reposant les yeux sur moi.

– Qu'est-ce que tu veux dire ? lui répondis-je n'étant pas sûr de quoi elle parle.

– Tu veux vraiment être en… en couple avec moi ? Malgré tout ? semble-t-elle sincèrement s'étonner, vu comment sa tête penche sur le côté comme si elle était complètement perdue.

– Comme je t'ai dit hier soir, ton passé n'a pas d'importance à mes yeux. Moi-même j'ai dû faire des choses dont je ne suis pas fière, mais je ne mérite pas pour autant de finir mes jours seul et malheureux… Donc oui, je veux que tu sois ma petit-amie, que nous apprenions encore plus à nous connaître afin de construire une relation solide, déclaré-je sans hésitation en espérant que c'est la dernière fois que j'aurais à me répéter.

– Carrément ! Une relation solide ! s'exclame-t-elle, l'air cependant un peu plus détendu.

– Tu ne me croiras peut-être pas pour le moment, mais je peux t'assurer qu'un jour je ferais de toi ma femme, lui soufflé-je à l'oreille avant de l'embrasser rapidement.

Elle ne dit rien et reste à me regarder avec de grands yeux comme si j'étais un vrai fou. Par contre, même si elle le cache du mieux qu'elle peut. Je constate tout de même un léger sourire se dessiner sur son visage et cela me ravit au plus haut point !

Je sais que je me fais peut-être des films et qu'ainsi je dois ressembler à une gonzesse qui a tout planifié ! Mais je m'en fous, je sens au plus profond de moi, que maintenant que je l'ai pour moi seul, je ne la laisserais plus jamais filer… De ce fait, à compter de ce jour, elle est mienne et rien ni qui que ce soit ne pourra me l'enlever ou m'empêcher de passer le reste de ma vie à la rendre heureuse !

XXIII

Jahyana

« *Les sentiments ne se commandent point ;*
n'ordonnez rien ;
l'amour fuit l'esclavage. »*

— D'ailleurs, je suis désolé d'avoir à revenir sur le sujet, mais j'aurais une question à te poser à propos de ton ex-mari, dit Isaac, ce qui me fait sortir de ma léthargie.

En effet, il vient quand même de me lâcher qu'il avait l'intention de faire de moi sa femme un jour ! Ce n'est pas rien comme information, et même si cela fait longtemps que je n'ai pas eu de relation, je suis presque sûr que ce n'est pas quelque chose que l'on dit lorsque celle-ci débute tout juste ! Sans compter qu'à l'instant où il a prononcé « ma femme » mon satané cœur n'a pas pu s'empêcher de commencer à battre à toute vitesse. Ce qui m'agace réellement, car oui je veux bien faire en sorte de passer outre mes peurs et de me mettre en couple avec lui. Mais tout de même, il faut y aller tranquille !

Il recale une mèche de cheveux derrière mon oreille, ce qui me fait définitivement reprendre mes esprits et je lui fais un signe de la main pour l'inviter à parler.

– Il y a une raison particulière qui te pousse à ne pas avoir engagé un avocat afin d'obliger ton ex-mari à ce qu'il te signe les papiers du divorce après toutes ces années ? me demande-t-il, visiblement un peu tendu.

– Non aucune… Mais je m'étais promis de ne plus jamais me poser avec quelqu'un, donc cela ne posait pas de problème que d'être encore marié légalement, expliqué-je en haussant les épaules. Et je dois t'avouer que la dernière fois que je lui ai parlé de vive voix avant de lui faire parvenir les papiers par coursiers, je… je lui avais tiré dessus puis j'ai pris mes affaires et je me suis tiré. Du coup, je me suis toujours dit que ce n'était peut-être pas une bonne idée d'entamer une guerre juridique afin d'obtenir sa signature, ajouté-je en choisissant d'être à cent pour cent honnête.

Ainsi, maintenant il connaît tous mes secrets et tous mes démons. Du coup, s'il veut partir, c'est le moment… Et s'il ne le fait pas, c'est sûrement qu'il est aussi fou que moi. Moi qui ai accepté de me lancer dans cette relation alors que toutes mes alarmes me hurlent de me raviser et de carrément changer de ville…

– Je comprends, et ne t'inquiète pas on verra ça en temps voulu, annonce-t-il avec un petit sourire malicieux.

Ce qui m'intrigue aussitôt, car je ne vois absolument pas ce qu'il pourrait bien faire au sujet de cette situation. Surtout que je le redis encore une fois, faut qu'il se calme le garçon avec ces histoires de mariage !

– Bon, j'ai faim ! Ça te dit que je prépare le petit-déjeuner ? demande-t-il en sortant du lit, ce qui me fait sortir de mes pensées.

– Je hum… Je n'ai rien à manger dans le frigo, répondis-je avec un sourire crispé avant de le suivre hors du lit.

– Tu es sérieuse, mais pourtant tu as bien un frigo ! s'étonne-t-il en désignant la cuisine.

– Oui, mais il contient très exactement de l'eau, du coca et de la bière, annoncé-je, ce qui fait qu'il explose de rire.

Et pas un petit rire de rien du tout, non il est presque plié en deux et se retient même à la rambarde. Ainsi, après ce qui me semble durer bien cinq minutes, il finit par s'essuyer les larmes qu'il avait au coin des yeux et me regarde avec un grand sourire.

– Allez, habille-toi, on va aller faire des courses ! Ensuite, je te montrerais comment on confectionne un petit-déjeuner digne de ce nom ! lance-t-il alors qu'il enfile son tee-shirt et son jean de la veille.

Je ne peux m'empêcher de sourire face à la situation malgré le fait que je n'apprécie pas du tout qu'il se moque de la sorte de mes capacités ou plutôt de mon absence de capacité culinaires !

– Oh, je voulais te le demander hier soir, mais disons qu'on était pas mal occupé, commence-t-il en arrivant derrière moi alors que j'enfile une robe. Il représente quoi ce tatouage que tu as dans le haut du dos ? m'interroge-t-il tout en faisant glisser son doigt sur le dessin.

– Bein, c'est les reliques de la mort, répondis-je tout simplement en me tournant vers lui.

– Désolé je ne vois pas ce que c'est, tu es du genre sataniste ? me demande-t-il en retour avec un ton amusé.

– Attends, tu es sérieux là ! Tu ne connais pas ? m'exclamé-je sans pouvoir contenir mon étonnement.

– Non désolé, je suis censé ? s'étonne-t-il sans réussir à cacher son amusement.

– Donc Monsieur est un grand cuisinier par contre, il a une culture à chier ! Les reliques de la mort, c'est dans Harry Potter, genre les meilleurs livres au monde ! expliqué-je en étant littéralement choqué qu'il ne connaisse pas.

– Ah, ouais. La lecture, ça n'a jamais été trop mon truc, indique-t-il avant de me prendre par la main pour me diriger jusqu'aux escaliers.

– Oui, mais ils ont aussi fait des films ! ne puis-je m'empêcher de m'exclamer.

Il se contente de hausser les épaules en ricanant, je me stoppe net et il se tourne aussitôt vers moi.

– Je te le dis, Monsieur le grand cuisinier, il n'y a aucune chance pour que j'accepte de passer ne serait-ce qu'une seconde de plus avec toi si tu ne connais pas Harry Potter ! Donc j'espère que tu n'avais rien de prévu aujourd'hui, car une fois les courses faites, on va se regarder tous les films et il y en a huit ! déclaré-je catégoriquement.

– Tout ce qui pourrait te faire plaisir tant que je suis avec toi, me murmure-t-il alors qu'il dépose un léger baiser sur mes lèvres.

Sur le coup, je ne peux retenir le sourire de débile qui se dessine sur mon visage. Et alors que je le suis, je me dis que cela faisait longtemps que je ne m'étais pas sentie aussi bien et que cela est vraiment très agréable ! En effet, pour la première fois depuis que ma sœur est morte, je n'ai plus cette sensation de culpabilité qui traîne au fond de mon cœur. Et même si elle me manque toujours profondément, j'ai cette impression que c'est ce qu'elle aurait voulu pour moi...

Cela va faire presque deux semaines que nous sommes officiellement ensemble et je suis surprise de voir à quel point il s'est facilement et rapidement incrusté dans ma vie. Et encore plus étonné de constater que mon attitude a changé tout naturellement en étant à ses côtés...

Effectivement, moi qui m'étais mis dans la tête que je ne méritais pas que l'on m'aime et que je ne devais absolument plus jamais refaire confiance à un homme. Plus je passe du temps avec lui, plus j'arrive à prendre conscience que ce n'était pas de ma faute et que je ne suis pas comme mes parents. Ainsi, je lui parle plus facilement de ma sœur et des expériences que nous avons vécues. Maintenant, j'accepte même les diverses attentions qu'il me procure au quotidien. Et honnêtement, je dois avouer que quand il me regarde et qu'il me dit qu'il tient à moi plus que tout, j'ai l'impression d'être une personne extraordinaire ! Ce qui est une sensation plus que délicieuse !

– Alors qu'est-ce que tu dirais d'un rôti de bœuf avec des pommes de terre au four pour ce soir ? me demande Isaac avant d'arriver derrière moi et de me prendre dans ses bras alors que je range la vitrine.

– Je dis que si tu continues comme ça à me faire de bons petits plats, je vais prendre vingt kilos ! ricané-je en me retournant vers lui.

– Oh non, ne t'inquiète pas, je connais un excellent moyen de brûler toutes ces calories ! me murmure-t-il à l'oreille avant d'afficher ce sourire que j'aime tant.

Je lui fais un grand sourire en retour et l'embrasse rapidement, puis je me dégage de son étreinte.

– Allez file, je dois ranger ça après, je serais toute à toi ! lui soufflé-je alors que je reprends mon rangement des produits en vitrine.

Il rigole, puis sort de derrière le comptoir et repart vers l'entrée. Une fois que tous les pots sont rangés dans l'armoire, je me dirige vers le centre de la pièce pour débarrasser les deux tables de nos derniers clients de la journée.

Tandis que j'ai les mains chargées de tasses et d'assiettes, j'entends la porte s'ouvrir ainsi qu'Isaac signalant que nous sommes fermées. Je me retourne automatiquement curieuse de savoir qui vient à cette heure-ci et quand je réalise qui est en face de moi, j'ai la sensation que mon cœur manque un battement et mes mains se mettent à trembler instantanément, de ce fait je fais tomber tout ce que je tiens au sol. Tandis que celle-ci s'écrase au sol, j'ai l'impression que le bruit de la vaisselle cassée résonne dans toute la pièce, mais surtout au plus profond de mon être…

Isaac se retourne aussitôt vers moi et me lance un regard interrogateur, mais je suis incapable de faire ou dire quoi que ce soit. Je reste complètement bloqué sur lui tant je n'arrive pas à croire qu'il ait eu le culot de venir. Toute mon âme est en train de bouillir de l'intérieur… Et je suis sûre et certaine, que si je tente de faire le moindre de geste ou de dire quoi que ce soit… Je risque de perdre totalement le contrôle de moi-même...

J'entends des sons, notifiant qu'il parle et je vois clairement Isaac échanger quelques mots avec lui, mais c'est comme si mon cerveau n'arrivait pas assimiler ce que j'entends et je continue de rester complètement figé sur place. Même quand Isaac revient se placer juste à côté de moi, je ne réagis pas.

– Jahyana, qui c'est ? Il dit qu'il te connaît, indique celui-ci alors que mon père a dorénavant ses yeux fixés sur moi avec ce petit sourire vicieux qu'il aborde toujours.

Mais en dépit de l'inquiétude que je lis très clairement sur le visage d'Isaac, je n'arrive vraiment pas à reprendre le contrôle de mon être, tant mes émotions sont en train de se battre les unes contre les autres… Ma tristesse et ma peur me hurlent de m'enfuir le plus loin possible de lui, pour que je puisse me mettre en boule et pleurer toutes les larmes de mon corps… Ma colère, elle, veut me pousser à lui sauter dessus sans hésitation et à le faire regretter d'être venu ici… Ainsi, étant incapable de me concentrer sur une seule émotion, je me contente de continuer à l'observer. Ce qui me permet de constater d'ailleurs avec beaucoup de regret que ce connard n'a presque pas pris une ride ! Alors que j'aurais aimé qu'il soit plus atteint par la vie et ait l'air d'être plus proche de la mort si un jour je devais le revoir…

– Est-ce que ta mère m'aurait menti et tu aurais en fait perdu ta répartie légendaire, Jahyana ? demande finalement mon père d'un ton moqueur et qui se veut clairement rabaissant.

Je serre les poings et essaie de contrôler au mieux toute la rage qui gravite en moi. En effet, face à ma mère, j'avais réagi avec plus de piquant, mais c'est parce que dans le fond ce n'est pas elle qui est aux commandes. Certes, elle n'a aucun cœur, elle est aussi froide qu'un glaçon et elle pense que l'avidité est une qualité… Mais c'est mon père qui est la cause réelle et directe de tous mes malheurs ! C'est lui qui m'a obligé à commettre des actes tellement horribles que je n'arrivais plus à me regarder dans un miroir pendant des années ! C'est à cause de lui que j'ai tant de mal à faire confiance et à tisser des liens ! Mais surtout, c'est par sa faute qu'Aneya est morte !

– Je m'attendais à mieux après tout ce temps, je suis vraiment déçu, Jahyana ! maugréé mon père pendant qu'il se met à soupirer et croise les bras sur sa poitrine. Peut-être qu'en fait c'est ta sœur que j'aurais…

– Je t'interdis de parler d'elle ! le coupé-je en hurlant et me précipitant à sa rencontre. Maintenant, tu vas dégager ton cul de mon établissement et ne plus jamais revenir ici ! braillé-je alors que j'arrive face à lui.

– Sinon quoi ma chère fille ? rétorque-t-il de son ton moqueur.

– Sinon, le glaçon qui te sert femme se retrouvera à gérer ton empire toute seule ! répliqué-je sèchement sans sourciller.

– En parlant de ta mère, je suis certain qu'elle m'a dit que lorsqu'elle était venue te voir, tu avais déjà très clairement signalé que si l'un d'entre nous revenait ici, alors nous rentrerions dans un sac mortuaire, annonce-t-il son sourire narquois plaqué au visage. Du coup, s'il s'agit encore de menace en l'air, je suis encore plus déçu par toi et je me répète, mais c'est ta sœur que j'aurais dû garder en vie ! vocifère-t-il en me regardant de haut.

Et là, c'est comme si tout mon être explosait sous le coup de la colère. Je vais pour me jeter sur lui quand je sens un bras m'attraper par la taille puis me tirer en arrière. Je m'apprête à hurler à Isaac de me lâcher sur le champ, quand je le vois passer devant moi avec l'arme en main que je cache sous le comptoir d'accueil ou travail Adrian et Isaac. Il la pointe sur mon père et commence à parler avec un ton que je n'avais jamais entendu et qui me fait froid dans le dos.

– Je vais être très claire avec vous, je me fiche de qui vous êtes et des moyens que vous avez à disposition. Plus jamais vous ne vous approcherez d'elle, ne tenterez de lui faire du mal ou d'interférer dans sa vie. Malgré toutes les horreurs que vous lui avez fait subir, elle n'est absolument pas comme vous et jamais de la vie, elle reprendra votre relève. Alors, trouvez dès à présent un nouvel héritier, car à compter de ce jour, et ce, jusqu'à la fin de ma vie, Jahyana est mienne. Et quiconque osera essayer de lui faire quoi que ce soit en paiera de sa vie !

Mon père fait mine de lever les mains en signe de paix, Isaac recule donc légèrement tout en gardant l'arme pointée sur lui. Il me lance un dernier regard, puis se retourne et sort sans un mot de plus, mais un sourire mauvais au visage. Isaac décharge et repose l'arme, alors que Kilian me libère. Et alors que j'avais réussi à me contrôler un tant soit peu jusque-là. Quand mon père finit par disparaître dans la nuit, je ne peux m'empêcher de tout lâcher malgré le fait que je ne sois pas seule…

Ainsi, j'attrape la première table que j'ai à portée de main pour l'envoyer valser à l'autre bout de la pièce. J'ai tellement de rage et de frustration qui montent en moi d'un seul coup, que j'ai envie de tout réduire en miettes.

Comment a-t-il osé venir ici ? Pourquoi est-ce qu'ils ne veulent pas me laisser en paix ? Comment ne peuvent-ils pas avoir compris après toutes ses années que jamais je n'accepterais d'être l'héritière de l'empire monstrueux qu'ils ont bâti ? Comment cela va-t-il se finir ? Mon père finira-t-il par abandonner ? Ou fera-t-il tout ce qu'il faut pour me récupérer ? Que va-t-il arriver à Isaac, après ce qu'il vient de faire si mon père ne se décide pas à laisser tomber ?

À chaque question qui me vient, je balance un objet contre le mur. Je ne sais pas si je vais pouvoir continuer à supporter cela longtemps… Comment réussir à vivre alors que j'aurais toujours mon passé qui s'obstinera à venir me hanter…

Je suis en train de faire voler la dernière table de la pièce lorsqu'on m'attrape par les épaules et me cale contre un torse, que je reconnais immédiatement comme étant celui d'Isaac.

– C'est bon, il est parti. Les gars sont partis. Il n'y a que toi et moi, tout va bien. Je suis là, me murmure-t-il avant de caler sa tête sur la mienne et de se mettre à me caresser le dos.

La sensation d'être protégé que je ressens en étant dans ses bras me permet de me calmer. Sauf qu'aussitôt, la colère laisse place à la tristesse et à une légère crainte. Ainsi, je m'effondre en pleurs dans ses bras et s'il ne me soutenait pas je me serais écroulé à même le sol…

Malgré toutes les années passées aux côtés de celui que je dois appeler mon père… En dépit de tout ce qu'il m'a déjà fait subir, je suis encore une fois abattu par le fait qu'il ose toujours essayer de prendre le contrôle de ma vie, après tout ce temps. Mais surtout après tout ce dont il m'a déjà privé…

En me remémorant l'homme qu'il était, je réalise aussi que malgré les années, le fait que je me sois enfui de chez eux et les épreuves que j'ai eues à affronter… Une petite part au fond de moi est toujours autant terrorisée par cet homme…

– Est-ce que ça va mieux avec le ventre plein ? me demande Isaac avec un petit sourire tout en débarrassant nos assiettes de la table.

– Oui beaucoup. Et je… je suis désolé, pour ce qu'il s'est passé, j'ai totalement perdu le contrôle… déclaré-je les yeux rivés au sol tant je suis gêné par ma réaction.

– Tu n'as pas à t'excuser ! affirme-t-il avant de s'asseoir à mes côtés et m'attraper le menton. Encore une fois, ce qui s'est passé n'est pas de ta faute et ta réaction est plus que normale au vu de ce que cet homme t'a fait subir, annonce-t-il ensuite en me souriant sincèrement.

– Je voulais aussi sincèrement te remercier pour ton intervention, quand je l'ai entendu dire ce qu'il a dit, c'est comme si j'avais totalement perdu mes esprits et je ne sais pas ce que j'aurais pu faire… Donc vraiment, merci de t'être interposé, indiqué-je à la fois gênée et touchée.

– Comme je te l'ai déjà dit, aujourd'hui, tu es mienne et je prends toujours grand soin de ce qui est à moi. Ainsi, il était plus que normal que je réagisse et sache que je le referais sans hésitation, murmure-t-il alors qu'il m'attire sur ses genoux.

– Tu n'as pas envie de t'enfuir loin de moi à cause de la folle que je suis ou du monstre qui me sert de père ? ne puis-je m'empêcher de demander ayant toujours du mal à réellement croire qu'il puisse être avec moi malgré tous mes défauts et mon histoire…

– Je te l'ai déjà dit, quoi qu'il arrive, ce que je ressens pour toi ne changera jamais, si ce n'est pour devenir plus grand… Donc toi et ta folie vous allez devoir me supporter jusqu'à la fin de vos jours, souffle-t-il en me posant sa main sur ma joue. Sans compter que j'ai bien l'intention de t'aider à faire disparaître tous les fantômes de ton passé. Du coup, il n'est pas question que j'aille où que ce soit ! s'exclame-t-il ensuite sans une once d'hésitation avant de m'embrasser.
– Je ne sais pas ce que j'ai fait pour avoir la chance que tu entres dans ma vie ! balancé-je sans réellement m'en rendre compte sur le coup.

Il sourit aussitôt et me sert plus fort contre lui. Ce qui me fait un bien fou, car son contact me procure une sensation de bonheur incomparable à quoi que ce soit…

Mais aussi parce que je prends réellement conscience de la chance que j'ai d'être tombé sur lui. Comme toujours, il ne prend pas en rigueur le fait que je ne sois pas encore capable de réellement mettre des mots sur ce que je ressens pour lui ni que j'ai tendance à ne pas faire exprès quand je le fais. Ainsi, je me colle un peu plus contre lui et profite de cette sensation d'être totalement aimé, comprise et protégée… que j'ai lorsque je suis dans ses bras…

– Est-ce qu'on doit se faire du souci en ce qui concerne ton père ? me demande-t-il après quelques minutes de silence.

– Comme je te l'avais dit depuis le début, il faut toujours se faire du souci en ce qui concerne mon père. Mais là, plus particulièrement oui, confirmé-je à mon grand dépit. Il n'est pas un homme qui a l'habitude d'essuyer des refus, de ce fait il risque de ne pas lâcher l'affaire en ce qui me concerne. Vu qu'à ses yeux je n'ai été mise au monde que dans le but de le servir, expliqué-je ensuite.

– OK… Alors je sais que l'on a dit qu'on irait doucement… Mais avec ce qu'il se passe, je ne veux pas que tu restes toute seule. Du coup, hum… bein… commence-t-il d'une voix moins confiante qu'à son habitude, ce qui m'amuse beaucoup. Je voudrais qu'on emménage ensemble. Je peux venir ici si ça te convient mieux, cela ne me pose aucun souci. Mais je veux pouvoir t'avoir constamment sous les yeux, termine-t-il et je dois avouer que cela me touche sincèrement.

Là où précédemment j'aurais mal pris sa réaction, car j'aurais considéré qu'il ne m'estimait pas capable de me protéger toute seule, aujourd'hui, je comprends immédiatement que cela n'a rien à avoir avec cela. Mais avec le fait qu'il s'inquiète pour moi et qu'il veut prendre soin de moi. Et c'est ce genre de petites choses au quotidien qui font que ce que je ressens pour lui est de plus en plus fort…

– D'accord, mais il faut que je te dise quelque chose avant, répondis-je en me redressant pour être face à lui.

– Euh… OK, je t'écoute, dit-il l'air d'osciller entre la joie et la perplexité.

– Si mon père revient un jour, il n'est pas question qu'il reparte d'ici vivant, annoncé-je le regard plongé dans le sien.

– Qu'est-ce que tu veux dire par là ? demande-t-il en essayant de faire comme s'il ne comprenait pas.

– Tu comprends très bien ce que je veux dire ! répliqué-je plus sèchement que je ne l'aurais voulu. Tu ne connais pas mon père comme moi et je peux t'assurer que si après ce soir, il tente de nouveau quelque chose. Cela signifiera qu'il n'abandonnera pas tant que l'un de nous deux ne sera pas mort. Même si je ne veux pas en arriver là… Si je n'ai pas d'autres solutions, je ferai ce qu'il faut pour qu'il ne s'en prenne ni à moi ni à ceux qui me sont chers, expliqué-je ensuite d'une voix plus douce.

– Je ne sais pas quoi te dire Jahyana… Même si je comprends, je ne cautionne pas que tu sois obligé d'en arriver à te salir les mains encore une fois, commence-t-il en baissant les yeux et je sens la panique monter aussitôt en moi. Je sais que tu m'as expliqué que l'enregistrement que tu as de lui ne suffirait pas à le faire tomber. Mais n'est-ce pas mieux de compter sur cette solution en cas de besoin, plutôt que sur une solution aussi radicale ? me demande-t-il tout en reportant son regard sur moi.

– Non, s'il est venu jusqu'ici, cela signifie que cette solution n'est plus valable. Tant qu'il ne venait pas lui-même à ma rencontre, cela voulait dire qu'il avait encore un doute sur le risque que cet enregistrement pouvait être pour lui. Mais s'il est venu aujourd'hui, c'est qu'il a trouvé une parade pour le contrer si je venais à m'en servir, l'informé-je étant certaine de moi, mon père ne prend jamais de risque incalculé… En sachant cela et le fait que c'est un homme monstrueux qui ne reculera devant rien pour obtenir ce qu'il veut. La preuve, une de ses propres filles est morte parce qu'il s'obstine encore et toujours à vouloir être l'empereur du crime et à obtenir toujours plus que ce qu'il a déjà… Il est sûr qu'il n'abandonnera pour rien au monde… C'est donc trop risqué de laisser vivre s'il ne lâche pas l'affaire dès aujourd'hui… murmuré-je ensuite en baissant à mon tour les yeux tant j'ai peur de ce qu'il risque de m'annoncer.

– D'accord, je peux comprendre j'espère juste que tu n'auras pas à en arriver là, marmonne-t-il le regard plongé dans le vide. Du coup, demain j'irais prendre mes affaires pour tout emménager ici, si ça te va ? ajoute-t-il quelques secondes après, comme si de rien n'était.

–Vraiment ? m'étonné-je en le regardant avec de grands yeux.

– Bein oui, rien ne dit que l'on devra en arriver là ; pourquoi se prendre la tête pour quelque chose qui ne se produira peut-être jamais, dit-il en haussant les épaules. Par contre, cela n'empêche que je veux t'avoir au plus près de moi ; vu que tu m'as dit oui et que je ne te laisserais pas revenir sur ta réponse, demain je débarque ! lance-t-il visiblement de nouveau pleinement détendu.

– Et c'est tout ? Tu n'es pas en accord avec ce que j'envisage et pourtant tu veux toujours vivre avec moi et on passe à autre chose ? ne puis-je m'empêcher de demander sans pouvoir caché ma surprise.

– Bien sûr ! Tu t'attendais à quoi ? Que je te quitte parce qu'on ne voit pas les choses de la même manière ? ricane-t-il sauf qu'il doit voir à la tronche que je tire que c'est exactement ce que je pensais, car ce n'est pas un simple petit désaccord de couple, il faut le dire. Alalalala Jahyana ! Je me demande combien de temps encore il va me falloir pour faire rentrer dans ta petite tête que j'ai l'intention de rester là ! reprend-il avant de poser sa main sur ma joue et de me sourire sincèrement.

– C'est quand même une grosse différence de point de vue, noté-je avec un sourire crispé.

– Oui c'est sûr, mais encore une fois je comprends et rien ne dit que tu devras en arriver là. Donc, laisse tomber et dis-toi bien que de toute façon, quoi qu'il arrive, je serai toujours là. Tu es bien trop importante à mes yeux pour que quoi que ce soit nous sépare, affirme-t-il tout en décalant une de mes jambes, afin que je finisse à califourchon sur lui.

– Même si je te disais qu'en fait je suis un revenant ? plaisanté-je les sourcils haussés et il hoche la tête avant de se mettre à déposer des baisers dans mon cou. Et si j'étais un monstre qui ne se transforme qu'à la pleine lune ? ajouté-je en bloquant sa tête entre mes mains.

– Quoi que tu puisses être comme créature bizarre, ça sera toujours toi ! me souffle-t-il sans hésitation. Ainsi, dorénavant, si veux bien me laisser continuer ce que j'avais commencé, je suis sûr que tu vas adorer ! me susurre-t-il ensuite alors que ce sourire que j'aime tellement se plaque sur son visage.

Je reste, quelques secondes, bloqué sur lui tant je suis étonnée par l'amour qu'il dégage à mon encontre malgré tout… Les mots sont sur le bout de ma langue et j'aimerais vraiment lui dire ce que je ressens, mais je n'arrive pas à les sortir. Peut-être, car au fond je n'arrive pas encore à totalement m'avouer que je suis tombée amoureuse de lui…

Ainsi, je me contente de l'embrasser, en essayant de lui faire ressentir tout l'amour que je lui porte… Tout en le remerciant d'être entré dans ma vie, car grâce à lui, petit à petit, j'ai l'impression de recoller chacun des morceaux de mon âme qui s'était brisée…

XXIV

Jahyana

— Au fait, tu serais contre l'idée de déménager un jour ? me demande Isaac, alors que nous déjeunons ensemble pour la pause du midi.

— Qu'est ce qui ne va pas avec mon appartement ? répondis-je surprise par sa question et peut-être légèrement vexé, car j'adore mon loft.

— Rien il est superbe ! ricane-t-il avec un immense sourire. Mais comme tu l'as si bien dit, c'est ton appartement. Et je me dis que

"

peut-être, on pourrait envisager de se prendre un truc tous les deux, indique-t-il ensuite en me prenant la main.

– Ça ne serait pas un peu précipiter les choses pour acheter une maison ensemble ? ne puis-je m'empêcher de demander.

– Pour ma part, je suis sûr de ce que je veux, donc même si cela ne fait qu'un mois que nous sommes réellement ensemble, je ne vois pas pourquoi attendre. Surtout qu'on vit déjà ensemble, alors cela ne changerait pas beaucoup la situation, déclare-t-il très sérieusement.

–Je pense qu'on peut commencer à regarder ce qu'il y a de disponible si tu veux, annoncé-je après quelques secondes de silence désireuse de faire un effort à son égard.

En effet, je n'ai toujours pas réussi à lui avouer que je l'aimais et même si au fond de moi, je meurs d'envie de le faire, je n'y arrive pas… Tout ça à cause de cette peur qui vit bien profondément en moi et qui s'est particulièrement intensifiée depuis la visite de mon père. Et même si nous n'avons eu aucune nouvelle de sa part depuis, je ne peux m'empêcher de me dire qu'il prépare discrètement son coup afin de nous faire payer notre insolence de l'autre soir… Ainsi, j'essaye de lui montrer autrement mon amour et accepter sa proposition est un moyen indirect de lui dire que moi aussi je veux passer ma vie avec lui…

– Parfait, alors je m'en occupe et je te proposerais quelques offres ! s'exclame Isaac, l'air ravi, ce qui me fait sortir de mes pensées. Ah, au fait, mon père a demandé à ce que je passe le voir après le boulot pour l'aider à réparer un truc dans la maison, je te rejoindrai après à l'appartement. Du coup, je me disais que peut-être ce soir tu pourrais essayer de faire une des recettes que je t'ai montrées, ajoute-t-il ensuite avec un petit sourire taquin.

– Je ne te promets rien, mais je vais essayer ! Par contre, ne viens pas te plaindre si c'est dégoûtant ! indiqué-je en rigolant et en lui souriant à mon tour.

Il me sourit en retour, puis nous finissons notre plat en silence. Je constate que comme toujours je n'arrive pas à m'empêcher de lui jeter quelques œillades et cela me fait d'autant plus réaliser à quel point une seule personne peut changer tant de choses dans une vie. Pour ma part, si je n'étais tombé sur lui, j'aurais fini ma vie seule, remplie de culpabilité et surement avec pas mal de chat… Alors qu'aujourd'hui, même si j'ai encore du mal à l'avouer réellement, je me projette dans le futur à ses côtés…

Il est vingt et une heures quarante-cinq. Du coup, entre la route et le temps qu'il devait passer chez son père, il aurait dû être rentré il y a une bonne quinzaine de minutes. Même si j'essaye de ne pas me faire tout un tas de films bizarres qui vont de : il est avec une autre femme, car il en a ras le cul de tout le bordel que représente ma vie, à : il lui est arrivé quelque chose de grave… Je ne peux m'empêcher de m'imaginer tout et n'importe quoi ! Mais surtout de m'inquiéter un peu et d'avoir   envie de l'appeler… Sauf qu'il n'a que quelques minutes de retard, du coup, je ne veux pas passer pour la meuf psychopathe qui le harcèle pour un rien.

Je me résigne donc, me reconcentre sur ma tâche et sers les assiettes avec le repas que j'ai préparé, des pâtes à la bolognaise, ce qui n'est pas extra, mais quand on sait qu'il y a encore trois semaines, je savais à peine faire cuire les pâtes. Pour moi, c'est un grand exploit ! De ce fait, une fois les assiettes prêtes, je m'affale sur le canapé et commence à regarder les réseaux, tout en faisant au mieux pour ne pas jeter des coups d'œil à l'heure toutes les cinq secondes.

Arrivée à vingt-deux heures quinze, je m'inquiète officiellement et je ne peux plus me retenir de l'appeler. Sauf que je tombe directement sur sa messagerie et aussitôt toutes les alarmes qui existent dans mon cerveau retentissent à fond. Je ne réfléchis pas une seconde de plus, enfile une paire de chaussures, attrape mes clés et sors en trombe de l'appartement.

Je fonce jusqu'à la ruelle située derrière le dispensaire afin de prendre ma voiture et quand j'arrive devant celle-ci, j'ai l'impression que mon cœur s'arrête de battre. Je reconnais sans souci l'écriture de mon père sur la note accrochée sur mon parebrise… Il me faut toutes mes forces pour réussir à contrôler les tremblements qui submergent mon corps pour réussir à tendre le bras et à l'attraper afin d'en lire son contenu.

« Même si tu étais celle qui avait le plus de potentiel, ton plus grand défaut a toujours été ton grand cœur. Malgré le fait que tu puisses faire preuve d'une véritable colère, tu te laisses majoritairement guider par tes émotions positives. Ta sœur au moins était plus réfléchie… Mais je n'ai plus le luxe de pouvoir choisir aujourd'hui ; ainsi, je me contenterais de toi. Tu l'auras donc compris ma chère fille, c'est toi ou lui. Je t'attends à l'entrepôt quatre cent vingt-sept dans la zone industrielle de l'aéroport. Tu as jusqu'à l'aube pour venir, prête à rentrer à la maison, sinon je le tuerais. »

À la fin de ma lecture, je ne contrôle absolument plus mes tremblements, j'ai du mal à respirer et j'ai cette impression que mon cœur va exploser tant il bat vite… Alors que je ne pensais plus cela possible, j'ai la sensation de me retrouver trois ans en arrière, tandis que je tapais de toutes mes forces sur la porte de ce maudit hangar…

Je pensais que plus jamais je ne me sentirais de la sorte… soit sur le point de m'écrouler, car mon monde… mon univers tout entier est sur le point de s'effondrer… Et pourtant la peur que je sens monter en moi à cet instant, est bien similaire et me prend au plus profond de mon être… Je ne peux m'empêcher d'abattre mon poing plusieurs fois contre le pare-chocs de ma voiture, ne pouvant plus contenir mes émotions.

Même si je me suis fait vachement mal, cela fait un bien fou et la douleur m'aide à me reconnecter à la réalité. En effet, il ne faut pas que je laisse la panique et la peur qui montent en moi prendre le dessus, sinon je serais incapable de faire ce qu'il faut pour le sauver. Et je dois le sauver, car il n'est pas question que ce connard me prenne de nouveau un être que j'aime ! Je ferme les yeux et prends de grandes inspirations, afin de calmer ma respiration ainsi que les battements de mon cœur.

Une fois que je ne tremble plus et que je suis de nouveau maître de mon corps. Je trouve un plan et je sais exactement ce que je vais faire pour me débarrasser de cet enfoiré. Je sors mon téléphone afin d'appeler Kilian qui décroche rapidement.

– Ouais ? lance-t-il en répondant.

– Où tu es ? demandé-je aussitôt.

– « Au coin de Merce », pourquoi ? répond-il surpris.

– Je suis là dans cinq minutes, il faut que tu me rendes un service, lancé-je avant de raccrocher et de monter dans ma voiture.

J'arrive devant le bar en quelques minutes et j'entre sans perdre de temps afin de trouver Kilian. Je le repère sans problèmes vu qu'il fait presque deux mètres et qu'il a des cheveux blonds toujours coiffés en chignon sur le haut de son crâne. Quand j'arrive presque à son niveau, il me voit et me rejoint aussitôt.

– Il faut qu'on sorte, suis-moi s'il te plaît, annoncé-je en le regardant très sérieusement afin qu'il comprenne que c'est une urgence.

Il hoche la tête et me suit sans poser de questions. Une fois que nous arrivons au niveau de ma voiture, il me faut bien cinq minutes pour réussir à lui dire ce que j'ai à lui dire…

– Mon vrai nom, c'est Jahyana Caos et comme tu as pu le voir l'autre soir, mon père est bien le monstre que l'on décrit aux infos, commencé-je sans le regarder dans les yeux. À cause de lui, ma sœur est morte et j'ai passé le reste de ma vie à espérer qu'il ne referait plus jamais surface. Sauf qu'il est bien déterminé à obtenir ce qu'il estime lui être dû, moi, continué-je en gardant le regard rivé au sol. Du coup, j'ai besoin que tu me files le contact d'un nettoyeur qui peut être disponible ce soir…

– Attends, ça fait beaucoup d'information à digérer, là ! me coupe-t-il l'air totalement sur le cul. Mais surtout pourquoi as-tu besoin d'un nettoyeur ? Et qu'est-ce qui te fait croire que j'en connais ? ajoute-t-il visiblement désemparé.

– Je te rappelle qu'en vous embauchant, j'ai eu accès à votre casier judiciaire, de ce fait, je sais exactement pour quel genre de personne tu travaillais et donc quelles sont toutes les branches dans lesquelles ton patron est impliqué. Ce qui fait que même si tu n'étais pas dans la branche dont j'ai besoin, je suis certaine que tu as un contact, indiqué-je d'un ton sec.

– D'accord, mais pourquoi maintenant ? Pourquoi tu veux agir contre ton père après toutes ces années ? Et Isaac qu'est-ce qu'il en pense ? m'interroge-t-il tout en croisant les bras sur poitrine.

– Il… Je… Mon père… l'a enlevé, bredouillé-je en ayant du mal à sortir les mots tellement cela fait remonter la peur qui crie au fond de moi et que j'essaye tant bien que mal de contenir.

– Quoi ? Non ! Ce n'est pas possible ! crie-t-il presque, tandis qu'il sort son téléphone pour appeler Isaac.

– Il a dit que c'était lui contre moi… Et j'ai bien l'intention de l'empêcher de faire quoi que ce soit à Isaac, mais je ne sais pas comment cela risque de finir, déclaré-je quand il finit par ranger son téléphone l'air dépité. Donc, soit tu me donnes un contact ou je vais aller traîner dans les bas quartiers pour trouver ce qu'il me faut et cela me prendra du temps. Plus j'attends avant de le rejoindre, plus mon père risque de lui faire du mal, ajouté-je.

– Je t'ai déjà envoyé un numéro et je viens avec toi ! indique-t-il l'air très sérieux.

– Non, il n'en est pas question ! m'exclamé-je. Je sais que tu t'inquiètes pour lui, mais tu n'as pas la moindre idée de qui est mon père ni ce dont il est capable. Alors que moi je le connais en détail et je sais exactement comment faire pour l'atteindre et sauver Isaac, expliqué-je ensuite pour faire face à son air mécontent.

– Il n'est pas question que je reste à ne rien faire pendant que vous êtes en danger ! rétorque-t-il.

– Et moi je ne pourrais pas protéger Isaac correctement, si en plus je dois garder un œil sur toi ! rétorqué-je très sérieusement.

– Je te signale que je sais me défendre et que je peux très…

– Oui peut-être ! Mais est-ce que dès ton plus jeune âge on t'a appris à tuer ? Est-ce que tu as déjà eu affaire à des hommes dont le métier est justement de massacrer des gens ? le coupé-je sèchement.

– Non, répond-il le regard perdu dans le vide.

– Donc je suis désolé, mais cela serait trop dangereux que tu viennes avec moi… J'ai déjà mis la vie d'Isaac en jeu, il n'est pas question qu'il en soit de même pour toi, lancé-je en essayant de contrôler la peur qui me bloque la respiration à chaque fois que j'imagine ce que mon père lui fait subir…

– Tu vas le ramener, c'est sûr ? demande-t-il d'une petite voix…

– Quoi que ça me coûte, il ne lui arrivera rien, affirmé-je en le regardant droit dans les yeux. Va à la boutique, je l'enverrais là-bas une fois que tout sera fini, ajouté-je.

Il hoche la tête, je monte donc dans ma voiture sans perdre de temps et fonce jusqu'à mon appartement. Je vais me changer afin d'être au plus confortable pour ce que j'ai à faire, puis j'irais rejoindre mon père et mettre un terme définitif à ce cauchemar…

Quarante minutes plus tard, j'arrive enfin à l'adresse indiquée par mon père. Le nettoyeur que j'ai pu trouver grâce à Kilian est posté pas loin, afin d'être prêt à intervenir si besoin. Et malheureusement avec mon père il y a peu de chance que cela ne se termine pas par un bain de sang… Mais comme je l'ai dit à Kilian, quoi que cela me coûte, je vais faire en sorte qu'il ne représente plus une menace…

Je vérifie une dernière fois que les deux lames cachées dans mes bottines sont bien en place et que mon révolver est bien chargé. Puis je cale celui-ci dans le bas de mon dos et je sors finalement de la voiture. J'attrape ensuite le sac que j'ai rempli afin de faire croire à mon père que j'ai réellement l'intention d'accepter son marché.

Puis une nouvelle fois, même si cela m'écœure de suivre ses conseils, je me remémore chacun des mots prononcés par mon père et suis à la lettre l'enseignement qu'il m'a inculqué. En effet, s'il y a bien une chose que l'on ne peut pas lui enlever, c'est qu'il sait faire de quelqu'un un bon soldat capable de tout…

Je fais donc au mieux pour faire taire mes sentiments et faire abstraction de tout ce qui m'entoure afin de me concentrer sur mon objectif « *Faire croire à mon père que je vais rentrer avec lui, faire sortir Isaac d'ici et tuer ce connard !* ». Vu que je préfère largement mourir que de retourner un jour sous son joug ; ainsi ce soir, quoi qu'il arrive il ne repartira pas d'ici vivant !

Quand j'entre finalement dans le hangar de bien soixante-dix mètres carrés totalement vide, je tombe directement sur Alexeï et Antonio, qui sont les bras droits de mon père ; cela ne m'étonne pas qu'ils soient venus avec lui.

— Le retour de l'enfant prodige est enfin arrivé ! s'esclaffe Alexeï avec son regard noir comme à son habitude.

— Où est mon père ? demandé-je en lui accordant à peine un regard, tant je suis concentrée sur le but de ma venue.

— Je suis ravie de te revoir, Jahyana ! s'exclame justement celui-ci alors qu'il sort par la porte située dans le fond du hangar.

— Ce n'est pas comme si j'avais eu le choix ! répliqué-je sèchement alors qu'il arrive à mon niveau.

— Il fallait bien que je trouve un moyen d'attirer ton attention ! Et je suis d'ailleurs surpris…

— Je me fous de ce que tu penses. Où est-il ? le coupé-je n'ayant pas envie de perdre de temps.

— Tu vois c'est exactement pour ça que tu dois reprendre l'empire familial ! Tu as ça dans les veines ! Tu sais t'imposer ou te soumettre pour obtenir ce que tu veux ! s'enthousiasme mon père avec un grand sourire avant de faire un signe de tête à Antonio.

Celui-ci sort son téléphone, sur lequel il pianote quelques secondes. Puis, même pas une minute après, Xavier, un autre homme de main de mon père, sort par la porte du fond accompagné d'Isaac, qu'il tient fermement par le bras.

Plus ils se rapprochent de moi, plus je constate à quel point mon père a dû prendre un malin plaisir à s'occuper de lui en attendant ma venue. Il a l'œil gauche totalement noir, ainsi que son arcade ouverte. Sa lèvre inférieure est tuméfiée et saigne encore. Je constate aussi de nombreux hématomes sur ses bras et je n'imagine donc pas ce qu'il en est des parties de son corps que je ne distingue pas.

Je serre les poings de toutes mes forces afin de contrôler la colère qui monte en moi à une vitesse fulgurante. Il est impératif que je me contrôle, car tant que mon père ne l'a pas officiellement relâché et qu'il n'a pas quitté ce maudit hangar, je ne peux rien tenter...

XXV

Isaac

*Une décision parfaite est une décision qui ne se prend jamais. Au lieu de chercher le choix parfait, faites un choix basé sur vos meilleurs informations et instincts et allez de l'avant. »**

— Voilà ton homme ma chère fille ! ricane le père de Jahyana alors que j'arrive à leur niveau tant bien que mal.

En effet, je dois avouer que les dernières heures que j'ai passées ont été tout sauf sympathiques. Mais, malgré le fait que les hommes de son père et lui-même d'ailleurs, sont plutôt doués en tabassage, ce n'était pas encore suffisant. Ainsi, je remercie sincèrement mon entraînement tout comme les huit années passées à l'armée, sinon je ne serais sûrement plus capable de marcher à cette heure-ci. Cependant, j'ai estimé qu'il était mieux de jouer les faibles. De ce fait, même si je fais mine d'être un peu dans les vapes, afin qu'ils ne me prennent pas au sérieux, je suis tout de même capable de réagir si besoin, vu que j'imagine bien que son père ne va certainement pas me laisser repartir aussi facilement que ça...

— Maintenant, laisse-le partir et moi je resterai comme convenu, indique Jahyana avec le ton froid, que je ne lui ai entendu que rarement...

— Bien sûr, un marché est un marché ! Par contre, avant qu'on y aille, je suis curieux sur une chose ! s'exclame son père avec un sourire sadique. Effectivement, j'aimerais savoir comment tu as pu prendre le risque, une nouvelle fois, de t'attacher à quelqu'un en dépit de ce qu'il s'était passé l'autre fois ? l'interroge ensuite celui-ci les sourcilles haussés.

Jahyana ne lui répond pas et reste à le regarder avec un air qui fait peur à voir tant on peut facilement lire dans ses yeux toute la haine qu'elle éprouve à l'égard de cet homme... Je constate aussi qu'elle serre ses poings de toutes ses forces et je sens que tout cela ne présage rien de bon.

— Parce que, la dernière fois que tu as aimé un homme, ta pauvre sœur en est morte ! renchérit son père.

— Oui et c'est pour ça que je mérite de finir ma vie en devenant le monstre que tu es ! Maintenant que tu as fini ton cinéma, peut-on passer à la suite des évènements ! rétorque Jahyana, toujours aussi froide, comme si rien de tous cela ne la touche...

Sauf que maintenant que je la connais réellement, je peux très facilement déceler la tristesse qui est cachée dans sa voix par toute la colère qu'elle dégage à cet instant...

— Je suis ravie de voir que tu deviens enfin la femme que tu es censée être ! s'enthousiasme son père tout en faisant un signe de tête au gars qui me retient.

Aussitôt, celui-ci défait les liens qui me maintenaient les mains dans le dos, puis me pousse dans sa direction. Je ne perds pas de temps et me dirige vers Jahyana.

– Cela étant fait ! Jahyana, dit lui au revoir et allons-y, nous avons de la route à faire pour rentrer à la maison, lance son père alors que j'arrive face à elle.

Je lance un regard interrogateur à Jahyana et remarque par la même occasion le gros sac posé à ses pieds. Elle attrape d'ailleurs celui-ci avant de se rapprocher de moi et de se hisser sur la pointe des pieds.

– Tiens, ça c'est mes clés de voiture, fonce à la boutique sans perdre de temps, murmure-t-elle en fourrant lesdites clés dans ma poche. Il faut que tu sortes d'ici le plus vite possible. Je suis désolé, mais je n'ai plus d'autres solutions, déclare-t-elle le regard empli de tristesse.

– Comment ça ? Tu ne vas certainement pas rentrer avec lui ! ne puis-je m'empêcher de m'exclamer, totalement choqué à l'idée qu'elle envisage cela.

– Je n'ai pas d'autre choix, me répond-elle le regard rivé sur le mien.

– Bien sûr que si, tu as un autre…

– Non elle n'en a pas ! me coupe son père. C'est soit je te tue ou elle rentre faire ce pour quoi elle est née ! ajoute-t-il ensuite d'un ton froid.

– S'il te plaît, pars, je n'ai pas d'autres solutions, souffle Jahyana en me regardant avec insistance.

Et aussitôt, la conversation que nous avons eues à la suite de la dernière visite de son père me revient en mémoire. Je comprends immédiatement qu'elle n'a pas vraiment l'intention de rentrer avec lui, mais qu'au contraire elle va s'assurer que plus jamais il n'aille où que ce soit…

Je jette un coup d'œil discrètement tout autour de moi afin d'analyser la situation, je réalise vite que sans une arme, vu que chacun de ses hommes en possède au moins une, je ne lui serais d'aucune utilité et que même au contraire, je la gênerais sûrement… Du coup même s'il faut que je puise dans toutes mes forces, pour m'obliger à avancer jusqu'à la sortie, je sais que je n'ai pas d'autres solutions. Je lui lance donc un dernier regard et me dirige finalement vers la porte le plus vite possible.

Aussitôt elle s'avance à son tour vers son père et je suis obligé de me mordre la lèvre, au point de me faire saigner, pour m'empêcher de me retourner et de foncer vers elle. Mais alors que j'arrive enfin au niveau de la porte de sortie, je ne peux me retenir de lui jeter un coup d'œil et constate qu'elle est déjà à côté de son père. De ce fait, je me retourne et m'apprête à ouvrir la porte quand son hurlement retentit dans tout le hangar et me glace le sang.

– Noooooooonn !

Même pas une seconde après, deux coups de feu résonnent, je me jette instinctivement à terre et alors que je rouvre les yeux, je vois l'un des hommes de main de son père, allongé au sol, visage contre terre avec une arme à la main, à seulement quelques mètres de moi.

Ainsi, lorsqu'un troisième coup de feu retentit et que je vois le second homme de main tomber, je comprends qu'ils ont tenté de me tuer tandis que je partais et que Jahyana est intervenue. Je la cherche d'ailleurs du regard et je finis par la trouver en train de se battre avec l'homme de main qui me surveillait jusque-là.

Puis tout à coup, on me retourne d'un coup sec sur le dos et je me retrouve avec le père de Jahyana qui me surplombe. Je ne réfléchis pas une seconde et me redresse aussi vite que j'en suis capable dans mon état, sauf qu'avant que je ne sois complètement debout il me fait tomber de nouveau à terre d'un seul coup de pied. Je me retrouve donc à genoux et il se place derrière moi, en m'attrapant par la gorge. Et alors que je sens qu'il pose une lame sur ma gorge, je me résigne à rester tranquille.

Il reste à rien dire pendant plusieurs minutes et se contente, comme moi, de regarder Jahyana qui se bat avec le dernier de ses hommes valides. Elle enchaîne les coups et les esquives à une vitesse impressionnante et en la voyant se battre, je réalise à quel point l'éducation qu'elle a reçue a dû être horrible vu qu'elle se bat comme certains de mecs qui travaillaient dans les forces spéciales de l'armée !

Tandis qu'elle fait tomber l'homme de main, elle réussit à récupérer son arme qui traînait au sol et elle lui tire une balle en pleine tête sans hésitation. Puis elle se retourne finalement dans notre direction et quand son regard se pose sur nous, même de cette distance, je vois sans problème la colère prendre possession de tout son être. En effet, la manière dont son regard s'est durci et dont son corps s'est tendu, ne démontrent qu'une seule chose : une envie de tout détruire.

– Je me doutais bien que tu me donnerais du fil à retordre ! Et je n'en attendais pas moins de toi ! s'exclame son père, l'air réellement enjoué, alors qu'elle arrive devant nous.

– On avait conclu un marché, j'avais accepté de rentrer alors pourquoi avoir fait ça ?! Ça t'amuse de voir tes hommes se faire buter ?! s'enrage Jahyana alors qu'elle fait quelques pas de plus vers nous.

– On sait très bien tous les deux que tu aurais essayé de me tuer à l'instant où il serait sorti du hangar alors je n'ai fait qu'accélérer ton plan ! Et puis il fallait bien que je m'assure que tu étais toujours la digne fille de ton père et que tu savais réagir en cas de besoin, explique son père visiblement très amusé. Bon, maintenant que je suis sûr que tu seras en mesure d'assurer ton rôle. On en revient vraiment au marché initial, toi ou lui. Donc tu te débarrasses de toutes les armes en ta possession et je le laisserais repartir en vie pendant que nous nous dirigerons tranquillement vers la maison, ajoute-t-il toute dent dehors.

– Et si je te disais que c'est lui ou rien du tout ! réplique-t-elle le regard noir.

– Qu'est-ce que tu me racontes comme âneries ? demande son père d'un ton sec et je sais dorénavant d'où elle tient le sien.

– C'est assez simple ou tu le laisses vivre et tu me laisses tranquille… Ou je mets un terme définitif à tout ça ! déclare-t-elle avant de charger son arme et de poser le canon sous son menton.

Mon cœur s'arrête de battre en la voyant dans cette position et je n'arrive pas à croire qu'elle pourrait faire une telle chose ! Je veux lui hurler qu'elle n'a pas intérêt à faire ça ! Que je ne peux pas vivre sans elle. Mais je crains que si je dis le moindre mot ou fait le moindre geste, son père ne réagisse au quart de tour. Et qu'ainsi cela l'obligera à faire quelque chose que je ne veux pas qu'elle fasse !

– Tu bluffes ! Jamais tu n'oserais le faire ! lance son père en ricanant.

– Tu es sûr de toi ? Parce qu'aux dernières nouvelles le seul membre de ma famille que j'aimais est mort par la faute de ladite famille. Vu que ceux qui reste de celle-ci, ne sont que des monstres sans cœur ! commence-t-elle, l'air très sérieux. Ensuite, tu as kidnappé et tabassé mon petit-ami, tout ça pour m'atteindre ! Il vient aussi de me voir tuer trois hommes sans la moindre hésitation, continu-t-elle en me jetant un rapide coup d'œil. Tu penses donc vraiment que quelqu'un de sain d'esprit persisterait à me fréquenter ? Moi je ne crois pas non ! Du coup, encore une fois, tu as foutu en l'air la vie que j'avais réussi à me construire. Ainsi, à ce jour je n'ai absolument plus rien à perdre et je suis prête à tout pour me débarrasser définitivement de toi ! conclut-elle en regardant son père droit dans les yeux et l'air d'être à deux-doigt de presser la détente.

– Jahyana, je te l'interdis ! hurle son père alors qu'il retire le poignard de ma gorge et relâche un peu sa prise sur moi.

Et alors que je la vois avec cette arme pointée sur elle et l'air déterminé qu'elle affiche. L'idée de la perdre s'immisce dans mon esprit et cela me fait totalement vriller. Ainsi sans réfléchir une seule seconde de plus, afin de trouver la solution parfaite, je laisse mon instinct et mon envie de la protéger envers et contre tout prendre le dessus.

Je me relève presque d'un bond, ce qui fait que je mets un coup de tête en plein dans le menton de son père. Et tandis qu'il fait en pas en arrière sous le choc, j'en profite pour attraper de mes deux mains la sienne qui tient le couteau. Grâce à la surprise de mon coup, il n'a pas le temps de réagir, que je lui ai planté en plein dans la poitrine et j'enfonce ensuite le poignard de toute sa lame sans une once d'hésitation. Du sang coule sur mes mains et apparaît rapidement sur le coin de sa bouche, puis je sens que son corps devient mou et je le laisse donc s'écrouler au sol. Je me retourne aussitôt pour faire face à Jahyana, alors que je m'attendais à voir du soulagement sur son visage, je n'y vois que de la peur… Je me dirige donc vers elle d'instinct, sauf qu'elle me stop en hurlant :

– Ne fais pas un pas de plus ! Il faut que tu partes d'ici et vite !

Sur le coup je bloque complètement et ne réagis pas tant je n'arrive pas à croire ce qu'elle vient de me dire. Mais quand je vois le regard plus que sérieux qu'elle affiche, je comprends que ce n'est pas mon imagination qui me joue des tours.

– Non Jahyana, je reste ! Ce que tu as dû faire ce soir était horrible et il n'est pas question que je te laisse toute seule ! Surtout pas après que tu viennes de menacer de te suicider ! répliqué-je en reprenant finalement mes esprits.

– Je crois que tu n'as pas conscience de ce que tu viens de faire ! s'exclame-t-elle, l'air totalement apeuré.

– Jahyana, je ne comprends pas ce que tu dis… C'est fini, il est mort, ainsi à partir d'aujourd'hui tu es li…
– Justement, il est mort et c'est toi qui l'as tué ! me coupe-t-elle. Je ne sais pas du tout avec combien d'hommes il est venu ici ! Et s'il en reste un en vie, qu'il vient et te voit ici, tu seras considéré comme complice de son meurtre…

– J'avais conscience des risques que je prenais en sortant avec toi ! la stoppé-je à mon tour.

– Sauf que là, ça n'a plus rien à voir ! crie-t-elle visiblement paniqué. Isaac, il y a deux options pour devenir le chef d'un cartel si tu ne le fondes pas toi-même : être désigné comme héritier par l'actuel chef ou tuer celui-ci. Toi, tu viens de tuer le chef de l'un des plus gros cartels de l'Amérique du Sud. Si qui que ce soit apprend que tu as un lien avec sa mort, ils te traqueront jusqu'au bout du monde pour s'assurer de te faire la peau et que tu ne puisses jamais revendiquer le titre de chef ! explique-t-elle d'une traite. Donc, je t'en prie, va-t'en ; je ne veux pas prendre le risque de te rendre la vie encore plus dangereuse que je ne l'ai déjà fait ! ajoute-t-elle en baissant les yeux vers le sol.

– Jahyana, je comprends ce que tu me dis ainsi que tous les risques que j'encours, mais je ne peux pas te laisser seul ici, je… je suis tombé totalement amoureux de toi d'accord ! Du coup, il n'est pas question que je t'aban…

– Mais moi, je ne veux pas de toi ici ! me coupe-t-elle sèchement. J'ai dû informer Kilian de la situation afin de trouver un nettoyeur. Il est donc actuellement en train de t'attendre à la boutique, mort d'inquiétude ! Ainsi, laisse-moi faire ce que j'ai à faire et dégage d'ici ! indique-t-elle ensuite d'un ton qui donne froid dans le dos.

– Est-ce que tu es sérieuse là ?! Je viens de te dire que je t'aime et toi, c'est tout ce que tu me trouves à me dire ! ne puis-je m'empêcher de hurler, tant j'ai l'impression que mon cœur est sur le point d'exploser…

– Je t'avais prévenu que l'on ne pouvait pas m'aimer… je t'avais dit que si tu entrais dans ma vie tu serais en danger et ce soir, tu aurais pu mourir. Si tu restes ici avec moi, c'est ce qui arrivera… il n'est pas question que j'occulte de nouveau la vérité comme je l'ai fait lors de sa dernière visite… car la vérité est que tant que tu seras à mes côtés, ta vie sera mise en jeu… alors, va-t'en… murmure-t-elle toujours sans me regarder.

Mais dorénavant je la connais presque par cœur, ainsi je peux sans problème entendre la tristesse dans ces mots et dire qu'elle ment...

– Comment tu vas faire pour rentrer si je prends ta voiture ? lui demandé-je alors que je prends sur moi et que j'espère avoir trouvé une feinte.

– Pour la millième fois au moins, je suis tout sauf quelqu'un qui a besoin qu'on se fasse du souci pour elle ! Donc je me débrouillerais pour rentrer ! Maintenant, laisse-moi tranquille ! me hurle-t-elle dessus, cette fois-ci en feintant de la colère.

Et même si je n'ai pas envie de la laisser seule, non pas parce que je crois qu'elle ne peut pas gérer la situation. Mais parce que je ne veux pas qu'elle ait à affronter cela seule. Je reconnais cependant bien l'attitude qu'elle a à cet instant. Ainsi, je sais qu'à l'heure actuelle, quoique je dise où je tente, elle le retournera contre moi afin de se donner une raison, car la peur et la culpabilité l'envahissent de nouveau...

– D'accord, je t'attends à la boutique, fais attention à toi, annoncé-je d'une petite voix tout en essayant de capter en vain son regard.

Je sors donc du hangar en silence, sans manquer de jeter un regard noir au corps sans vie de son père. Si ce salopard n'était pas intervenu, elle ne serait pas en train de faire dix pas en arrière et de se refermer comme une huître. Je m'en veux aussi de ne pas avoir réussi à faire face aux hommes de main de son père. Ils m'ont tellement pris par surprise que je n'ai pas été capable de reprendre le contrôle du combat et je me suis fait endormir avec du chloroforme comme un bleu... Ainsi je suis terrorisé par le fait que ce qui s'est passé ce soir ait un impact négatif sur ce que nous avons commencé à créer...

Quand j'arrive enfin devant le dispensaire, je suis encore plus inquiet que lorsque le père de Jahyana me retenait. En effet, même si j'avais peur pour ma vie et pour la sienne, je savais, au fond de moi, que cela ne pouvait pas se finir de cette façon... Son père ne pouvait pas gagner !

Mais là, je n'ai plus aucune certitude sur la manière dont les choses vont tourner ! Même si elle s'est ouverte à moi durant ces dernières semaines et que je ressens de plus en plus dans son attitude les sentiments qu'elle éprouve à mon égard, il n'empêche qu'elle refusait catégoriquement de se mettre en couple en partie à cause de la crainte de mettre la personne en danger ; et là, il s'est passé exactement, ce qu'elle redoutait au plus profond d'elle. Ainsi, je ne peux m'empêcher de me dire qu'elle serait bien capable de faire machine arrière…

– Putain ! Merci seigneur, tu es en vie ! hurle Kilian qui se lève d'un bond de sa chaise, tandis que je rentre dans le dispensaire. Tu vas bien ? me demande-t-il ensuite en arrivant à mon niveau et en m'examinant de haut en bas.

– Comme tu peux le voir, j'ai morflé, mais je suis encore là, donc dans le fond, ça va ! répondis-je alors que je m'assois sur la première chaise que j'ai à porter de main, car je dois avouer que rester debout me fait un mal de chien.

– Et Jahyana où est-elle ? m'interroge-t-il l'air très inquiet.

– Elle va bien, mais elle est… elle est restée là-bas pour nettoyer, murmuré-je même si nous sommes seuls.

– D'accord. Maintenant, je ne te demande pas de me raconter dans les détails sa vie, mais je veux savoir comment on en est arrivée là et surtout ce qu'il s'est passé ce soir, car elle m'a balancé des trucs de fou tout à l'heure avant de se barrer ! s'exclame Kilian en me regardant très sérieusement.

Je lui explique donc les choses dans les grandes lignes, sans trop entrer dans les détails de la vie Jahyana afin de rester respectueux dans son intimité. Par contre, je lui raconte en détail la soirée, ce qu'il s'est passé et ce que j'ai décidé de faire afin de lui garantir une vie paisible à l'avenir…

– Quand on la voit avec sa bonne humeur, on n'imaginerait pas une seconde qu'elle ait vécu tant de choses et qu'elle soit capable d'être aussi combative… Mais j'ai du respect pour elle, car malgré tout, elle a continué de vivre et de se battre, déclare Kilian une fois mon récit terminé, l'air réellement compatissant pour elle.

– Oui, elle a vécu et dû faire des choses que peu de gens supporteraient. Mais il n'empêche que c'est quelqu'un de bien dans le fond, répondis-je sans hésitation.

En effet, même si nous avons tous les deux dû faire des choix horribles ce soir à cause de son passé… Nous sommes toujours de bonnes personnes méritant le bonheur. Et surtout, je ne l'aime pas moins pour autant...

– Nous avons tous dû faire, un jour ou l'autre, des choses que l'on regrette, mais cela ne fait pas de nous de mauvaise personne, approuve Kilian. Je suis content que vous vous soyez trouvés tous les deux, malgré cet épisode malheureux, ajoute-t-il en me souriant.
– Oui, mais j'ai bien peur que cet épisode, comme tu dis, va avoir plus d'impact qu'il en a l'air, marmonné-je dépité.

– Qu'est-ce que tu veux dire par là ? Vous êtes toutes les deux en vie alors que ce n'est pas le cas de son père, donc où est le problème ? m'interroge Kilian l'air perdu.

– C'est à cause de ce que sa famille a fait et de ce qu'elle est, qu'elle avait choisi de ne plus jamais se lancer dans une relation sérieuse de peur que son passé ne refasse surface… Et là, c'est ce qu'il s'est passé et cela a failli très mal finir. Sans compter que tout à l'heure, la manière dont elle agit avec moi en me renvoyant ici, j'ai eu l'impression de faire à nouveau face à la femme fermée que j'avais rencontrée au début, expliqué-je d'une traite.

– Merde, j'espère que c'était juste sur le coup ! lance Kilian avec un sourire compatissant.

Je m'apprête à lui répondre que moi aussi, quand Jahyana franchit la porte d'entrée. Nous nous levons tous les deux d'un bond de nos chaises et pour ma part je reste bloqué sur elle. Elle a encore un peu de sang sur ses vêtements, son arcade droite et sa joue sont en sang. Kilian me fait un petit signe de tête, puis se dirige vers elle, qui n'avait pas non plus bougé d'un pouce. Une fois arrivé à son niveau, il la prend brièvement dans ses bras avant de lui lancer :

– Tu n'imagines pas à quel point je suis content que vous alliez bien tous les deux ! Et de mon point vu personnel, je trouve que tu es une badass et je te respecte pour ça !

Il la contourne ensuite alors qu'elle reste bouche bée face à lui et sort du dispensaire, nous laissons tous les deux. Et en vrai, j'ai tellement de choses à lui dire, que je ne sais pas par où commencer…

– Je suis vraiment désolé pour ce que tu as dû vivre à cause de moi, déclare-t-elle d'une petite voix, en me devançant. Je vais dormir ici ce soir et tout le temps qu'il te faudra pour réemménager chez toi, ajoute-t-elle les yeux toujours fixés au sol.

– Il n'est pas question que j'aille où que ce soit ! Ce qu'il s'est passé n'est pas de ta faute ! Et à mes yeux cela n'a absolument pas changé la manière dont je te vois et ce que j'éprouve pour toi ! m'exclamé-je alors que je fais un pas vers elle sauf qu'elle recule…

– Pense et dis, ce que tu veux, mais pour moi il en est ainsi. En rentrant dans ma vie, tu as mis la tienne en jeu. Et je n'aurais jamais dû prendre ce risque ou faire comme s'il n'existait plus ! Parce que ce soir m'a bien prouvé que c'était une très mauvaise idée, non seulement tu aurais pu être plus gravement blessé ou même pire ! Mais en plus, tu as été obligé de faire quelque chose d'horrible à cause de moi ! Donc il n'est pas question que l'on continue ! réplique-t-elle en reportant finalement son regard sur moi.

– J'ai choisi d'être avec toi en connaissance de cause ! Et ce que j'ai fait ce soir, je l'assume totalement et je le referais sans hésitation si cela était nécessaire pour te protéger ! riposté-je d'un ton sec sans réussir à contenir mes émotions.

– Et moi, je fais le choix que plus jamais je ne ferais entrer quelqu'un dans ma vie ! Plus jamais je ne foutrais en l'air la vie de quelqu'un ! hurle-t-elle avec les larmes aux yeux.

– C'est vraiment ce que tu veux ? lui demandé-je presque en l'implorant de me dire « non » du regard.

– Il n'est pas question de ce que je veux, mais de ce que tu mérites ! rétorque-t-elle en baissant de nouveau le regard. Tu es quelqu'un de gentil et de foncièrement bon malgré le fait que tu as fait l'un des pires jobs au monde. Tu mérites bien mieux qu'une femme qui met ta vie en péril, qui commet des actes atroces et t'oblige à en faire de même… murmure-t-elle ensuite.

– Ce que toi et moi avons fait ce soir ne fait pas de nous des êtres horribles ! Mais juste des personnes qui se sont battues pour survivre et protéger ceux qu'ils aiment ! affirmé-je sans hésitation. Ta famille t'a encore mise dans une situation où tu n'avais pas d'autres choix pour t'en sortir. Sans compter que comme je te l'ai dit, j'ai fait mon choix en toute connaissance de cause et je ne me sens absolument pas coupable de t'avoir aidé à te débarrasser de ce monstre ! déclaré-je tandis que je tente de me rapprocher d'elle, mais de nouveau à chaque fois que je fais un pas en avant, elle en fait un en arrière.

– Je suis désolé, mais je ne peux pas… j'aurais déjà dû mettre un terme à tout ça quand il est venu la première fois … souffle-t-elle en baissant de nouveau le regard.

– Pourquoi, Jahyana ? Sincèrement, je t'aime et je suis prêt à tout pour toi, alors pourquoi ? l'interrogé-je sans pouvoir empêcher ma voix de se briser légèrement.

– Parce que je ne supporterais pas, une fois de plus, de ressentir une telle peur ! s'exclame-t-elle en posant son regard sur moi quelques secondes. Et malheureusement, étant qui je suis et après ce qu'il vient de se passer ce soir, il y aura toujours un risque… ajoute-t-elle ensuite d'un ton éteint.

Puis sans que j'aie le temps de lui dire quoi que ce soit, elle attrape ses clés de voiture posées sur la table et sort du dispensaire en trombe. Je la suis dehors, mais comme la dernière fois elle est plus rapide que moi et démarre avant que je ne sois arrivée au niveau de la voiture.

Il me faut quelques secondes pour que les vertiges liés à ma mini course et à mon état s'estompent. Je finis par me raviser et retourner dans la boutique, réalisant que les clés pour rentrer chez elle sont restées dans ma voiture qui est à l'autre bout de la ville. Je me résigne donc à passer la nuit ici.

Une fois le canapé du sous-sol déplié, je m'y affale de tout mon corps afin d'essayer de trouver la meilleure position au vu de mes blessures. Sauf que je réalise vite que malheureusement, celle qui me fait le plus mal ne s'atténuera pas grâce à une bonne position.

Je ne veux pas m'avouer vaincu et il n'est pas question que je la laisse mettre aux oubliettes notre relation aussi simplement, surtout pas après que j'ai eu le courage de lui avouer ce que je ressentais ! Et même si le doute concernant ses réels sentiments à mon égard s'immisce en moi, car malgré tout ce qu'il s'est passé, pour ma part je n'arriverais pas à concevoir de l'envoyer valser aussi facilement… Je n'ai pas l'intention de la laisser tout foutre en l'air ! Ainsi, je m'ôte cette idée de la tête et essaie de me concentrer un maximum sur comment je vais pouvoir lui faire changer d'avis, car je l'aime et je me suis promis qu'elle serait mienne pour toujours…

XXVI

Jahyana

« *Tu n'étais pas censé être aussi important pour moi… Je n'étais pas censé tomber éperdument amoureuse… Mais tu sais quoi ? Je l'ai fait et c'est ainsi, car c'est ça qui m'a permis de tenir bon, parce que ça me fait mal à en hurler de te laisser partir.* »*

Au bout de cinq semaines, toutes les traces du passage de mon père ont disparu du corps d'Isaac et pas une fois pendant sa convalescence, je ne suis pas allé le voir ni accepté l'un de ses appels… Même si ce n'est pas l'envie qui m'a manqué… Mais je ne peux m'empêcher de me dire que cela serait égoïste. Je n'ai pas le droit de mettre de la sorte sa vie en jeu, tout ça parce que je veux être avec lui ! Même si mon père est mort, ma mère est revancharde ; de ce fait, je suis sûre qu'à l'instant où le délai de six semaines sera passé, elle viendra à ma rencontre… En effet, dès notre plus jeune âge, notre père nous a appris une règle très importante de la famille : nous avons le droit à six semaines sans donner de nouvelles. Passé ce délai, alors on considéra qu'on est en danger ou mort. Effectivement, mon père disait que des fois pour conclure une grosse affaire, il fallait savoir se déconnecter du reste du monde et se concentrer uniquement sur son objectif. Et donner des nouvelles à ses proches n'avait aucune importance. Il disait aussi que dans le cas où nous nous ferions enlever et que si nous n'étions pas capables de nous échapper ou de faire connaître notre position avant ce délai passé, cela signifiait que nous étions trop faibles et que nous ne méritions pas son secours...

Donc dès que la semaine prochaine sera terminée, ma mère commencera à essayer de le contacter et à faire des recherches pour le retrouver. Et quand elle ne trouvera rien, c'est à ma rencontre qu'elle viendra…

Du coup, à mes yeux, le meilleur moyen pour garantir sa sécurité, c'est de mettre le plus de distance possible entre lui et moi, comme j'aurais dû le faire depuis le début... C'est pour cela que j'ai fait passer des entretiens d'embauches en secret afin de trouver quelqu'un qui géra le dispensaire pour moi. Vu que même si personne n'est encore au courant, d'ici la semaine prochaine, toutes mes affaires seront empaquetées, direction San Francisco.

Le grand départ approche et honnêtement, même si je n'en suis pas fière. J'ai réussi à mettre en place le planning parfait ! Effectivement, nous sommes lundi, demain soir je fais une dernière soirée karaoké au dispensaire, puis mercredi matin alors qu'Isaac reprendra finalement son poste, pour ma part… je serais à l'aéroport.

Même si je ne pourrais probablement plus jamais me regarder dans un miroir après ça et que bien évidemment j'ai de nouveau cette sensation d'être complètement vide, voire morte à l'intérieur… C'est la meilleure solution… Je joue donc le jeu au quotidien et fais comme si de rien n'était alors que dans le fond, je donnerais n'importe quoi pour pouvoir me recroqueviller dans un coin et pleurer toutes les larmes de mon corps jusqu'à la fin de mes jours…

Mais je n'ai pas le droit de faire ça. Du coup, je vais me contenter de mettre en place mon mécanisme de défense habituel : soit fuir le plus loin de ce qui cause ma peine, afin de pouvoir au final la planquer dans un des recoins les plus enfouis de mon âme…

– Jahyana, je peux te parler cinq minutes ? me demande Kilian en arrivant au sous-sol alors que je rassemblais mes affaires pour rentrer.

– Oui, pas de soucis, je t'écoute, répondis-je mine de rien et mon faux sourire habituel plaqué au visage.

Il ne dit rien sur le coup et prend place à la table que nous utilisons pour déjeuner, puis m'invite à m'asseoir d'un geste de la main, le regard très sérieux. Ce qui m'étonne, car ce n'est pas du tout dans ses habitudes d'agir de cette manière, mais j'obtempère et me place face à lui en silence.

– Tout d'abord, je voulais te redire que je te suis très reconnaissant de l'opportunité que tu m'as offerte, il y maintenant plus de trois ans. Jamais je n'aurais pensé avoir un jour une vie rangée, prétendre à un bel avenir et c'est vraiment très agréable. Donc je te remercie pour cela, commence-t-il avec un petit sourire. Ensuite, sache que mon point de vue à ton égard n'a pas changé malgré ce que j'ai appris. Malheureusement, des fois nous sommes obligés de faire certaines choses pour survivre, mais cela ne fait pas de nous des monstres ! Et j'en parle en connaissance de cause, comme tu le sais, continu-t-il plus sérieusement. Enfin, je sais que tu n'aimes pas parler de ta vie privée et je le comprends. Par contre, je te considère sincèrement comme mon ami. Du coup, en tant qu'ami, je me dois de te dire que tu es en train de grave merder avec Isaac. Je peux comprendre ce qui te bloque, mais tu ne peux pas laisser la peur te priver de quelque chose de beau. Surtout qu'avec la vie que tu as vécue, tu mérites bien d'être heureuse et Isaac sera ravi de s'occuper de ça, conclut-il avec un air grave.

– Je te remercie pour tout ce que tu viens de me dire et surtout pour le fait de ne pas me juger. Mais en ce qui concerne Isaac, c'est plus compliqué que ça, déclaré-je en contenant au mieux la tristesse qui monte en moi lorsque je pense à tout ça…

– Cela me paraît pourtant très simple ! Vous vous aimez, vous êtes tous les deux conscients de ce qui peut vous tomber sur la gueule. Mais vous serez là pour veiller l'un sur l'autre justement ! s'exclame-t-il en levant les mains au ciel.

– Oui, mais le risque…

– Bien sûr qu'il y a un risque ! Mais des risques, il y en a toujours et pour n'importe quoi ! Tu pourrais tout aussi bien te faire renverser par un bus ! Sans compter qu'aux dernières nouvelles, même si cela n'a pas été évident, vous vous en êtes tous les deux sortis. C'est donc que, dans le fond, vous êtes capable de faire face à ce genre de risque ! me coupe-t-il. Et oui, je sais que là il s'est fait prendre aux dépourvues, mais je suis certain qu'il fera tout ce qui est en son pouvoir pour qu'une telle chose ne se reproduise jamais ! Vu que je pense que tu as pu constater par toi-même à quel point il pouvait se montrer déterminé ! indique-t-il ensuite très sérieusement.

— Qu'est-ce que tu veux dire par là ? lui demandé-je intrigué, sentant clairement qu'il me cache quelque chose.

— Ce que je veux dire, c'est qu'il t'aime comme jamais je ne l'ai vu aimer une femme. Il sera prêt à tout pour s'assurer que ce genre de chose ne se reproduise pas, me répond-il après quelques secondes en ayant l'air de chercher ses mots.

— Le problème est là aussi ! S'il tentait quelque chose d'idiot qui mettait sa vie en danger ? Il devrait se trouver une femme gentille et douce, qui ne vient pas d'une famille de monstres qui pourrait refaire surface à n'importe quel moment et foutre toute sa vie en l'air ! crié-je presque en me levant de ma chaise.

— Jahyana, il est tout sauf idiot, jamais il ne prendrait de risque irréfléchi ! affirme Kilian avant de se redresser à son tour pour me faire face. Et encore une fois c'est un grand garçon, tu n'as pas le droit de décider pour lui si oui ou non tu en vaux la peine, ajoute-t-il ensuite d'un ton plus doux.

— Sauf qu'il n'est pas question que je revive ce que j'ai vécu un jour, donc je ne prendrais pas ce risque, désolé, murmuré-je en me rasseyant.

— Qu'est-ce que tu veux dire ? me questionne-t-il l'air perplexe.

— Est-ce qu'il t'a expliqué comment ma sœur est morte ? l'interrogé-je et j'ai en retour un signe négatif de la tête. Je suis tombée amoureuse d'un mec, qui en fait travaillait pour mon père en secret. Un jour, un des ennemis de mon père a trouvé que le meilleur moyen de se venger de celui-ci était de mettre le feu au hangar où nous faisions pousser nos plants. Sauf que ce soir-là ma sœur était dedans, expliqué-je d'une traite le regard rivés sur la table.

– Je suis vraiment désolé pour toi, souffle-t-il d'une petite voix.

– Même… même si au fond, je sais que ce n'est pas de ma faute… Je ne supporterais pas le fait qu'une autre personne que j'aime meurt à cause de ma famille ! confié-je ensuite en le regardant droit dans les yeux.

– Je comprends tout à fait ta manière de voir les choses et je ne vais pas essayer de te faire changer d'avis plus longtemps, lance-t-il avec un regard triste. Par contre, s'il te plaît, promets-moi que si par un quelconque miracle, plus aucun risque ne courait sur vous. Tu accepteras de vous laisser une chance, ajoute-t-il avant de lever.

– Pourquoi tu me demandes cela ? ne puis-je m'empêcher de lui demander tant il m'intrigue.

– Je suis un ami sympathique et toujours présent, qui ne t'a jamais embêté ou posé de questions. Donc, promets-le-moi Jahyana sans en poser à ton tour, répond-il très sérieusement.

– D'accord promis, murmuré-je après quelques secondes d'hésitation.

Il hoche la tête puis remonte à l'étage comme si de rien n'était. Je suis pas mal perturbée par cette conversation et je n'arrive pas à comprendre son insistance, en ce qui concerne cette promesse. Mais comme toutes mes autres pensées sur Isaac, je commence déjà à faire le tri dans mon cerveau. En mettant tout ce qu'il le concerne dans un coin très profond et inaccessible de celui-ci. En effet, moins je penserais à lui, moins j'aurais l'impression de me briser un peu plus à chaque seconde qui passe…

Et vu qu'il est impossible qu'un miracle se produise d'ici là et que ma mère meure d'une crise cardiaque foudroyante ! Je sais que nous n'avons aucune chance d'avoir notre « happy-end ». Ainsi, demain soir, j'annoncerais mon départ à la fin de la soirée. Puis je passerais sûrement le reste de ma vie à haïr du plus profond de mon âme ma famille pour m'avoir pris la seule personne dans ce monde qui avait réussi à me redonner vie après la mort d'Aneya…

La soirée bat son plein depuis plus d'une heure et même si je continue de faire bonne figure, j'ai une boule dans le ventre qui se noue un peu plus à chaque instant qui passe…

Je sais dans le fond que c'est la décision la plus sûre et que c'est ce qu'il y a de moins égoïste. Mais plus je pense au fait que je n'aurais plus jamais l'occasion de le revoir, plus j'ai la sensation de me réduire en morceaux…

Sentant que je n'arrive plus à contenir mes émotions. Je décide finalement de prendre le micro et d'essayer de me changer les idées en chantant. Ainsi cela me permettra peut-être de me détendre un peu avant que j'aie à annoncer ma nouvelle… Je choisis donc une musique rythmée, ce qui fera plaisir aux invités, mais dont les paroles me parlent…

« We got demons
« Nous avons des démons

Demons stuck inside our blood
Des démons coincés dans notre sang
Yeah we got drugs inside our heart
Ouais nous avons de la drogue dans notre cœur
Yeah we eat the mud to be free
Ouais nous mangeons la boue pour être libres
We're gonna lose, mama
Nous allons perdre, mama
Because we choose, mama
Parce que nous avons choisi, mama
To say that we're the best
De dire que nous sommes les meilleurs
But we look just like the rest, mama
Mais nous ressemblons au reste, mama
We want that crown, mama
Nous voulons cette couronne, maman
And we want it now, mama
Et nous la voulons maintenant, maman
To be the selfish kings
Pour être les rois égoïstes
Of a worthless empire
D'un empire sans valeur
That's why we're insane
C'est pourquoi nous sommes fous
We take mud to escape
Nous prenons de la boue pour nous échapper
'Cause life's hard to take »
Parce que la vie est difficile à prendre »[7]

---

[7] *Loic Nottet- « Mud Blood »*

Après vingt minutes à enchaîner les musiques, je me dis qu'il est finalement temps de prendre mon courage à deux mains. Ainsi, je ne demande pas au musicien de jouer un nouveau morceau et les invite au contraire à se joindre à la foule. Puis je prends de grandes inspirations avant de me retourner vers la salle.

– Rebonsoir tout le monde ! J'aimerais avoir votre attention une seconde, lancé-je et la salle se concentre aussitôt sur moi. Alors tout d'abord, merci à tous de venir toujours aussi nombreux à nos soirées et plus particulièrement au dispensaire. Nous espérons que vous continuerez longtemps à être satisfait de nos services, poursuivis-je en ayant un sourire sincère à l'intention de chacun, car j'ai côtoyé et appris à apprécier la plupart des personnes ici présentes… Ensuite, je voulais vous annoncer qu'à partir de demain, Kilian sera le responsable de la boutique et un manager tout fraîchement engagé l'aidera dans sa tâche, balancé-je en désignant Kilian qui est sur le cul de mon annonce au vu de la tête qu'il tire, ce qui est compréhensible vu que je ne l'avais pas encore informé. Pour ma part, je vais aller découvrir de nouvelles villes et voir si je trouve une autre belle petite ville qui aurait besoin des services d'un dispensaire haut en couleur, repris-je en ricanant En tout cas, c'était un plaisir d'avoir vécu à vos côtés. Donc bonne continuation à tous et surtout profitez de la soirée ! terminé-je alors que je lève mon verre.

J'ai le droit à plusieurs secondes d'applaudissement, puis lorsque je me mêle à la foule, je dois bien passer les dix minutes qui ont suivi encerclée par tous les invités, afin que chacun puisse me dire au revoir. Quand j'arrive finalement à sortir de ce bourbier, je tombe sur Kilian, qui n'a pas l'air content du tout.

– Tu as vraiment l'intention de te barrer comme ça, sans dire au revoir ? me lance-t-il l'air de se contenir de crier.

– Bein en l'occurrence, c'est ce à quoi sert cette soirée, répondis-je les sourcils haussés comme si je ne comprenais pas son ton. Et de rien pour la promotio…

– Tu sais très bien que je ne parle pas de moi ou de tous ces gens ! Et même si je te suis reconnaissant pour ce poste, je trouve ça honteux que tu fasses en sorte de partir juste avant qu'il ne reprenne le travail ! me coupe-t-il sèchement.

– J'en ai conscience et je ne suis pas fière de moi… Mais c'est comme ça ! Les choses n'ont pas changé et il n'est pas question que je mette sa vie en danger encore une fois ! répliqué-je très sérieusement.
– Et pour ça, tu es obligé de fuir de la sorte ? demande-t-il sans même cacher son ton méprisant.

– C'est la meilleure chose à faire. Ainsi il réalisera plus facilement que ce qu'il éprouvait pour moi n'était pas aussi fort que ça. Puis il trouvera une femme gentille, avec qui il pourra fonder une famille et vivre paisiblement. Et je peux t'assurer qu'un jour il me remerciera ! affirmé-je en essayant de faire comme si j'y croyais...

– Tout ça ce n'est que des excuses ! Tu te mens à toi-même et je peux t'assurer que tu fais une grosse erreur ! me crache-t-il au visage.

– Oui, c'est possible ! Mais je préfère ça plutôt que de le voir mort ! rétorqué-je sèchement.

Il reste quelques secondes à me regarder en silence. Puis il m'attrape dans ses bras sans me prévenir et commence à me murmurer à l'oreille :

– J'espère que tu changeras d'avis et que tu te rappelleras ta promesse. Si ce n'est pas le cas, je trouverai ça vraiment dommage, car ça se voit que vous êtes fait pour être ensemble, quoi que tu en penses. J'espère à bientôt, Jahyana…

Il me relâche ensuite et se dirige vers le comptoir sans ajouter un mot de plus. Je suis une nouvelle fois totalement perturbé par son attitude. Je comprends qu'il soutienne son ami, mais je n'arrive pas à discerner pourquoi il a eu l'air de si mal prendre mon départ soudain…

Encore une fois, je décide de mettre mes pensées de côté et me dirige vers la sortie au pas de course. J'ai encore ma valise à boucler et vu que je dois partir demain matin très tôt, il faut que je me presse.

– Donc tu avais l'intention de te tirer sans même un au revoir ? me lance une voix que je ne voulais vraiment pas réentendre tandis que je passe tout juste la porte.
– Je suis contente de voir que tu vas mieux, répondis-je d'une petite voix en faisant comme si de rien n'était avant de me retourner vers lui.

– Arrête de jouer à ce petit jeu, j'en ai marre Jahyana ! Tu allais te barrer sans même prévenir ? hurle-t-il cette fois, sans cacher sa colère et je le comprends…

– C'est ce qu'il y a de mieux à faire, murmuré-je en baissant les yeux.

– Ce qu'il y a de mieux à faire ?! répète-t-il alors qu'il se rapproche de moi d'un pas vif. Me traiter comme une merde, en me laissant en plan sans même un au revoir, c'est ce qu'il y a de mieux à faire ?! me crache-t-il ensuite au visage.

– Être avec moi, c'est mettre ta vie en danger et je ne supporterais pas le fait qu'il t'arrive quelque chose, soufflé-je le regard toujours rivé au sol, tant je suis incapable de lui faire réellement face...

– Donc tu ne penses qu'à toi ! Malgré le fait que je t'ai avoué que je t'aimais et que tu sais à quel point j'étais prêt à tout pour te rendre heureuse et te protéger... Toi au lieu de nous laisser une chance, tu fuis tout ça parce que tu n'es pas capable d'affronter ta peur ! grogne-t-il d'un ton froid.

– Je suis désolé, murmuré-je ne sachant sincèrement pas quoi lui dire, qui pourrait atténuer sa peine, car rien de ce que je me suis dit n'a atténué la mienne.

– Moi aussi, je suis désolé pour moi... Parce que je suis tombé amoureux d'une femme qui ne veut pas s'avouer que nous sommes faits pour être ensemble. Mais aussi parce que celle-ci ne m'a pas laissé le temps de lui montrer que je pouvais déplacer des montagnes afin de m'assurer que nous pourrions vivre paisiblement, commence-t-il d'une voix triste, avant d'avoir l'air de se résigner tant son visage se ferme. Parce que tu vois là ? Tu as tout d'abord les papiers pour ton divorce signés par ton ex-mari que j'avais réussi à obtenir lors de notre voyage à San Diego. J'attendais le bon moment pour te les offrir, celui où tu me dévoilerais enfin tes sentiments, car je ne voulais pas que tu sentes obligé de faire quoi que ce soit sous prétexte de ce que j'avais fait... Du coup, tu n'as plus qu'à les envoyer et cela en sera officiellement fini de votre mariage. Ensuite, sache qu'en l'occurrence cela fait plus d'une semaine que je me suis remis sur pied. Et si je ne suis pas revenue travailler plus tôt, c'est parce que je faisais en sorte de te prouver que je pouvais nous protéger. Grâce à mes contacts dans l'armée, qui ont eux-mêmes des contacts dans la police, j'ai réussi à obtenir une faveur exceptionnelle et à faire en sorte que ta mère, tout comme ses principaux bras droits, soient considérés comme persona non gratta à Merced. Ainsi, ils ne pourront jamais remettre un pied ici, sinon ils se feront aussitôt arrêter et raccompagner à la sortir de la ville par n'importe quelle patrouille de police, continu-t-il tout en jetant deux dossiers à mes pieds. Certes elle sera toujours libre, mais elle ne pourra plus jamais nous approcher !

Donc tu vois, j'ai réglé tout ce qui nous empêchait d'être ensemble. Mais quand je vois la manière dont tu avais l'intention de partir, je me dis que tout ce que j'ai fait n'en valait pas la peine... étant donné que la vérité, c'est que je suis tombé amoureux de toi dès notre premier dîner et j'ai sincèrement cru qu'il en était de même pour toi ! Sauf que je constate que ce n'est clairement pas le cas au vu de ton comportement à mon égard... Mais surtout, je pensais que j'étais tombé sur une femme comme moi, une battante ! Une personne qui, peu importe ce qui lui tombait dessus, se relevait et se battait pour obtenir ce qu'elle voulait. C'est même ce que tu proclamais lorsqu'on s'est rencontré... Cependant, visiblement, je me suis trompé et tu ne faisais que jouer la comédie, car aujourd'hui tu laisses tomber toute ta vie et plus particulièrement moi... uniquement à cause de ta peur... Ainsi soit tu es une lâche qui se fait passer pour une femme forte ou alors tu ne tenais effectivement pas suffisamment à moi, pour te battre pour nous... Quelle que soit la vérité, je réalise que je ne veux pas d'une personne comme ça dans ma vie... donc bonne continuation, Jahyana. J'espère que cette vie à fuir arrivera un jour à te faire ressentir ne serait-ce qu'un quart du bonheur que j'avais l'intention de t'offrir, termine-t-il avant de rebrousser chemin sans m'adresser un regard de plus.

Quand j'entends la porte d'entrée du dispensaire se refermer, je reprends possession de mon esprit. Et celui-ci ne m'offre que deux options : m'écrouler immédiatement au milieu de cette rue en larme ou refouler encore une fois tout ce que je ressens pour réussir à bouger...

Je choisis donc de ravaler au plus profond de moi la douleur que je sens prendre possession de mon être. Et alors que j'arrive à reprendre le contrôle de mon corps, j'ai l'impression que la boule que j'ai dans la gorge depuis des semaines a triplé de volume...

J'attrape les dossiers qui sont à terre et fonce jusque chez moi au pas de course avant que mon corps ne lâche... Une fois dans mon appartement, je n'arrive pas à faire un pas de plus et je me laisse glisser contre la porte jusqu'au sol. Je sens aussitôt les larmes couler sur mon visage, ainsi je prends de grandes inspirations afin d'essayer de calmer les sanglots qui montent.

Lorsque que je ne vois plus flou, à cause des larmes, je commence immédiatement à feuilleter les fameux dossiers, page par page, en veillant à ne rien louper. Et pendant que je réalise que tout ce qu'il m'a dit est vrai, j'ai la sensation que mon cœur va exploser tant il bat à une vitesse hallucinante et surtout que je pourrais vomir mes tripes à chaque seconde, tant je sens la culpabilité et la honte me retourner l'estomac.

Dans le premier dossier, il y a bien tous les papiers pouvant acter mon divorce qui sont signés par Rodrigue. Il y a même une note de celui-ci et lorsque je la lis je n'en crois pas mes yeux.

« Jamais je n'aurais pensé voir quelqu'un parler de toi avec autant d'amour dans les yeux que ta sœur. Pourtant, alors que j'écoutais Isaac, ce fut le cas… J'espère qu'en faisant cela tu arriveras à avancer dans ta vie. Et encore une fois, je ne m'excuserai jamais assez pour ce qui est arrivé. »

Puis dans le second, je constate qu'effectivement la police de la ville a mis en place une interdiction d'entrée à l'encontre de ma mère et de cinq de ses hommes de main. Je n'arrive pas à comprendre comment il a pu obtenir une telle chose, alors qu'il n'avait aucune preuve…

Ainsi, alors que je prends conscience à quel point j'ai tout gâché à cause de ma peur, je ne peux plus retenir la douleur qui m'envahit… Je me recroqueville sur moi-même et les larmes se mettent à couler à flots cette fois sur mes joues, en même temps que des gémissements de tristesse sortent de ma bouche sans que je ne puisse les retenir… La peine que je ressens me donne tellement l'impression que je suis en train de définitivement mourir de l'intérieur, que j'en tremble de froid.

J'avais trouvé un homme hors du commun, qui m'acceptait malgré mon passé et tous mes défauts. Pourtant, j'ai tout envoyé bouler sans même essayer de réellement chercher une solution…

Quand je me repasse chaque moment que nous avons passé ensemble, je réalise à quel point il m'a fait du bien. Je prends aussi conscience qu'au cours du peu de temps que j'ai passé avec lui, je me suis plus reconstruite qu'au cours de ces trois dernières années…

Alors que depuis la mort de ma sœur, j'étais totalement brisée et convaincue que plus jamais je ne me sentirais réellement heureuse… J'étais persuadé que toute ma vie, je serais obligé de faire semblant d'aller bien… Lui, il m'a déchargé de ma culpabilité… Il m'a aussi permis de me sentir protégée et aimée comme je ne l'avais jamais été auparavant… Je prends réellement conscience, à cet instant, à quel point je suis tombée amoureuse de lui malgré toutes les barrières que j'ai essayé de me mettre…

Mais je m'aperçois par la même occasion qu'avec mon attitude égoïste, je ne mérite sûrement pas qu'il me donne une autre chance. Ainsi je m'effondre un peu plus…

XXVII

Jahyana

« Une personne forte n'est pas celle qui ne pleure jamais. Une personne forte est celle qui peut fondre en larmes par moment pour ensuite reprendre les armes et continuer de se battre. »[*]

Après avoir passé une bonne partie de la nuit à pleurer toutes les larmes de mon corps et me flageller mentalement pour m'être montrée aussi lâche et d'avoir tout foutu en l'air alors que pour la première fois depuis qu'Aneya est morte, j'avais une chance d'être réellement heureuse.

J'ai passé le reste de la nuit à éplucher chacun des documents qu'il m'a remis, mais aussi à me repasser notre conversation en tête et à retourner la situation dans les sens.

____

Du coup, après ces longues heures de réflexion, j'en suis arrivée à la conclusion suivante : ma mère représente toujours une menace, car elle ne manque pas de moyens et donc trouver des mercenaires qui pourraient faire son sale boulot, c'est tout à fait à sa portée ! Par contre, je n'ai plus l'intention de fuir et je vais me battre pour obtenir ce que je veux. Et ce que je veux c'est lui !

Après avoir passé plusieurs coups de fil pour annuler mon déménagement, ainsi qu'avoir fait une petite sieste. J'ai rassemblé quelques affaires et j'ai sauté dans ma voiture en début d'après-midi, direction le fin fond de San Diego. En effet, il est temps que je rentre à la maison afin de faire définitivement disparaître tous les liens qui m'unissent à cette famille de malheur…

Après huit longues heures de route, alors que la nuit est totalement tombée, j'arrive enfin au niveau de la maison ou plutôt de la forteresse de mes parents, vu la grandeur de celle-ci, mais surtout à cause de l'immense mur d'enceinte qui l'entoure. Qui donne forcément la sensation d'entrer dans une prison. Ce qui était clairement l'image que j'avais de cet endroit lorsque j'étais enfant…

Contrairement à la dernière fois où je suis revenu, je n'ai pas l'intention de me casser la tête à mettre en place un plan afin d'entrer en toute discrétion et de m'occuper de ma mère. Non, aujourd'hui je vais rentrer en force et lui faire comprendre qu'elle n'aura pas d'autres choix que celui que je vais lui imposer.

Lorsque j'arrive presque au niveau du portail principal, j'éteins les feux de la voiture et je remonte ma vitre, afin que le garde posté ne puisse pas me voir, celle-ci étant teintée. Quand je m'arrête finalement au niveau du poste de garde, celui-ci sort immédiatement l'air tendu et observe attentivement ma voiture. Une fois qu'il a l'air d'être sûr de ne pas connaître mon véhicule, il s'approche une main posée sur l'arme accrochée à sa ceinture. Tandis qu'il va pour toquer à la vitre, j'ouvre ma porte d'un coup sec, ce qui le fait tomber au sol. Et avant qu'il n'ait le temps de se relever, je lui tire une balle en plein genou et lui prend ensuite son arme.

Après avoir fini de hurler, il se concentre sur moi et il finit par me reconnaître, ainsi il me regarde avec un regard noir, qui démontre bien son envie de me faire du mal. Cependant, il perd rapidement sa confiance en lui, quand je sors la chevalière de mon père ainsi que son chapelet et les lui montre avec un grand sourire. Son visage se décompose immédiatement et la terreur que je vois dans ces yeux me donne envie de rigoler. Mais, je me retiens et garde une expression fermée sur le visage.

Une fois que j'ai assez profité de sa mine de chien battu, je le relève tout en gardant mon arme pointée sur lui et le ramène jusqu'à sa cabine de contrôle. De là, je l'oblige à désactiver les caméras qui sont au niveau du portail et de l'ouvrir puis je récupère le rouleau de scotch qui traîne dans le bureau, lui en met sur la bouche et je lui attache les mains. Je récupère la clé de la voiture électrique qu'il utilise normalement pour se déplacer et je le traîne jusque dehors. Je le fourre ensuite dans ma voiture et allume celle-ci.

— Bon, tu vas être un gentil garçon et utiliser ta jambe encore valide et tes petites mains afin de te diriger bien tranquillement jusqu'à l'entrée de la maison, lui ordonné-je mon arme pointée sur sa tête. Et si tu t'avises de changer de trajectoire avant d'arriver à l'entrée, sache que la seule chose que mon père apprécié chez moi, c'est ma capacité à faire exploser des trucs ! ajouté-je avec toutes mes dents.

Ces yeux s'agrandissent et je peux y lire la peur sans problème, ainsi il hoche la tête avant de poser le pied sur l'accélérateur. Je referme aussitôt la porte et pendant que la voiture franchit le portail, je me précipite de monter dans la petite voiture électrique. Sauf qu'au lieu d'emprunter la voie principale pour arriver au niveau de l'entrée, je fonce vers la droite et longe le mur d'enceinte sur plusieurs mètres. Quand j'arrive au niveau de l'angle de la maison, je tourne vers la gauche et me dirige à toute vitesse vers l'entrée.

Lorsque ma voiture et le gentil petit garde arrivent face à l'entrée et aux six gardes qui surveillent celle-ci. Pour ma part, j'arrive sur la droite de tout ce petit monde. Pendant que les gardes foncent sur ma voiture pour l'encercler, moi je commence à tirer dans le tas. Trois gardes tombent à terre et les trois autres se cachent derrière ma voiture, tandis que je m'arrête finalement au niveau de l'entrée.

– Stanley ! Je sais que tu es là, donc sors de ta cachette et viens affronter la vérité ! braillé-je tandis que je descends de la voiturette.

– De quelle vérité parles-tu, sale petite peste ?! rétorque celui-ci en sortant de derrière ma voiture.

– Oh ! Je te conseille fortement de ne pas parler ainsi à ton boss, si tu ne veux pas mourir ! balancé-je toutes dents dehors.

Avant de mettre les bijoux de mon père sous ses yeux afin qu'il comprenne ce qu'il en est. Aussitôt, je vois son regard se noircir et il s'approche de moi à pas vifs.

– C'est impossible, murmure-t-il lorsqu'il arrive juste face à moi.

– Pourtant si ! Du coup, à moins que tu n'aies envie que je fasse un vrai carnage dans tes rangs, je te conseille de faire ce que je te demande, indiqué-je.

– Que voulez-vous que l'on fasse Madame ? demande-t-il d'un ton neutre après quelques secondes, mais sans cacher son regard noir.

– Est-ce que ma mère est là ? l'interrogé-je souhaitant passer aux choses sérieuses sans perdre de temps.

– Oui, elle est dans son bureau Madame. Et, elle n'a pas été informée de votre arrivée vu qu'elle travaille et a demandé à ne pas être dérangée, m'informe-t-il en ayant l'air de deviner ce que je manigance.

– Parfait ! Donc maintenant, je te prie de demander à tous les gardes de ma mère de quitter leur poste, mais aussi de faire venir très, très rapidement mon cher cousin Joseph et l'avocat de la famille, déclaré-je en passant à côté de lui afin d'entrer dans la maison.

– À vos ordres, Madame, répond-il très clairement à contrecœur.

Lorsque j'entre finalement dans ce qui m'a servi de prison pendant des années, je ne laisse pas les souvenirs qui me reviennent en tête m'envahir et me concentre uniquement sur mon objectif. Ainsi, je fonce directement vers l'aile Ouest, où se situe le bureau de ma mère.

Quand j'arrive dans le couloir menant à celui-ci, je constate avec plaisir que tous les gardes ont bien quitté leur poste comme je l'ai demandé.

– Je vous ai dit que je ne voulais pas être dérangé ! hurle ma mère par-dessus son épaule dès que je rentre, alors qu'elle tape vivement sur son ordinateur.

– Tu peux chercher autant que tu veux et éplucher de long en large ton carnet de contact, tu n'as aucune chance de le retrouver ! lancé-je en prenant place dans un fauteuil du petit salon situé derrière son bureau.

– Jahyana ! s'exclame-t-elle tandis qu'elle se retourne vers moi. Comment es-tu rentrée ? Où sont les gardes ? Et, qu'est-ce que tu racontes au sujet de ton père ? déblatère-t-elle d'une traite tout en se levant pour venir vers moi.

Alors qu'elle arrive à environ un mètre de moi, je sors mon arme de derrière mon dos et lui fais un geste de la main afin de l'inviter à s'asseoir face à moi. Une fois qu'elle est bien sagement assise face à moi, je souris de toutes mes dents et me fais un réel plaisir de répondre à ses questions.

– Père est mort et a fini dans un bidon d'acide qui doit maintenant croupir quelque part au fond de l'océan ! Et vu que c'est moi qui ai eu le plaisir de mettre fin à ces jours, je suis dorénavant maîtresse des lieux, m'exclamé-je en levant les bras. Donc après avoir fait comprendre à mes chers nouveaux employés qui j'étais et ce dont j'étais capable, je suis tout tranquillement venu te retrouver, ajouté-je avec le même faux sourire qu'elle affiche sur son visage au quotidien.

Ce qui fait que pour la première fois de ma vie, je vois le visage de ma mère se décomposer. Elle qui est normalement aussi rigide qu'une peinture et n'affiche aucune émotion. Là, je vois clairement la surprise et la peur se dessiner sur son visage. Et même si je n'aurais jamais de peine pour elle après tout ce que j'ai subi, pour la première fois de mon existence, je la vois comme un être humain qui éprouve des choses et non comme un robot sans âme ou cœur…

– Ce n'est pas possible, murmure-t-elle.

– Pourtant si ! Je vous avais prévenu que si vous continuiez de vouloir prendre le contrôle de ma vie vous en payeriez le prix cher.

Et père a choisi de s'en prendre à la personne à qui il ne fallait surtout pas toucher ! annoncé-je sans une once de pitié à son égard.

– Mais pourquoi l'avoir tué si c'est pour revenir ici et devenir le chef du cartel ? s'exclame-t-elle alors qu'elle se relève avec un regard paniqué.

– Je n'ai absolument pas l'intention de reprendre la main. Si j'ai fait croire cela aux gardes, c'est juste pour t'atteindre sans problème, l'informé-je. Par contre, si je suis venu, c'est pour m'assurer que plus jamais tu n'interfères dans ma vie, ajouté-je en me levant à mon tour.

– Tu es donc venu m'exécuter, souffle-t-elle avec de grands yeux, l'air d'être choquée.

Et même si ce n'est pas là mon intention, je n'arrive vraiment pas à croire que cette idée la surprenne autant. J'ai un nombre incalculable de raisons de lui mettre une balle en pleine tête ! Mais je me suis promis à moi-même que je me battrais toujours pour ne jamais être aussi cruelle qu'eux…

– Non… Même si ce n'est pas l'envie qui me manque ! affirmé-je sans pouvoir m'en empêcher. Tu as quinze minutes pour rassembler le plus d'affaires possible. Ensuite, tu auras vingt-quatre heures pour quitter le pays et ne plus jamais remettre un pied en Amérique, sinon je t'enverrai rejoindre ton cher mari, expliqué-je en guettant sa réaction.

Je vois immédiatement de la surprise et de la colère s'afficher sur son visage, ce qui me ravit au plus haut point. Ainsi même si je ne suis pas de leur genre à aimer faire souffrir les gens. Je dois avouer que la voir dans cet état, me donne l'impression de lui faire un peu payer ce qu'elle nous a fait subir alors que nous n'étions que des enfants. Je ne peux donc m'empêcher de sourire, alors que comme je m'y attendais elle commence à déverser son venin sur moi.

– Espèce de sale petite ingrate égoïste ! Te rends-tu compte de tout ce que j'ai fait pour obtenir la vie que j'ai aujourd'hui ?! Et toi tu penses pouvoir débarquer comme ça et tout me voler sans que je ne dise ou fasse quoi ce soit ?! hurle-t-elle le visage déformé par la colère.

– Bien sûr que tu ne vas rien dire, car tu n'as pas d'autres choix ! Père est mort et c'est moi qui l'ai tué, de ce fait, tous les droits sur le cartel et ce qui lui appartenait me revient, que cela te plaise ou non ! Maintenant, vas rassembler tes affaires avant que j'appelle les gardes pour qu'ils t'escortent dehors comme un vieux déchet ! répliqué-je sans perdre mon clame contrairement à elle.

– Je l'avais pourtant bien dit à ton père que tu n'étais pas celle sur qui il fallait miser… se met-elle à marmonner le regard plongé dans le vide, comme si elle n'était plus vraiment là. Je lui avais dit que tu serais celle qui nous causerait le plus de problèmes et que s'il fallait en protéger une, il fallait que ce soit Aneya… continu-t-elle en se mettant dos à moi. Mais comme toujours, il n'en a fait qu'à sa tête et voilà où ça nous a menés… Aujourd'hui, cette ingrate de fille pense pouvoir détruire tout ce que nous nous sommes battus à construire… Mais il n'en est pas question ! termine-t-elle avant de se retourner et de foncer sur moi.

Malgré les années passées à côtoyer cette femme sans cœur, j'ai tellement été choquée par ce qu'elle me disait que je n'ai pas été capable de réagir alors que son poing s'abattait sur ma joue. Le temps que je me reprenne, elle arrive à faire tomber l'arme qui était dans ma main d'un coup de pied. Puis, alors qu'elle s'apprêtait à m'envoyer un nouveau coup de poing en pleine tête, j'arrive à reprendre mes esprits et l'esquive juste à temps. Je lui mets donc à mon tour mon poing en plein ventre et enchaîne avec un coup de genou dans la tête alors qu'elle se baisse légèrement suite au précédent coup.

Je vais pour lui mettre un nouveau coup de poing, quand elle se reprend, arrive à l'éviter avant de se jeter tout à coup sur moi et tandis que je touche le sol, je sens une douleur intense m'envahir le bas du ventre. Sauf que je n'ai pas le temps de regarder ce qu'il en est, qu'elle recommence aussitôt à me frapper au visage. Je le protège du mieux que je peux et essaie de reprendre le contrôle de ma respiration afin de calmer la douleur qui se met à envahir le bas de mon ventre.

Une fois que je sens que je peux la gérer, je donne un grand coup de hanche vers la droite et arrive à faire tomber ma mère sur le côté. Je me relève aussi vite que possible et constate que j'ai un coupe-papier planté sur la droite dans le bas du ventre. Je ne me laisse pas aller et fonce sur ma mère alors qu'elle se relève à son tour. J'enchaîne plusieurs coups de poing, étant incapable d'utiliser mes jambes à cause de ma blessure.

Et alors que je pensais que j'arrivais à bout d'elle. Elle retire tout à coup son arme de fortune de mon ventre et la douleur qui surgit me met aussitôt à genoux. Elle fonce sur moi sans attendre et me met totalement à terre d'un coup de genoux en pleine tête. Puis tandis qu'elle se place au-dessus de moi prête à me poignarder une nouvelle fois, je repère du coin de l'œil mon arme.

Ainsi, sans hésiter une seule seconde, j'attrape celle-ci, la pointe sur ma mère et tire. Alors que le son du coup de feu résonne à mes oreilles, elle s'effondre aussitôt de tout son poids sur moi. Et je dois avouer que malgré tout ce que j'ai déjà vécu et fait, il me faut puiser dans toutes mes forces pour retenir le vomi qui me monte à la bouche.

Après plusieurs minutes à essayer de reprendre le dessus sur mon esprit, j'arrive finalement à retrouver mon calme et à ne plus avoir l'impression de vouloir cracher mes tripes ainsi que d'être sur le point de suffoquer. Puis en dépit de la douleur bien présente, je force sur mes muscles afin de dégager le corps de ma mère.

Je me relève ensuite tant bien que mal et après un dernier regard à son corps gisant au sol, j'observe une dernière fois les lieux et je me dis que malgré les quelques bons souvenirs que j'ai avec ma sœur, cette maison n'est synonyme que de malheur et de mort... Ainsi, pendant que j'emprunte le couloir pour retourner au hall principal, je sais exactement ce que je vais faire...

XXVIII

Jahyana

*« Aimer n'est pas chose aisée, mais il faut accepter de se battre, car une fois qu'on a trouvé l'amour de sa vie, rien ne peut le remplacer. »**

Lorsque j'arrive au niveau de l'entrée principale ou les gardes m'attendent, Stanley fonce à ma rencontre accompagnée d'un garde que je n'ai jamais vu.

– Que s'est-il passé ? m'interroge Stanley, l'air presque inquiet, même si j'imagine bien que ce n'est pas pour moi.

____

– Ma mère n'est pas du genre à accepter les compromis, donc elle est partie retrouver son cher mari, répondis-je sans la moindre once de tristesse.

– D'accord, alors que voulez-vous faire maintenant ? me demande-t-il après avoir bloqué quelques secondes. Je vous informe aussi que Joseph et votre avocat viennent d'arriver, ajoute-t-il sans cacher son air intrigué.

– Très bien. Alors tout d'abord, faites passer le message suivant à toutes les employées de maison : ils ont une heure pour rassembler toutes leurs affaires et prendre tous les objets de valeurs qui leur plaisent. Par contre, je ne veux aucune bagarre ou ce genre de chose, sinon les choses finiront très mal pour tout le monde, commencé-je et aussitôt, son visage se déforme. Ensuite, demande à tes hommes de rassembler toute l'essence, gazole ou n'importe quel produit qui soit combustible dans le hall principal, continué-je. Enfin, fais escorter Joseph et l'avocat dans le bureau de mon père, je vais les y attendre, terminé-je avant de tourner les talons.

– Très bien, je m'occupe de tout cela, mais permettez-moi de vous demander d'aller d'abord voir le médecin pour votre blessure, déclare-t-il très sérieusement.

– Comme si tu en avais quelque chose à faire de ce qui peut m'arriver, me moqué-je en me retournant.

– Pour être honnête, oui en temps normal je me foutrais complètement de ce qui peut vous arriver… Mais là, vous êtes la boss et c'est mon travail de vous protéger, rétorque-t-il très clairement agacé.

– Très bien, faites-le venir dans le bureau et après envoyez-moi Joseph et l'avocat, indiqué-je avant de me diriger vers les escaliers.

Même pas cinq minutes plus tard, je me retrouve dans cette pièce que j'ai tant évitée durant mon enfance, tellement elle était synonyme de douleur et peine… Et alors que toutes ses fois où notre père nous conduisait ici pour nous réprimander me reviennent en mémoire, le médecin apparaît derrière moi. Ainsi je ne perds pas de temps et le laisse m'examiner et faire son job.

– Je vous conseille fortement de vous rendre dans l'hôpital le plus proche, il est possible qu'il y ait un saignement interne que je ne peux pas détecter ici, indique le médecin de la famille après m'avoir ausculté et recousu ma plaie au ventre.

– Oui, oui, assuré-je en me relevant.

Et je vois très bien à la manière dont il lève les yeux au ciel qu'il ne me croit pas une seule seconde. Cependant, je connais mon corps et je me sens bien, donc il ne s'agit que d'une simple égratignure et je n'ai clairement pas plus de temps à perdre. Je le remercie une dernière fois et lui indique de prévenir Stanley de faire venir mes invités.

Quelques minutes plus tard, je me retrouve face à l'avocat véreux qui travaille pour notre famille depuis toujours, ainsi qu'à Joseph, le fils du frère à mon père, qui travaille d'ores et déjà pour le cartel.

– Mademoiselle Caos, pouvez-vous me dire de quoi avez-vous besoin ? finit par demander l'avocat, visiblement mal à l'aise d'être face à moi et non mon père.

– Hé bien, Monsieur et Madame Caos sont morts. Du coup, je veux que vous me fassiez un document ou n'importe quoi d'ailleurs, attestant qu'à compter de ce jour, Joseph Caos sera l'héritier de l'empire de ma famille, annoncé-je tout simplement et leurs visages se décomposent aussitôt.

– Quoi ? Mais que s'est-il passé ? Et pourquoi moi ? s'exclame Joseph, l'air totalement perdu.

– Le comment et le pourquoi ne regarde personne ici présent, il s'agit d'une affaire de famille de la branche principale. Ensuite, tu sais très bien que je n'ai jamais voulu faire partie de cette organisation alors que toi, tu as travaillé dur pour gravir les échelons. Et malheureusement, comme je ne peux pas dissoudre un tel cartel sans m'attirer de problème, le mieux est de le confier à quelqu'un qui en veut, expliqué-je d'une traite en regardant Joseph.

– Vous allez céder l'empire ainsi, sans aucune compensation en contrepartie ? intervient l'avocat, l'air outré.

– À vrai dire, il y a trois conditions, confirmé-je ayant mûrement réfléchi à tout ça. La première, Joseph devra garantir et s'assurer que plus jamais je ne serais mêlée aux affaires du cartel. Je ne veux plus jamais être contacté, relié ou mis en danger à cause de cette famille et de tout ce qui va avec ! Deuxièmement, le manoir va être détruit et il n'aura pas le droit de le reconstruire, je veux que cette propriété reste à l'abandon et qu'avec elle soit enterrée avec le passé. Enfin, le compte du cartel revient à Joseph ; par contre, les comptes personnels de mes parents, qui sont normalement rattachés au cartel, doivent être vidés. Le compte de ma mère permettra de payer une belle compensation à chaque employé qui a travaillé ici et s'ils sont morts, alors une somme sera versée à la famille. En ce qui concerne celui de mon père, ses fonds iront au profit d'associations, exposé-je et si l'on était dans un dessin animé ou un truc dans le genre, la bouche de l'avocat serait tombée par terre.

– Je… euh… Si Monsieur Joseph Caos est en accord avec cela, alors je peux vous préparer l'accord immédiatement et il sera élaboré d'ici une heure, indique finalement l'avocat après avoir repris ces esprits.

– C'est vraiment ce que tu veux ? me demande Joseph, l'air de ne toujours pas en revenir.

– Oui, on n'a peut-être jamais été vraiment proche, mais tu sais très bien que je n'ai jamais voulu prendre la relève de mon père et que ce cartel m'a pris ce que j'aimais le plus… Donc il n'est pas question que j'en prenne la main, déclaré-je en le regardant droit dans les yeux. Et puis comme je l'ai dit, je pense que tu es celui qui mérite le plus de devenir le chef et peut-être que tu seras un peu moins horrible que mon père, ajouté-je avec un sourire en coin.

Il reste plusieurs minutes à me fixer comme si j'étais folle, et je peux le comprendre, car pour lui qui ne fait pas partie de la branche principale comme on dit, soit de la partie de la famille qui est aux commandes. Cela doit paraître impensable que je ne veuille pas de cet héritage… Sauf qu'à mes yeux, ce n'est pas un héritage, mais une malédiction…

– D'accord, j'accepte, finit-il par dire.

L'avocat hoche aussitôt la tête et part directement en direction du bureau qui est lui est attribué dans la maison afin de rédiger les papiers. Dès que ceux-ci seront prêts, je foncerai jusqu'à Merced et plus précisément jusqu'à lui…

Une bonne heure plus tard, l'avocat est de retour et après encore environ vingt minutes de lectures, je signe finalement le contrat et remets celui-ci avec les bijoux de mon père à Joseph actant que dorénavant, je n'ai officiellement plus aucun lien avec cette famille et ce cartel de malheur. Je retourne donc dans le hall principal afin de mettre en place la dernière phase de mon plan et faire définitivement disparaître ce passé et tous les mauvais souvenirs qui y sont liés…

Quand j'y arrive, tous les gardes ainsi que les employés de maison y sont rassemblés et je vérifie d'un coup d'œil auprès de Stanley que tout est en place. Une fois la confirmation obtenue, je me place face à tout le monde.

– À partir d'aujourd'hui et jusqu'à ce que la vie en décide autrement, Joseph Caos sera le nouveau chef du cartel *El Caos del Muerta*. En ce qui concerne les membres du cartel, à partir de maintenant, vous lui obéissez à lui et lui seul. Pour les employés de maison, vous avez le choix de le suivre et de travailler pour lui dans sa demeure ou non en sachant qu'une belle prime de remerciement pour vos années de service vous sera versée dans les prochains jours que vous décidiez ou non de rester, déclaré-je et des murmures d'étonnement retentissent dans toute la salle. Enfin, je vous invite tous à quitter cette maison qui m'a servi de prison durant toute mon enfance afin que je puisse y foutre le feu, donc j'espère que vous avez récupéré toutes vos affaires et tout ce qui vous plaisait, car sinon, il faudra fouiller dans les cendres ! ajouté-je avec un sourire sincère, tant je suis ravi à l'idée de voir cette maison partir en cendre.

Les murmures se font encore plus intenses puis en quelques minutes, tout le monde à quitter la maison. Tandis que je me retrouve finalement dehors face à celle-ci et que je m'apprête à donner l'ordre d'allumer tous les foyers de départs. Je ne ressens ni tristesse ni nostalgie, mais uniquement du soulagement… Les meilleurs souvenirs que j'ai avec Aneya ne sont absolument pas au sein de cette maison… Au contraire, celle-ci me fait uniquement penser à toutes les épreuves que nous avons endurées en vivant sous ce toit… Cela ne fait que me rappeler ce que j'ai perdu à cause de cette famille… Mon innocence… Une part de mon humanité… Ma sœur…

Ainsi, lorsque je donne l'ordre d'allumer le feu et que je vois les flammes s'emparer petit à petit de la maison, je ne peux m'empêcher de sourire sincèrement. Aujourd'hui, je fais définitivement disparaître mon lien avec ce passé marqué par la douleur… En mettant le feu à cette maison, je tire un trait sur tout le mal qui m'est arrivé et ne conserverais que les bons souvenirs pour m'aider à avancer…

Bon, je dois admettre que j'avais peut-être beaucoup d'adrénaline en moi ou que je me concentrais tellement sur ce que j'avais à faire que je ne ressentais ni la douleur ni la fatigue… Mais là, je dois avouer qu'au moment où j'arrive à l'entrée de Merced, je commence à me sentir de moins en moins bien… Sans compter que les calmants que le médecin m'a donnés, juste avant que je ne prenne le volant, ne font plus effet… De ce fait, cela ne risque pas de s'arranger… Je puise cependant dans mes réserves afin de tenir et ne pas flancher, car je dois voir Isaac le plus rapidement possible et lui dire ce que je ressens. En effet, cela va faire plus de vingt-quatre heures, depuis la dernière fois que l'on s'est parlés et j'ai bien peur que plus j'attends pour tenter d'arranger la situation, moins j'aurais de chance d'y arriver ! J'irai donc à l'hôpital après que je lui aurais parlé !

Une fois dans le centre-ville, je sors mon téléphone et l'appel afin de savoir où il est, mais malheureusement, je tombe directement sur sa messagerie. Je passe devant et derrière le dispensaire afin de voir si sa voiture est là, vu que le dispensaire doit ouvrir d'ici une quinzaine de minutes, mais aucune trace de lui… Je me résigne à appeler Kilian même si j'ai bien peur qu'il m'envoie chier. Et, en effet, après la troisième sonnerie, il finit par me répondre d'un ton pas très enjoué.

– Je n'ai pas envie que l'on soit en mauvais terme Jahyana, mais là tout de suite, je n'ai pas vraiment envie de te parler ! lance-t-il d'une traite.

– Je sais et je comprends, mais s'il te plaît dis-moi où il est… il faut que j'arrange la situation, déclaré-je tant bien que mal sentant que je fatigue de plus en plus.

– Attends, tu ne te fous pas de ma gueule là ?! s'exclame-t-il l'air totalement surpris.

– Non, alors dis-moi où il est s'il te plaît, confirmé-je.

– Je pense qu'il doit être chez lui… Il ne me répond plus au téléphone depuis l'autre soir et il n'est pas venu travailler hier, me répond-il, d'un ton inquiet.

– Je vais arranger la situation, je te le promets, assuré-je avant de raccrocher.

Puis je fonce sans perdre de temps jusque chez lui, me disant que le fait qu'il se soit renfermé sur lui-même n'est pas bon signe pour moi. Cependant, je ne désespère pas et je crois sincèrement que je vais pouvoir sauver la situation… De toute façon, je n'ai pas le choix… Je l'aime et je ne serais plus jamais heureuse sans lui à mes côtés.

Lorsque j'arrive devant chez lui, il me faut plusieurs minutes pour réussir à trouver la force de sortir de la voiture et de marcher jusqu'à sa maison. En effet, malgré les points de suture ma plaie au ventre s'est remise à saigner, du coup il devient urgent que j'aille voir un médecin, mais je ne peux pas me résoudre à ne pas aller le voir avant tout.

Je sors donc de la voiture plus déterminée que jamais. Et quand je finis par toquer à sa porte, je croise tous mes doigts et mes orteils pour avoir suffisamment de chance et réussir à le convaincre de me pardonner.

Après quelques secondes sans réponse, la porte finit par s'ouvrir. Et malgré le fait qu'il la referme presque aussitôt qu'il me voit, j'ai le temps de distinguer sans problème son air renfermé, les cernes qui creusent son visage ainsi que ces yeux rouges donnent l'impression qu'il était complètement bourré. C'est comme si mon cœur se contractait immédiatement sur lui-même tellement cela me fait mal qu'il soit dans cet état par ma faute…

– Je ne sais pas ce que tu veux, mais je n'ai plus rien à te dire Jahyana, alors va-t'en ! braille-t-il à travers la porte.

Et la voix pâteuse qu'il a me confirme, qu'il est bien amoché et absolument pas dans son état habituel.

– J'ai des choses à te dire, s'il te plaît ouvre-moi, ne serait-ce que cinq minutes ! répondis-je en priant pour qu'il accepte.

– Je n'ai plus envie de t'accorder de mon temps, tu as tout gâché alors dégage de là ! réplique-t-il sans une once d'hésitation.

Ce qui fait mal, vraiment très mal… Mais il a dû avoir encore plus mal que moi, quand il a découvert que j'allais partir sans même lui dire au revoir. Je n'ai donc pas le droit d'être blessé par ce qu'il me dit. Il n'est pas non plus question que j'abandonne, alors je toque encore à sa porte, le plus fort dont je suis capable parce que je sens mes forces me quittent un peu plus à chaque second.

– S'il te plaît Isaac, ouvre moi, le supplié-je d'une voix tellement faible que moi-même j'ai du mal à l'entendre.

Cependant, peu importe la douleur qui m'envahit un peu plus à chaque mouvement ou respiration, je ne lâcherais pas l'affaire. Je me fiche de me vider de mon sang ; tout ce qui compte, c'est qu'il me laisse une chance de lui dire la vérité… Ainsi, malgré la douleur et la fatigue qui s'emparent de plus en plus de moi, je continue de toquer, tout en le suppliant de m'ouvrir, car je dois absolument lui dire à quel point je l'aime…

XXIX

Isaac

« L'amour n'est pas écrit sur papier, car il peut être effacé…
L'amour n'est pas gravé sur la pierre, car elle peut être brisée…
*L'amour est inscrit sur le cœur et là, il restera à jamais… »**

Une heure plus tôt

Ces dernières vingt-quatre heures m'ont permis de réaliser une chose dont je ne me doutais absolument pas… Après être parti du dispensaire et être rentré chez moi, au moment même où j'ai passé la porte de ma maison et que j'ai réalisé que c'était définitivement terminé… j'ai eu l'impression d'être passé à tabac, tant la douleur, la culpabilité et le remords m'envahissaient…

Ainsi, pour la première fois depuis que j'ai quitté l'armée, j'ai réellement vécu ce que l'on appelle le stress post-traumatique… Durant ces dernières heures, j'ai été incapable de dormir et même fermer les yeux ne serait-ce que quelque instant m'est impossible tellement les souvenirs de mes missions me reviennent aussitôt en mémoire. Je n'ai pas non plus réussi à manger quoi que ce soit, car à chaque fois que j'essaie, j'ai l'estomac qui se sert et je vomis tout… Le moindre bruit trop violent, me fait aussi sursauter… Du coup, je bois ; vu qu'il n'y a que ça qui passe et qui me fais un tant soit peu de bien…

Même si je sais que c'est la pire solution, que je devrais plutôt aller voir mon médecin pour lui parler de tout ce qu'il m'arrive, au lieu de me renfermer et de me saouler de cette manière… Mais je n'en ai ni la force ni l'envie pour le moment… Tout ce que je veux c'est réussir à l'oublier, car je sais que je n'arriverais pas à avancer tant que je n'aurais pas fait un trait définitif sur elle.

C'est grâce à elle ou à cause d'elle, va savoir… que je n'ai pas vécu tous ces symptômes en rentrant. En effet, cela ne faisait pas quarante-huit heures que j'étais rentrée au pays et chez moi, que je croisais son chemin. Et même si au départ je ne voulais pas me l'avouer, dès que je l'ai vue, elle m'a intrigué et a totalement accaparé toute mon attention. Je me rappellerais toujours la manière dont elle a débarqué en faisant la maline pour être arrivée à l'heure, puis de comment elle a parlé de sa nuit avec cet homme sans aucune gêne. Mais ce qui a fait que je me suis aussitôt intéressé à elle, en plus de sa beauté bien sûr, c'est la manière dont elle a fait comme si de rien n'était quand elle a constaté ma présence alors qu'elle venait de parler de sa vie intime devant moi, tandis que nous ne nous étions jamais vus.

La façon dont elle est passée à autre chose et a continué à sourire comme si de rien n'était, m'a captivé. Je n'avais jamais rencontré une femme avec si peu de tabou et qui s'assumait autant. Le temps que j'aie passé par la suite à ses côtés n'a fait que confirmer ma première impression, en plus de me faire découvrir une femme plus complexe et incroyable qu'il n'en paraissait…

Notre rencontre, le fait qu'elle m'ait engagé et que je me sois trouvé au bon endroit au bon moment… Sans compter le bonheur et la sensation d'apaisement que je ressentais en étant à ses côtés… Tout cela a fait que je n'avais pas le temps de me concentrer sur autre chose puisque mon esprit, voir mon être entier était totalement accaparé par elle et ce que nous vivions… Ainsi, à part quelques cauchemars et quelques absences, elle m'a permis de surmonter facilement ce que j'avais vécu dans l'armée.

Seulement, maintenant qu'elle m'a quitté tel un bon à rien, sans aucune valeur à ses yeux, c'est comme si tout ce que je n'avais pas eu à traverser grâce à elle me retombe dessus de plein fouet… J'ai l'impression d'être plus bas que jamais je ne l'ai été auparavant. Et le pire dans tout ça… c'est que je sens que, dans le fond, je ne suis pas réellement sûr d'avoir envie de m'en sortir… C'est d'elle dont j'ai envie… Je voulais qu'elle soit mienne pour toujours et elle a tout gâché…

TOC TOC ! TOC TOC ! TOC TOC ! TOC TOC !

Je ne sais pas quelle heure il est, ni combien de bouteilles j'ai descendu avant de finir par comater devant la télévision… Tout ce que je sais, c'est que si la personne qui toque à la porte ne vient pas me voir pour une question de vie ou de mort ! Elle pourra aller se faire bien foutre ! Je suis tout sauf d'humeur à parler à qui que ce soit !

Quand j'arrive face à la porte je me recoiffe rapidement et me frotte un peu le visage afin de ne pas avoir l'air trop dans le coaltar. Puis j'ouvre finalement celle-ci et lorsque je la découvre sur le pas de la porte, j'en ai le souffle coupé et je ne peux m'empêcher de lui claquer la porte au nez, tant je sens de la colère mélangée à de la douleur montée en moi… Des sentiments que, là tout de suite, je ne suis absolument pas en état de supporter…

– Je ne sais pas ce que tu veux, mais je n'ai plus rien à te dire Jahyana, alors va-t'en ! braillé-je après avoir repris mes esprits.

– J'ai des choses à te dire, alors s'il te plaît ouvre-moi, ne serait-ce que cinq minutes ! me répond-elle d'une petite voix.

Ce qui me remet aussitôt en mémoire son image, sur le pas de la porte. Elle était appuyée sur le côté de l'encadrement l'air de se soutenir avec celui-ci et elle avait une petite mine… Cependant, le souvenir d'elle annonçant son départ, sans même m'en avoir informé, me revient aussi en tête… Elle a décidé de ne pas se battre pour nous et de fuir sans même prendre en compte ce que je ressentais ou m'accorder un aurevoir, de ce fait dorénavant peu importe ce qui lui arrive, ce n'est plus mes affaires…

– Je n'ai plus envie de t'accorder de mon temps, tu as tout gâché alors dégage de là ! déclaré-je donc bien décidé.

En effet, je l'aime plus que tout et sans elle j'ai l'impression de tomber indéfiniment dans un puits sans fond… Mais peu importe ce qu'elle veut me dire, je sais maintenant qu'en fait elle n'aura jamais le courage de se libérer réellement de sa famille et d'arrêter de fuir. Jamais elle ne se battra pour ce qu'elle veut… Cela fait longtemps qu'elle a arrêté d'être heureuse ainsi que de vivre et qu'elle fait semblant…

TOC TOC ! TOC TOC ! TOC TOC ! TOC TOC !

– S'il te plaît Isaac, ouvre-moi, lance-t-elle d'une voix qui me paraît encore plus faible que précédemment.

Je ne réponds pas et reste figé devant la porte, incapable de me décider sur ce que je veux faire. Une part de moi veut écouter ce qu'elle a me dire… mais une autre part, est convaincue qu'elle ne fera jamais ce qu'il faut et que si je me remets avec elle, j'aurai toujours cette épée de Damoclès au-dessus de la tête…

TOC TOC ! TOC TOC !

– S'il te plaît, répète-t-elle en continuant de toquer et encore une fois, j'ai l'impression que sa voix porte moins fort que précédemment.

Comme si elle était en train de s'endormir ; ainsi, je me décide de me rapprocher un peu plus de la porte afin de mieux entendre. Et alors que je finis par coller mon oreille contre celle-ci, j'entends clairement quelque chose qui glisse le long de la porte avant de tomber à terre.

Sans pouvoir empêcher l'inquiétude de monter en moi, j'ouvre aussitôt la porte et Jahyana gît au sol, inconsciente. Je lui attrape aussitôt la tête ainsi que la hanche afin de la redresser. Et quand je me pose ma main sur celle-ci, je sens immédiatement cette sensation chaude dont je n'ai que trop l'habitude. Lorsque je constate que ma main est bien couverte de sang, j'ai le corps entier qui se fige et la respiration qui s'accélère.

Un bourdonnement se met à résonner dans mes oreilles, je vois flou et j'ai aussi l'impression qu'il fait beaucoup plus chaud qu'il y a quelques secondes. Puis tout à coup, j'entends des échanges de tirs et je me couche immédiatement sur Jahyana.

– Sergent ! Il faut que vous me laissiez ici, sinon aucun de nous ne va s'en sortir !

– Il n'est pas question que je t'abandonne !
Entendis-je ensuite en ayant la sensation d'être tout à coup projeté dans le passé. Je commence même à sentir comme du sable qui me fouette le visage, je cligne des yeux plusieurs, mais rien à faire c'est même de pire en pire. La panique monte aussitôt, jamais je n'ai vécu une telle chose, des cauchemars oui, mais là j'ai l'impression d'y être réellement. Mon corps, mon être entier est totalement paralysé par la peur…

– Je… désolé… merdé… t'en… pries… pardon… t'aime… entendis-je dans un murmure à travers les coups de feu qui continuent de résonner à mes oreilles.

Je reporte immédiatement mon regard sur elle et elle est toujours bien là dans mes bras… Je ne peux laisser mes souvenirs m'envahir maintenant ! Je dois faire la différence entre le passé et le présent. Ce n'est pas le lieutenant Capril qui est face à moi, c'est Jahyana. Je ne suis pas en plein milieu du désert à me faire tirer dessus. Je suis chez moi et il faut absolument que je l'emmène à l'hôpital !

Je secoue la tête plusieurs fois, afin de me remettre les idées au clair. Puis je reprends tant bien que mal le contrôle de ma respiration. Une fois que j'entends de nouveau correctement et que j'arrive à distinguer ce qui se trouve autour de moi sans confusion, je prends Jahyana dans mes bras et fonce jusque chez mon père. Lorsque celui-ci m'ouvre la porte, je vois son visage se décomposer, mais je n'ai pas le temps qu'il perde ses moyens.

– Va prendre ta voiture, il faut l'emmener à l'hôpital, moi j'ai beaucoup trop bu pour conduire ! m'exclamé-je, mais mon père ne réagit pas. Je t'en prie, dépêche-toi papa ! hurlé-je et cela a un effet immédiat.

Deux minutes plus tard, je suis à l'arrière de la voiture de mon père avec elle dans mes bras et ma main qui comprime sa plaie dans le bas du ventre. Je ne comprends pas ce qu'il s'est passé, pour qu'elle soit blessée de la sorte alors qu'elle devrait être partie pour San Francisco. Je comprends encore moins pourquoi elle est venue jusque chez moi dans cet état… Que devait-elle me dire de si important pour qu'elle risque sa vie de cette manière ?!

Cela va faire plus d'une heure que nous sommes arrivés à l'hôpital et qu'elle a été emmenée au bloc opératoire. Depuis, nous n'avons plus aucune nouvelle, j'observe donc attentivement chaque médecin et infirmier qui passent dans le coin afin de voir si l'un d'entre eux venait à notre rencontre.

Et quand ce moment arrive alors que je pensais être soulagé à l'idée d'avoir des nouvelles, le stress monte à la pensée que cela puisse ne pas être une bonne nouvelle…

– Vous êtes bien les proches de Mademoiselle Estenzia ? demande l'infirmier qui arrive face à nous.

– Oui ! Est-ce qu'elle va bien ? m'exclamé-je alors que me lève d'un bond de mon siège.

– Oui, l'opération s'est très bien passée. L'ensemble des vaisseaux sanguins touchés ont pu être réparés et elle a eu de la chance que son rein n'ait pas été blessé. Elle devrait se réveiller d'ici peu, déclare-t-il en me souriant.

– Merci beaucoup ! Est-ce que je peux aller la voir ? lui demandé-je beaucoup plus détendu.

– Malheureusement pas pour le moment. La police doit dans un premier temps l'interroger avant toute visite, annonce-t-il comme si c'était normal.

– Mais pourquoi ? ne puis-je m'empêcher de m'exclamer.

– Visiblement, elle a été blessée par une arme blanche et sa plaie a été recousue ce qui est très étrange ; du coup, la police doit lui poser des questions sur les circonstances de cette blessure, explique-t-il.

– D'accord, mais pourquoi je ne peux pas le voir ? Je ne vois pas le rapport ! l'interrogé-je ne comprenant vraiment pas ou serait le problème.

– Vous êtes celui qui l'a emmené, donc je dirais que vous êtes son compagnon et vous puez l'alcool d'ici… Nous ne devons écarter aucune piste, indique-t-il avec un regard très sérieux. Quelqu'un viendra vous prévenir quand vous pourrez aller la voir, ajoute-t-il avant de partir.

Je m'affale dans mon siège et il me faut tout mon self-contrôle pour ne pas courir dans tous les couloirs de l'hôpital afin de trouver sa chambre… J'ai besoin de la voir… j'ai besoin de m'assurer qu'elle va bien…

Après avoir passé une bonne demi-heure à donner le tournis à toutes les personnes dans la salle d'attente avec moi tant je n'arrivais pas à m'empêcher de faire les cent pas. Je suis allé faire un tour pour me trouver quelque chose à manger.

Sauf que lorsque je retourne à notre étage et que j'arrive presque au niveau de la salle d'attente, je vois deux flics se diriger vers un couloir. Ainsi, je ne peux m'empêcher de les suivre et quand je constate qu'ils entrent dans une chambre, je sais déjà de qui il s'agit.

J'essaie donc de me caler dans le couloir à côté de la porte, l'air de rien tout en mangeant mes chips afin d'écouter la conversation.

– Bonsoir, Mademoiselle Estenzia, pourriez-vous nous dire ce qui vous est arrivé ? demande l'un des agents.

– Oui bien sûr. J'étais sur le chemin du retour depuis San Diego et je me suis arrêtée à une station essence sur la route quatre-vingt-dix-neuf près de l'entrée de la ville. Alors que je retournais à ma voiture, trois hommes sont sortis d'une camionnette et s'en sont pris à moi. Après m'avoir frappé et poignardé, ils étaient sur le point de me voler ma voiture et mon portefeuille quand un homme a débarqué sur le parking, ils ont aussitôt fui, explique Jahyana avec une petite voix.

– D'accord et comment cela fait-il que vous ayez été recousu tandis que vous n'avez été admise nulle part ? l'interroge l'agent. Et surtout, pourquoi ne pas avoir déclaré l'agression ? ajoute-t-il, visiblement intrigué et je le comprends.

– L'homme qui est intervenu est infirmier et il avait une trousse de secours, alors il m'a prodigué les premiers soins en me demandant d'aller ensuite immédiatement à l'hôpital. Comme je n'ai vu ni leur visage ni le modèle de la camionnette et étant donné qu'ils ne m'ont rien volé, je n'avais pas envie de m'embêter à passer ma nuit au poste, répond-elle.

– Très bien et une dernière question, pourquoi ne pas être allé à l'hôpital, plutôt que chez votre petit ami ? questionne l'officier.

– À vrai dire, c'est mon ex et je devais absolument lui dire quelque chose alors je n'ai pas réfléchi et j'ai foncé, déclare-t-elle. Si vous voulez, on a tout de même prévenu le gérant de la station de l'incident qu'il y avait eu afin qu'il fasse attention à l'avenir, ajoute-t-elle.

– Je prends note, nous allons le contacter et reviendrons vers vous si besoin. Bon rétablissement, Mademoiselle Estenzia, indique l'agent.

Je reprends donc aussitôt ma marche et retourne au niveau de la salle d'attente comme si de rien n'était. Même pas deux minutes après, l'infirmier finit par me conduire à sa chambre. Et je dois avouer que quand je la vois, j'ai un choc et je ne peux m'empêcher de rester pendant plusieurs secondes bloqué à l'entrée de sa chambre.

Lorsque je l'ai découvert sur mon palier et durant tout le chemin jusqu'à l'hôpital, j'étais tellement absorbé par la peur et par le fait d'atténuer le saignement, que je ne faisais pas attention aux détails.

Mais là en l'ayant face à moi, le visage bien éclairé par ses néons, je distingue, sa lèvre enflée et coupée, ainsi que l'œil au beurre noir qu'elle a sur la droite…

– Je sais, ce n'est pas jojo à voir, commente-t-elle d'une petite voix.

– Comment tu te sens ? demandé-je en arrivant finalement à entrer dans la chambre.

– Shooté, mais ça va, répond-elle avec un petit sourire.

– Jahyana, qu'est-ce…

– Je suis vraiment désolé de te couper, mais est-ce que tu peux me prêter ton téléphone deux minutes, c'est une urgence, m'interrompe-t-elle.

– Tu es sérieuse là ! ne puis-je m'empêcher de m'exclamer. Tu n'as pas autre chose à me dire avant ! Comme ce qu'il t'est arrivé et pourquoi tu étais chez moi alors que tu avais été très claire ! ajouté-je sans réussir à contenir mes émotions.

– J'ai des tas de choses à te dire et j'ai bien l'intention de le faire, car je peux t'assurer que je ne suis pas là pour rien ! s'exclame-t-elle à son tour. Mais là tout de suite, j'aimerais m'assurer que je ne vais pas finir en prison pour une fausse déclaration à la police ! indique-t-elle ensuite sur un ton plus discret.

Même si je ne comprends pas ce qu'il en est, je décide de lui tendre mon téléphone et l'observe pendant qu'elle compose activement le numéro. J'ai besoin de savoir ce qu'elle a à me dire… Surtout avec ce qu'elle a murmuré alors qu'elle était en train de s'évanouir… Ces mots, étaient-ils véridiques ? Avaient-ils un sens ?

– Joseph, c'est Jahyana. Oui, ne t'inquiètes pas je vais bien, commence-t-elle avant de faire une pause. Par contre, je suis désolé de t'embêter, mais je vais avoir besoin d'un petit service et après nos chemins se séparons définitivement. Je me suis retrouvée à l'hôpital, continu-t-elle puis se stoppe de nouveau. Oui, exactement, donc il faut que tu t'assures que le gérant d'une station sur la quatre-vingt-dix-neuvième atteste m'avoir vu moi et un homme dans sa station dans la matinée aux alentours de sept heures et que nous lui avons signalé que je m'étais fait agresser par une bande de trois voyous dans une camionnette. Super, merci et bonne chance à toi, termine-t-elle finalement en raccrochant et me rend ensuite le téléphone.

– C'est qui ce Joseph ? ne puis-je m'empêcher de demander d'un ton froid.

– C'est mon cousin et celui qui est maintenant le chef du cartel, murmure-t-elle alors qu'elle se redresse un peu plus.

– Quoi ? Mais qu'est-ce que tu me racontes ?! m'étonné-je ne comprenant rien.

– Tu avais entièrement raison l'autre soir… Depuis la mort sœur, je n'ai fait que faire semblant de vivre et j'ai fui la réalité, parce que j'avais peur d'eux et de ce dont ils étaient capables vu qu'ils m'ont de nombreuses fois prouvé leur supériorité et leur cruauté ! annonce-t-elle. J'ai donc décidé de changer les choses, car je n'allais pas les laisser me priver une nouvelle fois de mon bonheur ! ajoute-t-elle le regard rivé au mien.

– Qu'est-ce qui s'est passé Jahyana ? l'interrogé-je tout en m'approchant de son lit sans pouvoir m'en empêcher.

– Je suis rentrée chez mes parents… afin de couper les liens définitivement avec cette famille… commence-t-elle d'une petite voix et j'ai aussitôt mal au cœur à l'idée qu'elle soit retournée dans cet endroit qu'elle haïssait tant… En effet, en disant que c'est moi qui avais tué mon père, j'ai été considérée comme la nouvelle chef lorsque je suis rentré. Ce qui m'a permis d'atteindre ma mère et de lui donner l'ordre de quitter le pays, continu-t-elle et je constate immédiatement que quelque chose ne va pas, vu qu'elle me lance plusieurs œillades, visiblement inquiète.

Elle reste plusieurs secondes supplémentaires en silence, toujours en me regardant, l'air d'avoir peur de la réaction que je pourrais avoir. Puis elle finit par reprendre, mais avec clairement beaucoup de difficultés à sortir les mots…

– Je… je voulais… pas que… ça finisse comme ça… je voulais… juste qu'elle parte… loin, très loin… mais… elle… elle m'a sauté dessus… et… on… s'est battu… et j'ai… je n'ai pas… eu…bredouille-t-elle avec la voix qui se brise de plus en plus.

Je comprends aussitôt ce qu'il en est et quand je vois des larmes qui commencent à couler sur ses joues, je ne peux pas m'empêcher de me précipiter vers elle et de la prendre dans mes bras. Alors que je la sers fort contre moi, elle continue de pleurer tout en murmurant que ce n'est pas ce qu'elle voulait... La voir dans cet état me fait encore plus mal que le fait de l'avoir perdu.

La voir souffrir ainsi m'est insupportable et je donnerais n'importe quoi pour atténuer sa peine... À cet instant, je ne peux pas faire taire cette envie de la protéger envers et contre tous, de revenir parce que malgré toute la douleur qu'elle m'a causée, je l'aime et l'aimerais sûrement jusqu'à la fin de mes jours... J'espère juste, au fond de moi, que finalement elle m'en laissera la chance...

XXX

Isaac

Après plusieurs minutes elle finit par retrouver son calme. Ainsi, je desserre mon emprise sur elle et je commence à me lever, mais elle attrape ma main et me stoppe, je m'assois donc sur le côté du lit et attends qu'elle reprenne ses explications.

– Malgré ma proposition de prendre ce qui lui appartenait et ensuite de quitter le pays, ma mère a refusé et elle est morte…. Comme je te l'ai dit tout à l'heure, j'ai officiellement confié le cartel à mon cousin et j'ai fait mettre en place un accord qui stipule que plus jamais je ne serais lié à celui-ci, m'explique-t-elle finalement sans pour autant me regarder. Tu sais, toute ma vie, j'ai côtoyé ces personnes et plus je grandissais plus je prenais conscience de leur cruauté… Quand Aneya est morte par leur faute… j'ai… j'ai passé des jours entiers à monter un plan afin de m'introduire dans la maison et d'y mettre le feu afin qu'ils périssent dans l'incendie

Sauf que mon père n'était pas devenu ce qu'il n'était pour rien, ainsi une fois que j'étais bien sagement rentré, il m'a fait encercler et sans l'enregistrement que j'avais de lui, je n'aurais sûrement pas pu m'en sortir ce soir-là… continue-t-elle ensuite après quelques secondes de silence. À partir de ce jour, même si je le niais, au fond de moi, j'étais persuadé que quoi que je fasse, ils gagneraient toujours et que du coup, ça ne servait à rien de se battre pour de vrai, vu que le combat était perdu d'avance… Mais l'autre soir en t'écoutant parler, j'ai pris conscience de cette peur que je cachais au plus profond de moi. J'ai donc décidé de ne plus la laisser me contrôler et de faire ce qu'il fallait pour que je puisse vivre librement. Mais surtout, parce que je ne voulais pas perdre la chose qui m'avait réellement rendue heureuse depuis bien longtemps, termine-t-elle en relevant légèrement le regard vers moi.

Sur le coup, je ne sais pas comment réagir ou quoi dire… Une part de moi meurt d'envie de lui sauter dessus et de ne plus jamais relâcher mon emprise sur elle… Mais une autre part de moi se dit que rien ne garantit qu'elle ne fuira pas de nouveau à l'avenir… Et qu'elle ne me brisera pas par la même occasion… Je sors de mes pensées quand je sens que le lit bouge et lorsque je baisse les yeux, je constate qu'elle est venue se mettre juste à côté de moi, son visage à quelques centimètres du mien.

– Je t'en prie, pardonne moi… Je te promets que plus jamais je ne t'abandonnerais… Tout ce que je veux, c'est être avec toi… Je… J'ai tout fait pour ne pas éprouver des sentiments pour toi… Absolument tout ! commence-t-elle dans un murmure tout en rapprochant petit à petit son visage du mien. Mais je suis complètement tombée amoureuse de toi ! D'accord ? Je t'aime ! Alors, je t'en prie, laisse-moi une…

Je ne lui laisse pas le temps de finir sa phrase que je pose une main sur sa nuque et attire son visage contre le mien. À l'instant où nos lèvres entrent en contact, j'ai l'impression de reprendre une vraie bouffée d'air frais pour la première fois depuis de longues heures d'attentes.

J'ai encore des doutes et un peu peur, mais je l'aime et je n'ai jamais laissé la peur contrôler ma vie. Il n'est donc pas question que je laisse cette seconde chance nous passer sous le nez ! Surtout après ce soir, où j'ai cru, pendant un moment, que j'allais la perdre, j'ai vraiment pris conscience à quel point je l'aimais… Ainsi, je ne vais pas tout gâcher par peur et j'ai bien l'intention de passer le reste de ma vie à la protéger et à la rendre heureuse. De cette façon, plus jamais elle n'aura de raison de fuir !

Je continue de l'embrasser comme si c'était la première fois que je le faisais et je suis à deux de littéralement lui monter dessus quand j'entends le léger gémissement qu'elle émet qui n'a rien d'un gémissement de plaisir et je me stoppe aussitôt.

– Est-ce que ça va ? lui demandé-je aussitôt mon souffle retrouvé.

– Oui, ça fait un peu mal, mais ça va, me répond-elle en baissant les yeux, l'air gêné. Tu me pardonnes vraiment ? finit-elle par demander.

Je lui attrape le menton et lui relève la tête afin qu'elle me regarde. Je lui souris sincèrement et approche mon visage du sien et avant de prendre de nouveau possession de sa bouche, lui souffle :

– Tu es mienne, et ce jusqu'à la fin de tes jours… Et si un jour tu tentes de nouveau de t'enfuir loin de moi, je te séquestrerai.

Tandis que je pose mes lèvres sur les siennes, je vois que ces yeux brillent comme il ne l'avait jamais fait auparavant et à cet instant, j'ai l'impression d'avoir absolument tout gagné...

Cela va faire un peu plus d'un mois depuis la fameuse nuit où tout a de nouveau basculé. Ainsi, après dix jours passés à l'hôpital, Jahyana a été libérée et nous avons aussitôt réemménager ensemble dans son loft. En même temps, elle ne m'a pas vraiment laissé le choix vu qu'elle m'a dit et je la cite mot pour mot « les infirmiers et les autres, ils sont sympas, mais je meurs d'envie de dévorer tes bons petits plats autant que ton corps, quand bon me semble, donc revient habiter avec moi ». Du coup, avec une telle invitation, je ne pouvais décemment pas refuser !

Nous avons aussi beaucoup avancé dans notre relation. Aujourd'hui, elle se confie sans gêne sur son passé et me parle aussi très facilement de sa sœur et des souvenirs qu'elle a avec elle. De ce fait, dorénavant, j'ai la sensation de la connaître pleinement et qu'avec moi, elle se sent libre d'être elle-même. Ce qui me rend heureux, sans compter que grâce à elle j'ai de nouveau réussi à passer outre les symptômes graves dus à mon stress post-traumatique. Et, mis à part quelques cauchemars qui reviennent de temps à autre, ma vie est beaucoup plus agréable avec elle à mes côtés.

Cependant, malgré tout ça et le fait que je sois clairement convaincu que nous avançons dans la bonne voie tous les deux. Je n'arrive pas à faire taire cette petite voix au fond de moi qui me dit encore et toujours de tout de même de rester sur mes gardes. Cette peur, bien enfouie en moi, ne cesse de me rappeler le souvenir d'elle, annonçant son départ alors qu'à moi elle ne m'avait rien dit… Tandis que de mon côté je rentrais juste de mon entretien avec le contact de mon ami à l'armée qui m'annonçait ce qu'il pouvait mettre en place pour m'aider. J'ai directement foncé au dispensaire plus qu'heureux de pouvoir lui annoncer les bonnes nouvelles. Sauf que je suis littéralement tombé de dix étages quand j'ai appris ce qu'elle comptait faire… J'étais à la fois en colère, mais aussi tellement triste et déçu... Ce soir-là, même si je savais déjà que je l'aimais, j'ai réalisé à quel point elle avait pris une place importante dans mon cœur tant j'ai eu l'impression que celui-ci se brisait...

Du coup, malheureusement à chaque fois que je la perds trop longtemps de vue, je ne peux m'empêcher de me faire des films et d'imaginer qu'elle est en train de filer en douce. Comme ce soir où cela fait bien une demi-heure qu'elle devrait être rentrée de son rendez-vous. Je n'arrive pas à me retenir de commencer à faire les cent pas dans l'appartement tellement je sens de la colère et le doute monter en moi, sans que je sois capable de les contrôler.

J'ai conscience que c'est idiot, vu que depuis plus d'un mois elle s'est montrée parfaite et que je ne me suis jamais senti aussi heureux que cela dans ma vie. Mais je ne peux m'empêcher de ressentir ce léger doute, qui fait toujours remonter de l'inquiétude et de la colère rien qu'à l'idée qu'elle puisse me faire de nouveau le coup…

– Si tu continues comme ça, tu vas rayer mon parquet ! ricane-t-elle tout en franchissant enfin la porte.

– Tu étais où ? demandé-je sèchement sans pouvoir me retenir.

– Bein comme je te l'ai dit tout à l'heure, je devais voir mon comptable pour le bilan. Pourquoi ? Qu'est-ce qu'il y a ? me répond-elle en arrivant face à moi.

– Y a que cela fait bien une demi-heure que tu aurais dû être rentrée ! m'exclamé-je sans pouvoir m'empêcher de recommencer à faire les cent pas.

– Je ne comprends pas où est le problème, le rendez-vous à durer plus longtemps et après il y avait du monde sur la route, donc je suis un peu en retard c'est tout, déclare-t-elle visiblement perdue face à ma réaction.

– Tu aurais pu m'envoyer un message pour me prévenir au moins ! répliqué-je en m'arrêtant face à elle.

– Je suis désolé, mais je n'y ai pas pensé. Et honnêtement, je ne vois pas pourquoi tu en fais tout un plat, ce n'est qu'une trentaine de minutes de retard et tout va bien, me répond-elle avant d'essayer de me prendre dans ses bras.

– Le problème, c'est que la dernière fois que tu t'es éloignée de moi, tu avais l'intention de déménager à l'autre bout du pays sans même me prévenir ! Donc tu vois, un putain de SMS ça aurait été pas mal ! crié-je sans pouvoir me retenir et en m'éloignant d'elle.

– Je… Je pensais que… tu m'avais pardonné pour ça, murmure-t-elle le regard rempli de confusion.

– Bein on dirait que ça a laissé des traces finalement ! grogné-je avant de la contourner, d'attraper mes clés et de sortir de l'appartement en trombe.

J'ai conscience que ma réaction est démesurée, mais je ne peux pas m'en empêcher… Je n'arrive pas vraiment à contrôler mes émotions en ce qui la concerne… Je suis tellement amoureux d'elle que la simple idée qu'elle puisse de nouveau disparaître me met dans tous mes états sans me laisser être maître de moi-même…

Plus j'enfile les verres, plus je réalise à quel point j'ai merdé et réagis n'importe comment avec elle. Certes mon manque de confiance peut être justifié vu nos antécédents... mais cela ne veut pas dire que je peux m'en prendre à elle de la sorte pour un simple petit retard.

Seulement, en réalisant à quel point j'avais pu être froid dans mon attitude, je constate par la même occasion que la connaissant, on ne risque pas d'en rester là... Soit elle risque de flipper à cause de mes reproches ou elle le prendra mal et se braquera de nouveau. Et dans tous les cas, ce n'est absolument pas ce que je veux ! Je me décide donc à lever le camp et à retourner à l'appartement pour faire face au merdier que j'ai foutu. Sauf qu'au moment où je me retourne, je la vois franchir la porte du bar. Elle me trouve du regard en même pas une seconde et se dirige ensuite avec un air déterminé vers moi.

Du coup, je me dis qu'elle n'est pas en mode flipper, mais en mode sur les nerfs, ce qui ne présage rien de bon pour moi, car il faut dire que cette femme à un sacré caractère... Alors qu'elle arrive devant moi, je réfléchis à la chose la plus gentille que je pourrais lui dire afin de la calmer un peu, mais elle me devance.

– Viens, il faut qu'on aille quelque part, lance-t-elle en m'attrapant par la main.

– On va où ? lui demandé-je une fois que nous sommes à l'extérieur du bar et que ma surprise est passée.

– Tu verras. On prend ma voiture, je te déposerais ici après, me répond-elle sans me jeter un regard.

Nous arrivons à sa voiture, puis nous montons dans celle-ci et elle ne m'adresse pas un mot pendant tout ce laps de temps. Ce qui pour moi ne présage vraiment, mais alors vraiment rien de bon ! Surtout que mon père m'a toujours dit « *Vaut mieux une femme qui hurle, qu'une femme qui ne parle pas. Une femme silencieuse, ça peut être dangereux...* ». Sans compter que je n'ai pas la moindre idée d'où elle va, mais ce dont je suis sûr, c'est que cela ne risque pas de me plaire, vu la manière dont elle est tendue... Je décide donc de prendre mon courage à deux mains et d'aborder le sujet directement, en me disant que plus j'attends plus il y a des risques qu'elle m'éclate en pleine gueule.

– Tu sais à propos de tout à l'heure...

– On en parlera quand on sera arrivé, on n'a pas beaucoup de temps de route, me coupe-t-elle alors qu'elle reste concentrée sur la route.

Ce qui me confirme que la situation est mal barrée pour moi. Surtout que, rappelons-le, cette femme a été entraînée au combat et au meurtre ! Je peux d'ailleurs assurer que même chez les militaires, c'est généralement les femmes qui sont les meilleures en combat, car elles sont plus réfléchies et contrôlées. Du coup, je me dis que le reste de la soirée risque d'être longue et désagréable...

Je prie donc de tout mon cœur de me tromper. Mais surtout que cette erreur ne vient pas gâcher tout ce que nous avions réussi à construire à ce jour, car je me haïrais toute ma vie si jamais j'avais tout gâché, après tout ce par quoi nous sommes passés pour nous retrouver...

XXXI

Jahyana

« Un jour quelqu'un te serrera tellement fort dans ces bras, qu'il recollera tous les morceaux. »[*]

Une heure plus tôt

– Bein, on dirait que ça a laissé des traces finalement ! s'exclame-t-il, l'air réellement en colère.

Puis il me contourne, attrape ses clés et sort de l'appartement sans que j'aie le temps de réagir. Je reste d'ailleurs complètement stoïque, à fixer la porte, incapable de me décider sur ce que je veux faire.

D'un côté, j'ai envie de lui courir après et de lui hurler dessus qu'il a accepté de se remettre avec moi et donc de me pardonner. Qu'ainsi il ne peut pas me faire une crise de cette intensité pour seulement trente minutes de retard ! Parce que sinon, on n'arrivera jamais à avancer s'il continue à ressasser constamment mes erreurs du passé.

Seulement, d'un autre côté, je suis très mal placé pour dire cela... J'ai passé plus de trois ans à me priver de vivre pleinement et j'ai failli passer à côté de mon unique chance d'être à nouveau heureuse uniquement à cause de la peur que mes parents m'inspiraient... Comment je pourrais lui reprocher de toujours douter de moi-alors que cela ne fait que quelques semaines, que nous sommes de nouveau ensemble ?

Je m'assois à même le sol, ayant besoin de réfléchir à un moyen de le rassurer... En effet, même si sa réaction était peut-être exagérée, je ne peux pas lui reprocher le fond et je pense que si l'on avait été dans la situation inverse j'aurais fait bien pire... D'ailleurs, je lui ai déjà fait bien pire...

Du coup, c'est à moi de prendre sur moi, même si j'aimerais lui crier dessus et me braquer comme j'avais l'habitude de le faire, je vais au contraire trouver une solution afin de lui prouver que je suis sûr de mon choix et qu'il peut avoir confiance en moi.

Alors que cela fait plus de trente minutes que je réfléchis à quoi faire, j'ai tout à coup une idée absolument parfaite et qui était juste sous mon nez depuis le début ! Ainsi, après avoir passé un coup de fil, je sors en trombe de l'appartement.

Une fois que j'ai fini de mettre en place, ce que j'ai prévu, je me dirige jusqu'au bar de Jacques, me doutant bien que c'est là qu'il

sera. Arrivé dans le bar, je le repère rapidement et l'attrape par la main aussitôt arrivée à son niveau.

– Viens, il faut qu'on aille quelque part, lancé-je avant de l'entraîner jusqu'à la sortie.

– On va où ? me demande-t-il une fois que nous sommes dehors.

– Tu verras. On prend ma voiture, je te déposerais ici après, répondis-je en essayant de ne pas trop le regarder.

Vu que je veux garder la surprise et je sais qu'en un coup d'œil il verrait que je prépare quelque chose... Je monte donc dans ma voiture et démarre aussitôt qu'il est à l'intérieur, puis je fonce, en espérant qu'il ne comprendra pas immédiatement où on va.

Pendant tout le trajet, je reste silencieuse, afin de ne pas gâcher la surprise bien sûr, mais aussi parce que je suis stressée à l'idée que cela ne puisse pas lui plaire ou alors le rassurer suffisamment...

– Tu sais à propos de tout à l'heure…

– On en parlera quand on sera arrivé, on n'a pas beaucoup de temps de route, le coupé-je en tentant de faire comme si de rien n'était.

Quand nous arrivons finalement dans la rue adjacente à celle où son père vit et que je me gare devant la dernière maison de la rue, je vois clairement sur son visage qu'il est complètement perdu. Cependant, je veux garder le secret jusqu'au bout ; ainsi, je sors de la voiture, toujours sans un mot, et j'attends qu'il en fasse de même. Aussitôt qu'il est sorti, je me précipite jusqu'à la maison face à laquelle nous sommes garés sans l'attendre.

Puis alors qu'il arrive à mon niveau, je sors les clés et entre dans celle-ci. Je constate qu'il hésite pendant quelques instants et le stress monte aussitôt en moi. Mais alors qu'il finit par me suivre tandis que j'arrive dans la cuisine, je me détends un peu.

Une fois qu'il me rejoint, je vais sur la terrasse, toujours sans un mot, et attends qu'il me rejoigne. Lorsque il arrive enfin face à moi, je vois son visage se déformer par la surprise tandis qu'il découvre la table dressée avec des chandelles et le repas que j'ai commandé. Oui, je n'avais pas envie de me risquer à tenter de cuisiner ce soir !

– Qu'est-ce que c'est que tout ça ? Et pourquoi on est là ? m'interroge-t-il complètement perdu.

– Tout d'abord, sache que même si c'était peut-être un peu fort, je comprends ta réaction de tout à l'heure ; les derniers événements sont encore récents et j'aurais été capable de réagir bien pire si la situation avait été inversée... Ensuite, en vrai, mon rendez-vous avec le comptable ne s'est pas éternisé. J'ai eu un appel de l'autre agent immobilier que j'avais contacté de mon côté et il m'a fait visiter cette maison, commencé-je en regardant vers le sol, pas fière de lui avoir caché cela. Je suis désolé de t'avoir menti, mais je voulais qu'on vienne la visiter ensemble demain matin et te faire la surprise, parce que je sais que le fait qu'on se trouve un chez nous est important pour toi et j'ai eu comme un coup de cœur pour cette maison, continué-je sans pouvoir m'empêcher de gesticuler à cause du stress. Surtout qu'elle n'est pas loin de chez ton père, ce qui est pratique. Du coup, quand tu es parti tout à l'heure, j'ai demandé les clés à l'agent pour t'organiser cette petite surprise pour qu'on la visite et voir si tu te verrais vivre ici avec moi, terminé-je reportant finalement mon regard sur lui.

Et alors que je stressais à l'idée qu'il soit hésitant et m'en veuille de lui avoir menti, il se précipite vers moi et me prend dans ses bras avant de m'embrasser fougueusement.

– Si tu savais à quel point tu es extraordinaire et comme je t'aime ! Je suis tellement désolé pour ma réaction de tout à l'heure, ça n'était absolument pas justifié ! déclare-t-il alors qu'il détache légèrement ses lèvres des miennes sans pour autant lâcher son emprise sur moi.

–Non, non ! C'était justifié ! affirmé-je en secouant la tête.

– Mais non, je te dis que c'était disproportionné et...

– Non, écoute-moi ! le coupé-je. La vérité est là ; ce que j'avais décidé de faire était égoïste, horrible et je n'arrivais plus à me regarder dans un miroir tant je me haïssais pour cette décision, commencé-je ensuite le regard plongé dans le sien. Et toi, malgré le mal que je t'ai fait, tu as accepté de me reprendre. Donc, oui je me suis disons débloqué au niveau de notre relation et tu sais aujourd'hui, enfin je l'espère en tout cas, que je t'aime sincèrement. Mais en vrai, je ne me suis jamais excusé pour ce que j'ai envisagé de te faire. Alors, pour moi, c'est normal que tu aies encore des doutes. Surtout que j'ai passé trois ans à me restreindre dans ma vie à cause de la peur. Comment pourrais-je t'en vouloir alors que cela ne fait que quelques semaines que tout cela s'est passé ? continué-je avec une petite voix. Donc, tout d'abord ce soir, je tiens à te présenter sincèrement mes excuses pour cela. J'aurais dû être capable de prendre mon courage à deux mains et comme toi, me battre pour nous et notre avenir au lieu de choisir la facilité, car dès l'instant où je t'ai rencontré j'ai su que tu allais tout changer... Et pour commencer à me faire pardonner, je te propose notre premier vrai dîner romantique ! Ensuite et surtout, je te promets qu'aujourd'hui, rien ni personne ne me fera m'éloigner de toi. Je t'aime plus que tout et plus jamais je ne veux passer une seconde de ma vie sans savoir que tu es à moi, terminé-je avant de me rapprocher et de l'embrasser.

Tandis qu'il me rend mon baiser sans hésitation et que je ressens tout l'amour qu'il a pour moi, j'ai l'impression et je croise les doigts, pour que cette soirée forte en émotion nous ait permis de mettre à plat les derniers sujets qui auraient pu nous nuire… Et que dorénavant, l'avenir ne sera que plus beau.

– Merci, tu es juste parfaite, c'est exactement ce qu'il me fallait, souffle-t-il en se détachant de moi.

– Tant mieux, parce que maintenant il n'est plus question pour moi de te laisser filer. Donc je peux t'assurer que tu n'es pas près de te débarrasser de moi ! m'exclamé-je avec un grand sourire.

– Oh ! Comme je te l'ai déjà dit, j'ai bien l'intention de faire de toi ma femme un jour ! Du coup, on est sur la même longueur d'onde ! affirme-t-il avant de me soulever par les fesses.

Tandis que j'entoure mes jambes autour de ses hanches, il se dirige à l'intérieure de la maison, tout en continuant de m'embrasser avec passion. Et même si son baiser me rend littéralement folle d'excitation, je ne peux me retenir de détacher mes lèvres des siennes quelques secondes.

– Tu fais quoi là ? lui demandé-je alors qu'il se met à monter les escaliers.

–Cette maison me semble parfaite donc autant l'inaugurer dès maintenant ! me souffle-t-il avec un grand sourire.

Et je ne peux me retenir de sourire en retour comme une idiote tant je me sens heureuse, pendant qu'il prend la direction de la chambre. À peine arrivé dans celle-ci, il me jette sur le lit, avant de faire glisser mon string sous ma robe et en moins de temps qu'il ne faut pour le dire, son caleçon est sur ses pied, alors que son sexe me pénètre.

Tandis qu'il se met à donner des coups de rein et qu'il maintient sa prise sur mes lèvres, j'ai la sensation d'être la femme la plus heureuse du monde à cet instant ! Oui ça fait cliché, mais je m'en fous ! Je ne pensais sincèrement pas trouver un jour quelqu'un qui me permettrait de me sentir de nouveau vivante. Que j'aimerais d'un amour si profond qu'il m'a permis d'affronter ceux qui m'avaient brisé et de faire face à mes peurs.

Mais surtout, avec lui à mes côtés, j'ai l'impression que tout est plus intense. Chaque bouffée d'air me paraît plus oxygénante, chacun de ses baisers éveille en moi des émotions incontrôlables. Et pour moi qui pensais être totalement morte à l'intérieur, ressentir tout cela est un vrai bonheur…

Juste après avoir fêter la nouvelle année, nous avons emménager dans notre nouvelle maison. Depuis, tous les dimanches, on organise un barbecue dans le jardin avec nos proches. Et à chaque fois, je dois avouer que je suis plus que comblée par ses moments. Non seulement je suis avec l'homme que j'aime, mais en plus nous sommes entourés par les gens que nous aimons, à rire et déguster de la bonne bouffe. En effet, dorénavant que Kilian et Adrian connaissent aussi la vérité ; enfin, en grande partie en ce qui me concerne, ainsi ma vie est plus agréable, mais surtout plus authentique. J'ai la chance d'être tombé sur des personnes incroyables, avec qui je m'entends tellement bien.

Surtout avec Kilian, maintenant, on est beaucoup plus proche depuis qu'on s'est découvert pleins de points communs ! Pas toujours les meilleurs, comme le fait d'avoir des relations problématiques avec nos parents… Mais en tout cas, on se ressemble beaucoup plus que ce qu'on ne le pensait. Ainsi, en en plus du fait qu'il y ait d'autant plus une bonne ambiance au dispensaire ; le dimanche, c'est notre rendez-vous hebdomadaire pour s'envoyer toutes les vannes que l'on s'est imaginées au cours de la semaine.

— Jahyana tu ne me feras pas croire que c'est toi qui as fait ce gratin ! se moque d'ailleurs Kilian , ce qui me fait sortir de mes pensées.

— Oh ! Je ne te permets pas de te moquer de mes talents de cuisinières ! répliqué-je en le regardant de travers.

— Tes talents de cuisinières ? répète Kilian alors qu'il fait mine de s'étouffer avec sa gorgée d'eau. Les seules fois où tu viens dans la cuisine au dispensaire, c'est pour me dire ce que je dois préparer ou pour nettoyer ! Mais jamais je ne t'ai vu faire la cuisine ! s'esclaffe-t-il ensuite sans cacher qu'il se fout clairement de ma gueule.

— Peut-être qu'en vrai, tu n'étais juste pas assez sexy pour que j'aie envie de te faire la cuisine ! rétorqué-je en lui lançant un regard aguicheur.

— C'est bon ! Tu dérapes ! Je sors de cette conversation ! s'esclaffe Kilian avant de lever les mains devant lui et de faire demi-tour sur lui-même.

— Alors comme ça c'est uniquement parce que je suis sexy que tu acceptes d'apprendre à cuisiner ? demande Isaac, alors qu'il arrive derrière moi et m'entoure de ses bras.

– Bien évidemment ! Si tu n'étais pas autant à croquer, jamais je ne me casserais la tête ! m'exclamé-je avec un clin d'œil. Surtout que je n'arrête pas de me brûler ! ajouté-je en lui montrant la brûlure datant de ce matin.

– Je ne comprends d'ailleurs toujours pas comment tu peux te battre aussi facilement, mais par contre réussir à te brûler à chaque fois que tu cuisines ! ricane-t-il, vu qu'il faut avouer qu'à chaque fois cela ne loupe pas !

– Va savoir, la cuisine ne m'aime peut-être pas et elle veut qu'il n'y ait que toi qui prépares de bons petits plats ! répondis-je avec mon petit sourire séducteur.

– Bien essayé ! Mais je vais continuer à te donner des cours ! indique-t-il d'un ton moqueur avant de déposer un baiser sur ma tempe.

Ce qui fait que je ne peux m'empêcher de sourire bêtement, comme je le fais toujours quand je suis avec lui d'ailleurs. Des fois, j'ai encore du mal à réaliser la chance que j'ai eue de croiser sa route et qu'il chamboule ainsi ma vie. Et lorsque je le réalise, ça me fait comme une bouffée de chaleur apaisante qui envahit tout mon corps…

– Merci, murmuré-je après quelques secondes de silence.

– Bein c'est plus pour moi que je fais ça ! Tu sais…

– Non pas à propos de ça, l'interrompis-je en me tournant vers lui. Merci pour tout ça, dis-je ensuite en nous désignant de la main ainsi que ceux qui nous entourent. Après la mort d'Aneya, je n'avais plus rien, plus de famille, plus de but… J'étais totalement brisée. Pendant les années qui ont suivi, j'ai passé mon temps à enfouir ce que je ressentais réellement afin de ne pas être une loque au quotidien, repris-je le regard plongé dans le sien. Jamais je n'aurais cru qu'un jour je me sentirais de nouveau aussi heureuse, à ma place et aimée. Mais tu as débarqué dans ma vie et petit à petit tu m'as réparé, sans même que je ne m'en rende réellement compte. Donc merci, car grâce à toi je me suis construit une famille incroyable, mais surtout je suis redevenue la femme que j'étais et la femme dont ma sœur aurait été fière, terminé-je sans pouvoir retenir les quelques larmes qui coulent sur mes joues.

– Tu sais quand je suis rentré, même si j'avais cette envie de me poser pour pouvoir fonder ma famille, vu que j'avais vraiment pris conscience de ce que je voulais pour mon avenir… Je n'avais pas non plus pensé que je tomberais aussi vite sur une femme avec qui je voudrais passer ma vie sans aucune hésitation, commence-t-il en me caressant la joue. Je pensais que malgré cette envie de me bâtir mon avenir, avec ce que j'avais vécu, qu'il me faudrait du temps pour réussir à me sentir capable de m'impliquer pleinement dans une relation. Puis toi et tout ce qui fait la personne que tu es, m'ont totalement fait craquer et avant que je ne veuille me l'avouer, j'étais déjà fou de toi, continu-t-il avec ce sourire qui me fait toujours autant fondre. Donc, merci à toi aussi d'être arrivé à l'heure ce samedi matin en vantant les mérites de ce Suédois, parce que sinon les choses auraient pu être bien différentes. Alors qu'aujourd'hui, j'ai absolument tout ce dont j'ai toujours rêvé et je ne me passerais jamais de t'avoir à mes côtés, conclut-il avant de déposer un baiser sur mes lèvres.

Je lui souris de nouveau comme une débile, alors qu'il détache ses lèvres des miennes. Puis je cale ma tête dans le creux de son épaule ainsi que mes bras dans son dos, tout en reportant mon regard sur Kilian et Adrian qui commencent à jouer au foot dans le fond du jardin. Isaac, tourne aussi le regard vers eux et je constate avec plaisir que lui aussi sourit comme un idiot.

Aujourd'hui, comme je lui ai dit, pour la première fois depuis bien longtemps, j'ai vraiment la sensation d'être heureuse. Surtout, j'ai tout ce que je ne pensais ne plus jamais pouvoir avoir... Des amis qui sont devenus ma famille et sur qui je pourrais toujours compter. Un contexte de vie plus qu'agréable.

Mais plus particulièrement, j'ai un homme exceptionnel, qui me rend un peu plus heureuse chaque jour et que j'aime un peu plus à chaque seconde.

Quand je le regarde sourire et dégager tant de bonheur, je me dis que j'ai eu plus que de la chance que de tomber sur cet homme incroyable, qui a permis petit à petit de recoller les morceaux de mon être brisé... Sans lui, je ne me serais jamais réellement reconstruite et jamais je n'aurais été pleinement épanouie dans ma vie. Je promets donc que chaque jour de ma vie je vais m'assurer de lui apporter autant de bonheur et d'amour qu'il m'en donne...

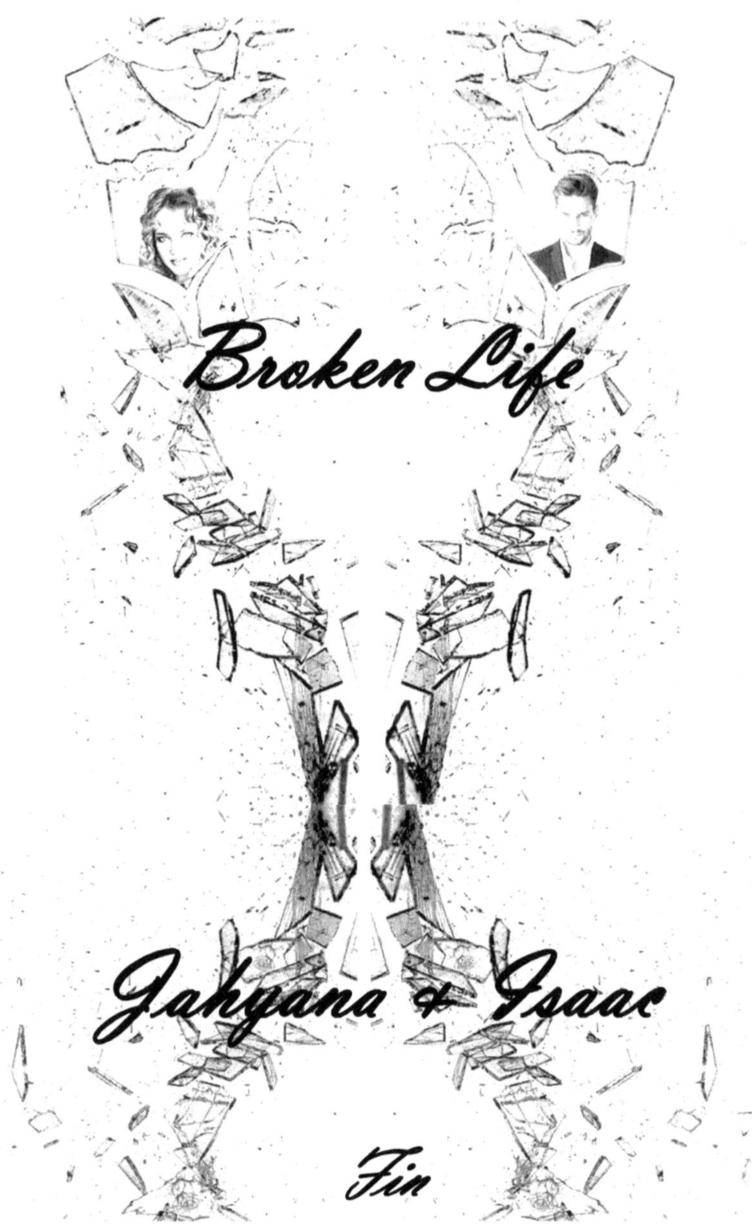
Broken Life
Jahyana & Isaac
Fin

Broken Life

Extrait
Esmeray & Kilian

Je suis tellement pris dans mes pensées que je ne fais plus attention à la partie de foot que nous sommes en train de jouer avec Adrian. Ainsi je loupe le ballon et celui-ci s'arrête juste à la limite du jardin.

– Faudrait un peu te sortir la tête du cul ! s'exclame Adrian en se moquant clairement de moi.

Je lui fais un doigt d'honneur avant d'aller chercher le ballon. Et alors que je me relève avec celui-ci dans les mains, un quatre-quatre noir avec les vitres teintées passe devant moi et va se garer face la maison voisine de celle de Jahyana et Isaac. Ainsi, pendant que je retourne vers le centre du jardin, je ne détache pas mon regard de cette voiture, curieux de voir qui va descendre de celle-ci. En même temps, ce n'est pas comme s'il y avait beaucoup de personnes qui venaient s'installer dans notre petite ville. Donc forcément, ça attise immédiatement ma curiosité.

– Vous allez avoir de nouveau voisin, lancé-je à Jahyana et Isaac en indiquant la maison d'un geste de tête.

Et au même moment, une femme aux cheveux roux coupés au carré sort du côté droit de la voiture. Elle se place devant la maison et observe celle-ci, l'air d'attendre quelque chose, puis elle finit par se retourner et ouvre la portière côté gauche, avant de se pencher dans la voiture.

Après quelques secondes, elle finit par se redresser puis se met à marcher vers la maison. Et alors qu'elle tourne la tête vers nous et nous fait un signe de la main, une femme aux cheveux roux et très long sort à son tour. Celle-ci me paraît plus jeune que l'autre et je dois avouer que je n'arrive pas à détacher mon regard d'elle. Déjà, il faut dire que même d'ici je peux voir qu'elle est vraiment très belle, surtout que je n'avais jamais vu des cheveux d'une couleur aussi flamboyante que les siens, mais surtout parce que contrairement à l'autre femme, elle ne nous jette pas un seul regard et fonce vers la maison l'air pressé de s'y cacher.

Ainsi, je ne peux m'empêcher d'être intrigué et de me demander qui peut bien être cette femme. Et surtout comment cela se fait-il, que même de là où je suis j'aie eu l'impression de ressentir de la peur ou de la tristesse émanant d'elle…

– Je connais ce regard, déclare Isaac en posant son coude sur mon épaule ce qui me fait sortir de mes pensées.

– Qu'est-ce que tu veux dire ? lui demandé-je faisant mine de ne pas comprendre.

– Tu sais très bien ce que je veux dire, ricane-t-il en me regardant du coin de l'œil. C'est comme ça que je regardais Jahyana quand je l'ai rencontré, ajoute-t-il avant de me donner une tape sur l'épaule et de partir en ricanant.

Je le suis forcément du regard et quand je vois le bonheur qui se dégage de ces deux-là alors qu'il prend Jahyana dans ses bras. Bien sûr que je me dis que j'aimerais avoir la même chose, mais qu'il ne faut pas non plus qu'il se fasse des films à chaque fois que je regarde une femme, parce que malheureusement jusqu'à aujourd'hui, cela a toujours fini de la même manière…

Remerciement

Pour tous ceux qui me découvre en tant qu'auteur via cette nouvelle saga, un grand MERCI de m'avoir laissé ma chance et de vous être plongés dans cette lecture ! J'espère bien évidemment que vous l'avez apprécié et que vous avez été charmé par l'histoire de Jahyana et Isaac. Ensuite à mes lecteurs de la Princesse de l'Enfer, qui se sont aventurés dans ce nouvel univers, UN IMMENSE CŒUR sur vous, pour m'avoir suivi dans cette nouvelle aventure. Et je croise les doigts pour que vous ayez autant aimé votre passage aux côtés de Jahyana que celui aux côtés de Nyx.

D'ailleurs petit PS ☞ pour ceux qui me découvre via ce livre, si vous avez apprécié le caractère explosif et haut en couleur de Jahyana, je vous invite vivement à découvrir ma chère Nyx, qui n'a pas sa langue dans sa poche !

Je remercie aussi bien évidemment sincèrement ma team qui m'a aidé à concrétiser ce projet ! Mes petits bêta et ma superbe correctrice, sans qui cela aurait été un beau bazarde. Et vous n'auriez pas pu découvrir la complexité de Jahyana ainsi que le charme d'Isaac. Encore une fois, j'espère sincèrement que vous avez aimé cette lecture et que vous aurez envie de découvrir les autres histoires que je vous partagerais.

Enfin, je te serais extrêmement reconnaissante de prendre deux minutes pour me laisser un petit commentaire ou ne serait-ce qu'une petite note. Cela m'aiderait beaucoup et en plus j'adorais avoir ton avis.

Table des matières

Prologue……………………………………………………………..3

Jahyana……………………………………………………………...13

Jahyana……………………………………………………………...24

Jahyana…………………………………………………………...…35

Jahyana……………………………………………………………...48

Jahyana……………………………………………………………...63

Isaac………………………………………………………………...71

Jahyana……………………………………………………………...84

Isaac………………………………………………………………...91

Jahyana……………………………………………………………106

Isaac………………………………………………………………123

Jahyana……………………………………………………………135

Isaac………………………………………………………………146

Jahyana……………………………………………………………157

Isaac………………………………………………………………174

Jahyana……………………………………………………………197

Jahyana……………………………………………………………208

Isaac………………………………………………………………222

Isaac………………………………………………………………235

Jahyana……………………………………………………………245

Isaac………………………………………………………………257

Jahyana……………………………………………………………267

Isaac………………………………………………………………281

Jahyana……………………………………………………………291

Jahyana……………………………………………………………307

Isaac………………………………………………………………319

Jahyana……………………………………………………………335

Jahyana..350

Jahyana..360

Isaac..370

Isaac..383

Jahyana..391

BrokenLife..403

* Lesplusbellescitations.com
* Albert einsten
* Landry Makanna-www.citation-celebre.com
* Martin Luther King JR.
* Lesbeauxproversbes.com
* Robin Sharma
* https://www.pinterest.com/pin/658581145480587903/
* Fergus Hume
* Björk
* https://citations.tn/
* Moonlight SXM
* Ma-citation.com
* Oscar Wilde
* Moonlight SXM
* https://www.pinterest.fr/Erminig56/sentiments/
* Patrick Senécal
* http://lesbeauxproverbes.com/tag/aimer/
* Mary Alice Young
* Joseph Lallier
* René CHAR
* https://www.pinterest.fr/pin/568860996680197279/
* http://lesbeauxproverbes.com/wp-content/uploads/1050.jpg
* http://lesbeauxproverbes.com/wp-content/uploads/1050.jpg
* http://lesbeauxproverbes.com/2012/09/26/jai-eu-peur/
* Marston
* http://nam26.over-blog.com/2017/06/toi.html
* https://lesbeauxproverbes.com/page/198/?fp_type=hot
* One Upon a Time -David Nolan
*
https://m.facebook.com/1417647398454551/photos/a.1417651045120853/1417651658454125/?type=3
* Oprah Winfrey
* https://www.commedesmots.com/jour-quelquun-te-serrera-fort/

Voulez-vous découvrir un peu plus mon univers... ?

Si vous voulez voir en avant-première les couvertures…Ou bien me donner votre avis sur mes bébés…Ou encore, vous avez tous simplement envie de suivre ma folie au quotidien…
Vous n'avez plus besoin de chercher ! C'est ici que ça se passe !

 @Moonlight_SXM

Et si vous êtes devenu accro à mon univers et que vous voulez des petits avantages en exclusivités c'est par là⇗

www.moonlightsxmauteur.com

Si tu es arrivé jusque-là, alors je te remercie car c'est que tu as vraiment dû aimer ta lecture ainsi que mon univers. Puis histoire de t'embêter encore un peu, je me permets de te redemander de penser à me mettre une petite ou encore mieux un commentaire !
Cela me serait d'une grande aide et j'adorais avoir ton avis !

9 782957 492336